O código dos JUSTOS

SAM BOURNE

O código dos JUSTOS

Tradução de
ALDA PORTO

EDITORA RECORD
RIO DE JANEIRO • SÃO PAULO
2007

CIP-Brasil. Catalogação-na-fonte
Sindicato Nacional dos Editores de Livros, RJ.

Bourne, Sam, 1967-
B778c O código dos justos / Sam Bourne; tradução de Alda
Porto. – Rio de Janeiro: Record, 2007.

Tradução de: The righteous men
ISBN 978-85-01-07598-7

1. Jornalismo – Nova Iorque (Estados Unidos: Estado)
– Ficção. 2. Ficção inglesa. I. Porto, Alda. II. Título.

CDD – 823
07-1768 CDU – 821.111-3

Título original inglês:
THE RIGHTEOUS MEN

Direitos exclusivos de publicação em língua portuguesa somente
para o Brasil adquiridos pela
EDITORA RECORD LTDA.
Rua Argentina 171 – Rio de Janeiro, RJ – 20921-380 – Tel.: 2585-2000
que se reserva a propriedade literária desta tradução

Impresso no Brasil

ISBN 978-85-01-07598-7

PEDIDOS PELO REEMBOLSO POSTAL
Caixa Postal 23.052
Rio de Janeiro, RJ – 20922-970

EDITORA AFILIADA

Para Sam,

nascido numa família amorosa.

UM

SEXTA-FEIRA, 21H10, MANHATTAN

Na noite do primeiro assassinato havia muita música. A catedral de São Patrício em Manhattan estremecia ao som de "Messias" de Handel, a grande obra-prima do canto coral que jamais deixou de despertar até a mais sonolenta platéia. O entoar das vozes reverberava no teto da catedral. Era como se quisessem alcançar o próprio céu.

Do lado de dentro, bem na frente, sentavam-se pai e filho, os olhos do homem mais velho fechados, comovido como sempre com a peça musical, sua favorita. O olhar do filho alternava-se entre os artistas — os cantores vestidos de preto, o maestro a sacudir vigorosamente os cabelos encanecidos — e o homem ao seu lado. Gostava de olhá-lo, avaliando suas reações; gostava de ficar junto dele.

A noite era de celebração. Um mês antes, Will Monroe Jr. conseguira o trabalho com que sempre sonhara desde que chegara aos Estados Unidos. Com 20 e tantos anos, era agora repórter, em uma rápida trajetória no *New York Times*. O Sr. Monroe habitava um domínio diferente. Era advogado, um dos mais bem-sucedidos de sua geração, agora trabalhando como juiz federal na segunda circunscrição da Corte de

Apelações dos EUA. Gostava de reconhecer as conquistas, e o jovem a seu lado, cuja infância ele quase perdera, alcançara um marco importante. Procurou a mão do filho e apertou-a.

Foi naquele momento, não mais do que uma viagem de metrô de 45 minutos até o outro lado da cidade, embora a um mundo de distância, que Howard Macrae ouviu os primeiros passos atrás de si. Não se assustou. Os forasteiros talvez evitassem passar pelo bairro de Brownsville, no Brooklyn, mas ele conhecia cada rua e cada beco.

Macrae fazia parte da paisagem. Gigolô agindo há duas décadas na área, criara laços em Brownsville. Também fora um jogador astuto, dando um jeito de sempre permanecer neutro na guerra de quadrilhas que aterrorizava a vizinhança. As facções chocavam-se e mudavam, mas Howard mantinha-se firme, constante. Ninguém reivindicara a área onde suas prostitutas exerciam o ofício havia anos.

Por isso não se preocupou muito com o som de passos atrás dele. Mas apesar disso achou estranho que não parassem. Percebeu que estavam próximos. Por que alguém o estaria seguindo? Virou a cabeça para espreitar por sobre o ombro esquerdo e, surpreso, logo tropeçou. Era uma arma diferente de todas que já vira — e estava apontada para ele.

No interior da catedral, o coro cantava em uníssono, os pulmões abrindo-se e fechando-se como os foles de um único e potente órgão. A música era insistente:

E a glória do Senhor se revelará; e toda a carne a verá; pois a boca do Senhor o disse.

Howard Macrae virou para a frente, tentando disparar numa corrida instintiva. Mas teve uma estranha sensação, como se algo o tivesse perfurando a coxa direita. A perna parecia estar cedendo, desabando sob seu peso, recusando-se a obedecer às suas ordens. Tenho de correr! Mas seu corpo não respondia. Parecia mover-se em câmera lenta, como se caminhasse dentro d'água.

Agora os braços se recusavam a obedecê-lo. Primeiro ficaram letárgicos, depois amolecidos. O cérebro entendia a urgência da situação, mas também começava a sucumbir como que submerso numa repentina inundação. Macrae sentia-se muito cansado.

Viu-se estendido no chão, agarrando a perna direita, cônscio de que estava se rendendo ao entorpecimento. Ergueu os olhos. Nada viu além do brilho de aço de uma lâmina.

Na catedral, Will sentiu o pulso acelerar. A música atingia o clímax, toda a platéia parecia enlevada. Uma voz de soprano pairou acima deles:

Se Deus é por nós, quem será contra nós?
Quem intentará acusação contra os escolhidos de Deus?
É Deus quem os justifica; quem os condenará?

Macrae podia apenas observar a faca pairando acima de seu peito. Tentou ver quem a empunhava, tentou distinguir um rosto, mas não conseguiu. O brilho do metal ofuscava-lhe a vista; parecia refletir o luar da noite em sua superfície dura e polida. Sabia que devia estar aterrorizado: sua voz interior dizia-lhe que estava. Mas soava-lhe estranhamente longínqua, como um comentarista descrevendo uma partida de futebol a longa distância. Howard podia ver a faca aproximando-se, mas mesmo assim parecia estar acontecendo com outra pessoa.

Agora a orquestra tocava com força total, a música de Handel percorrendo a igreja com intensidade suficiente para despertar os deuses. O contralto e o tenor, em uníssono, exigiam saber: *Onde está, ó morte, o teu aguilhão?*

Will não era entusiasta dos clássicos como o pai, mas a majestade e a força da música arrepiavam-lhe os pêlos da nuca. Ainda olhando para a frente, tentou imaginar a expressão no rosto do pai: visualizou-o em arrebatamento e desejou que sob aquela aparência enlevada também estivesse latente algum prazer em partilhar tal momento com o único filho.

A lâmina desceu, primeiro atravessando o peito. Macrae viu a linha vermelha que se formou, como se a faca fosse apenas uma caneta marca-texto escarlate. A pele pareceu inchar e empolar-se: ele não entendeu por que não sentia dor alguma. Agora o metal impelia-se para baixo, fatiando-lhe o estômago. O conteúdo esparramou-se, uma quantidade mole e quente de entranhas viscosas. Howard assistiu a tudo isso, até o momento em que a adaga foi afinal empunhada no alto. Só então viu o rosto de seu assassino. Sua laringe conseguiu exalar um som rouco de choque — e reconhecimento. A lâmina encontrou o coração e tudo escureceu.

Começara a missão.

DOIS

SEXTA-FEIRA, 21H46, MANHATTAN

O coro agradeceu, o regente curvou-se suado. Mas Will só ouvia um único som: o dos aplausos do pai. Maravilhavam-no os decibéis que aquelas mãos enormes conseguiam produzir, batendo uma contra a outra como madeira na madeira. Trouxe-lhe uma lembrança que ele quase perdera. Era dia de uma importante cerimônia em sua escola na Inglaterra, a única vez que o pai comparecera para ver o filho. Will tinha 10 anos e enquanto recebia o prêmio de poesia, pôde ouvir, mesmo acima do burburinho produzido pelos milhares de pais, as inconfundíveis palmas do pai. Naquele dia, sentira orgulho das vigorosas mãos daquele estranho, que pareciam de carvalho, mais fortes do que a de qualquer homem no mundo, com certeza.

O vigor daquele som não diminuíra quando o pai, agora com 50 e poucos anos, entrara na meia-idade. Como sempre, estava em ótimo condicionamento físico, esguio, os cabelos brancos cortados curtos. Não corria nem malhava: os passeios de veleiro nos fins de semana ao largo de Sag Harbor haviam-no mantido em forma. Will, ainda aplaudindo, virou-se para ele, mas o pai não desviou o olhar. Quando Will percebeu o leve rubor ao redor do nariz, notou chocado que ele estava com os olhos marejados: a música o comovera, mas não queria que o filho visse suas lágrimas.

Will sorriu consigo mesmo. Um homem de mãos tão fortes que pareciam feitas de madeira, lacrimejava ao som de um coro de igreja. Foi então que sentiu o BlackBerry tocar e viu uma mensagem da editoria "Cidade":

Trabalho para você. Brownsville, Brooklyn. Homicídio.

Seu estômago revolveu-se, aquele movimento aeróbico que mistura excitação e ansiedade. Estava no setor dos "tiras da noite" da seção "Cidade" do *Times*, a tradicional prova de fogo para repórteres promissores como ele. Talvez estivesse destinado a servir como futuro correspondente no Oriente Médio ou chefe de sucursal em Pequim, mas, segundo a lógica do jornal, primeiro teria de aprender o trabalho jornalístico elementar. Esta era a filosofia do *Times*.

— Haverá muito tempo para cobrir golpes militares. Primeiro você precisa aprender como cobrir uma exposição de flores — dissera Glenn Harden, editor da seção "Cidade". — Precisa aprender a conhecer pessoas, e é isso o que vai fazer aqui.

Enquanto o coro se deliciava com os aplausos, Will virou-se para o pai com um encolher de ombros de desculpas e apontou para o BlackBerry.

— *É trabalho* — articulou sem som com a boca, apanhando o paletó.

Essa inversão de papéis deu-lhe um prazer furtivo. Após anos vivendo ofuscado pelo brilho da carreira estelar do pai, agora era a sua vez de atender a uma convocação de trabalho.

— Tome cuidado — sussurrou-lhe o pai.

Do lado de fora, Will acenou para um táxi. O motorista ouvia o noticiário na NPR. Will pediu-lhe que aumentasse o volume. Não que esperasse ouvir qualquer coisa sobre Brownsville. Sempre agia assim — em táxis, lojas ou cafés. Era viciado em notícias; desde a adolescência.

Ele havia perdido as manchetes e já estavam transmitindo as notícias internacionais. Uma matéria sobre a Grã-Bretanha. Sempre se animava quando ouvia alguma notícia do país que considerava quase como sua terra natal. Podia ter nascido nos Estados Unidos, mas seus anos de formação, entre os 8 e os 21 anos, haviam sido passados na Inglaterra. Agora, contudo, ao ouvir que Gavin Curtis, o ministro das Finanças, estava em apuros, Will prestava atenção redobrada. Determinado a provar ao *Times* que seus talentos iam muito além da seção "Cidade" e assegurar que o editor soubesse que estudara economia em Oxford, Will oferecera uma matéria para a seção "Semana em Revista" já no seu segundo dia no jornal. Chegara a esboçar um título: *Procura-se: um banqueiro para o mundo*. O Fundo Monetário Internacional procurava um novo presidente e diziam que Curtis era o favorito.

"... as acusações foram feitas em primeira mão por um jornal britânico", dizia a voz da NPR, "afirmando haver identificado 'irregularidades' nas contas do Tesouro. Um porta-voz do Sr. Curtis negou hoje todas as insinuações de corrupção."

Will fez uma anotação quando uma lembrança veio-lhe à mente. Ele logo a deixou de lado.

Questões mais urgentes o aguardavam. Revirando o bolso, encontrou seu telefone. Uma rápida mensagem a Beth, que pegara o seu gosto britânico por mensagens de texto. Com o polegar extraordinariamente treinado, apertou os números que se transformavam em letras e palavras.

Meu primeiro assassinato! Chegarei tarde em casa. Amo você.

Agora via seu destino. Luzes vermelhas giravam ruidosamente na silenciosa escuridão de setembro. As luzes eram de dois carros do DPNY, o Departamento de Polícia de Nova York, estacionados um de frente para o outro, quase se tocando, de modo a formar uma espécie de flecha, como que para isolar parte da rua. Diante deles um cordão de isolamento fora estendido às pressas, com uma fita amarela chamando a atenção. Will pagou a corrida, saltou e olhou em volta. Prédios caindo aos pedaços.

Aproximou-se da primeira linha de fita até uma policial chegar para impedi-lo. Parecia entediada.

— Não pode passar, senhor.

Will remexeu no bolso do peito do paletó de linho.

— Imprensa? — perguntou com o que esperava ser um sorriso cativante ao exibir sua nova identificação de imprensa.

Desviando o olhar, ela fez um gesto breve com a mão direita.

— Passe.

Will abaixou-se sob a fita e juntou-se a um grupo de meia dúzia de pessoas. Outros repórteres. "Cheguei atrasado", pensou, irritado. Um deles era da sua idade, alto, cabelos incrivelmente lisos e um tom alaranjado artificial na pele. Will tinha certeza de que o conhecia, mas não conseguiu se lembrar de onde. Então viu o fio do fone de ouvido. Claro, Carl McGivering, da NY1, a estação a cabo de notícias 24 horas de Nova York. Os outros eram mais velhos, os surrados crachás pendurados no pescoço revelando os veículos de comunicação para os quais trabalhavam: *Post*, *Newsday* e diversos jornais comunitários.

— Meio atrasado, novato — disse o mais ríspido do grupo, aparentemente decano do corpo criminal. — O que houve?

Gracinhas dos colegas mais velhos: Will aprendera em seu primeiro emprego no *Bergen Record*, em Nova Jersey, que essas eram uma daquelas coisas que repórteres como ele simplesmente tinham de engolir.

— De qualquer modo, eu não gastaria meu suor por isso — dizia o velho patriarca do *Newsday*. — É apenas o tipo comum de assassinato da terra das gangues. Facas são a febre do momento, pelo que parece.

— A arma da moda. Daria uma boa chamada — debochou o *Post*, arrancando grandes risadas do Clube dos Repórteres Veteranos, cuja reunião mensal Will sentiu que acabara de interromper. Desconfiou que era uma indireta para ele, sugerindo que ele (e talvez o próprio *Times*) era fracote demais para dar ao assassinato sua devida atenção.

— Vocês viram o cadáver? — perguntou, certo de que havia algum termo do ofício que ele visivelmente deixara de usar. "Presunto", talvez.

— Sim, bem ali — disse o decano, apontando com a cabeça as viaturas, ao mesmo tempo que levava um copo descartável de café aos lábios.

Will encaminhou-se para o espaço entre as duas patrulhas policiais, uma espécie de clareira aberta pelo homem naquela floresta urbana. Dois tiras tranqüilos circulavam no local, um com uma prancheta, mas nenhum fotógrafo. Devia ter perdido essa parte.

E no chão, sob um cobertor, jazia o corpo. Ele avançou para dar uma olhada, mas um dos policiais adiantou-se e barrou-lhe o caminho.

— Só o pessoal autorizado daqui em diante, senhor. Todas as perguntas à PV ali.

— PV?

— Oficial porta-voz do subcomissário de Informação Pública. — Como se falasse com uma criança que esquecera a tabuada mais simples.

Will arrependeu-se por perguntar. Podia ter blefado.

Próximo do cadáver, a oficial conversava com o cara da TV. Will perambulou por ali até ficar a mais ou menos meio metro do corpo sem vida de Howard Macrae. Fitou intensamente o cobertor, esperando descobrir o rosto por baixo. Talvez aquele pano revelasse algum contorno, como aquelas máscaras de barro usadas como molde pelos escultores. Continuou com os olhos fixos, mas a mortalha inerte e escura não mostrava nada.

A porta-voz estava no meio de uma declaração:

— ... nosso palpite é que foi um acerto de contas do SVS contra o Bando do Arraso ou então uma tentativa da rede de prostituição de Houston de se apoderar da área de Macrae.

Só então ela pareceu notar Will, o olhar instantaneamente mudando e denotando estranheza. Sua expressão havia se fechado. Will entendeu o recado: a informação era apenas para Carl McGivering.

— Posso apenas conseguir os detalhes?

— Homem negro, 43 anos, aproximadamente 80 quilos, identificado como Howard Macrae, encontrado morto na esquina das avenidas Saratoga e Saint Marks, às 20h27. A polícia foi avisada por uma moradora do bairro que ligou para a Emergência após encontrar o corpo, quando seguia a pé para a 7-Eleven. — Apontou a loja com a cabeça: "ali". — A causa da morte parece ter sido o rompimento das artérias, hemorragia interna e falência cardíaca devido ao violento e repetido esfaqueamento. O Departamento de Polícia de Nova York está tratando deste crime como homicídio e não vai poupar esforços para levar o criminoso para trás das grades.

O tom de blablablá mostrou a Will que esse era um texto pronto que todos os porta-vozes precisavam repetir. Sem dúvida fora redigido por uma equipe de consultores externos, que na certa escrevera uma declaração do Departamento de Polícia de Nova York para acompanhar a missão. "Não vai poupar esforços."

— Perguntas?

— Sim. Que negócio era aquele de prostituição?

— Oficiosamente?

Will assentiu com a cabeça, concordando com que tudo o que ela dissesse poderia ser usado, desde que não fosse atribuído a ela.

— O cara era um gigolô. Conhecido tanto da polícia como de todo mundo que mora aqui. Dirigia um bordel na Atlantic Avenue, perto do Pleasant Place. Uma espécie de casa de prostituição das antigas... garotas, quartos, tudo sob o mesmo teto.

— Certo. E o fato de ele ter sido encontrado no meio da rua? Não é um tanto estranho... não houve nenhuma tentativa de esconder o corpo?

— Assassinato na terra das gangues; é assim que eles trabalham. É como alguém que atira de um carro em movimento: ocorre na frente de todo mundo, bem na nossa frente. Não houve tentativa de esconder o corpo pois este é o objetivo. Enviar uma mensagem. Querem que todo mundo saiba: "Fomos nós que fizemos isso, não nos importamos com quem saiba. E podemos fazer o mesmo com você."

Will anotou o mais rápido que pôde, agradeceu à policial e pegou o celular. Informou à editoria o que tinha: mandaram-no voltar para a redação, ainda havia tempo de pegar a última edição. Precisariam de poucos parágrafos apenas. Will não se surpreendeu. Lera o *Times* tempo suficiente para saber que não se tratava exatamente de material para "segurar-a-primeira-página".

Não deixou transparecer na redação — nem para a policial ou para qualquer dos outros repórteres — que aquele era de fato o primeiro assassinato que cobria na vida. Quando estava no *Bergen Record*, os homicídios eram raros e não eram desperdiçados com novatos como ele. Uma pena, pois um detalhe atraíra sua atenção, mas Will o tirou da cabeça quase imediatamente. Os outros profissionais experientes estavam calejados demais para notar, mas Will percebeu. O problema era que supôs tratar-se de rotina.

Não se deu conta no momento, mas não se tratava de rotina.

TRÊS

SÁBADO, 0H30, MANHATTAN

Na redação, ele digitou "enter", empurrou a cadeira para trás e alongou-se. Era meia-noite e meia. Olhou em volta: a maioria das mesas estava vazia, apenas o pessoal da diagramação continuava trabalhando — cortando e dividindo, reescrevendo e aprimorando o produto final que se espalharia pelas mesas de café-da-manhã de Manhattan em apenas algumas horas.

Circulou pela redação com a sensação do dever cumprido — aquela onda de adrenalina e alívio que se instala assim que se conclui uma matéria. Perambulou, bisbilhotando nas mesas dos colegas, que estavam então banhadas apenas pela luz tremeluzente da TV ligada na CNN sem som.

A redação localizava-se em um amplo salão, mas um sistema de divisórias organizava as mesas em pequenas ilhas de quatro lugares. Como recém-chegado, Will ficava num canto bem afastado. A janela mais próxima dava para um muro de tijolos: os fundos de um teatro da Broadway que exibia um anúncio desbotado de um dos musicais há muito tempo em cartaz. A seu lado se sentava Terry Walton, o ex-chefe do escritório de Nova Délhi que voltara a Nova York sob circunstâncias nebulosas; Will ainda não descobrira a natureza exata de seu delito. A mesa dele consistia em uma série de pilhas meticulosamente arrumadas em volta de um único bloco de papel ofício amarelo. Nele se via uma caligrafia muito densa e minúscula, ininteligível a não ser que se olhasse bem de perto; Will desconfiava que se tratava de um mecanismo de segurança concebido por Walton para impedir que bisbilhoteiros espiassem seu trabalho. Faltava-lhe ainda descobrir por que um homem cujo rebaixamento para a "Cidade" dificilmente significava trabalhar em matérias que ameaçassem a segurança nacional tomaria tal precaução.

Em seguida vinha Dan Schwarz, cuja mesa parecia à beira do colapso. Era um repórter investigativo; mal havia espaço para sua cadeira; todo o espaço que lhe cabia estava tomado por caixas de papelão. Até a tela do computador de Schwarz era difícil de enxergar, emoldurada por uma centena de Post-its.

A mesa de Amy Woodstein não era nem tão arrumada como a de Walton nem um desastre de saúde pública como a de Schwarz. Era desorganizada, como convém ao reduto de uma mulher que trabalhava sob seu próprio regulamento de prazos de entrega — sempre correndo para casa para render uma babá ou pegar os filhos na creche. Amy não usava as divisórias para pregar recortes de jornais, como Schwarz, nem cartões-postais elegantes, embora envelhecidos, como Walton, mas fotografias da família. Seus filhos tinham cabelos encaracolados rebeldes e sorrisos largos — e, pelo que Will podia perceber, estavam permanentemente cobertos de tinta.

Voltou para sua mesa. Ainda não encontrara coragem para personalizá-la; a divisória ainda exibia os avisos e notícias corporativas que estavam ali desde que chegara. Viu a luz do telefone piscando. Um recado.

Oi, meu bem. Sei que é tarde, mas ainda não estou com sono. Tive uma idéia divertida, então me ligue quando terminar. Já é quase uma da manhã. Ligue logo.

Animou-se instantaneamente. Esperava retornar ao apartamento nas pontas dos pés e comer uma tigela de cereal antes de se deitar. O que Beth teria em mente?

Ligou.

— Ainda acordada?

— Seria porque meu marido está fazendo a cobertura do seu primeiro caso de assassinato, talvez? Acho que é simplesmente tudo o que está acontecendo. De qualquer modo, não consigo dormir. Quer me encontrar para comer uns bagels?

— O quê, agora?

— É. Na Carnegie Deli.

— Mas agora?

— Vou tomar um táxi.

Will gostou muito da idéia da Carnegie Deli; precisava espairecer. Uma cafeteria que nunca fechava, onde os comediantes da velha-guarda da Broadway e as ruidosas coristas de hoje se encontravam para um sanduíche de pastrami após o espetáculo; o pessoal lendo as primeiras edições dos jornais matutinos, esquadrinhando as páginas em busca de notícias sobre seu último sucesso ou fracasso, as xícaras constantemente abastecidas de líquido marrom fumegando — era tudo tão Nova York. Queria que a garçonete parecesse irritada, gostava quando as pessoas faziam fila — tudo confirmando o que ele sabia ser a fantasia de um turista na grande cidade. Sabia que já deveria ter superado essa sensação àquela altura: afinal, morava nos Estados Unidos havia mais de cinco anos. Mas não conseguia se passar por nativo.

Chegou lá primeiro e conseguiu uma mesa atrás de um grupo barulhento de casais de meia-idade. Captou trechos da conversa, o suficiente para deduzir que não eram de Manhattan, mas de Nova Jersey. Imaginou que haviam assistido a algum espetáculo, quase com certeza um musical há tempos em cartaz, e agora completavam o passeio por Nova York com um lanche tarde da noite.

Então ele a viu. Will parou por uma fração de segundo antes de acenar, só para poder observá-la um pouco. Haviam se conhecido nas últimas semanas dele na Universidade de Columbia, e ele se apaixonara intensa e rapidamente. A beleza dela ainda o fazia tremer: os longos cabelos escuros emoldurando a pele clara e os enormes olhos verdes. Bastava vê-la e não se conseguia desviar o olhar. Aqueles olhos eram como lagos profundos e frios — onde ele queria mergulhar.

Levantou-se de um salto ao encontro dela, absorvendo instantaneamente seu perfume. Começava nos cabelos, com um aroma de raios de sol e amoras silvestres que poderiam ter vindo de um xampu, mas que em contato com a pele dela produzia um outro perfume, inteiramente novo. Parecia ficar mais intenso a uns dois ou três centímetros logo abaixo da orelha. Ele tinha apenas que se aproximar daquele ponto para sentir-se inundado por ela.

Depois era a boca que o atraía. Beth tinha lábios grossos e cheios; pôde sentir como eram carnudos ao beijá-los. Sem aviso, separaram-se, apenas o suficiente para que a língua dela roçasse seus lábios à procura da dele. Tão silenciosamente que ninguém além dele ouviu, ela deu um minúsculo gemido, um ruído de prazer que o excitou no mesmo instante, provocando-lhe uma ereção. Ela sentiu, e logo soltou outro gemido, desta vez de surpresa e aprovação.

— Está feliz *mesmo* em me ver. — Sentou-se diante dele, deslizando o casaco pelos ombros com uma sugestiva remexida. Percebeu Will observá-la. — Está me inspecionando?

— Pode-se dizer que sim.

Ela sorriu radiante.

— O que vamos comer? Que tal cheesecake e chocolate quente? Chá também é uma boa pedida...

Will continuava fitando a mulher, vendo o jeito como o corpete se esticava sobre os seios dela. Perguntava a si mesmo se não deviam abandonar o Carnegie e voltar direto para a grande e quente cama deles.

— O que é isso? — exclamou ela, fingindo indignação. — Concentre-se!

O sanduíche de pastrami que ele pediu, bastante recheado e inundado de mostarda, chegou quando Will contava sobre o tratamento que recebera dos veteranos no local do assassinato.

— Então Carl... como é mesmo o nome dele?

— O cara da TV?

— É, ele estava dando uma de detetive veterano pegajoso para cima da policial...

— *Sem essa, você sabe que tenho um amigo advogado no centro da cidade.*

— Exatamente. E eu sou o Sr. Novato, o efeminado do *New York Times*...

— Não foi o que vi alguns minutos atrás. — Ela ergueu as sobrancelhas.

— Posso terminar?

— Desculpe.

Ela voltou ao cheesecake, não o beliscando como a maioria das mulheres que Will via em Nova York, mas devorando-o em grandes e suculentos nacos.

— De qualquer modo, ficou bastante óbvio que ele ia ficar por dentro das pistas certas e eu não. Então andei pensando que talvez devesse começar a arranjar alguns contatos sérios na polícia.

— Tipo beber com o tenente O'Rourke até cair debaixo da mesa? Seja como for, não consigo imaginar. Além disso, você não vai ficar nessa batida por muito tempo. Quando o tal Carl não-sei-das-quantas ainda estiver escrevendo sobre o tráfico em Staten Island, você vai estar cobrindo... sei lá... a Casa Branca, Paris, ou alguma coisa realmente importante.

Will sorriu.

— Sua fé em mim é tocante.

— Não estou brincando, Will. Sei que pode parecer isso porque estou com o rosto sujo de cheesecake. Mas falo sério. Acredito em você.

— Will segurou a mão dela. — Sabe que música escutei hoje no trabalho? É estranho, porque a gente nunca ouve esse tipo de música no rádio, mas é tão linda...

— Qual?

— Uma do John Lennon, não me lembro do título. Mas fala de todas as coisas em que as pessoas acreditam, e ele diz: "Eu não acredito em Jesus, não acredito na Bíblia, não acredito em Buda", e todas essas outras coisas, você sabe, Hitler, Elvis... e depois diz: "Não acredito nos Beatles. Só acredito em mim, em Yoko e em mim." E isso me fez parar, e eu estava bem na área de espera no hospital. Porque... você vai achar isso muito sentimental... mas acho que foi porque é nisso que eu acredito também.

— Em Yoko Ono?

— Não, Will. Não em Yoko Ono. Acredito em nós, em você e em mim. É nisso que eu acredito.

O instinto de Will mandava-o evitar momentos como esse. Ele era inglês demais para demonstrações tão francas de sentimento. Tinha tão pouca experiência nesse campo que mal sabia o que fazer quando isso acontecia. Mas ali, naquele momento, resistiu à vontade de sair com uma piada ou mudar de assunto.

— Eu te amo muito, você sabe.

— Eu sei.

Calaram-se, ouvindo o ruído que ela fazia raspando o garfo no prato.

— Aconteceu alguma coisa no trabalho hoje para fazer você...

— Sabe aquele garoto que eu venho tratando?

— A criança X?

Will estava provocando. Beth seguia à risca as regras da confidencialidade médico-paciente e só muito raramente, e nos mais codificados termos, discutia seus casos fora do hospital. Ele entendia, até respeitava, mas isso fazia com que fosse meio difícil apoiar a carreira de Beth com a mesma energia com que ela apoiava a dele. Quando a política empresarial no hospital ficara desagradável, ele passara a conhecer todas as personalidades-chave, oferecendo conselhos sobre quais colegas deviam ser cultivados como aliados, quais deviam ser evitados. Em seus primeiros meses juntos, ele imaginara longas noites conversando com ela sobre os casos difíceis, Beth pedindo-lhe conselho sobre um enigmático "cliente" que se recusava a abrir-se ou um sonho que se negava a ser interpretado. Via-se massageando os ombros da mulher, apresentando a idéia inovadora que acabaria por convencer uma criança calada a falar.

Mas Beth não era exatamente assim. Primeiro, parecia precisar menos disso que Will. Para ele, um fato não acontecia até que conversasse a respeito com Beth. Ela parecia conseguir resolver tudo sozinha, arrastar sua própria cruz.

— Sim, tudo bem. A criança X. Sabe por que ele foi se tratar comigo, não? É acusado... na verdade, ele é definitivamente culpado de... uma série de ataques incendiários. À escola, à casa do vizinho. Botou fogo num playground.

"Venho conversando com ele há meses e acho que não demonstrou nenhum sinal de remorso. Nem sequer oscilou um pouquinho. Tive de descer direto ao básico, tentando fazê-lo reconhecer a idéia de certo e errado. E agora, sabe o que ele fez hoje?

Beth então desviou o olhar, para uma mesa onde dois garçons comiam sua ceia tardia.

— Lembra-se de Marie, a recepcionista? Ela perdeu o marido mês passado; ficou desesperada, todos temos comentado. De algum modo esse garoto... a criança X... deve ter percebido alguma coisa, porque adivinha o que ele fez hoje? Entrou com uma flor e entregou-a a Marie. Uma deslumbrante rosa fúcsia de talo longo. Não pode ter simplesmente arrancado de algum jardim; deve ter comprado. Mesmo que tenha apenas pego, não importa. Entregou a rosa a Marie e disse: "É para você se lembrar do seu marido."

"Bem, Marie ficou totalmente desarmada. Pegou a rosa, balbuciou um obrigada e simplesmente saiu correndo para o banheiro chorando. E todo mundo que viu... as enfermeiras, os funcionários... todos ficaram em lágrimas. Eu saí da minha sala e encontrei a equipe toda desse jeito. E ali, no meio de todos, está aquele menininho... de repente é o que ele parece, um menininho... que não sabe bem o que fez. E é isso que me convence que é verdadeiro. Ele não parece feliz consigo mesmo, como alguém que calculou: 'Oba, vai ser uma forma de ganhar algum crédito extra.' Só parece meio desorientado.

"Até aquele momento eu tinha visto esse menino como um delinqüente. Eu sei, eu sei... logo eu que tinha de ter ultrapassado 'estereótipos' e tudo mais.

Ela fez aspas com as mãos na palavra "estereótipos", não deixando dúvida alguma de que parodiava as pessoas que faziam aquele gesto.

— Mas, pra ser honesta, eu o via como uma criança má. Não gostava nada dele. E então ele faz esse gesto que é simplesmente tão bom. Entende o que quero dizer? Apenas um ato simples e bom.

Ela se calou. Will não quis dizer nada, para o caso dela querer dizer mais alguma coisa. Ela acabou quebrando o silêncio.

— Não sei — disse numa voz de "em todo caso", como para avisar que o episódio terminara.

Conversaram mais um pouco, ora sobre o dia dele, ora sobre o dela. Will curvou-se várias vezes para beijá-la, esperando receber um beijo como o que recebera antes. Mas Beth sempre negava. Quando ela se estendeu para a frente, ele viu a parte inferior de suas costas e apenas uma sugestão da calcinha visível entre a pele e o jeans. Adorava vê-la nua, mas a visão dela só de calcinha sempre o enlouquecia.

— A conta, por favor! — pediu, ansioso para levá-la para casa.

Quando os dois saíram, ele enfiou a mão sob a camiseta dela, acariciando a pele macia de suas costas, deslizando a mão para dentro da calça. Ela não o deteve. Ele não sabia que ia pensar nessa sensação milhares de vezes antes de terminar a semana.

QUATRO

SÁBADO, 8H, BROOKLYN

Esta é a Weekend Edition com as manchetes desta manhã. Talvez haja ajuda para os proprietários de imóveis após o aumento de 0,25% nas taxas de juros pelo Banco Central americano; o governador da Flórida decreta estado de calamidade pública para os locais atingidos pela tempestade tropical Alfred; escândalo ao estilo britânico. Primeiro, as notícias...

Eram oito da manhã, e Will ainda não estava totalmente acordado. Só haviam adormecido bem depois das três. Ainda de olhos fechados, estendeu o braço para o lugar onde deveria estar sua mulher. Como esperava, nada de Beth. Já saíra: um sábado por mês, ela clinicava no fim de semana. A energia da mulher o surpreendia. E sabia que as crianças e seus pais não tinham a menor idéia de que a psiquiatra que os tratava estava quase esgotada. Mas quando os atendia, ficava cheia de energia.

Will levantou-se da cama e dirigiu-se à mesa do café-da-manhã. Não estava com fome; queria apenas ler o jornal. Beth deixara um bilhete — *Parabéns, meu bem. Grande dia hoje, que tenhamos uma boa noite também* — e o jornal aberto na seção "Cidade", na página B3. *Poderia ser pior,* pensou Will. "Morte em Brownsville ligada à prostituição", dizia o título da matéria de menos de uma dúzia de parágrafos assinada por ele. Tivera de tomar uma decisão quando entrara para o jornalismo; na verdade, tomara-a ainda em Oxford, ao escrever para o *Cherwell,* o jornal estudantil. Devia assinar William Monroe Jr. ou o simples Will Monroe? O orgulho dissera-lhe que devia ser um homem independente, e isso significava ter seu próprio nome: Will Monroe.

Passou os olhos pela primeira página da seção "Cidade" e depois pelo caderno principal, para ver quem, entre seus novos colegas — e, portanto, rivais —, prosperava. Identificou os nomes e encaminhou-se para o chuveiro.

Uma idéia começou a tomar forma na cabeça de Will, e quando se vestiu e saiu, passando pelos jovens casais empurrando carrinhos de três rodas ou matando o tempo durante o café-da-manhã na Court Street, a idéia já estava bem clara para ele. Cobble Hill era apinhada de pessoas como ele e Beth: profissionais de 20 a 30 e poucos anos, transformando o que outrora era um bairro decadente num pequeno pedaço de paraíso yuppie. Ao encaminhar-se para a estação do metrô da Bergen Street, Will percebeu que andava mais rápido que todo mundo. Era um fim de semana de trabalho para ele também.

Assim que chegou à redação, não perdeu tempo e foi direto a Harden, que virava as páginas do *New York Post* com uma rapidez que transparecia desprezo.

— Glenn, que tal "Anatomia de um Assassinato: a verdadeira vida de uma estatística do crime"?

— Estou ouvindo.

— Você sabe: Howard Macrae talvez pareça apenas mais um caso das páginas internas, outra vítima de assassinato em Nova York. Mas como era ele? Como foi sua vida? Por que foi morto?

Harden parou de folhear o *Post* e ergueu os olhos.

— Will, sou um cara suburbano de South Orange, cuja maior preocupação é levar minhas duas filhas à escola de manhã. E não estou falando hipoteticamente; é verdade. Então, por que vou ligar para um gigolô morto em Brownsville?

— Você tem razão. Ele não passa de um nome numa lista policial. Mas você não acha que nossos leitores gostariam de saber o que realmente acontece com alguém assassinado nesta cidade?

Viu que Harden ficou indeciso. Faltavam-lhe repórteres: era a comemoração do ano-novo judaico, o que significava uma terrível redução de pessoal da redação do *Times*, mesmo para os padrões de fim de semana. O jornal tinha um grande número de profissionais judeus, e a maioria se ausentava por conta dos feriados religiosos. Mas ele não queria admitir que estava tão cansado que nem mesmo assassinato o interessava mais.

— Faça o seguinte: Dê alguns telefonemas, vá até lá. Se conseguir alguma coisa, podemos conversar a respeito.

Will pediu ao motorista do táxi para ficar esperando. Precisava de mobilidade nas próximas horas e isso significava ter um carro à disposição. Para ser sincero, sentia-se mais seguro assim. Naquelas ruas, não queria ficar completamente sozinho.

Em questão de minutos, já estava se perguntando se valera a pena. O oficial Federico Penelas, o primeiro policial que estivera presente no local do crime, ficou relutante, respondendo as perguntas de forma lacônica.

— Havia algum tumulto quando você chegou aqui?

— Hã... não.

— Quem estava aqui?

— Só uma ou duas pessoas. A senhora que fez a chamada telefônica.

— Chegou a conversar com ela?

— Só anotei os detalhes do que ela viu... e quando. Agradeci por ela ter ligado para o Departamento de Polícia.

Mais uma vez o roteiro das respostas previamente elaboradas.

— E é sua tarefa cobrir a vítima com um cobertor?

Pela primeira vez, Penelas sorriu. A expressão era mais de zombaria que de calor humano. *Você não sabe de nada.*

— Aquele não era um cobertor da polícia. A polícia usa sacos de cadáver com zíper. Aquele cobertor já tinha sido colocado sobre a vítima quando eu cheguei.

— Sabe quem fez isso?

— Não. Calculo que tenha sido quem encontrou o sujeito morto. Sinal de respeito ou coisa assim. Da mesma forma como fecham os olhos da vítima. As pessoas fazem isso: como no cinema.

Penelas recusou-se a identificar a mulher que descobrira o cadáver, mas num telefonema para a delegacia, obteve mais sucesso — em off, claro. Afinal, Will tinha um nome: agora poderia fazer uso dele.

Teve de atravessar os conjuntos residenciais para encontrá-la. Sendo um homem de 1,85m de altura, do Upper East Side, com calça de algodão, paletó de linho azul e sotaque inglês, sentia-se ridículo e intensamente branco percorrendo aquele bairro pobre e negro. Os prédios ainda não estavam inteiramente destruídos, mas se encontravam em péssimas condições: pichados, os vãos das escadas cheirando a urina e cheios de janelas quebradas. Teria de abordar quem estivesse na rua e esperar que dessem alguma informação.

Criou uma regra instantânea: ater-se às mulheres. Sabia que era um impulso covarde, mas se assegurou de que nada havia do que se envergonhar. Lera certa vez um correspondente aclamado pela crítica declarar que os melhores repórteres de guerra eram os covardes: os bravos eram imprudentes e acabavam mortos. Não se tratava exatamente do Oriente Médio, mas era uma espécie de guerra — em torno de drogas, gangues ou raça — que se travava naquelas ruas.

A primeira mulher com quem falou não sabia de nada, bem como a seguinte. A terceira ouvira o nome, mas não sabia dizer onde. Recomendou outra pessoa, até que uma vizinha chamou a outra e Will acabou diante da mulher que encontrara Howard Macrae.

A mulher negra de 50 e poucos anos chamava-se Rosa. Will adivinhou que era uma devota, uma daquelas que impediam que comunidades como a sua se deteriorassem completamente. Ela concordou em ir a pé com ele até o local do crime.

— Bem, eu tinha ido ao mercado, para comprar pão e refrigerante, acho, quando notei o que pareceu um grande volume na calçada. Lembro que fiquei irritada: achei que mais uma vez alguém tinha jogado fora algum móvel na rua. Mas ao chegar mais perto, percebi que não era um sofá. Nã-não. Era baixo, achatado e meio irregular.

— Percebeu que era um corpo?

— Só quando cheguei bem perto. Até então, parecia apenas, você sabe... uma forma.

— Estava escuro?

— É, muito escuro e muito tarde. De qualquer modo, ali em pé, pensei: "Isso não é um sofá, nem uma cadeira. É um corpo debaixo daquele cobertor."

— Perdão, queria que voltasse ao que viu logo no início. Antes de estenderem o cobertor sobre o cadáver.

— Mas é o que estou descrevendo. O que vi foi um cobertor escuro com a forma de um cadáver embaixo.

— O cobertor já estava lá? Então a senhora não foi a primeira pessoa a encontrá-lo.

Droga.

— Não, eu *fui* a primeira a encontrar. Fui eu quem chamou a polícia. Ninguém mais. Fui a primeira a informar sobre o caso.

— Mas o corpo já estava coberto?

— Correto.

— Parece que a polícia acha que foi você quem estendeu o cobertor, Rosa.

— Bem, estão enganados. Onde eu ia arranjar um cobertor no meio da noite? Ou você acha que os negros carregam cobertores por aí, por via das dúvidas? Sei que as coisas são terríveis por aqui, mas não precisa exagerar.

Nada disso foi dito com ressentimento.

— Certo. — Will fez uma pausa sem saber como continuar. — Então quem deixou aquele cobertor ali?

— Estou lhe dizendo a mesma coisa que disse àquela policial. Foi assim que o encontrei. Belo cobertor, também. Meio macio. Talvez de caxemira. Uma coisa classuda, de qualquer jeito.

— Lamento voltar a isto, mas existe alguma chance de não ter sido a primeira pessoa a chegar ali?

— Não vejo como. Com certeza a polícia lhe contou. Quando ergui o cobertor, o corpo ainda estava quente. Não era sequer um cadáver, ainda era um *homem*. Entende o que quero dizer? Ainda estava quente. Como se tivesse acabado de acontecer. O sangue continuava saindo. Meio borbulhando, como água vazando de um cano. Terrível, simplesmente terrível. E sabe o que é mais estranho? Ele tinha os olhos fechados, como se alguém os tivesse fechado.

— Não me diga que não foi você?

— Não fui eu. Eu jamais disse que fui eu.

— Quem você acha que fez isso... que fechou os olhos dele, quero dizer?

— Você na certa vai achar que sou louca, imagine, do jeito que aquele homem foi esfaqueado até morrer, mas era como... Não, você vai achar que sou louca...

— Por favor, continue. Não acho de modo algum que é louca.

Will curvava-se então, um gesto instintivo. Ser alto em geral era uma qualidade positiva: ele podia intimidar. Mas naquele momento não queria se impor àquela mulher. Queria fazê-la sentir-se à vontade. Curvou os ombros para baixo, para poder encontrar os olhos dela sem obrigá-la a erguer a cabeça.

— Prossiga.

— Sei que aquele homem foi assassinado de uma forma terrível. Mas o corpo parecia... era como se de algum modo estivesse... sabe... deitado para descansar.

Will nada disse, apenas mordeu a tampa da caneta.

— Está vendo? Eu avisei. Você acha que sou louca. Talvez eu seja!

Will agradeceu à mulher e seguiu em frente pelo conjunto habitacional. Teve de percorrer apenas algumas quadras para chegar à parte realmente sórdida. Sabia que aqueles prédios serviam como pontos de venda de crack; os olhares duvidosos de rapazes entregando pacotes pardos uns aos outros enquanto olhavam para o outro lado. Eram aquelas as pessoas a quem devia perguntar sobre Howard Macrae.

A essa altura Will retirara o paletó — uma medida necessária naquele ensolarado dia de setembro —, mas continuava encontrando grande resistência. Tinha o rosto branco demais, o sotaque diferente demais. Quase todo mundo achava que ele era um tira à paisana, da divisão de narcóticos, na certa. Para os que o observavam, o carro que seguia algumas quadras atrás não ajudava. A maioria das pessoas se afastava no momento em que via seu livrinho de anotações.

A primeira informação chegou da maneira como sempre chega — de apenas uma pessoa.

Will encontrou um homem que conhecera Macrae. Ele parecia um pouco evasivo, mas, acima de tudo, entediado, sem nada melhor para fazer que passar algumas horas do dia conversando com um repórter. Divagou sem parar, detalhando disputas e controvérsias locais ocorridas há tempos, como se o *New York Times* estivesse realmente interessado.

— Vai querer pôr isto no seu jornal, meu amigo! — disse repetidas vezes, com uma risada bronquial de fumante.

Caras metidos a engraçados como esse, concluiu Will, eram um risco ocupacional.

— Então, e quanto a esse tal de Howard Macrae? — perguntou Will, quando o novo conhecido fez uma pausa durante uma análise do deficiente sistema de semáforos na rua Fulton.

Acabou que ele não conhecia Macrae tão bem, mas conhecia outros que o tinham conhecido. Ofereceu-se para levá-lo até eles, apresentando o repórter cada vez com a inestimável referência de caráter:

— Ele é gente boa.

Logo Will formava uma imagem de Macrae. Ele era um sujeito escolado do submundo, de carteirinha. Não havia a menor dúvida quanto a isso. Dirigia um bordel havia anos. A sofrida comunidade parecia tê-lo em alta consideração: parece que era bom como gigolô. Administrava um prostíbulo funcional, mantinha-o asseado — até levava as roupas das garotas para a lavanderia. Will entrou para ver os quartos por conta própria. O melhor que poderia dizer era que estava longe de ser tão repugnante quanto imaginara. Lembrava uma clínica de bairro pobre. Não se viam agulhas pelo chão. Ele até notou um bebedouro com água gelada.

As prostitutas contaram-lhe a mesma história.

— Senhor, não tenho mais nada a dizer além do que a dama já lhe disse: ele vendia nossos corpos. Era isso o que fazia. Coletava o dinheiro, dava algum pra nós e guardava o resto pra ele.

Howard parecia haver sido uma espécie de gigolô satisfeito com a vida. O bordel era seu domínio, e ele, obviamente, um ótimo anfitrião. À noite, descobriu Will, ele punha música alta e dançava.

Era já de tardinha quando encontrou o que estivera procurando o dia todo: alguém que genuinamente sofria com a morte de Howard Macrae. Will entrara em contato com o pessoal da funerária, que aguardavam o corpo ser transferido para eles pelo serviço de necrotério da polícia. Mandou o motorista de táxi conduzi-lo até a casa funerária, um lugar caindo aos pedaços, decrépito até para os padrões do resto do bairro. Will perguntou-se quantos desses "assassinatos comuns na terra das gangues" eles tinham de cuidar.

Somente a recepcionista parecia estar no local, uma jovem negra com as unhas mais longas e extravagantemente pintadas que Will já vira. Eram o único ponto brilhante em todo o lugar.

Ele perguntou se alguém os procurara a fim de organizar o enterro de Howard Macrae. Algum parente? Não, nenhum. A recepcionista achava que Macrae não tinha família. Will desanimou: precisava de mais detalhes pessoais, mais cor, se quisesse que a matéria desse certo.

Insistiu com mais veemência. Ninguém entrara em contato a respeito do Sr. Macrae, ninguém mesmo?

— Oh, agora que você falou nisso — disse a Garota das Unhas. *Até que enfim*, pensou Will. — Teve uma mulher, ela telefonou por volta da hora do almoço. Perguntou quando íamos fazer o enterro. Queria prestar suas condolências.

Ela achou um Post-it com as informações sobre a mulher. Will discou os números ali mesmo. Quando uma mulher respondeu, ele disse que telefonava da casa funerária: queria conversar sobre Howard Macrae.

— Venha direto para cá — disse ela.

No táxi, ele instantaneamente pegou o BlackBerry e digitou um e-mail para Beth. Havia um ritmo em toda essa comunicação eletrônica: passava e-mail de dia, quando sabia que a mulher ficava perto de um terminal de computador, mensagem de texto de celular à noite, quando sabia que ela não estaria.

Rápida aula de psicologia. Preciso obter entrevista com mulher que conheceu a vítima. Levei-a a acreditar que trabalho para a empresa funerária. Will agora tem de revelar a verdade. Como faço isso sem que ela fique tão furiosa que me atire para fora da casa? Preciso de sua opinião o mais rápido possível, tô a poucos quilômetros da casa dela. Bjs W

Esperou, mas não veio resposta alguma.

Já anoitecia quando bateu à porta de tela. Uma mulher colocou a cabeça pela janela do andar de cima. Quarenta e poucos anos, deduziu; negra, atraente. Cabelos alisados, com um matiz castanho-avermelhado.

— Já vou descer.

Ela se apresentou como Letitia. Não quis dar o sobrenome.

— Escute, meu nome é Will Monroe e peço desculpas.

Começou a balbuciar que era sua primeira grande matéria, que só mentira porque estava desesperado para não decepcionar os chefes, quando percebeu que ela não fazia nem dizia coisa alguma. Não o expulsara, apenas o ouvia com uma expressão levemente perplexa. Com a voz agora já se extinguindo, deu-lhe uma deixa:

— Escute, Letitia. Talvez esta seja a única maneira de a verdade sobre Howard Macrae chegar a ser publicada.

Mas viu que não era necessário. Ao contrário, Letitia parecia muito satisfeita por ter a oportunidade de falar.

Ela o conduziu até uma sala de visitas entulhada de brinquedos infantis.

— Howard era seu parente? — ele começou.

— Não — sorriu Letitia. — Não, só encontrei esse homem uma vez. — *Esse homem. Aqui vamos nós*, pensou Will. *Agora conseguiremos a verdadeira sujeira sobre esse Macrae.* — Mas uma só vez bastou.

Will sentiu uma ponta de esperança. *Talvez Letitia saiba de algum segredo sobre Macrae, um segredo sombrio o suficiente para explicar seu assassinato. Cheguei na frente da polícia.*

— Quando foi isso?

— Há quase dez anos. Meu marido... ele vai voltar logo... estava na prisão. — Ela viu a expressão de Will. — Não! Ele não fez nada. Era inocente. Mas não podíamos pagar a fiança para tirá-lo de lá. Passava noite após noite naquela cela de prisão. Eu não suportava isso. Fiquei desesperada. — Ergueu os olhos para Will, na esperança de que ele entendesse o resto. Que ela não tivesse de explicar os detalhes. — Todo mundo sabe que só há duas maneiras de ganhar dinheiro rápido aqui. Vendendo drogas ou...

Então Will sacou.

— Ou você vende drogas... ou vai procurar Howard.

— Certo. Eu me odiava por até mesmo pensar nisso. Fui criada cantando no coro da Igreja Episcopal Metodista Africana, Sr. Monroe.

— Pode me chamar de Will. Eu entendo.

— Fui criada com decência. Mas tinha de tirar meu marido daquela cadeia. Então fui... à casa de Howard.

Sem baixar os olhos, Will escreveu no livrinho. *Olhos marejados.*

— Ia vender a única coisa que eu possuía. — Agora as lágrimas rolavam. — Não conseguia nem entrar, me escondi nas sombras, hesitante. Howard Macrae me viu ali. Acho que tinha uma vassoura na mão. Ele me perguntou o que eu queria. Mais ou menos isto: "Posso ajudá-la?" Eu disse o que queria. Porque precisava do dinheiro. Não queria que ele pensasse... você sabe... E então esse homem, que nunca tinha me visto antes, fez uma coisa estranhíssima.

Will curvou-se para a frente.

— Na mesma hora ele foi para o que imaginei que fosse seu quarto naquele... lugar. Destrancou-o e imediatamente começou a desfazer a cama.

— Desfazer a cama?

— Sim. Fiquei assustada a princípio; não sabia o que ele ia fazer comigo. Pôs os lençóis numa pilha e depois foi mexer na mesa-de-cabeceira. Começou a enchê-la. Desligou o aparelho de CD, tirou o relógio, pôs tudo numa grande pilha. E então começou a empurrar tudo isso, me enxotando da frente. Pois bem, a cama era uma daquelas realmente boas, enorme, com um colchão resistente, de primeiríssima qualidade. Era pesada, mas ele a arrastou e empurrou-a até retirá-la do quarto. Abriu a caminhonete, uma daquelas antigas, bem surradas, e carregou-a com a cama, os travesseiros e tudo mais na parte de trás. E então pôs o resto das coisas. Juro, eu não tinha a menor idéia, em nome de Deus, do que o sujeito estava fazendo. Depois ele baixou a janela e me mandou esperar logo ali na quadra adiante, na esquina da rua Fulton. "Vejo você em cinco minutos", disse.

"Bem, àquela altura eu estava perplexa. Então fiz exatamente o que o homem mandou. E vi a caminhonete parada diante de uma loja de penhor. E lá estava Howard Macrae com todas as suas coisas, os homens saindo da loja para descarregar, e o dono entregando o dinheiro a Macrae. Quando eu menos esperava, Macrae entregou o dinheiro para mim.

— Para você?

— Sim. Isso mesmo. Para mim. Foi uma coisa estranhíssima. Eu me perguntei por que ele simplesmente não me deu algum dinheiro, se era o que queria fazer, mas não, insistiu em fazer todo esse sacrifício, como se vendesse todos os seus bens materiais ou coisa que o valha. E eu jamais esquecerei o que me disse quando fez isso. "Aqui tem algum dinheiro. Agora vá pagar a fiança de seu marido... e não vire prostituta." Ouvi o que aquele homem disse, paguei a fiança do meu marido e nunca vendi meu corpo, jamais. Graças àquele homem.

Ouviu-se um ruído na porta da frente. Will olhou em volta. Ouviu várias vozes: três ou quatro crianças e um homem.

— Olá, meu bem.

— Will, este é meu marido, Martin. E estas são minhas filhas, Davinia e Brandi, e este é meu filho, Howard. — Ela lançou a Will um olhar firme, silenciando-o. — Martin, este homem é do jornal. Já estava se despedindo.

Quando chegaram à porta da frente, Will sussurrou.

— Seu marido não sabe?

— Não, e não quero que ele saiba agora. Nenhum homem deve saber uma coisa dessas da mulher.

Will ia dizer que achava o contrário, que a maioria dos homens se sentiria muito honrada em saber que suas mulheres estavam dispostas a fazer tão extremo sacrifício, mas refletiu melhor.

— Mas o filho dele chama-se Howard.

— Eu disse a ele que sempre gostei do nome. Mas *eu* sei o verdadeiro motivo, e isso já é mais que suficiente. Howard é um nome que meu filho pode usar com orgulho. Eu lhe digo uma coisa, Sr. Monroe: o homem que mataram ontem à noite talvez tenha pecado todos os dias da vida que Deus lhe deu, mas foi o homem mais justo que já conheci.

CINCO

SÁBADO, 21H50, BROOKLYN

Naquela noite, na cozinha onde sempre conversavam, Will seguiu o costume tradicional. Beth preparava uma massa, e ele, logo atrás, lavava cada panela e colher à medida que ela as usava. Era uma estratégia inteligente, admitia: planejamento antecipado, impedir a montanha de louça para lavar depois do jantar. Repassava todo o seu dia para a mulher.

— O sujeito é um gigolô desprezível, mas quando vê aquela mulher em desespero, vende os bens mais pessoais para ajudá-la. Uma mulher que ele nem sequer conhece. Não é incrível?

Beth mexia a panela, sem nada dizer.

— Não tenho certeza do que Glenn vai pensar disso, mas essa mulher, Letitia, acha que Macrae salvou sua vida. Que *a* salvou. É uma história e tanto, não? Quer dizer, vai dar uma matéria e tanto.

Beth parecia muito distante. Will tomou isso como um sinal de aprovação a ponto de deixá-la em silêncio contemplativo.

— Mas chega desse assunto. Como foi seu dia?

Ela ergueu os olhos, a mão que mexia a panela parou. Lançou-lhe um longo e frio olhar.

— Ai, meu Deus, acabei de me dar conta... — ele disse.

O bilhete dela daquela manhã. *Grande dia hoje.* Ele o lera e esquecera. Na hora.

Beth nada disse, apenas esperou que ele se explicasse.

— Fui direto para o trabalho e fiquei entretido com essa história. Devo ter deixado o telefone desligado enquanto entrevistava aquela mulher. Você ligou?

— "Acabei de me dar conta." Como você pode dizer isso? Não pode "acabar de se dar conta" disso, Will. Não é assim que funciona. Não mesmo.

Ela falava com aquela voz calma, metálica, que quase o assustava. Reservava-a para quando ficava verdadeiramente furiosa. Ele imaginava que ela adquirira esse tipo de atitude como parte de sua formação psicológica: jamais perder a calma. Admirava-a na teoria, mas não na prática.

— Não pensei em mais nada por semanas e você "acabou de se dar conta" — ela insistiu. — Esqueceu completamente! — Agora aumentava o volume. — Teve o dia todo...

— Eu estava trabalhando...

— Você está sempre trabalhando ou pensando no trabalho. Nem mesmo se lembra do que devia ser a coisa mais importante em nossas vidas, e eu não como, nem durmo, nem tomo banho nem faço qualquer outra coisa sem pensar nisso.

Os olhos dela estavam ficando vermelhos.

— Me conte o que eles disseram — ele pediu.

— Não vai se livrar fácil assim, Will. Se quisesse saber o que disseram, devia ter ido ao hospital comigo. Devia estar lá comigo.

Cada uma das últimas palavras caiu pesada como uma âncora. Claro que ele devia. Como pudera esquecer? Era verdade o que ela dizia: não pensara em nada além de sua matéria desde o momento em que acordara.

Sabia que tinha de livrar-se desse estágio da conversa — por que faltara ao compromisso? — e avançar rápido para o que realmente importava: o que haviam dito os médicos? Mas como mudar o rumo da conversa? Só conhecia uma pessoa que conseguiria instantaneamente realizar essa manobra, esse truque psicológico. Essa pessoa era Beth.

— Querida, estou completamente errado. Não acredito que tenha faltado a esse compromisso. Não mereço saber o que aconteceu. Mas eu realmente quero saber. Falaremos de toda a minha obsessão com o trabalho, prometo. Mas, neste momento, acho que devia me contar o que aconteceu.

Ela se sentou, ainda segurando a colher de pau. Num sussurro quase inaudível, como se todo o ar houvesse sido sugado de seu peito, acabou falando.

— Eles não me examinaram; foi apenas uma "conversa". E disseram que devíamos continuar tentando por mais três meses até pensarmos em tratamento. — Fungou profundamente, pegando um lenço-de-papel. — Disseram que somos perfeitamente saudáveis, que devíamos esperar mais tempo antes de "dar o passo seguinte".

— É uma notícia boa, não é? — ele perguntou, semiconsciente de que era um erro tático, um passo prematuro para a alegria antes que o momento de escutar em silêncio tivesse passado.

Na verdade, sabia que o que Beth mais precisava era falar, pôr tudo para fora. E não ter de argumentar, explicar nem defender qualquer ponto de vista. Tinha consciência disso, mas a boca tinha idéias diferentes, querendo melhorar logo as coisas.

— Não, na verdade acho que não é uma boa notícia, Will. Acho que não é de modo algum uma boa notícia. Só torna a coisa uma porra de um mistério. Se meus óvulos são tão perfeitos e seu esperma da mais excelente qualidade, por que diabos NÃO CONSEGUIMOS TER UM BEBÊ?

Atirou a colher de madeira na parede, onde espirrou molho de tomate como um quadro de Jackson Pollock, virou-se e fugiu para o quarto. Ele correu atrás dela, mas ela bateu a porta. Will ouviu-a chorando.

Como ele pudera ferrar com tudo assim? Prometera-lhe que iriam à clínica juntos, que tiraria uma ou duas horas durante a tarde. Em vez disso, fora trabalhar e se esquecera de tudo pelo resto do dia. Chegara a enviar-lhe uma mensagem — sobre trabalho — na hora da consulta. Sabia o que a mulher psicóloga pensava. Que ele mergulhava na carreira para evitar lidar com o verdadeiro problema: quatro anos de casamento, dois anos de sexo sem proteção e um ano de sérias "tentativas" — e Beth ainda não engravidara. Ele sabia que parecia exatamente isso, mas ela estava enganada. Essa não era uma nova fase. Ele sempre fora ambicioso. Mesmo na faculdade, trabalhara árduo: quando não editava o *Cherwell*, tentava vender contos da vida universitária em Fleet Street. Se ali se concentravam as redações dos jornais, se era sinônimo de mercado jornalístico britânico, era onde ele estaria. Era o seu jeito de ser.

O telefone tocou.

— Will?

— Ah, oi, pai.

— Estou ligando só para saber se você gostou do concerto.

— Sim, claro. Adorei — disse Will, passando os dedos pelos cabelos e encarando o chão. Como pudera ser tão grosseiro? — Eu devia ter ligado. Que coro maravilhoso.

— Você parece desanimado.

— Não, só cansado. Foi um longo dia. Lembra aquele caso para o qual eu fui chamado depois do concerto, aquele assassinato? Tive a idéia de levantar o que todo mundo pensa que é um assassinato padrão e ver o que realmente aconteceu. "Retrato de uma estatística criminal", a vida antes da morte, esse tipo de coisa.

A presença de Beth atrás da porta fechada do quarto era sentida em todo o apartamento. Claro que ele devia estar lá, convencendo-a a voltar atrás. Ou pelo menos a deixá-lo entrar.

— É uma boa idéia. O que descobriu?

— Que ele era um reles gigolô do submundo.

— Bem, acho que não é uma grande surpresa. Naquele lugar, acho que não se encontraria nada difente. Mesmo assim, não vejo a hora de ler sua matéria sobre o FMI: desconfio que seja muito mais você. Escute, Will, Linda está gesticulando aqui ao meu lado. É um jantar para "você sabe quem", e esperam que a gente participe. Nos falamos em breve.

Mesmo nas noites de folga, pensou Will, o pai e a "parceira" — palavra que relutava em proferir a não ser entre aspas — faziam alguma coisa moralmente digna. O Hábitat da Humanidade era uma das instituições de caridade preferidas do pai. "Gosto da idéia de uma causa que nos exija tempo e trabalho, não apenas dinheiro", dissera o Sr. Monroe mais de uma vez. "Eles pedem que a gente abra o coração, não apenas a carteira." Pendurada na sala de audiências do juiz havia uma foto dele e do presidente anterior — o "você sabe quem" — os dois de pé no meio de uma escada, de jaqueta de couro, o ex-presidente segurando um martelo. Participavam de um dos eventos típicos do projeto Hábitat: a construção de uma casa para os sem-teto num único dia. No Alabama ou em algum outro estado.

Ele pensava em todo esse grande fervor do pai em fazer o bem. De fato, desconfiava disso. A interpretação mais cínica era que não passava de uma estratégia carreirista, destinada a polir a imagem do Sr. William Monroe como um homem de excelente caráter, eminentemente adequado a um lugar na mais elevada magistratura dos Estados Unidos. Em termos mais específicos, Will perguntava-se se o pai tentava melhorar suas chances com o eleitorado cristão evangélico, personagens fundamentais na nomeação de juízes para o Supremo Tribunal. Alguns de seus rivais eram cristãos declarados, comprometidos. Um liberal secular como o Sr. William Monroe não podia igualar-se a eles, mas se conseguisse aparar algumas de suas arestas radicais e agnósticas, isso só poderia ajudar. Pelo menos era isso que seu filho achava.

Will foi nas pontas dos pés até o quarto e abriu apenas uma fresta da porta. Beth dormia profundamente. Ele fechou a porta; pegou o resto da massa e comeu-a direto da panela. Sentia como se houvesse acabado de se erguer um muro no meio do apartamento deles — e ele e a mulher estivessem em lados opostos.

Pegou o controle remoto e ligou no seu canal favorito: CNN.

"Agora as notícias internacionais. Mais problemas em Londres com o ministro das Finanças, o chanceler do Tesouro Gavin Curtis, hoje sob o fogo da Igreja. O bispo de Birmingham recorreu à Casa dos Lordes para aumentar a pressão."

Will sentou-se para prestar mais atenção. Curtis parecia atormentado e muito mais velho do que ele se lembrava. Fora a Oxford quando Will era estudante. Curtis era então da oposição e estava atacando o departamento ambiental. Tinha comparecido para atuar como principal orador num debate na União dos Sindicatos de Oxford:

— Esta Casa acredita que o fim do mundo se aproxima.

Will era então o editor de notícias no *Cherwell* — e dera a si mesmo a ótima atribuição de entrevistar o político visitante.

Não pensara nisso durante anos, mas na época Curtis deixara nele uma forte impressão. Levara-o a sério, tratando-o como um verdadeiro jornalista quando Will não tinha muito mais que 19 anos. O engraçado era que Curtis não parecera um político, e sim um professor. Temperara a conversa com referências a livros e filmes, perguntando se Will lera algum teólogo holandês obscuro ou vira um novo e polêmico filme polonês. Will saíra da entrevista sentindo-se incompetente, mas também convencido de que Curtis estava destinado ao esquecimento: parecia intelectual demais para o tipo de esporte que constitui a alta política. À medida que o antigo entrevistado continuava em sua escalada no Gabinete, Will ficou constrangido por sua falta de visão política.

A CNN mostrava agora a imagem de um clérigo de cabelos brancos, terno cinza e apenas uma nesga de púrpura revelando-se embaixo. O rosto do bispo, ruborizado de ira, parecia tentar combinar com a cor da camisa. A CNN identificou-o como o líder do equivalente britânico da Igreja do Cristo Renascido nos Estados Unidos, uma ala extremamente moralista do evangelismo cristão.

— Esse homem é um pecador! — declarava o clérigo, enquanto um murmúrio que denotava ora concordância, ora discordância também podia ser ouvido. — Se é verdade que desviou fundos do tesouro público, precisa ser cassado!

Will desligou a televisão e foi para o computador. Beth dormiria até de manhã. Pensou em acordá-la para conversarem mais um pouco. Tinham uma regra: jamais ir para a cama brigados. Mas ela dormia tão profundamente que ele não ganharia ponto algum incomodando-a agora. Vira o estado da mulher. Ela assumira uma dezena de expressões diferentes no curso da noite: de serenidade, reprovação, até mesmo de ironia. Mais de uma vez ele fora acordado pelo ruído de Beth rindo de alguma piada secreta durante o sono. Mas nesse momento, mesmo com os cabelos castanhos outonais cobrindo-lhe a maior parte do rosto, notou o que temia ser um vinco de preocupação na testa dela, como se Beth estivesse intensamente concentrada. Imaginou desfazê-lo com apenas um toque. Talvez devesse voltar e simplesmente fazer isso. Não, e se ela acordasse e a briga deles recomeçasse? Melhor deixar como estava.

Ele poderia passar a noite escrevendo a matéria sobre Macrae e enviá-la logo ao amanhecer. Pelo menos isso impressionaria Harden. E seria uma desculpa para não entrar no quarto.

Ao teclado, sua mente não parava de desviar-se de Letitia, de Howard e das ruas de Brownsville. Sabia o que Beth queria, e a biologia, ou coisa que o valha, interpunha-se no caminho deles. Sentira-se encorajado pela atitude do hospital: dar tempo ao tempo. Mas ela não tinha o hábito de ser a paciente. Gostava de sentar-se do outro lado da mesa. E queria clareza: um diagnóstico, um plano de ação.

Sabia, além disso, que engravidar era apenas parte da história. Beth começara a ficar irritada com a obsessão profissional dele, sua determinação de deixar sua marca. Quando se conheceram, ela dizia que gostava dessa energia, achava-a sensual. Admirava a recusa dele por contornar problemas, capitalizar o prestígio do pai. Ele tornara as coisas difíceis para si mesmo — poderia ter voltado para os Estados Unidos quando completara 18 anos e usado o nome da família para conseguir um lugar em Yale —, e ela admirava isso. Agora, contudo, queria que ele deixasse a ambição de lado um pouco. Havia outras prioridades.

Acabou apagando pouco depois das quatro da manhã. Sonhou que estava num barco, empurrando uma embarcação como um vistoso gondoleiro. À sua frente, girando um pára-sol, estava uma mulher. Provavelmente Beth, mas ele não via muito bem. Tentou franzir os olhos, decidido a identificar o rosto. Mas o sol ofuscava-lhe a visão.

SEIS

SEGUNDA-FEIRA, 10H47, MANHATTAN

O bom pecador: a história de uma vida — e morte — em Nova York.

Will fitou a página, não a B6, a B11 ou mesmo a B3, mas a A1: a primeira página do *New York Times*. Vira-a no metrô a caminho do trabalho, mais um pouco ao seguir a pé para a redação — e passara quase todo o tempo em sua mesa fingindo não olhar para ela.

Chegara sob um bombardeio de e-mails de congratulação, de colegas sentados a um metro dele e de velhos amigos em diferentes continentes, que souberam de seu feito pela edição on-line do jornal. Recebia um entusiasmado elogio por telefone quando sentiu como que uma onda passar por sua mesa, um movimento silencioso de energia, como uma força magnética atraindo limaduras de ferro. Era Townsend McDougal, fazendo uma rara descida do monte Olimpo para caminhar entre os soldados. De repente, costas se enrijeceram; adotaram-se sorrisos rituais. Will notou Amy Woodstein levar por reflexo a mão à nuca para afofar os cabelos. O veterano jornalista da coluna "City Life" tentou arrumar a mesa com um único movimento de braço, despachando com isso alguns maços amassados de Marlboro para a gaveta de lápis.

O alto comando no *New York Times* ainda estava se habituando a McDougal: nomeado editor executivo apenas uns meses antes, fora uma escolha improvável. Seus antecessores imediatos haviam saído do segmento da sociedade nova-iorquina que produzira muitos dos mais famosos nomes da cidade e dera-lhe tanto de seu humor e linguagem: os judeus liberais. Os editores anteriores do *New York Times* pareciam e falavam como Woody Allen ou Phillip Roth.

Townsend McDougal era um caso muito diferente. Aristocrata da Nova Inglaterra, descendendo dos primeiros peregrinos e seguindo o estilo branco protestante anglo-saxão, usava um chapéu panamá no verão e mocassins ornados com borlas no inverno. Mas não foi isso que havia deixado os veteranos ansiosos quando de sua nomeação. Não, o que tornava o editor do *New York Times* uma combinação improvável era o simples fato de Townsend McDougal ser um cristão renovado.

Ainda não tornara compulsório o estudo da Bíblia, nem pedira aos repórteres que dessem as mãos em prece antes da rotativa funcionar toda noite. Mas fora um choque cultural para um templo de secularismo como o *New York Times*. Os colunistas e críticos do jornal haviam se habituado a um tom não exatamente gozador, mas sem dúvida distante. O cristianismo evangélico era algo que existia fora dali, no interior — no vasto Meio-Oeste americano ou no extremo sul entre as costas Leste e Oeste. Nenhum deles jamais diria isso de forma explícita, e muito menos escreveria, mas a suposição tácita era de que a fé renascida constituía o terreno da gente simples. "Confie em Jesus" era para as mulheres de calça de poliéster que assistiam ao programa de Pat Robertson ou para alcoólatras que precisavam dar uma virada na vida e declarar-se salvos num adesivo de pára-choques. Não era para grã-finos sofisticados saídos da Ivy League, a associação das oito tradicionais universidades e academias no Nordeste dos Estados Unidos, como eles próprios.

Townsend McDougal jogou por terra cada uma dessas previsões. Agora os jornalistas do *Times* tinham de conferir a aritmética padrão que declarava que só se aceitava o que fosse sinônimo de elegância. Dali em diante, a religião não seria mais considerada algo de mau gosto, como os penteados altos ou as refeições congeladas. Devia ser tratada com respeito. A mudança, desde as matérias sobre moda às páginas da seção de esporte, tornou-se visível semanas após a chegada de McDougal. O novo editor executivo não enviara um memorando. Não precisava fazê-lo.

Agora caminhava entre o pessoal da editoria "Cidade", o olhar apontado numa única direção.

— Escute, é melhor eu desligar — disse Will ao telefone, no que esperava fosse um sussurro.

Quando recolocou o receptor no lugar, McDougal começou.

— Bem-vindo ao Santuário, William. A primeira página do maior jornal do mundo.

Will sentiu-se enrubescer. Não foi vergonha causada pelo cumprimento, nem pela voz de McDougal berrando o elogio para toda a redação num sotaque arrogante, quase inglês, embora aquilo fosse bastante constrangedor. Foi pelo "William". Will achou que o pai chegara a um entendimento com McDougal: não haveria reconhecimento público algum da amizade entre os dois. Will sabia que já causaria ressentimento antes — o jovem jornalista talentoso em rápida ascensão —, sem os colegas imaginarem que era beneficiário daquele antiquado remédio para crescimento de carreira — o nepotismo.

E agora isso fora divulgado ali; os decibéis na voz de McDougal cuidaram disso. E-mails internos circulariam: adivinhe quem se relaciona em termos de primeiro nome com o patrão? Na verdade, Will candidatara-se ao emprego como todo mundo: enviara uma carta e fora convidado para uma entrevista. Mas ninguém acreditaria nisso agora. Ele sentiu o pescoço ficando quente.

— Fez um bom começo, William. Pegando uma matéria-prima não muito promissora e transformando-a numa coisa digna da primeira página. Às vezes eu gostaria que alguns dos seus colegas mais antigos mostrassem semelhante grau de esforço e energia.

Will perguntou-se se McDougal decidira deliberadamente fazer da sua vida um inferno. Seria algum tipo de rito de iniciação praticado pelos membros da ordem Skull & Bones criada em Yale, onde ele e seu pai se haviam tornado tão amigos? O editor bem poderia ter pintado um alvo nas costas de Will e entregado arcos e flechas a cada um dos seus colegas.

— Obrigado.

— Esperarei mais de você, William. E vou acompanhar esta história com interesse.

Com aquelas palavras e vestido em seu terno cinza bem cortado, Townsend McDougal foi embora. A postura de todos os repórteres, que antes haviam sentado em atenção, agora relaxava. O colunista da "City Life" abriu a gaveta de cima, pegou os cigarros e dirigiu-se à saída de incêndio.

Will teve uma intensa vontade igualmente instantânea. Sem pensar, ligou o número de Beth. Após o segundo toque, desistiu. Uma ligação sobre um triunfo no trabalho confirmaria tudo o que ela dissera sobre ele. Não, ainda tinha de fazer penitência.

— Aí, William!

Era Walton, a cadeira girou para ficar de frente para o espaço que os ligava com Woodstein e Schwarz. Olhava para cima, a metade inferior do rosto coberta por um sorriso orgulhoso. Parecia um menino bagunceiro de escola.

Apesar de ter quase 50 anos, Terence Walton tinha algo de infantil. O enervante hábito de brincar com jogos de computador enquanto trabalhava, martelando as teclas e fuzilando várias formas de vida alienígena para "avançar para o nível seguinte". Os dedos pareciam em constante busca de distração; assim que terminava um telefonema, já estava fazendo o seguinte. Vivia marcando atividades extracurriculares, uma participação no rádio aqui, uma palestra bem paga ali. Seu trabalho em Nova Délhi fora altamente elogiado, e ele era constantemente convidado como especialista. Seu livro, *A Índia de Terence Walton*, recebera o crédito de apresentar ao público americano um país que mal conheciam.

Dentro do prédio, Walton não era assim tão estimado. Isso, Will percebera. Só a disposição dos lugares já confirmava: um correspondente estrangeiro de volta a seu país colocado ao lado do mais novo recruta da redação. Não era um tratamento de astro. O que ele fizera para merecer essa desfeita Will ainda não sabia.

— Tínhamos acabado de falar sobre seu triunfo de primeira página. Bom trabalho. Claro, haverá alguns questionando, outros mais céticos, que vão perguntar que luz maior essa matéria projetou, mas eu não me incluo entre eles. Não, William; eu, não.

— Will. É Will.

— O editor executivo parece achar que é William. Talvez você precise trocar uma palavra com ele. De qualquer modo, minha pergunta é a seguinte: por que essa materiazinha devia estar na primeira página? Que fenômeno social mais amplo revelou mesmo? Receio que nosso editor ainda não tenha entendido inteiramente o sagrado lugar das coisas. Não é só para vinhetas divertidas ou interessantes. Devia servir como uma janela para um mundo novo.

— Acho que foi exatamente isso que ele fez. Corrigiu um estereótipo sobre a vida urbana na cidade. Esse homem parecia um sujeito sórdido, mas era, na verdade, um pouco melhor.

— Sim, é fantástico. E parabéns! Tremendo trabalho. Mas lembre o que dizem da sorte de iniciante: muito difícil repetir o mesmo truque duas vezes. Duvido até que consiga encontrar muitas "histórias de pessoas comuns" — disse com voz afetada, tipo Poliana — que interessem ao *New York Times*. Pelo menos não no *New York Times* para o qual eu costumava trabalhar. Uma vez vale como uma realização, William; duas seriam um milagre.

Will virou-se de volta para seu computador, para a caixa de entrada de e-mail. *Woodstein, Amy*. No campo do assunto: *Café?*

Cinco minutos depois, estava na imensa cantina do jornal, inteiramente deserta naquela hora da manhã. Percorreu as vitrines que abrigavam as mercadorias do *Times*: moletons, bonés de beisebol, modelos de brinquedo dos antigos caminhões de distribuição do *Times*. Amy materializou-se ao seu lado, agarrada a uma caneca de chá de ervas.

— Eu só queria lamentar tudo o que acabou de acontecer. É o lado ruim de trabalhar aqui: muita testosterona, se entende o que quero dizer.

— Tá tudo bem...

— As pessoas são muito competitivas. E sobretudo Terry Walton.

— Foi a impressão que eu tive.

— Sabe a história dele?

— Sei que estava em Nova Délhi e foi obrigado a voltar.

— Foi acusado de fraude nas despesas. Não puderam provar, e por isso ele ainda está aqui. Mas sem dúvida perderam a confiança.

— Sobre dinheiro, você quer dizer?

— Oh, não, não apenas sobre dinheiro. — Ela deu um risinho abafado.

— O que mais então?

— Bem, escute, você não soube disso por mim, certo? Mas meu conselho é que esconda seus blocos de anotações quando Terry estiver por perto. E fale baixo ao telefone.

— Não estou entendendo.

— Terry Walton rouba matérias. É famoso por isso. Quando estava no Oriente Médio, era chamado de "Ladrão de Bagdá".

Will sorriu.

— Na verdade, não tem nada de engraçado nisso. Jornalistas em todo o mundo poderiam falar a noite toda sobre os crimes de Terence Walton. Will, é sério: esconda à chave seus cadernos, documentos, tudo. Ele vai lê-los.

— Então é por isso que ele escreve daquele jeito.

— Como?

— Walton tem uma caligrafia minúscula, totalmente indecifrável. É proposital, não? Para assegurar que ninguém leia suas anotações.

— Só estou avisando para tomar cuidado.

Quando ele chegou à redação, encontrou Glenn Harden colando um Post-it no monitor: "Venha me ver."

— Ah, aí está você — disse. — Tenho uma mensagem da "Nacional". Você vai para o oeste, rapaz.

— Como?

— Para Seattle. A mulher de Bates está em trabalho de parto e a "Nacional" precisa que a gente cubra. Parece que eles não têm repórteres disponíveis, e assim estenderam o chapéu. — Harden elevou a voz. — Raspei o fundo do barril e ofereci-lhes Walton, mas ele veio com uma desculpa esfarrapada e sugeriu você. — Ao telefone, Walton não escutou. — Fale com Jennifer, ela marcará um vôo para você.

— Obrigado — gaguejou Will, um sorriso começando a surgir-lhe no rosto.

Sabia que era uma oportunidade importante, um sério voto de confiança. Claro, só uma cobertura e temporária. Mas Harden não ia querer a desgraça da "Cidade" aos olhos do que encarava como os esnobes grã-finos da "Nacional": queria mostrar o melhor da seção "Cidade". Engoliu em seco com a idéia: de que o melhor era ele.

— Oh, e ponha as galochas na mala.

SETE

TERÇA-FEIRA, 10H21, ESTADO DE WASHINGTON

E eu vos mostrei, Jesus Cristo é a luz e o caminho. Vimos um milagre hoje...

A rádio cristã, junto com a música country, era algo com que se podia contar sempre: mesmo nos lugares mais remotos, onde não havia outras estações, sempre seria privilegiado com a palavra do Evangelho, transmitida pelos ares. Nos desfiladeiros montanhosos do estado de Washington não era diferente.

Will percebeu que se aproximava do local da enchente. As estradas foram ficando engarrafadas e logo ele começou a ver as luzes das equipes de emergência piscando. Depois, aquilo que mais comprovava tudo, a frota de caminhões brancos munidos de antenas: a TV local, confirmação de que chegara ao local da matéria.

Grudou num fotógrafo que parecia saber o que fazia. Pelo menos, tinha todo o equipamento certo. Não apenas o colete oficial de fotógrafo, com bolsos suficientes para guardar as posses de uma família, mas botas de canos altos até as coxas, calça impermeável, meias e luvas para frio polar que pareciam desenhadas sob medida pela Nasa.

Will avançou atrás dele chapinhando na água gelada da enchente, consciente do frio que lhe subia pelas pernas das calças. Pouco depois, pegaram carona num bote inflável da polícia e foram transportados de casa em casa, todas submersas. Viu uma mulher içada para a segurança trazendo seu bem mais valioso: seu gato. Outro homem soluçava, em pé, diante da fachada de sua loja, vendo o investimento de toda uma vida levado pela água como folhas na sarjeta.

Algumas horas depois, Will estava de volta ao carro alugado, encharcado e curvado sobre o teclado. "A população da região Noroeste está acostumada ao gênio instável da natureza — mas essa última mudança de humor a deixou abalada", começou, antes de relatar os infortúnios individuais. Duas citações do corpo de oficiais e uma bela frase conclusiva sobre a inconstância do clima, proferida pelo homem que perdera a papelaria, e Will pôs o ponto final.

Assim que voltou ao quarto de hotel, telefonou para Beth. Ela já se deitara e falava então sobre seu dia; ele lhe contou toda a história de sua encharcada jornada pelas terras inundadas. Os dois estavam exaustos demais para recomeçar a conversa que nunca haviam realmente concluído.

Ele passou os olhos pelos noticiários locais: imagens das enchentes de Snohomish; reconheceu alguns rostos. Comoveu-se com o repórter que fazia a tomada ao vivo: isso significava que ele continuava lá.

"A seguir, mais detalhes sobre o assassinato de Pat Baxter. Após essas mensagens."

Will voltou para o computador, prestando pouca atenção às palavras que saíam da TV.

A vítima, 55 anos, encontrada morta e sozinha em sua cabana... a polícia suspeita de arrombamento... muito estrago, mas nada roubado... Baxter vinha sendo mantido sob vigilância durante anos... foi considerado suspeito no caso do Unabomber... não tem família nem parentes...

Will virou-se. Uma palavra saltara. Procurou "Unabomber" no Google e obteve um curso de atualização instantâneo sobre o bizarro caso que ludibriara o FBI por duas décadas. Alguém enviara bombas pelo correio para endereços empresariais na Costa Leste, deixando uma trilha de pistas obscuras. Por fim, o culpado distribuíra um "manifesto", um tratado quase acadêmico, que parecia ser obra de um homem solitário com uma profunda aversão por tecnologia. Também parecia nutrir esse mesmo e profundo sentimento pelo governo. Havia uma matéria no site do *Seattle Times* que acabara de ser postada.

Aquele sentimento colocava o Unabomber em sintonia com todo um movimento da década de 1990, do qual o falecido Pat Baxter foi uma peça confiável. Pois essa era a época das milícias armadas — americanos que se armavam contra o que julgavam que fosse uma iminente chacina pelo governo dos EUA. Acabaram se espalhando por todos os Estados Unidos, mas começaram no Noroeste americano.

Will pesquisou o arquivo on-line do *New York Times*. Impressionaram-no as primeiras matérias que apareceram: muito favoráveis, descrevendo os homens da milícia como "soldados de fim de semana", estudantes gordos, muito altos, extravasando sua raiva com empáfia em jogos de guerra. Mas logo o tom mudou.

O impasse de 1992 em Ruby Ridge, onde um branco perdeu mulher e filho num tiroteio com agentes federais, como o cerco em Waco, Texas, um ano depois, revelava um mundo do qual a maioria dos americanos — e certamente aqueles nas redações em Nova York — jamais ouvira falar. Viam Washington como o centro de uma nova e obscura ordem mundial, personificada pelas odiadas Nações Unidas, determinadas a escravizar pessoas livres em toda parte. De que outro modo explicar os misteriosos helicópteros pretos pairando sobre as áreas rurais do país? Que outro sentido poderia haver nos números no verso das placas de sinalização rodoviárias; seriam coordenadas codificadas que ajudariam um dia o exército dos EUA a arrebanhar os concidadãos para campos de concentração?

Quanto mais lia, mais fascinado Will ficava. Aqueles guerreiros civis acreditavam nas mais loucas teorias — sobre maçonaria, o Banco Central Americano, mensagens codificadas nas notas de dólar, ligações misteriosas com bancos europeus. Alguns deles tinham tanta certeza de que os burocratas cruéis e violentamente opressivos do governo federal estavam a fim de pegá-los que haviam se retirado para as montanhas, escondendo-se em cabanas nos mais remotos lugares de Idaho ou nas florestas de Montana. Haviam rompido as ligações com o governo de todas as formas: não tinham carteira de motorista e recusavam-se a assinar qualquer documento oficial. Alguns se desligaram, literalmente, da rede elétrica — gerando sua própria energia, em vez de viver do sistema elétrico nacional.

E não queriam cooperar. No segundo aniversário da conflagração em Waco, o prédio federal Alfred P. Murrah, na cidade de Oklahoma, despedaçou-se, transformando-se em poeira, depois da explosão de um poderoso carro-bomba, matando 169 pessoas. Constatou-se que os culpados não eram extremistas islâmicos, mas rapazes americanos típicos, com aversão ao seu próprio governo.

O *Seattle Times* tinha uma imagem de arquivo de Baxter numa manifestação em Montana, em 1994. Só que parecia mais uma feira comercial, com estandes onde os expositores mostravam suas mercadorias. Baxter foi fotografado tomando conta de uma barraca que vendia refeições instantâneas no estilo militar. Aparentemente, atuava no ramo de comidas desidratadas, barracas portáteis e coisas do gênero: artigos de sobrevivência que manteriam o americano amante da liberdade alimentado e abrigado durante o confronto que se aproximava. No remoto mundo do movimento antigovernamental, Baxter era, senão uma celebridade, um membro atuante.

Ele foi um grande patriota, e sua morte é um terrível golpe para todos os que amam a liberdade — disse Bob Hill, um auto-intitulado comandante da milícia de Montana.

QUARTA-FEIRA, 9H, SEATTLE

Era preocupante, mas o telefone não tocara. Quando ele por fim acordou às nove da manhã — meio-dia no horário de Nova York —, viu que o celular não registrava nenhuma ligação não atendida. Pegou o BlackBerry; apenas um e-mail sem importância. Tinha algo errado.

Alcançou o laptop, puxando-o da mesa para a cama, esticando o cabo até quase arrebentá-lo. Conferiu o site do *Times*: nenhum sinal de sua matéria. Clicou na seção "Nacional": links de matérias de Atlanta, Chicago e Washington. Clicou e clicou. Havia algo de Seattle. Mas era apenas um texto da Associated Press, escrito naquela manhã. Nenhum sinal da sua matéria.

Ele telefonou para Beth.

— Oi, meu bem, viu o jornal hoje?

— Sim, estou muito bem. Que bondade a sua perguntar.

— Desculpe, é só que... você está com ele aí?

— Espere. — Uma longa pausa. — Tudo bem, que devo procurar?

— Qualquer coisa escrita por mim.

— Eu olhei esta manhã. Não encontrei nada. Achei que talvez fosse trabalhar mais na matéria hoje.

Will fez um muxoxo silencioso: claro que não ia trabalhar na matéria hoje. Era uma notícia sobre o clima, pelo amor de Deus: nenhuma mercadoria era mais perecível no jornalismo que uma matéria sobre o clima.

— Você checou na seção "Nacional" por dentro? Cada página?

— Chequei, Will. Lamento. Isso quer dizer que não a publicaram?

Era exatamente o que queria dizer: sua matéria fora recusada e arquivada.

Concentrou as energias para ligar para a redação. Se alguém além de Jennifer, a secretária, atendesse, ele desligaria. Discou.

— "Nacional". Jennifer.

— Oi, Jennifer, é Will Monroe, falando de Seattle.

— Oh, oi. Quer falar com Susan?

— Não! Não. Não é necessário. Sabe aquela matéria que enviei ontem, sobre as enchentes? Sabe o que aconteceu com ela?

A voz de Jennifer mudou.

— Mais ou menos. Ouvi o pessoal falar dela. Disseram que era muito boa e tal, mas que você não tinha falado com eles primeiro. Se falasse, teriam lhe dito que não precisavam de matéria ontem.

— Mas eu falei...

Claro. Só falara com Jennifer, dera-lhe suas coordenadas e planos. Havia suposto que eles queriam que ele fizesse a cobertura. Harden não lhe dissera para levar as galochas na mala?

Agora entendia: estava em Seattle por via das dúvidas. Estava apenas esquentando o lugar de Bates. Todo aquele esforço encharcando-se na véspera fora em vão. Sentia-se sem graça, como um estagiário excessivamente ansioso. Tinha sido um erro idiota.

— Espere, Susan quer trocar uma palavra.

A três fusos horários de distância, Will preparou-se para uma espinafração.

— Oi, Will. Escute, a regra é não mandar nenhuma matéria, a não ser que tenhamos falado com você primeiro. Certo? Talvez seja legal encontrar algo que o interesse, bisbilhotar por aí um pouco e ver o que vale a pena. Quanto às notícias locais, mantenha o telefone ligado, que a gente te fala se precisar de alguma coisa.

Will tomou o café-da-manhã mal-humorado. Ele havia estragado a coisa toda — e feio. Àquela altura Jennifer teria feito circular a história no pequeno círculo do pessoal do *Times* na faixa dos vinte anos: estariam dando uma boa risada à sua custa. O menino de ouro com o papai figurão tinha caído na real.

Só havia uma solução. Teria de criar uma matéria adequada. De algum modo, lá do meio da neve, da madeira e das batatas, teria de conseguir uma história substancial, que provasse ao pessoal de Nova York que não haviam cometido um erro. Sabia exatamente aonde iria.

OITO

QUARTA-FEIRA, 15H13, ESTADO DE WASHINGTON

O vôo sobre o estado de Washington fora breve, embora aos solavancos, e a ida de carro, saindo de Spokane, deslumbrante. As montanhas chegavam quase a ser exageradamente belas, cada cume polvilhado de neve que parecia feita do mais refinado açúcar. As árvores, fileiras e fileiras, eram retas como lápis e tão densamente amontoadas que a luz que filtrava por entre elas parecia piscar.

Ele se dirigia para leste, logo cruzando a divisa com o estado de Idaho — ou pelo menos a longa e esguia parte superior do estado onde os Estados Unidos parecem se encontrar com o vizinho do norte, o Canadá. Passou por Coeur d'Alene, que se assemelhava com uma aldeia de esqui suíça, mas que era mais famosa como sede de um movimento racista conhecido como Nações Arianas. Will vira as fotos nos recortes: homens vestidos de uniformes quase nazistas, a plaqueta "só brancos" na entrada. Seria uma fascinante parada, mas ele não saiu da estrada. Will já tinha um algum lugar certo para onde ir.

Seu destino ficava no outro lado de Idaho, na parte ocidental de Montana. As estradas eram estreitas, mas ele não se sentiu frustrado. Adorava dirigir pelos Estados Unidos, a terra das estradas sem fim.

Adorava as placas e os outdoors, em que se promoviam lojas de móveis a quase sessenta quilômetros de distância; adorava as paradas de descanso Dairy Queen; os adesivos de pára-brisas, sobre política, religião e as preferências sexuais dos colegas motoristas. Além disso, planejava seu ataque.

Já falara com Bob Hill, que o esperava. Hill, devidamente, correspondera à caricatura da mídia de um caipira louco por armas. Pediu o nome completo de Will e sua carteira de identidade:

— Assim posso ver quem cê é. Ter certeza de que cê é quem diz.

Will tentou imaginar o que Bob descobriria sobre ele olhando seus documentos. Britânico? Até aí, tudo bem. Os americanos em geral gostavam dos britânicos. Embora detestassem bichas européias, desmunhecadas, os britânicos eram legais: uma espécie de americanos honorários. Pai juiz federal? Isso poderia ser problemático; as autoridades federais eram desprezadas. Mas os juízes nem sempre se enturmavam com o resto dos odiados burocratas que representavam "o governo". Alguns eram até vistos como os protetores da liberdade, defendendo-se da invasiva mão dos políticos. Contudo, se Hill examinasse, encontraria muito na ficha do Juiz Monroe que o ofenderia. Will desejou que o anfitrião não fosse muito fundo.

Que mais?

Pais divorciados: isso talvez aborrecesse os homens da milícia. Entendam, ali não era o Alabama; os sobrevivencialistas não eram como os da direita cristã. Havia alguma semelhança, mas não eram idênticos.

O devaneio terminou assim que ele viu as placas. "Bem-vindo a Noxon. População: 230." Baixou os olhos para a anotação que tinha no colo: as coordenadas de Hill. Precisava virar à esquerda no posto de gasolina, seguir uma estrada que se tornaria uma trilha. A caminhonete começou a balançar de um lado para o outro nos sulcos de lama, merecendo, ou assim Will gostava de pensar, o valor extra que ele — e, portanto, o *Times* — tivera de pagar.

Logo chegou a um portão. Nenhuma placa. Ia telefonar para Hill, como combinado, mas estava a meio caminho de digitar o número quando um homem apareceu na frente do seu pára-brisa. Sessenta e poucos anos, jeans, botas de caubói, jaqueta surrada; sério. Will saltou do carro.

— Bob Hill? Will Monroe.

— Então nos encontrou fácil?

Will elogiou as orientações de Hill, tentando quebrar o gelo com uma bajulação descarada. O anfitrião grunhiu sua aprovação enquanto se arrastava para um barranco de terra acima, em direção ao que parecia uma densa área florestal. Quando eles chegaram mais perto, Will começou a vislumbrar um ponto de luz: uma cabana, muito brilhantemente camuflada.

Hill olhou para sua cintura, onde um molho de chaves pendia de um ilhós no cinto. Conduziu-o ao interior.

— Tem uma poltrona ali. Fique à vontade. Tenho uma coisa para lhe mostrar.

Will usou os poucos segundos que tinha para olhar em volta: um escudo de metal na parede, exibindo uma insígnia com alguns elementos militares. Franziu os olhos: MM. Milícia de Montana. Viam-se algumas fotografias emolduradas, incluindo uma do anfitrião exibindo a cabeça de um cervo. Nas prateleiras de metal, uma caixa de folhetos. Ele bisbilhotou dentro: "A Ordem do Novo Mundo: Operação Tomada do Poder."

— Fique à vontade, pegue um. — Will deu uma brusca meia-volta e encontrou Bob Hill bem atrás dele. Ex-fuzileiro naval, Vietnã; claro que saberia como se aproximar furtivamente de um mero civil como ele. — Eu mesmo escrevi. Com a ajuda do finado Sr. Baxter.

— Então ele estava... profundamente envolvido?

— Como eu lhe disse ao telefone, um excelente patriota. Pronto a fazer o que quer que fosse necessário para garantir a liberdade desta nação... embora sua nação tivesse sido enganada demais, o cérebro estragado demais pela propaganda da elite de Hollywood, para compreender que a liberdade dela achava-se sob ameaça.

— O que fosse necessário?

— Por qualquer meio necessário, Sr. Monroe. Sabe quem disse isso, não sabe? Ou foi antes de sua época?

— Foi antes de minha época, mas eu sei. Este era o lema dos Panteras Negras.

— Muito bem. E se foi bom para eles na luta contra o "poder branco", é bom o bastante para nós em nossa luta para manter os Estados Unidos livres.

— Quer dizer violência? Força?

— Sr. Monroe, não ponhamos o carro adiante dos bois. Pode me fazer todas as perguntas que quiser, tenho muito tempo. Mas primeiro preciso lhe mostrar uma coisa. Ver se isso interessa aos grandes intelectuais do *New York Times*, da Costa Leste.

A essa altura sentara-se atrás de uma velha escrivaninha de metal surrada que não pareceria deslocada no escritório de uma oficina de automóveis. Entregou a Will, ainda em pé, duas folhas de papel grampeadas.

Will levou alguns segundos para entender o que olhava. As anotações da necropsia realizada no cadáver de Pat Baxter.

— Missoula enviou por fax esta manhã.

Missoula, a cidade grande mais próxima.

— O que diz?

— Oh, não queira que eu estrague a surpresa. Acho que você mesmo deveria ler.

Will sentiu uma pontada de pânico: era o primeiro relatório de necropsia que via na vida. Quase impossível decifrar. Cada título estava escrito em confusa linguagem médica; a caligrafia do restante do documento era igualmente inescrutável. Ele se viu lutando contra o papel.

Finalmente, entendeu uma frase.

"Grave hemorragia interna compatível com ferimento provocado por projétil; contusões da pele e vísceras. Observações gerais: marca de agulha na coxa direita, sugestiva de anestesia recente."

— Ele foi baleado — começou Will, inseguro. — E parece ter sido anestesiado antes de levar o tiro. O que parece muito estranho, admito.

— Ah, mas há uma explicação. Continue a leitura, Sr. Monroe.

Will esquadrinhou o documento, à procura de pistas. A caligrafia rabiscada, enviada por fax, não facilitava em nada.

— Segunda página — propôs Hill. — Observações gerais.

— Lesão nos órgãos internos: fígado, coração e rim (único) grave. Outras vísceras fragmentadas.

— O que lhe salta aos olhos, Sr. Monroe? Quero dizer, que palavra salta e se destaca?

Will quis dizer "vísceras", apenas porque a palavra era inegavelmente poderosa. Mas sabia que não era a resposta que Hill procurava.

— Único.

— Mas ora veja só, vocês, garotos de Oxford, são tão espertos quanto dizem. — Hill não estava brincando quando falou em pesquisar sobre Will. — Correto. Único. O que acha que aconteceu, Sr. Monroe? Que estranho conjunto de fatos os mais excelentes de Montana até agora preferiram ignorar? Bem, vou lhe dizer.

Will sentiu-se aliviado; o jogo de adivinhação fazia-o suar.

— Meu amigo, Pat Baxter, foi anestesiado antes de ser morto. E seu corpo foi encontrado sem um rim. Some dois e dois, e o que temos?

Will resmungou quase consigo mesmo:

— Quem fez isso removeu o rim dele.

— Não só isso, mas foi por isso que o mataram. Quiseram fazer parecer um roubo, um "arrombamento desastrado", como disseram na TV. Mas tudo isso é uma cortina de fumaça. A única coisa que queriam era roubar o rim de Pat Baxter.

— Por que diabos iam querer fazer isso?

— Ora, Sr. Monroe. Abra os olhos! Trata-se de um governo federal que vem fazendo experiências com biochips! — Percebeu que Will não acompanhava o seu raciocínio. — Códigos de barra implantados sob a pele! Para monitorar nossos movimentos. Há razoáveis indícios de que eles têm feito isso com recém-nascidos, bem ali na enfermaria da maternidade. Um sistema de etiquetagem eletrônica que permite ao governo acompanhar-nos do berço à sepultura... muito literalmente.

— Mas por que iriam querer o rim de Pat Baxter?

— O governo federal percorre caminhos misteriosos, Sr. Monroe, para realizar suas ações. Talvez quisessem implantar alguma coisa no corpo de Pat e o plano tinha dado errado. Talvez o anestésico tenha acabado e ele tenha começado a resistir. Ou talvez tenham posto alguma coisa dentro do corpo dele anos atrás. E agora precisavam recuperá-la. Quem sabe? Talvez os federais apenas quisessem examinar o DNA de um dissidente, ver se podiam descobrir o gene que forma um verdadeiro americano amante da liberdade e trabalhar para erradicá-lo.

— Isso parece meio forçado.

— Admito. Mas estamos falando de um complexo industrial-militar que gastou milhões de dólares em técnicas de controle da mente. Sabe que eles tinham um projeto secreto no Pentágono para ver se os homens conseguiam matar cabras simplesmente olhando para elas? Não estou inventando isso. Portanto, pode ser forçado. Mas aprendi que algo forçado e uma inverdade são duas coisas muito diferentes.

Will acabou conduzindo Hill para águas mais calmas e sãs à procura de detalhes da vida de Baxter que sabia que ia precisar. Obteve alguns, inclusive uma história pregressa sobre o pai do morto: a verdade era que o pai de Baxter fora um veterano da Segunda Guerra Mundial que perdera as mãos. Sem poder trabalhar, ficara desesperado; mal conseguia alimentar a família com a pensão de ex-combatente. Hill reconhecia que Baxter tinha sido criado com ressentimento contra um governo que mandava um jovem para matar e morrer pelo país e depois o abandonava quando ele voltava para casa. Quando a história se repetiu com a própria geração de Baxter no Vietnã, o ressentimento chegou ao ápice.

Isso cairia muito bem, servindo como a chave psicológica fácil de digerir e necessária a todas as boas reportagens — tanto nos jornais quanto nos filmes. A matéria começava a tomar forma.

Ele pediu a Hill que o levasse até a cabana de Baxter. Usaram o carro de Will, o motor acelerando para vencer o caminho acidentado. Logo Will viu a cor — a fita amarela de um cordão de isolamento policial.

— Só podemos chegar até aqui. É o local do crime. — Will enfiou a mão no bolso. Como se lesse sua mente, Hill acrescentou: — Mesmo sua elegante credencial da imprensa de Nova York não lhe dará acesso. Está lacrada.

Will desceu do carro, só para sentir a situação. Pareceu-lhe um abrigo: uma cabana de toras, do tipo que uma família abastada poderia usar para estocar lenha. As dimensões tornavam difícil acreditar que um homem fizera dela seu lar.

Pediu a Hill para descrever o interior o melhor que pudesse.

— É fácil — disse ele. — Não tinha quase nada lá dentro: uma cama estreita de metal, uma poltrona, um fogão e um rádio de ondas curtas.

— Parece uma cela.

— Pense num alojamento militar; é o que parecia. Pat Baxter vivia como um soldado.

— Espartano, quer dizer?

— Sim, senhor.

Will perguntou com quem mais ele poderia falar. Amigos, família...

— A Milícia de Montana era a sua única família — disparou de volta Hill, um pouco rápido demais, pensou Will. — E até nós o conhecíamos pouco. A primeira vez que vi esta cabana foi quando a polícia me trouxe aqui. Queriam que eu identificasse quais roupas eram dele e quais poderiam ter sido deixadas pelos assassinos.

— Assassinos, no plural?

— Não acha que alguém começa a fazer uma importante cirurgia como essa sozinho, acha? Teriam precisado de uma equipe. Todo cirurgião precisa de uma enfermeira.

Will deu uma carona a Bob Hill de volta à cabana dele. Desconfiava que, embora seu escritório fosse básico, sua casa ficava em outro lugar — e não devia ser tão despojada quanto a de Baxter. O morto era claramente uma espécie extrema de extremista.

Despediram-se, trocaram e-mails, e Will continuou sua viagem. Bob Hill obviamente era maluco — DNA para dissidência, ora vejam —, mas aquele negócio do rim era definitivamente estranho. E por que iriam os assassinos de Baxter dar-lhe uma injeção?

Ele saiu da Rodovia 200 para abastecer o carro e o estômago. Entrou num restaurante e pediu um refrigerante e um sanduíche. Tinha uma TV ligada, sintonizada na Fox News.

... Direto de Londres agora e mais sobre o escândalo que ameaça derrubar o governo britânico.

Mostraram imagens de Gavin Curtis com a aparência atormentada saindo de um carro para a exposição de flashes e holofotes de televisão.

Segundo um jornal britânico de hoje, os arquivos do Tesouro mostram claras discrepâncias que só podem ter sido autorizadas no mais alto escalão. Enquanto políticos de oposição exigem um total esclarecimento das contas, o porta-voz do Sr. Curtis diz apenas que "não houve malversação"...

Sem pensar, Will começou tomar notas; não que algum dia fosse precisar delas: as chances de Curtis presidir o FMI agora certamente eram de remotas a inexistentes. Ao ver as imagens de Curtis sendo conduzido ao longo de um corredor de repórteres — um clássico "pega-pra-capar", como diziam os caras da TV —, a mente de Will divagava em terreno trivial. Como o carro dele pode ser tão comum? Gavin Curtis estava predestinado a ser o segundo homem mais poderoso na Grã-Bretanha e, no entanto, era conduzido no que parecia um carro de representante de vendas. Viviam todos os ministros britânicos assim tão modestamente — ou apenas Gavin Curtis?

Will ligou para o escritório do xerife de Sanders County e foi informado de que, apesar de todas as investigações federais e inquéritos sobre o Unabomber, Baxter não tinha qualquer ficha criminal. Estivera sob forte vigilância pessoal, que não produzira nada: duas viagens inexplicáveis a Seattle, mas nenhuma prova de ilegalidade. Jamais fora condenado. Will folheou as páginas anteriores do livrinho de anotações. Escrevera tudo o que pudera do relatório da necropsia, incluindo o nome do médico que assinara o documento. Dr. Allan Russell, Médico Perito, Instituto Médico-Legal, Laboratório de Crime Estadual. Talvez esse Dr. Russell soubesse dizer-lhe o que os camaradas da milícia do Sr. Baxter desconheciam. Como morrera Pat Baxter... e por quê?

NOVE

QUARTA-FEIRA, 18H51, MISSOULA, MONTANA

Chegou tarde demais; o Laboratório de Crime já encerrara o expediente. Lábia alguma poderia alterar esse fato; o pessoal fora para casa. Ele teria de voltar no dia seguinte, o que significava passar a noite em Missoula.

Sentiu-se brevemente tentado pela C'mon Inn,* simplesmente porque o nome era bom demais para resistir. Mas compreendeu que poderia falar do lugar às pessoas em Nova York: não precisava de fato hospedar-se ali. Assim, optou pelo confiável e registrou-se no Holiday Inn para uma terceira noite de serviço de copa, controle remoto e um telefonema para Beth.

— Você está complicando isso demais — disse ela, claramente saindo do banho.

— Mas é complicado. O cara tem um rim faltando.

— Precisa ver o histórico médico dele. Talvez... qual é o nome dele mesmo?

— Baxter.

— Talvez Baxter tivesse histórico de problemas renais, o que explicaria isso.

*Trocadilho; em português, "Pousada Chega Mais". (*N. do E.*)

Will calou-se.

— Estou arruinando a matéria, não? — ela perguntou.

— Bem, se falamos em valor de notícia, a opção entre a morte de um velho com um antigo histórico de insuficiência renal e um crime para roubo de rim, com certeza. Mas, sim, talvez tenha razão: o roubo do órgão na certa não tem nada a ver.

Will sentiu-se aliviado por estarem retomando o modo brincalhão. Vários dias agora se interpunham entre eles e a briga; a ferida parecia fechar-se.

QUINTA-FEIRA, 10H02, MISSOULA, MONTANA

Na manhã seguinte, Will foi conduzido ao consultório do Dr. Russell. Viu logo um diploma na parede com um emblema que reconheceu: um livro aberto, com palavras em latim, encimado por duas coroas.

— Ah, esteve em Oxford. — disse. — Como eu. Quando esteve lá?

— Vários séculos antes de você, desconfio.

— Não creio, Dr. Russell.

— Pode me chamar de Allan.

Afinal, uma abertura.

— Sabe, Allan, não tenho nem certeza se vou escrever sobre isso para o jornal, mas preciso confessar que esse negócio de Pat Baxter de fato me intriga — começou, como se dando início a uma agradável conversa em caráter privilegiado.

Notou que seu sotaque inglês se tornara mais acentuado.

— Deixe-me dar uma olhada aqui — disse Russell, virando-se para o computador. — Ah, sim. "Grave hemorragia interna compatível com o ferimento provocado por projétil; contusões da pele e vísceras. Observações gerais: marca de agulha na coxa direita, sugestiva de anestesia recente."

— Ora, como você define o "recente", Allan?

Will esperava que seu tom dissesse: *Sem qualquer interesse acadêmico...*

— Provavelmente contemporâneo.

— Veja bem, é isso, preciso dizer, o que me intriga. Por que anestesiariam alguém antes de matá-lo?

— Talvez estivessem tentando reduzir a dor da vítima.

— Os assassinos fazem isso? Não faz sentido. A não ser...

— A não ser que o assassino fosse um médico. Treinado para dar uma injeção antes de qualquer operação. Força do hábito, talvez.

— Ou se quisesse fazer alguma outra coisa antes do assassinato. Realizar alguma outra operação.

— Como o quê?

— Bem, soube que Baxter foi encontrado com um rim a menos.

Russell desatou a rir, de um jeito que Will tentou achar engraçado.

— Diga-me, Will. Já viu um cadáver?

Na mesma hora Will lembrou-se do cadáver de Howard Macrae, sob um cobertor naquela rua em Brownsville. O primeiro dele.

— Sim. Na minha profissão é difícil evitar.

— Bem, então não se incomodará de ver outro.

Não era tão frio quanto Will esperava. Imaginava que um necrotério fosse uma gigantesca geladeira, como aqueles frigoríficos nos fundos dos grandes hotéis. Aquele parecia mais uma enfermaria de hospital. Os atendentes empurravam uma maca para uma parte isolada por uma cortina que ele julgou ser a área de exame. Sem um aviso sequer, Russell puxou o lençol.

Will sentiu o estômago contrair-se. O cadáver estava rígido e de um amarelo-esverdeado. O cheiro era rançoso; parecia chegar-lhe em ondas. Por um ou dois segundos, imaginou que passara, ou pelo menos que se acostumara, e então mais uma vez o odor atacou — incitando-o a esvaziar o estômago ali mesmo no chão.

— Às vezes a gente leva algum tempo para se acostumar. Desculpe. Agora dê uma olhada nisto.

Will aproximou-se. Russell gesticulava em direção a algum ponto na área do estômago, mas ele ficou paralisado pelo rosto de Pat Baxter. Os jornais haviam mostrado fotos, mas eram granuladas — sobretudo reproduções da TV. Agora ele via as faces descoradas, o queixo, os olhos e a boca de um homem que teria identificado como branco e pobre de meia-idade. Tinha uma longa barba que, num contexto diferente, poderia parecer elegante, transmitir-lhe um ar de estadista. (O rosto de Charles Darwin surgiu-lhe na cabeça.) Mas a barba dava a Baxter a aparência de um sem-teto, como a dos bêbados encontrados dormindo junto a latas de lixo num parque.

Russell recolhia o lençol que estava em volta do torso de Baxter. Will percebeu que ele tentava esconder uma coisa, na certa os ferimentos a bala, e revelar outra.

— Olhe mais de perto. Está vendo?

Will curvou-se para a frente a fim de ver o dedo do médico desenhando uma linha na carne branca sem vida.

— É uma cicatriz.

— Na região do rim?

— Eu diria que sim.

— E isso não pode ser daquela noite, certo? Quer dizer, leva tempo para se formar uma cicatriz.

Russell tornou a cobrir o cadáver com o lençol, retirou as luvas de látex e dirigiu-se a uma pia no canto da sala. Começou a escovar as mãos, falando com o rosto virado para trás. Divertia-se com aquilo.

— Bem, claro, é difícil ter certeza em relação ao grave trauma na pele e vísceras.

— Mas qual é a sua opinião profissional?

— Minha opinião? Essa cicatriz tem no mínimo um ano. Talvez dois.

Will ficou decepcionado.

— Então não aconteceu naquela noite? Os assassinos não tiraram o rim de Baxter?

— Receio que não. Você parece decepcionado, Will. Espero não ter estragado a sua matéria.

Mas estragou, babaca, foi o primeiro pensamento de Will. Toda aquela busca para nada. Então se lembrou do que Beth dissera ao telefone na noite anterior.

— Há uma última coisa que poderia ajudar. Acha que poderíamos conferir as fichas médicas de Baxter?

Russell deu praticamente uma aula sobre a confidencialidade médico-paciente, mas logo cedeu. De volta ao consultório, pegou a ficha.

— O que estamos procurando?

— A data em que Baxter teve o rim retirado.

Russell fez uma pausa, perscrutando as páginas. Por fim:

— Que estranho. Não tem registro nenhum de uma operação renal.

Will animou-se. Lembrou o resumo de Beth ao telefone na noite anterior.

— Alguma coisa sobre um histórico de problemas renais, alguma doença, quaisquer referências a insuficiência renal, diálise, qualquer coisa?

Uma pausa mais longa agora. E então, com uma ponta de perplexidade.

— Não.

Will sentiu que ele e o médico agora tinham alguma coisa em comum. Estavam igualmente surpresos.

— Esse histórico fala ao menos de algum problema médico?

— Um problema com o tornozelo, associado a ferimentos de guerra. No Vietnã, parece. Fora isso, nada. Para mim, ele era um paciente renal que precisou ter o rim removido. Sem dúvida este parece ser um prontuário médico completo. E, no entanto, não há nada sobre rim. Tenho de admitir que isso me deixa perplexo.

Ouviu-se uma leve batida à porta. Uma mulher, apresentada por Russell como a relações-públicas do laboratório criminal, abriu-a.

— Desculpe interromper, Dr. Russell. Mas estamos recebendo milhares de telefonemas sobre o caso Baxter. Parece que um conhecido do falecido ligou para uma estação de rádio hoje dizendo que acredita que o Sr. Baxter foi vítima de uma trama de roubo de órgãos.

Bob Hill, pensou Will. Lá se ia sua exclusiva.

— Claro, irei num minuto — disse Russell, a testa tensa.

Will esperou a porta fechar-se para perguntar o que o médico diria à imprensa.

— Bem, não podemos dar nenhuma explicação se Baxter tinha um histórico de problemas renais. Pelo menos, por enquanto. — Por culpa de Will, ele agora sabia demais. — Pensaremos em alguma coisa. Vou acompanhá-lo até a porta.

Will saía da garagem quando ouviu uma batida na janela do carro. Era Russell, ainda em mangas de camisa e ofegante.

— Acabei de receber um telefonema. Ela quer falar com você. — Passou o celular pela janela.

— Sr. Monroe? Meu nome é Genevieve Huntley. Sou cirurgiã no Centro Médico Sueco, em Seattle. Vi as reportagens sobre o Sr. Baxter no noticiário, e Allan acabou de me explicar o que o senhor sabe. Acho que precisamos conversar.

— Claro — disse Will, remexendo à procura do livrinho de anotações.

— Vou precisar de algumas garantias, Sr. Monroe. Confio no *New York Times* e espero que essa confiança seja retribuída. O que estou para lhe contar jurei jamais repetir. Só digo agora porque temo que a alternativa seja pior. Não podemos ter pessoas apavoradas sem razão com medo de alguma quadrilha de roubo de órgãos.

— Entendo.

— Não tenho certeza. Não tenho certeza se qualquer um de nós entende. O que peço é que trate o que vou lhe contar com honra, dignidade e respeito. Pois é o que isso merece, Sr. Monroe. Estou sendo clara?

— Sim.

Will não conseguia imaginar o que ia ouvir.

— Tudo bem. O Sr. Baxter me pediu anonimato. Foi a única coisa que me pediu em troca do que ele fez.

Will ficou calado.

— Pat Baxter veio ao Centro Sueco há uns dois anos. Percorrera um longo caminho, descobrimos depois. Quando apareceu, as enfermeiras imaginaram tratar-se de um caso de emergência: parecia um vagabundo saído das ruas. Mas ele disse que gozava de perfeita saúde, precisava apenas falar com um médico em nossa unidade de transplante. Disse que queria doar um dos seus rins.

"Nós logo perguntamos a quem ele queria doar o rim. Havia alguma criança doente envolvida? Talvez um membro da família necessitado de um transplante? 'Não', respondeu. 'Eu só quero doar meu rim a alguém que precise dele.' Meus colegas logo imaginaram que, com certeza, devia haver algum problema mental envolvido. Quase não se tem conhecimento desse tipo de operação. Certamente, era o primeiro desse tipo com que lidávamos até então.

"Mandei o Sr. Baxter embora. Expliquei que era uma coisa que não podíamos fazer. Mas ele voltou, e eu mais uma vez o mandei embora. Na terceira vez, tivemos uma longa conversa. Ele me disse que desejava ter nascido rico. Assim... lembro de suas palavras... assim, disse, talvez houvesse conhecido o prazer de distribuir imensas quantias de dinheiro. Disse que muitas pessoas precisavam de ajuda. Lembro que me perguntou: 'O que significa a palavra *filantropia*? Significa amor ao próximo. Ora, por que só as pessoas ricas têm o direito de ajudar e amar o próximo? Também quero ser um filantropo.' Estava decidido a encontrar outra forma de dar... mesmo que significasse doar seus órgãos.

"Acabei concluindo que ele era sincero. Fiz os exames e não houve nenhuma objeção médica. Fizemos até testes psicológicos, que confirmaram que sua saúde mental era perfeita; totalmente capaz de tomar uma decisão como essa.

"Só havia uma condição imposta por ele. Que jurássemos completo segredo, confidencialidade total. O paciente que receberia o rim não devia saber de onde viera o novo órgão. Isso era muito importante. Ele não queria que a pessoa sentisse que lhe devia alguma coisa. E nenhuma palavra à imprensa. Insistiu nisso. *Nenhuma glória.*

Will, baixinho, quase submisso, perguntou:

— E então vocês levaram a coisa adiante?

— Sim. Eu mesma realizei a operação. E digo o seguinte: em toda a minha carreira, nenhuma operação me deixou mais orgulhosa. Todos sentimos a mesma coisa: o anestesista, as enfermeiras... A atmosfera na sala de cirurgia naquele dia foi extraordinária; como se uma coisa verdadeiramente admirável estivesse acontecendo.

— E tudo correu tranqüilamente?

— Sim, correu, correu. O receptor aceitou o órgão muito bem.

— Posso perguntar de que tipo de receptor falamos? Moço, velho, homem, mulher?

— Era uma jovem. Não direi mais que isto.

— E apesar de ela ser jovem, e ele velho, tudo deu certo?

— Bem, isso foi o mais estranho de tudo. Testamos o rim, é claro, e o monitoramos com muita atenção. E sabe de uma coisa? Baxter estava na faixa dos 50, mas aquele órgão funcionava como se fosse quarenta anos mais moço que ele. Era muito forte, completamente saudável. Perfeito.

— E isso fez toda a diferença para a jovem?

— Salvou a vida dela. A equipe e eu quisemos fazer uma espécie de cerimônia para ele após a operação, agradecer-lhe pelo que fizera. Não ficará surpreso de saber que isso nunca aconteceu. Ele se deu alta antes mesmo que tivéssemos uma chance de nos despedir. Simplesmente desapareceu.

— E foi essa a última vez que soube dele?

— Não, falei com ele mais uma vez, apenas há alguns meses. Ele queria tomar providências para depois de sua morte...

— É mesmo?

— Não fique tão entusiasmado, Sr. Monroe. Acho que ele não sabia que estava prestes a morrer. Mas queria ter certeza de que tudo, seu corpo inteiro, seria usado. — Genevieve deu uma risadinha contrita. — Chegou a me perguntar qual seria a maneira ideal para ele morrer.

— Ideal?

— Do nosso ponto de vista. Aquela que funcionaria melhor se quiséssemos pegar seu coração, digamos, para um receptor. Acho que receava, por morar tão longe, que se morresse num acidente na estrada, por exemplo, quando chegasse a um hospital seu coração de nada servisse. Claro, o único cenário com que não contava era o de um assassinato brutal.

— Tem alguma idéia...

— Não tenho a mínima idéia de quem poderia querer esse homem morto. Acabei de dizer a mesma coisa ao Dr. Russell. Só posso achar que foi um crime terrível, completamente aleatório. Pois quem quer que o conhecesse jamais iria querer vê-lo assassinado.

Ela se interrompeu, e Will deixou o silêncio se instalar. Uma coisa ele aprendera: não diga nada e seu entrevistado muitas vezes preencherá o vazio com a melhor frase de toda a conversa.

A Dra. Genevieve Huntley, com o que Will julgou ser um estalo na voz, retomou a palavra.

— Discutimos isso quando aconteceu e discutimos mais uma vez hoje, e meus colegas e eu concordamos. O que esse homem fez, o que Pat Baxter fez por uma pessoa que ele nunca conheceu e jamais conhecerá... isso foi verdadeiramente o ato mais justo de que já tivemos notícia.

DEZ

SEXTA-FEIRA, 6H, SEATTLE

Ele acordou às seis da manhã já em seu quarto de hotel em Seattle. Enviara a matéria de Missoula e depois fizera uma longa jornada de volta atravessando a área rural. Enquanto escrevia a matéria, sentira-se energizado por um único e delicioso pensamento: *Você vai ver, Walton*! O que dissera aquele idiota? *"Uma vez é sorte, William; duas seria milagre."*

Will rezou para que conseguisse se sair bem. Seu maior receio era que a redação a julgasse muito semelhante à matéria de Macrae, outro homem bom entre vilões. Portanto, acrescentara bastante cor, adicionando histórias sobre a milícia, inserira outras sobre o Noroeste americano — e torcia pelo melhor. Chegou até a cogitar em abandonar a citação sobre a ação de Baxter ser "justa", a mesma palavra que a outra mulher usara sobre Howard Macrae. Poderia parecer forçado. Mesmo assim, seria mais forçado ignorá-la.

Pegou seu BlackBerry, cuja luz vermelha piscava renovando sua esperança: novas mensagens.

Harden, Glenn: *Belo trabalho hoje, Monroe*. Era o que ele queria ouvir. Significava que evitara o corte; se ao menos pudesse ver a cara de

Walton. O e-mail seguinte parecia spam, pois o nome de quem enviava não estava claro, apenas uma série de hieróglifos. Will preparava-se para apagá-lo, quando uma única palavra no campo do assunto o fez abri-lo imediatamente. *Beth*. Ele nem lera todas as palavras quando sentiu o sangue congelar.

NÃO CHAME A POLÍCIA. ESTAMOS COM SUA MULHER. ENVOLVA A POLÍCIA E NUNCA MAIS VAI VÊ-LA. NÃO CHAME A POLÍCIA, OU SE ARREPENDERÁ. PARA SEMPRE.

ONZE

SEXTA-FEIRA, 21H43, CHENNAI, ÍNDIA

As noites começavam a ficar mais frias. Mesmo assim, Sanjay Ramesh preferia ficar no escritório com ar-condicionado a correr o risco do calor sufocante da cidade. Esperaria até o sol se pôr inteiramente antes de dirigir-se para casa.

Assim evitaria não apenas o calor úmido, mas o fardo de ficar na varanda, como acontecia toda noite, ouvindo a mãe jogar conversa fora com as amigas, reunidas diante da casa até tarde. Ele ficava calado em tal companhia; em companhia de quase todos, na verdade. Além disso, setembro podia ser frio pelos padrões de Chennai, mas continuava sendo penosamente quente e pegajoso. Ali, um hangar transformado em escritório de planta aberta, repleto por uma fileira atrás da outra de cubículos com isolamento acústico, as condições eram simplesmente adequadas. Para o que ele precisava fazer, era o ambiente perfeito.

Era um call center, um dos milhares que proliferavam em toda a Índia. Quatro andares amontoados de jovens indianos recebendo telefonemas dos Estados Unidos ou da Grã-Bretanha, de pessoas na Filadélfia, ansiosas para pagar a conta telefônica, ou viajantes em MacClesfield querendo conferir os horários de trem para Manchester. Poucos — ou quase ninguém — se davam conta de que seu telefonema estava sendo desviado para o outro lado do mundo.

Sanjay gostava muito de seu trabalho. Para um jovem de 18 anos que morava com a família, o dinheiro era bom. E ele podia trabalhar em turnos alternados para estudar. A grande atração, contudo, estava bem ali dentro do pequeno cubículo. Ele tinha tudo que precisava: uma cadeira, uma mesa e, o mais importante, um computador com conexão rápida com o outro lado do mundo.

Sanjay era jovem, mas um veterano da internet. Descobriu isso quando os dois, ele e ela, eram crianças. Havia apenas algumas centenas de sites então, talvez mil. À medida que ele foi crescendo, a internet também. A rede mundial expandiu-se como uma seqüência de números binários — 1, 2, 4, 8, 16, 32, 64, 128 —, aparentemente dobrando a cada dia que passava, até dar várias voltas ao redor do mundo. Sanjay não acompanhara esse ritmo fisicamente, claro — ao contrário, era um rapaz franzino e magricela —, mas sentia que sua mente se equiparara. À medida que a internet crescia, ele crescia com ela, descortinando constantemente novas áreas inteiras de conhecimento e curiosidade. De seu quarto na Índia, viajara para o Brasil, dominara a disputada política fronteiriça de Nagorno-Karabakh, rira dos desenhos animados indonésios, contemplara o interior do mundo do entusiasta de caravana escocês, passara os olhos pelas tabelas da liga de esgrima juvenil de Flandres e vira o que realmente motivava os cultivadores de árvores de Taipei. Não havia nenhum ramo da atividade humana proibido a ele. A internet mostrava-lhe tudo.

Inclusive as imagens que não quisera ver, aquelas que haviam iniciado o projeto que ele completara apenas 24 horas antes. Tornara-se um hacker tardio, começando aos 15 anos: a maioria começava antes da adolescência — hackeando dentro da lista de alvos da Otan, chegando a um clique de derrubar o sistema do Pentágono —, mas todas as vezes se contivera e não dera o clique final. Causar estragos não exercia o menor apelo para ele. Só causaria às pessoas muitos sofrimentos e, surfar pela web lhe ensinara, já havia excesso de sofrimento no mundo.

Agora sentia uma vontade irresistível de rir, em parte por sua esperteza, em parte pela brincadeira de mau gosto que fizera com aqueles que considerara como o inimigo. Levara meses para aperfeiçoar, mas funcionara.

Concebera um vírus benigno, capaz de espalhar-se por todos os computadores do mundo tão rapidamente quanto quaisquer das variedades malignas criadas por seus colegas geniozinhos, cuja finalidade os tornava, na gíria da web, crackers em vez de hackers.

Nesse momento, era mais seu método que seu objetivo que o maravilhava. Como a maioria dos vírus, o dele fora planejado para propagar-se via computadores que ficavam conectados à internet o tempo todo. Enquanto as pessoas em Hong Kong ou Hanover digitavam, enviavam e-mails aos amigos ou faziam suas contabilidades — ou até mesmo estavam ferradas no sono —, o bebezinho de Sanjay estava dentro da máquina delas, em ação.

Ele lhe dera um alvo para procurar e, assim como todo mundo, usara o Google para encontrá-lo. Invisível ao usuário, recolhia os resultados e usava-os para compilar o que criara como uma lista de inimigos. Estes seriam os sites que sentiriam a ira do vírus. Todos eles, como quaisquer outros sites, teriam algum bug ou erro em seu software: o desafio era encontrá-lo. Para isso, os hackers (e os crackers) bolavam um conjunto de códigos, os "exploits", planejados para desencadear o erro. Isso poderia significar enviar-lhe uma carga de dados que o software não esperava; mesmo um símbolo brincalhão, um ponto-e-vírgula talvez, poderia servir. Nunca se saberia até tentar. Sanjay imaginou-o como uma guerra medieval: disparar centenas de flechas contra um castelo, sabendo que apenas uma delas poderia encontrar uma brecha na pedra e atravessar.

Cada castelo teria uma abertura diferente nas defesas, uma fraqueza diferente. Mas se sua lista de possibilidades fosse longa o suficiente, acabaria por encontrá-la. E assim que a encontrasse, derrubaria o site e o servidor que o hospedava. Desapareciam, assim, sem maiores esforços.

E esses sites certamente mereciam desaparecer. Mas Sanjay levara sua guerra contra eles um estágio além. A maioria dos hackers armazenava sua lista num único servidor, em geral num "país bandido" da internet, um lugar fora do alcance dos reguladores. A Romênia e a Rússia eram os países favoritos. Esse método trazia consigo uma fraqueza fatal, contudo: assim que os sites percebiam a origem do fogo inimigo, podiam simplesmente bloquear o acesso ao servidor em questão de segundos. E os ataques cessariam.

Sanjay encontrara uma solução. O vírus que criara pegaria seu arsenal de várias fontes e transportaria ele próprio parte dessa carga útil. Melhor ainda, programara-o para recuperar dados extras de vez em quando, para aperfeiçoar-se. Criara uma espécie de mágico capaz de renovar constantemente sua cartola de truques. E criar era a palavra certa, pois Sanjay sentia que concebera uma criatura viva. Em linguagem técnica, era um "algoritmo genético", uma peça de codificação capaz de mudar. Evoluir.

O vírus de Sanjay alteraria sua lista, até seu método de proliferação — às vezes por e-mail, às vezes por *bulletins board*, às vezes por brechas nos softwares de navegação —, enquanto se propagava pelo universo infinito da internet. Desse modo, o vírus se reproduziria, mas seus "filhotes" não seriam idênticos ao original nem uns aos outros. Iriam mutar pegando novos dados e novos modos de propagação de fontes em todo o mundo virtual. Algumas dessas fontes seriam servidores nas terras sem lei do leste europeu, algumas seriam encontradas rastreando *bulletins board* — onde as pessoas discutiriam como evitar os truques que o próprio Sanjay estava espalhando. Sentia orgulho de sua criação, viajando por todo o globo, sofrendo mutações e aperfeiçoando-se de um milhão de maneiras diferentes — e tornando-se, por causa disso, quase impossível de ser detectado e eliminado. Mesmo que ele nunca mais pudesse colocar as mãos em um computador, sua proliferação continuaria sem a ajuda dele. Ainda adolescente, sentia orgulho de pai, ou melhor, de tataravô — fundador de uma imensa dinastia. Sua prole estava em toda parte.

E envolvida numa causa nobre. Rastreando os resultados agora, ele pôde ver que estabelecera os parâmetros de forma suficientemente estreita para que apenas os sites-alvos entrassem em colapso. Em questão de horas, cada uma das páginas do mundo dedicada à pornografia infantil se dissolveria. Sanjay ria, porque via que o comando final que programara para o vírus também passara a surtir efeito. Cada um dos sites que antes exibia imagens violentas e pornográficas de crianças era agora substituído por uma única imagem: um desenho da década de 1950, ao estilo de Norman Rockwell, de um filho no joelho da mãe. Embaixo, uma simples mensagem de quatro palavras: *Leia para seus filhos.*

Sanjay voltou para casa, sorrindo feliz de sua brincadeira — e realização. Ninguém precisava saber o que fizera; ele sabia — e isso bastava. O mundo seria um lugar melhor.

Mesmo à noite, Chennai era uma cidade barulhenta, tão agitada quanto havia sido no tempo em que se chamava Madras. Talvez por isso, e pelo fato de sua mente estar a mil por hora, não tenha ouvido os passos atrás de si. Talvez por isso tenha ouvido e não tenha desconfiado de nada até descer o beco lateral para sua casa, quando sentiu um lenço sobre a boca e ouviu seus próprios gritos abafados. Teve uma sensação aguda e perfurante no lado do braço — e depois uma zonza e escorregadia queda para o sono.

Quando a Sra. Ramesh encontrou o único filho morto no chão, gritou o bastante para ser ouvida a três ruas de distância. Não lhe deu alívio algum saber que seu menino — que sonhara em um dia fazer coisas "pelas crianças" e fora assassinado antes que tivesse uma chance — fora morto por uma injeção aparentemente indolor. A polícia admitiu estar perplexa com o assassinato; jamais vira nada igual àquilo antes. Sem sinal algum de violência nem, queira Deus, abuso sexual. E a estranha posição do corpo. Como se houvesse sido tratado com cuidado.

— Deitado para descansar — fora como o policial descrevera. — Isso deve querer dizer alguma coisa, Sra. Ramesh — acrescentara. — O corpo do seu filho foi envolto numa manta púrpura. E, como todo mundo sabe, púrpura é a cor dos príncipes.

DOZE

SEXTA-FEIRA, 6H10, SEATTLE

Will sentiu o rosto empalidecer, o sangue esvair-se dele. A cabeça parecia leve, vazia. Leu mais uma vez a mensagem, percorrendo-a em busca de alguma pista, alguma indicação de que era um trote sem graça. Examinou para ver se fora mandado como cópia oculta, o que faria esse spam ter sido enviado a milhões. Talvez a linha do assunto com o nome Beth fosse apenas uma coincidência. Mas não havia tais sinais. Procurou uma "assinatura" no pé da página. Nada além de lixo. Tinha as mãos suadas quando ligou o celular. Percorreu a agenda até B e apertou Beth, a primeira a quem ligar.

Por favor, responda. Por favor, Deus, me deixe ouvir a voz dela. O telefone tocou e tocou, com um tom de repente mais curto que os outros: desviava para a caixa de mensagem de voz. *Oi, você ligou para Beth...* Ele se encolheu ao ouvir a voz dela, rendendo-se quando uma lembrança lhe passou pela cabeça. A primeira vez que a convidara para sair através de uma mensagem na secretária eletrônica dela.

— A não ser que seja horrivelmente impróprio — começara —, gostaria de saber se não quer jantar na noite de terça-feira.

"Horrivelmente impróprio" fora sua maneira de saber se ela era solteira.

— Alô, aqui é Beth McCarthy e a resposta é não — veio a resposta, também por mensagem de voz. — Não seria horrivelmente impróprio jantarmos na terça-feira. Na verdade, seria ótimo.

Will ouvira a mensagem dezenas de vezes quando a recebera pela primeira vez. Assim como a repetia agora, em sua memória.

Ele interrompeu a chamada, e suas mãos, trêmulas, digitaram o número do hospital.

— Alô, por favor, mande chamar Beth Monroe. É o marido dela. Por favor.

Música de espera, Vivaldi; ele implorava que parasse, rezava para que fosse interrompida pelo som de alguém atendendo, e que esse alguém fosse Beth. *Por favor, me deixe ouvir a voz dela.* Mas a música continuou a tocar. Por fim:

— Lamento, senhor, parece não haver resposta desse pager. Algum outro médico pode ajudar?

Uma súbita compreensão. Ela poderia ter desaparecido horas atrás. Talvez houvesse sido arrancada do quarto deles na calada da noite. Eles haviam falado pouco antes da meia-noite, horário de Nova York. Teriam os seqüestradores forçado a entrada às cinco? Ou às seis? Ou apenas há pouco? Ele se encontrava a um continente de distância, dormindo, quando devia estar protegendo sua mulher.

Olhou mais uma vez para o e-mail, o coração apertando-se ao ver aquelas palavras. Tentava concentrar-se, olhar o topo da mensagem, entre aqueles caracteres estranhos, empastelados. Também havia alguns números, a data de hoje e a hora: 13h37. Isso não dava nenhuma pista.

Claro, devia chamar a polícia. Mas aquelas pessoas, aqueles desgraçados, pareciam bastante inflexíveis — como se realmente não hesitassem em matar Beth. Proferir a palavra, ainda que apenas em pensamento, o fez recuar. Arrependeu-se de a ter formulado, como se expressá-la a tornasse real. Gostaria de voltar alguns segundos e nem pensar nisso.

Num momento de carência infantil, percebeu que queria sua mãe. Poderia ligar para ela — àquela hora era apenas o meio da tarde na Inglaterra —, e seria um enorme conforto ouvir sua voz. Mas sabia que não podia. Ela entraria em pânico; poderia ficar muito nervosa. Certamente não era a pessoa em que se podia confiar para não telefonar à polícia — ou ao menos falar com alguém mais que falaria com outro alguém que faria isso. A simples verdade era que ela estava longe demais para auxiliá-lo e era uma pessoa que precisava de auxílio. (Deu-se conta de que essa palavra era um "bethismo". Fazia sentido ela ser uma das poucas pessoas que sabiam como lidar com a mãe dele.)

Começou aos poucos a ver que só havia uma pessoa a quem podia recorrer, apenas uma pessoa que talvez soubesse o que fazer. A mão tremia quando ele pegou o telefone do hotel, alguma coisa a dizer-lhe que não era uma chamada a ser feita num celular.

— O escritório do juiz William Monroe, por favor. — Um estalo. — Janine, é Will. Preciso falar com meu pai agora.

Algo na voz dele dissipou toda a convenção social, transmitindo à secretária do pai que se tratava na verdade de uma emergência. Ela dispensou a conversa superficial de praxe. Simplesmente saiu do caminho, como um carro abrindo espaço para uma ambulância.

— Vou passar a ligação para o carro dele já.

Um telefone celular, pensou Will, preocupado. Mas o que ele poderia fazer: era mais importante agora falar com o pai.

Foi um alívio ouvir sua voz. A criança nele sentiu-se feliz, como se fosse um menino que convencera o pai a matar uma aranha. Que bom, agora um adulto vai assumir o controle. Esforçando-se ao máximo para manter a voz firme, contou o que havia acontecido, lendo o e-mail em voz alta e devagar, duas vezes.

O Sr. Monroe baixou instantaneamente o tom da conversa; não queria ser ouvido pelo motorista. Mesmo num sussurro, sua voz tinha a profunda autoridade que fazia dele uma grande presença no tribunal. Agora, como em uma audiência, fazia todas as perguntas pertinentes, pressionando o filho a contar tudo o que podia sobre quem enviara a mensagem. Por fim, deu seu veredicto.

— É obviamente uma tentativa de extorsão. Devem saber dos pais de Beth. É uma clássica exigência de resgate.

Os pais de Beth. Teria de contar a eles. Como ele conseguiria abrir a boca e contar o que estava acontecendo?

— Eu quero chamar a polícia — disse Will. — Eles sabem como lidar com essas coisas.

— Não, não devemos fazer nada precipitado demais. Pelo que sei, os seqüestradores em geral imaginam que a família da vítima irá à polícia: incluem isso como um fator em seu plano. Deve haver uma razão para essas pessoas estarem decididas a evitar o envolvimento da polícia.

— Claro que não querem a polícia envolvida! É uma porra de seqüestro, pai!

— Will, acalme-se.

— Como posso me acalmar?

Will sentia sua voz prestes a embargar. Seus olhos ardiam. Não ousou mais abrir a boca.

— Oh, Will. Escute, vamos resolver isso até o fim, prometo. Primeiro você precisa voltar para cá. Imediatamente. Vá já para o aeroporto. Me encontro com você no desembarque.

Aquelas cinco horas de vôo foram as mais difíceis da vida de Will. Ele olhava para fora da janela, a perna mexendo-se no mesmo tique nervoso que costumava atacá-lo durante as provas. Recusou toda comida e bebida, até notar que as aeromoças o olhavam desconfiadas. Não quis que pensassem que estava preparado para explodir o avião, por isso bebeu um pouco d'água. E o tempo todo pensava em sua amada Beth. O que estariam fazendo com ela? Começou a imaginá-la amarrada a uma cadeira, com algum sádico ameaçando-a com uma faca...

Foi necessária toda a sua força para afastar esses pensamentos. Sentia o estômago embrulhar-se. *Como pude não estar lá? Se ao menos eu a tivesse contatado mais cedo. Talvez ela tenha telefonado para o celular quando eu estava dormindo...*

O tempo todo mantinha o BlackBerry na palma da mão. Odiava tudo no amaldiçoado aparelho. O simples fato de olhá-lo trazia logo de volta aquelas arrepiantes palavras. Conseguia enxergá-las de novo, pairando no ar à sua frente:

ENVOLVA A POLÍCIA E NUNCA MAIS VAI VÊ-LA.

Olhava o aparelho, tão pequeno, e, no entanto, que carregava agora tanto veneno. Estava sem nenhum sinal naquela altitude. Não desprendia o olhar do ícone no alto à direita que lhe diria ter voltado à área de cobertura. Quando o avião começou a descida, lançou-lhe breves olhadelas. Não queria que as aeromoças o lembrassem de que todos os "aparelhos eletrônicos deviam ser desligados até a aeronave parar completamente".

Via afinal o brilho da cidade de Nova York em meados da tarde. *Ela está lá embaixo.* As pontes, as rodovias, os pontos de luz entrecruzando-se por toda a imensa metrópole. *Ela está lá em algum lugar.*

Baixou o olhar para o aparelho de novo, úmido do suor da palma de sua mão. O ícone mudara; voltara à área de serviço. Agora a luz vermelha piscava. O coração de Will começou a martelar. Ele olhou as novas mensagens que entravam, cada uma ocupando seu lugar como passageiros numa fila de ônibus. A relação de um festival de cinema; uma mensagem interna da redação sobre um livrinho de anotações perdido. Havia um alerta de notícia do site da BBC.

Milhares de homenagem ao chanceler do Tesouro, Gavin Curtis, encontrado morto esta noite, aparentemente vítima de uma overdose de remédios. A polícia diz que ele foi encontrado por um faxineiro em seu apartamento, em Westminster, com excesso de sedativos na corrente sangüínea. Acredita-se que a polícia não esteja à procura de alguém que possa ter ligação com a morte do Sr. Curtis...

Will olhava para fora da janela, imaginando o frenesi dos meios de comunicação em Londres. Ele tinha sido criado lá: sabia como era a imprensa britânica quando a pressão subia. Haviam disparado contra o sujeito durante dias, e agora conseguiam o seu escalpo. Will não se lembrava da última vez que um político derrubara a si mesmo: quando se tratava de assumir responsabilidade, em geral a renúncia era o mais longe a que chegavam, e mesmo isso se tornara muito raro. Curtis devia ser totalmente culpado.

E então mais uma mensagem entrou: a mesma série hieroglífica que recusava a revelar-se. Assunto: *Beth.*

Will clicou-a para abrir.

NÃO QUEREMOS DINHEIRO.

TREZE

SEXTA-FEIRA, 14H14, BROOKLYN

— Só pode ser um blefe.

— Pai, você já repetiu isso três vezes. Mas diga, o que acha que devemos fazer? Oferecer dinheiro mesmo assim? Que diabos devemos fazer?

— Will, eu não o culpo de forma alguma, mas acho que você precisa se acalmar. Se quisermos ter a Beth de volta, precisamos pensar com o máximo de clareza possível.

O "se" calou-o na hora.

Estavam no apartamento de Will e Beth. Nenhum sinal de arrombamento; tudo como ele vira pela última vez. Só que agora um frio parecia emanar das paredes e do teto: a ausência de Beth.

— Vamos examinar a fundo tudo o que sabemos. Sabemos que a primeira exigência deles é que a polícia não seja envolvida: disseram isso na primeira mensagem. Também sabemos que eles dizem não se tratar de dinheiro. Mas se não se trata de resgate, por que mais teriam tanta preocupação em manter a polícia fora do caso? Devem estar blefando. Vamos pensar sobre seu endereço de e-mail. Quantas pessoas o conhecem?

— Todo mundo! É o mesmo padrão para todo o pessoal do *Times*. Qualquer um poderia descobri-lo.

Tocou um telefone; Will saltou para o dele, apertando freneticamente os botões, mas o telefone continuou tocando. Com toda a calma, o pai respondeu ao seu próprio telefone. *Nada a ver com o caso*, articulou silenciosamente, desaparecendo em outro aposento para uma conversa sussurrada.

O pai provava não ser de muita serventia nesse caso. A ajuda que oferecia não era lá muito máscula, mais prática que emocional, e mesmo assim não chegava a lugar algum. De repente Will se deu conta de como sentia falta da mãe. Desde que conhecera Beth, esse sentimento tornara-se cada vez mais raro: a mulher era agora sua confidente. Mas por muito tempo esse papel fora da mãe.

Na Inglaterra, haviam sido uma equipe, unidos pelo que ele agora subitamente via como a solidão dos dois. Na versão da história da mãe, pelo menos, ambos tinham sido abandonados pelo pai, que deixara os dois se virarem sozinhos. Sabia que existiam versões alternativas, não que o pai demonstrasse demasiada pressa em contar a dele. O destino do casamento de seus pais era um eterno quebra-cabeça para Will Monroe. Nunca tivera completa certeza do que acontecera.

Uma versão dizia que o Sr. Monroe preferira a carreira à família; o excesso de trabalho arruinara o jovem casamento. Outra teoria citava a geografia: a mulher desesperada para voltar para a Inglaterra, o marido decidido a seguir carreira na Justiça dos EUA e recusando-se a deixar o país. A avó materna de Will, uma senhora de Hampshire, de cabelos grisalhos e com uma expressão severa que assustou o menino quando a viu pela primeira vez, e por vários anos depois, certa vez falara com tristeza da "outra grande paixão" na vida do pai. Quando tinha idade suficiente para querer saber mais, a avó deu de ombros. Até hoje ele não sabia se essa "grande paixão" era outra mulher ou a lei.

As lembranças do próprio Will pouca ajuda ofereciam; ele mal tinha 7 anos quando os pais começaram a afastar-se um do outro. Lembrava o clima, a tristeza que se abatera após a saída tempestuosa do pai, batendo a porta com força. Ou o choque de encontrar a mãe, de rosto vermelho e rouca depois de outra violenta discussão. Uma vez acordara e ouvira o pai implorando:

— Eu só quero fazer o que é certo.

Will levantara-se da cama nas pontas dos pés para encontrar um lugar onde pudesse observá-los sem ser visto. Não conseguiu entender as palavras que diziam, mas sentiu sua força. Foi naquele momento, ouvindo a mãe britânica e o pai americano a todo volume, que o menino de 7 anos desenvolveu uma teoria: sua mamãe e seu papai não podiam amar um ao outro, pois tinham vozes diferentes.

Assim que chegaram de volta à Inglaterra, a mãe deu-lhe poucas pistas quanto ao que os levara para lá. Até mesmo trazer o assunto à baila transformava-a numa mulher bombástica, ressentida, que ele mal reconhecia e de quem não gostava. Ela resmungava que o marido se tornara "um homem diferente, totalmente diferente". Lembrava-se de um Natal, a mãe falando de um jeito que o assustara; ele não devia ter mais de 13 anos. O detalhe apagara-se agora, mas uma palavra ainda ressoava aos seus ouvidos. Era tudo culpa "dele", ela não parava de dizer; "ele" mudara tudo. A entonação deixava claro que esse "ele" era uma terceira parte, não seu pai, mas o filho nunca conseguiu saber quem era. A mãe vinha se comportando como uma paranóica, delirando nas ruas. Will ficou aliviado quando a tempestade passou e não teve coragem suficiente para voltar a falar no assunto.

Os amigos e a avó, aliás, apressaram-se a analisar o retorno de Will aos Estados Unidos após Oxford como uma resposta a tudo isso. Estava "preferindo" o pai à mãe, disseram alguns. Ele tentava reconciliar os dois, à maneira de vários filhos do divórcio, pondo-se a si mesmo como uma ponte; esta era outra explicação muito estimada. Se aceitasse qualquer teoria, o que não fez, teria sido a jornalística: Will Monroe Jr. foi para os Estados Unidos conseguir a verdadeira história que moldara o começo de sua vida.

Mas se fora esse o propósito de sua viagem americana, ele fracassara. Sabia pouco mais agora do que quando chegou, aos 22 anos. Conhecia melhor o pai, era verdade. Respeitava-o; era um advogado imensamente realizado, agora juiz, e parecia em essência um homem decente. Mas quanto ao grande mistério, Will não tivera grandes intuições. Haviam falado sobre o divórcio, claro, durante duas noites de lua cheia na varanda da casa de verão do pai em Sag Harbor. Mas não houvera nenhum lampejo de revelação.

— Talvez seja essa a revelação — disse Beth uma noite, quando ele retornou após uma dessas conversas de pai para filho.

Passavam um feriado prolongado do Dia do Trabalho com o pai e sua "amiga", Linda. Deitada na cama, Beth lia, à sua espera.

— Qual é a revelação?

— De que não há nenhum grande mistério. Esta é a revelação. Eram duas pessoas cujo casamento não deu certo. Isso acontece. Acontece muito. Não passa disso.

— Mas e quanto àquilo que minha mãe diz? E que minha avó dizia?

— Talvez elas precisassem ter uma grande explicação. Talvez ajudasse achar que alguma outra mulher o roubou...

— Não necessariamente outra mulher — resmungou Will. — A frase foi "a outra grande paixão". Poderia ser qualquer coisa.

— Tudo bem. O que eu quero dizer é que entendo por que uma mulher rejeitada e uma mãe muito amorosa precisam inventar uma explicação maior para a partida de um marido. Do contrário, é uma rejeição, não é?

Ela ainda não era sua mulher então, apenas a namorada que ele conhecera nas últimas semanas em Columbia. Ele freqüentava a faculdade de jornalismo; ela era interna do Hospital Presbiteriano de

Nova York; haviam se conhecido num jogo de beisebol no parque, num fim de semana do Memorial Day, homenagem aos soldados mortos na guerra. (Ele deixara o recado na secretária eletrônica dela naquela mesma noite.) Aqueles primeiros meses estavam banhados num permanente brilho dourado em sua mente. Sabia que a lembrança às vezes pregava truques assim, mas convencera-se de que o brilho era um fenômeno genuíno, externamente verificável. Os dois tinham se conhecido em maio, quando Nova York estava no meio de uma gloriosa primavera. Os dias pareciam iluminados por âmbar; cada passeio que davam cintilava ao sol. Não eram apenas suas imaginações apaixonadas; tinha fotografias que comprovavam isso.

Will percebeu que sorria. Esse devaneio marcava a primeira vez que pensava em Beth, e não em Beth desaparecida. Motivo pelo qual lembrava agora, com o sobressalto de um homem que acorda e percebe que, sim, sua perna foi amputada, e não, não foi tudo um sonho terrível.

O pai voltara para a sala e falava em entrar em contato com o provedor da internet, mas Will não ouvia. Para ele, bastava. O pai não estava pensando direito: assim que dessem um passo como esse, corriam o risco de alertar a polícia. O provedor certamente iria dar uma olhada nos e-mails dos seqüestradores e sentir-se obrigado a notificar as autoridades.

— Pai, eu preciso de algum tempo para descansar — disse, conduzindo-o delicadamente para a porta. — Preciso de algum tempo sozinho.

— Will, está tudo muito bem, mas não tenho certeza de que descanso seja um luxo que você possa permitir-se. Precisa usar cada minuto...

O Sr. Monroe calou-se. Viu que o filho não estava disposto a negociar; o olhar frio de Will ordenava que o pai saísse, apesar das palavras educadas que lhe saíam da boca.

Quando a porta se fechou, Will deu um profundo suspiro, desabou numa poltrona e fitou os pés. Não se deixou ficar assim mais que trinta segundos, antes de respirar profundamente, alongar as costas e preparar-se para a próxima ação. Apesar do que acabara de dizer, não ia descansar nem ficar sozinho. Sabia exatamente o que tinha de fazer.

CATORZE

SEXTA-FEIRA, 15H16, BROOKLYN

Tom Fontaine fora o primeiro amigo de Will nos Estados Unidos, ou melhor, o primeiro amigo que fizera desde a chegada ao país como adulto. Haviam se conhecido na secretaria da universidade: Tom estava na frente de Will na fila.

Seu primeiro sentimento em relação a Tom foi de frustração. A fila já se movia bastante devagar, mas ele via que o cara desengonçado vestindo um casacão velho ia demorar uma eternidade. Todos os demais tinham seus formulários prontos, a maioria impressa. Mas o cara de casacão continuava preenchendo o seu ali em pé; com uma caneta tinteiro que vazava. Will virou-se para a moça atrás, erguendo as sobrancelhas como a perguntar: "Dá para acreditar nisso?" Os dois acabaram começando a conversar em voz alta sobre como era irritante ficar "preso" atrás de um "mané" daqueles: foram encorajados pela permanente presença de um par de fones de ouvido brancos nos ouvidos do rapaz.

Por fim, ele remexera diversas vezes na sua mochila de estudante primário, encontrando uma carteira de motorista com a ponta amassada já sem plastificação e uma carta da universidade. Os documentos de algum modo convenceram o funcionário de que ele realmente se chamava Tom Fontaine e estava qualificado para estudar filosofia em Columbia.

Quando ele se virou, sorriu para Will:

— Lamento, sei como é irritante ficar "preso" atrás do "mané" da faculdade.

Will enrubesceu. Ele obviamente ouvira cada palavra. (Will descobriu depois que os fones nos ouvidos de Tom não ficavam ligados a um walkman — nem a coisa alguma. Ele simplesmente constatara ser útil usar fones de ouvido: assim, os estranhos raras vezes o incomodavam.)

Tornaram a se encontrar três dias depois numa cafeteria. Tom estava curvado sobre um laptop, os fones no ouvido. Will deu-lhe um tapinha no ombro para desculpar-se. Começaram a conversar e ficaram amigos desde então.

Tom Fontaine era muito diferente de qualquer pessoa que Will já conhecera. Oficialmente ele era apolítico, embora Will o considerasse um revolucionário genuíno. Sim, sabia tudo de computadores — mas também um homem com uma missão. Fazia parte de uma rede informal de gênios que tinham a mesma opinião, em todo o globo, determinados a tomar — talvez até derrubar — os gigantes do software que dominavam o mundo da informática. A queixa deles contra a Microsoft e sua turma era que essas empresas haviam violado o sagrado princípio original da internet: de que deveria ser um instrumento para a troca de idéias e informações. A palavra-chave era abertura. Nos primeiros dias da rede, explicava Tom — pacientemente e com palavras monossilábicas — a Will, que, assim como muitos dos jornalistas, dependia de computadores, mas não fazia a menor idéia de como funcionavam — tudo estava acessível, à disposição de todos. Isso incluía o próprio software. Era um "código-aberto", o que significa que suas atividades internas estavam ali para todos verem. Qualquer pessoa podia usá-lo e adaptar o software da maneira que julgasse adequada. Então a Microsoft e amigos se juntaram e, motivados somente pelo comércio, baixaram as persianas de aço. O material deles passou a ser de "código-fechado". As longas séries de códigos que os faziam funcionar eram inacessíveis. Assim como a Coca-Cola construíra um império com sua fórmula secreta, a Microsoft tornara seus produtos um mistério.

Isso dificilmente incomodava Will, mas para idealistas como Tom, era uma forma de profanação. Eles acreditavam na internet com um zelo que Will só podia descrever como religioso (o que era especialmente engraçado no caso de Tom, em vista de seu ateísmo militante). Agora estavam decididos a criar softwares alternativos — mecanismos de busca ou programas de processamento de texto —, que ficariam disponíveis a qualquer um que os quisesse, livres de cobrança. Se alguém localizasse um erro, podia corrigi-lo. Afinal, pertencia a todas as pessoas que o usavam.

Isso significava que Tom ganhava uma fração do dinheiro que poderia ganhar, vendendo apenas o suficiente de sua habilidade em informática para pagar o aluguel. Não se importava; os princípios vinham primeiro.

— Tom, é Will. Tá em casa?

Ele respondera no celular; podia estar em qualquer lugar.

— Não.

— Que música é essa?

Ouvia o que parecia ser a voz operística de uma mulher.

— Esse, meu amigo, é o "Oratório Himmelfahrts", de Johann Sebastian Bach, o "Oratório da Ascensão", Barbara Schlick, soprano...

— Onde você está, num concerto?

— Loja de disco.

— Aquela que fica perto do seu apartamento?

— Isso.

— Posso encontrá-lo no seu apartamento em vinte minutos? Aconteceu uma coisa muito grave.

Lamentou aquelas palavras no ato. Num telefone celular.

— Tudo bem? Você parece em pânico.

— Pode estar lá? Vinte minutos?

— Beleza.

O apartamento de Tom era estranho, a personificação do homem. Não havia quase nada na geladeira, além de fileiras de garrafas de água mineral, testemunho de sua um tanto peculiar aversão a qualquer tipo de bebida, quente ou fria. Nada de café, suco, cerveja. Só água. E a cama ficava na sala, uma concessão à sua insônia: quando Tom acordava às três da manhã, queria estar direto on-line e trabalhar, desabando mais uma vez quando se sentisse cansado novamente. Em geral, essas excentricidades desencadeavam algum tipo de sermão da parte de Will, que tentava convencer o amigo a juntar-se ao resto da raça humana, ou pelo menos a que habitava o Brooklyn. Mas hoje não.

Will foi entrando direto e fez um gesto para que Tom fechasse a porta.

— Você tem algum aparelho conectado ao seu computador, algum microfone, celular, fone, alto-falante ou qualquer coisa bizarra que possa fazer com que o que estamos falando agora possa, de algum modo, vazar para a internet?

— Como? Do que está falando?

— Sabe do que estou falando. Alguns desses aparelhos para os quais não sei nem encontrar as palavras... tem alguma coisa que possa estar gravando nossa conversa e salvando-a como arquivo de áudio e que você só perceberia que aconteceu muito depois?

— Hum, não.

A voz e o rosto de Tom enrugaram-se numa expressão do tipo: *Claro que não, seu psicótico.*

— Ótimo, porque o que vamos falar é terrível, e também cem por cento secreto e não pode, *não pode,* ser discutido com ninguém... sobretudo com a polícia.

Tom percebeu que o amigo falava muito a sério e que estava desesperado. Sempre de tez cinzenta, empalideceu para um matiz de porcelana clara.

— Isso tá ligado? — perguntou Will, apontando para um dos vários computadores na bancada de trabalho, que parecia igual ao seu. Era uma pergunta boba. Quando os computadores de Tom chegavam a ser desligados? — Isso é um browser?

Até aí, browser — um programa que busca e exibe páginas da internet —, Will dava conta. Tom assentiu com a cabeça; parecia apavorado.

Will não perguntou se os computadores de Tom eram seguros: sabia que não podiam deixar de ser seguros. Criptografia era uma especialidade de Fontaine.

Will digitou o endereço de acesso ao seu webmail e depois, quando apareceu a página, seu nome e senha. A caixa de entrada. Deslizou o cursor na tela e clicou abrindo a primeira mensagem.

NÃO CHAME A POLÍCIA. ESTAMOS COM SUA MULHER. ENVOLVA A POLÍCIA E NUNCA MAIS VAI VÊ-LA. NÃO CHAME A POLÍCIA, OU SE ARREPENDERÁ. PARA SEMPRE.

Tom, em pé, lendo por cima do ombro de Will, quase deu um salto para trás. Deixou escapar um gemido, como se tivesse sido atingido. Só então Will se deu conta de que Tom era louco por Beth. Não em termos românticos — não era nenhum rival —, mas de uma forma quase infantil. Muitas vezes percorria os poucos quarteirões até o apartamento do casal para comer — um contraste com o sushi consumido diante da tela, que constituía a base de sua dieta — e parecia nutrir-se da atenção de Beth. Ela o repreendia como uma irmã mais velha, e ele aceitava; deixou-a até comprar-lhe uma jaqueta de grife que ele usou, brevemente, no lugar do velho casacão que parecia colado em suas costas.

Will não levara em conta o fato de Tom ter sentimentos próprios sobre o desaparecimento de Beth.

— Oh, meu Deus — ele dizia, em voz baixa.

Will nada disse, dando-lhe um momento para absorver o choque. Decidiu eliminar o estágio seguinte, resumindo todas as conclusões a que ele, junto com o pai, chegara até então. Abriu o segundo e-mail, mostrando que os seqüestradores pareciam mais interessados em manter o sigilo e o não-envolvimento das autoridades do que em qualquer resgate. Era tudo um grande mistério, mas também estava inteiramente fora de cogitação chamar a polícia.

— Tom, preciso que você faça o que for necessário para descobrir de onde vieram esses e-mails. É o que a polícia faria, então é o que você precisar fazer.

Tom fez que sim com a cabeça, mas suas mãos mal se mexeram. Continuava aturdido.

— Tom, eu sei o quanto Beth significa para você. E o quanto você significa para ela. Mas o que ela precisa de você agora é que se concentre, você é o gênio do computador. Certo? — Will tentava sorrir, como um pai animando um filho que aprendia a andar. — Precisa esquecer do que se trata e imaginar que é apenas mais um enigma de computador. Mas precisa resolver o mais rápido que puder.

Sem outra palavra, os dois trocaram de lugar. Will pôs-se a andar de um lado para outro, enquanto Tom começava a clicar e a digitar furiosamente.

Ele logo descobriu algo. Os hieróglifos que haviam aparecido no BlackBerry de Will agora pareciam completamente diferentes.

— É isso...

— Hebraico — disse Tom. — Nem toda máquina dispõe desse alfabeto. É por isso que parece estranho no seu. Usar alfabetos obscuros é um velho truque dos spammers.

Agora Will notava mais alguma coisa. Após a longa série de caracteres hebraicos, viam-se algumas palavras em inglês entre parênteses. Não tinham aparecido na tela de seu próprio computador, mas ali eram visíveis, formando um endereço de e-mail comum: info@golem-net.net.

— Golem-net? É esse o nome deles?

— Parece.

— Não é alguma coisa do *Senhor dos anéis*?

— Aquela é Gollum. Com dois Ls.

De repente a tela ficou preta, com apenas alguns caracteres piscando à esquerda. O sistema caíra?

Tom viu o rosto de Will.

— Não se preocupe com isso. É um *prompt* de comando. Apenas uma forma mais fácil de enviar comandos para o computador do que por GUI.

Will olhou perplexo.

— *Graphic User Interface*, interface gráfica de usuário.

Tom viu que falava uma língua estranha para Will, mas teve a forte sensação de que o amigo queria que ele dissesse alguma coisa. Compreendeu que Will era como um passageiro de táxi com pressa: talvez acabasse não fazendo a menor diferença, mas parecia melhor estar se movendo do que engarrafado no tráfego. Psicologicamente, sabia que o amigo estava no mesmo estado: precisava sentir que faziam progresso. Um simples comentário poderia ajudar.

— Vou perguntar ao computador quem foi que enviou o e-mail.

— Pode fazer isso?

— Sim. Veja.

Tom digitava as palavras "Whois* Golem-net.net?" Will sempre se surpreendia quando, em meio a todos os códigos e dígitos, um compu-

*Em português, "Quem é". (N. do E.)

tador (ou nerd de computador, o que equivalia à mesma coisa) usava linguagem simples de conversação, embora com uma grafia excêntrica. Mas, acabou-se verificando, era uma autêntica instrução de computador.

Whois Golem-net.net.

Tom esperava a tela mostrar a resposta. Não se podia fazer nada nesses momentos, enquanto as luzes tremeluziam e a ampulheta continuava piscando. Não se podia apressar o computador. As pessoas sempre tentavam fazer isso. Via-se isso nos caixas eletrônicos, as mãos em posição, como a boca de um crocodilo posicionada junto à fenda por onde saía o dinheiro, à espera de agarrá-lo quando aparecesse, assegurando-se de que nem uma fração de segundo seria desperdiçada. Via-se nos escritórios, onde as pessoas martelavam o lápis ou tocavam as coxas como bongôs: "Ande, ande", incentivando o computador ou a impressora a pararem de ser uma coisa tão lerda. Will se esquecia de que há cinco, dez ou quinze anos a tarefa em questão poderia levar a maior parte de um dia de trabalho.

— Ah. Ora, isso é interessante.

Nenhuma ocorrência de *golem-net.net.*

— Eles inventaram.

— E agora?

Tom voltou para o próprio e-mail e selecionou uma opção que Will desconhecia: "Ver Cabeçalho Inteiro." De repente, várias linhas do que ele teria descartado como palavras e frases truncadas encheram a tela.

— Muito bem — disse Tom. — O que temos aqui é uma espécie de diário de viagem. Mostra a você a jornada da internet feita pelo e-mail. Essa linha no alto é o destino final, e essa, embaixo, o ponto de origem. Cada servidor no percurso tem sua própria linha.

Will olhou a tela, cada frase começando com "Recebido..."

— Hmm. Esses caras estão com pressa.

— Como sabe disso?

— Bem, você pode inventar "linhas recebidas". Mas isso leva tempo... e quem quer que tenha enviado essa mensagem não tinha tempo. Ou não sabia como fazer. Essas linhas recebidas são todas autênticas. Certo, é isso que precisamos. Aqui. — Apontava a linha de baixo, o ponto de origem: *Recebido de info.net-spot.biz.*

— O que é isso?

— Todo computador no mundo, uma vez conectado à internet, tem um nome. Aquele ali é o computador que lhe enviou o e-mail. Tudo bem. Isso significa que preciso dar mais um passo.

Will via que Tom não se sentia à vontade. Não gostava de fazer as coisas desse modo. Lembrou-se de uma de suas primeiras conversas, quando Tom explicou a diferença entre hackers e crackers, white hats e black hats. Will gostou de todos os nomes; achou que poderiam dar uma matéria.

Tinha uma vaga lembrança. Lembrou sua surpresa ao descobrir que hacker era um termo em geral mal empregado. Muitas vezes o aplicavam aos nerds adolescentes que invadiam os computadores — incluindo a Nasa e a Otan — e causavam estragos. Entre o pessoal de tecnologia, hacker tinha um significado mais brando: referia-se àqueles que brincavam nos gramados virtuais de outras pessoas por diversão, mas não por maldade. Os que tinham más intenções e visavam estragos — espalhando vírus, derrubando o sistema telefônico de Emergência — eram chamados de crackers. Eram hackers que disseminavam destruição.

A mesma distinção aplicava-se aos white hats e aos black hats. Os primeiros fuçavam onde não eram bem-vindos — dentro do sistema dos maiores bancos dos Estados Unidos, por exemplo —, mas com motivações benignas. Podiam bisbilhotar os números das contas dos clientes, até descobrir suas senhas, mas não lhes tiravam o dinheiro (embora pudessem). Em vez disso, enviavam um e-mail ao diretor de tecnologia no banco com alguns exemplos das informações pilhadas. Uma mensagem de um white hat típica, à espera na caixa de entrada do desafortunado funcionário responsável, às vezes dizia: "Se eu posso ver seus dados, os bandidos também podem. Corrija-os." Se o destinatário fosse realmente azarado, uma cópia do e-mail seria enviada ao diretor executivo.

Os black hats fazem a mesma coisa, porém com os objetivos mais sinistros. Invadem redes de segurança máxima, não pelo princípio desbravador — ser o primeiro a conseguir —, mas a fim de causar algum dano. Às vezes, para roubar, mas com maior freqüência para vandalismo cibernético: a emoção de abater um grande alvo. Os vírus que ganharam as manchetes do passado — *I Love You* e *Michelangelo* — foram considerados obras-primas entre os black hats.

Claro que o chapéu de Tom era tão branco quanto possível.* Ele adorava a internet, queria que funcionasse. Raras vezes hackeava, muito menos crackeava. Acreditava que era essencial o mundo passar a confiar na rede, as pessoas sentirem-se seguras nela — e isso significava conter aqueles que, como ele, sabiam onde encontrar buracos na cerca. Mas tratava-se de uma situação excepcional. A vida de Beth estava em perigo.

Will pôs-se a andar de um lado para outro. Sentia as pernas fracas, o estômago embrulhado. Não comera nada desde que vira aquele e-mail pela primeira vez, umas sete horas atrás. Foi até a geladeira de Tom: múltiplas garrafas de água mineral Volvic e uma caixa de sushi. Da véspera. Pegou-a, cheirou-a e decidiu que continuava mais ou menos comestível. Devorou-a, e então se sentiu culpado por ter apetite enquanto a mulher estava desaparecida. Ao engolir, Beth retornou-lhe à mente. A simples idéia de comida parecia desencadear uma associação com a mulher. As noites juntos preparando o jantar; o apetite imperturbável dela. Tudo o que ele imaginava, calor, fome ou saciedade, só conseguia pensar nela.

*Trocadilho com o termo "white hat"; em português, "chapéu branco". (*N. do E.*)

Andou de um lado para o outro mais um pouco. Folheou os periódicos de computador e jornais literários obscuros que Tom guardava numa pilha junto ao sofá.

— Will, chegue aqui.

Tom fitava a tela. Fizera um "Whois" para netspotbiz.com e obtivera uma resposta.

— Você não parece feliz — disse Will.

— Bem, é notícia boa e notícia ruim. A boa é que agora sei exatamente de onde o e-mail foi enviado. A ruim é que pode ser de qualquer pessoa.

— Não estou entendendo.

— Nosso caminho termina num cybercafé. As pessoas entram e saem desses lugares o tempo todo. Mas que idiota eu sou às vezes! — Deu um soco na mesa. Parecia furioso. — Achei que íamos chegar a um belo e completo endereço. Que imbecil!

Will percebeu que Tom falava consigo mesmo.

— Onde é esse cybercafé?

— E isso lá importa? Nova York é uma porra de cidade bastante grande. Milhões de pessoas poderiam ter passado por lá.

— Tom. — Agora severo. — Você pode descobrir onde é?

Tom voltou para o computador enquanto Will o observava. Finalmente, disse:

— Aí está o endereço. O problema é que não tenho certeza se acredito nele.

— Onde é? — insistiu Will.

Tom encarou-o pela primeira vez desde que ele lhe mostrara o e-mail dos seqüestradores.

— É do Brooklyn. Crown Heights, Brooklyn.

— É bem perto daqui. Por que não acredita que seja lá?

— Olhe o mapa. — Tom fizera uma busca de mapa instantânea, mostrando uma estrela vermelha na localização exata do cybercafé. Ficava na Eastern Parkway. — Percebe onde é?

— Não. Vamos lá, Tom. Pare de enrolar. Desembucha.

— Essa mensagem foi enviada de Crown Heights. É simplesmente a maior comunidade hassídica dos Estados Unidos.

A estrela vermelha brilhava sem piscar. Parecia um X num mapa do tesouro, daqueles que apareciam nos sonhos infantis de Will.

— Que lugar é esse?

— Apesar do local, é possível que não tenham sido eles que o enviaram.

— Tom, o e-mail era em hebraico, pelo amor de Deus.

— É, mas poderia ser só um disfarce. O verdadeiro nome era golem.net.

— Pesquise.

Tom teclou *golem* no Google e clicou no primeiro resultado. Apresentou uma página de um site de lendas judaicas para crianças. Contava a história do grande rabino Loew, de Praga, que usava um encantamento da cabala, antigo misticismo judaico, para moldar um homem a partir do barro: um imenso e pesado gigante que chamavam de Golem. Will fez uma leitura dinâmica e chegou rapidamente ao final da história, que culminava em violência e destruição, com o Golem enlouquecido. O gigante parecia ser um precursor de Frankenstein.

— Tudo bem — acabou dizendo Tom. — Admito, parece mesmo que são eles. Mas não faz sentido. Por que diabos essas pessoas levariam Beth?

— Nós não sabemos se são "essas pessoas". Poderia ser um psicótico que por acaso é hassídico.

Will pegou o paletó.

— Aonde vai?

— Vou até lá.

— Tá louco?

— Vou fingir que estou fazendo uma reportagem. Vou começar a fazer perguntas. Ver quem está no comando.

— Você está fora de si. Por que simplesmente não diz à polícia o que conseguiu descobrir, a origem do e-mail? Deixe que eles cuidem disso.

— Como assim? E dar a esses lunáticos uma desculpa para matarem Beth? Tô indo.

— Você não pode simplesmente chegar lá, com seu livrinho de anotações e seu sotaque inglês. É mais fácil andar com um letreiro na testa.

— Vou pensar em alguma coisa.

Will não disse, embora pensasse, que vinha ficando muito bom nesse tipo de trabalho detetivesco. Seu sucesso em Brownsville e Montana haviam-no deixado empolgado: nos dois casos, encontrara uma verdade oculta. Agora encontraria sua mulher.

QUINZE

SEXTA-FEIRA, 16H10, CROWN HEIGHTS, BROOKLYN

Sua primeira reação foi de confusão. Saltou do metrô na Sterling Street e seguiu a pé direto para o que lhe pareceu um bairro negro: as revistas *Ebony*, *Vibe* e *Black Hair* à venda no jornaleiro, grafites em todas as paredes, grupos de rapazes negros em pé, com roupas largas em estilo militar.

Mas assim que atravessou a New York Avenue, sentiu o pulso acelerar, o sexto sentido de repórter lhe dizendo que se aproximava da matéria. Surgiram placas em hebraico. Algumas das palavras eram escritas em caracteres ingleses, embora o sentido não ficasse tão claro. *Chazak V'Ematz!*, prometia uma, enigmaticamente. Outra palavra aparecia várias vezes, em adesivos de pára-choques, fôlderes, até em anúncios colados em postes de luz, como aqueles de pessoas que procuram animais de estimação desaparecidos. Logo conseguiu decorar a palavra, embora não tivesse a mínima idéia de como pronunciá-la: *Moshiach*.

Em seguida, passou por um negro do tamanho de uma geladeira, com uma criancinha numa das mãos e um cigarro na outra. Will ficou confuso novamente. Encontrava-se agora no Empire Boulevard, notando restaurantes indianos e caminhonetes decoradas com a bandeira nacional de Trinidad e Tobago. Estava no bairro hassídico ou não?

Desviou-se para as ruas residenciais. As casas eram grandes, com fachadas de arenito pardo ou feitas de tijolos vermelhos e sólidos, como se num Brooklyn de muito tempo atrás elas houvessem sido, sem sombra de dúvida, chiques, alinhadas. Cada uma tinha alguns poucos degraus até a porta da frente, que ficava ao lado de uma varanda. Em outras casas americanas, imaginou Will, aquela área externa às vezes tinha uma cadeira de balanço, talvez algumas lanternas, e com certeza uma abóbora no Halloween, e quase sempre a bandeira dos Estados Unidos. Em Crown Heights, isso não parecia ser comum, embora mesmo ali Will identificasse mais uma vez aquela palavra — *Moshiach* — em adesivos de janela — e uma vez numa bandeira amarela com a imagem de uma coroa, que ele julgou ser algum símbolo local.

Acima de cada entrada, via-se uma varanda, um andar acima, com uma balaustrada de madeira. Will pensou em Beth, presa atrás de uma daquelas portas: sentiu vontade de subir correndo os degraus de cada casa e bater numa porta atrás da outra, até encontrá-la.

Em sua direção vinha um grupo de meninas adolescentes de saias compridas, empurrando carrinhos de bebê. Atrás delas, umas dez crianças ou mais. Will não soube dizer se eram irmãs mais velhas ou mães excepcionalmente jovens. Não se assemelhavam a quaisquer mulheres que ele já tivesse visto antes, pelo menos não em Nova York. Pareciam de uma época diferente, talvez dos anos 1950, ou do reinado da rainha Vitória. Não havia qualquer parte do corpo à mostra, as mangas das blusas brancas, pudicas, cobrindo-lhes os braços; as saias batiam na altura dos tornozelos. E os cabelos: as mais velhas pareciam usá-los num coque sobrenaturalmente perfeito, que mal se mexia ao vento.

Will não quis olhar muito; não gostaria que ninguém pensasse que as encarava. Além disso, não precisava mais de confirmação. Era Crown Heights hassídico, tudo bem. Caminhando, montava seu disfarce, sua história de fachada. Diria que era redator da revista *New York* e fazia uma matéria para sua nova coluna "Comunidades da Big Apple", na qual pessoas de outros lugares escreviam sobre diferentes segmentos da maravilhosa diversidade de aspectos humanos, blablablá. Posaria como um verdadeiro explorador vestido para um safári, enviado para registrar as curiosas maneiras dos nativos.

E sem dúvida era uma paisagem estranha. Ele procurava, desesperadamente, alguma coisa que pudesse dar-lhe um ponto de apoio — um escritório, talvez, onde pudesse descobrir quem era responsável por aquele lugar. Talvez pudessem explicar o que acontecera e o ajudassem. Precisava apenas de uma posição segura, alguma coisa naquela estranha região que pelo menos entendesse.

Mas não havia nada. Cada adesivo de pára-choques parecia transmitir uma mensagem que talvez valesse a pena decodificar, mas era impossível. *Acenda velas no Shabat e iluminará o mundo!* Viu o anúncio de um espetáculo: *Prontos para a Redenção.* Até as lojas pareciam fazer parte desse fervor religioso. O supermercado Kol Tov ostentava um slogan: *Tudo é perfeito.*

Continuou andando e parou em frente a uma loja cuja vitrine era mais cheia de avisos que mercadorias. Um deles logo chamou sua atenção.

Crown Heights é o bairro do rabino. Por respeito a ele e à sua comunidade, pedimos que todas as mulheres e meninas, moradoras ou visitantes, adotem em todas as ocasiões as leis de recato, ou seja:

Gola fechada nas costas, lado e frente. (As clavículas devem permanecer cobertas)

Cotovelos cobertos

Joelhos cobertos por vestido/saia

Toda a perna deve estar adequadadamente coberta, assim como o pé

Nada de fendas

As meninas e mulheres que usarem roupas indecentes, e com isso chamarem a atenção para sua aparência física, envergonham a si mesmas proclamando que não possuem as qualidades intrínsecas pelas quais devem atrair a atenção...

Então isso explicava o "dress code", o código de vestir do lugar. Mas a palavra que chamou a atenção de Will nada tinha a ver com golas ou fendas, mas sim "rabino". Parecia ser o homem com quem tinha de encontrar-se.

Ergueu os olhos para saber onde estava, notando pela primeira vez a placa da rua. Eastern Parkway. Ele mal avançara dez metros, quando viu outra placa: Internet Hot Spot. Chegara.

Will teve ânsia de vômito quando entrou no lugar. Era sem a menor dúvida o local do crime. Alguém se sentara a uma daquelas mesas baratas, cercadas de revestimento de compensado e piso de cerâmica cinza, e digitara a mensagem anunciando o seqüestro de sua mulher.

Olhou de maneira compenetrada o ambiente, esperando que o olhar se tornasse o de um super-herói, magicamente capaz de absorver cada detalhe, vendo com visão de raios X as pistas que deviam estar ali. Mas não tinha esse poder.

O lugar era uma bagunça, não parecia em nada com os cybercafés que conhecia em Manhattan ou mesmo em sua vizinhança no Brooklyn. Não havia café espresso, nem a variedade árabe mocha, aliás, de fato, nenhum tipo de café. Apenas fios expostos, anúncios na parede descascada, incluindo o retrato de um rabino idoso, de barba branca — um rosto que Will já vira uma dezena de vezes. As mesas estavam dispostas aleatoriamente, com frágeis divisórias separando cada computador. Nos fundos, viam-se pilhas de caixas de papelão vazias, com pedaços de isopor à mostra, como se os donos tivessem acabado de comprar o equipamento, descarregado e aberto a loja no mesmo dia.

Alguns olhares foram erguidos quando Will entrou, mas não eram nem de perto tão maus quanto temera. (Tivera visões de suas ocasionais incursões estudantis a pubs em áreas isoladas nas grandes cidades inglesas, lugares tão hostis que os moradores pareciam cair num silêncio instintivo, mal-humorado, assim que viam um estranho entre eles.) A maioria dos fregueses parecia preocupada demais para interessar-se por ele.

Tentou avaliar cada um deles. Notou primeiro duas mulheres, as duas de boinas. Uma sentada de lado no banco, de modo a manter uma das mãos no carrinho de bebê, balançando-o, enquanto digitava com a outra. Will logo a descartou: uma grávida com certeza não poderia ter seqüestrado sua mulher. Logo descartou a outra mulher com igual rapidez: tinha uma criança pequena no colo, assim como carregava no rosto talvez a expressão mais exausta que ele já vira.

Os terminais restantes estavam vazios ou ocupados por homens. Para Will, todos pareciam idênticos. Usavam os mesmos ternos escuros amarrotados, as mesmas camisas brancas de gola aberta e os mesmos chapéus de feltro preto de aba larga. Will olhou fixamente um por um de cada vez, como se perguntasse — *Você seqüestrou minha mulher?* Sua esperança era que uma consciência culpada pudesse fazer com que enrubescessem ou saíssem às pressas porta afora. Em vez disso, continuaram olhando as telas de computadores e acariciando as barbas.

Will pagou sua tarifa e sentou-se diante de uma tela. Ficou tentado a entrar no próprio e-mail, para que qualquer um que o inspecionasse ou lesse por cima de seu ombro soubesse de imediato quem ele era. Até certo ponto queria que soubessem que estava ali, atrás deles.

Mas decidiu absorver sem pressa o que tinha à sua frente. Cada terminal fora programado para mostrar a mesma página inicial, o site do movimento hassídico. Uma janela à esquerda da tela mostrava anúncios de nascimentos: Zvi Chaim, da família Friedman, Tova Leah, Susskind, Chaya Ruchi, Slonim. No alto da tela, um banner apresentava o mesmo rosto, embora desta vez parecesse dissolver-se numa fotografia da linha do horizonte de Jerusalém. Embaixo corria o slogan: *Vida Longa para o rabino Melech HaMoshiach, para todo o sempre.*

Will leu a frase três vezes, como se tentasse decifrar uma pista de palavras cruzadas cifradas. Não tinha a menor idéia sobre *melech*, mas

Moshiach era agora muito conhecido, apesar de não tê-lo visto dessa forma. A palavra que importava era *rabino*. O homem da fotografia espalhada por todo lugar — um antigo rabino de barba branca bíblica e chapéu de feltro colado firmemente na cabeça — era o líder, o rabino.

Para ele, parecia uma descoberta. Precisava apenas encontrar aquele homem e conseguiria algumas respostas. Uma comunidade como aquela, tinha certeza, era hierárquica e disciplinada: nada acontecia sem a concordância do líder. Era como um chefe tribal. Se Beth fora levada pelos homens de Crown Height, o rabino teria dado a ordem. E saberia onde ela estava agora.

Will saiu apressado, ansioso para encontrar aquele rabino o mais rápido possível. Ao voltar para a rua, notou que outras pessoas andavam em velocidade semelhante; todo mundo parecia apressado. Estaria acontecendo alguma coisa? Teriam sido informados do seqüestro?

Percorridas uma ou duas quadras, encontrou o que procurava: um lugar onde as pessoas se reuniam para comer ou beber. Para repórteres, cafés, bares e restaurantes eram locais essenciais. Para falar com estranhos, onde mais começar? Dificilmente poderia bater nas portas das pessoas; pará-las na rua era sempre um último recurso. Mas num café, poderia iniciar uma conversa com quase todo mundo — e conseguir muita informação.

Não havia cafés ali, tampouco bares, mas o Glatt Kosher de Marmerstein já servia. Era mais um espaço de refeições que um restaurante. Parecia mais um refeitório, com comida quente num balcão servido por mulheres grandes com jeito de avós. Os fregueses pareciam ser homens macilentos, pálidos, que devoravam schnitzel de galinha, batatas encharcadas de molho e chá gelado como se não comessem há 24 horas. Isso levou Will a lembrar-se do refeitório na escola do primário: mulheres grandes alimentando meninos magricelas.

Só que esse cenário era muito mais bizarro. Os homens pareciam ter saído de um livro de fotografias do leste europeu do século XVII, ainda que vários deles resmungassem em telefones celulares. Um deles usava simultaneamente um BlackBerry e lia o *New York Post*. O contraste entre o antigo e o moderno era gritante.

Will enfileirou-se para pegar seu prato, embora estivesse sem vontade de comer; só precisava de um pretexto para estar ali. Hesitou diante da escolha de legumes, brócolis ou cenoura cozidos demais, e logo foi censurado por uma das *babushkas* atrás do balcão.

— Ande logo, quero chegar em casa para o *shabbos* — disse ela sem um sorriso.

Aquilo explicava a correria: era tarde de sexta-feira e o Shabat aproximava-se. Tom comentara alguma coisa sobre isso quando Will saíra, mas ele não se importara: literalmente não sabia que dia era. Havia de ser a má notícia. Crown Heights certamente fecharia dali a uma ou duas horas; ninguém estaria por perto e ele não descobriria nada. Não lhe restava opção; teria de agir rápido, começando já.

Encontrou o que precisava: um homem sentado sozinho. Não havia tempo para rodeios. Teria de empregar o método americano instantâneo: *Oi, tudo bem, de onde você é?*

Ele se chamava Sandy e era da Costa Oeste. As duas informações pegaram Will de surpresa. Achava que aqueles homens de barbas e chapéus pretos tivessem nomes estrangeiros e falassem com forte sotaque russo ou polonês. Isso fora parte do choque cultural que estava vivenciando na última hora, a compreensão de que um canto do que poderia ser a Europa medieval vivia e respirava ali mesmo, na Nova York do século XXI. Sentiu-se um nadador novato que descobre que não pode mais tocar o fundo.

— Você é judeu? — perguntou o homem.

— Não, não sou, sou jornalista. — Que coisa ridícula para dizer. — Quer dizer, o motivo de eu estar aqui é que sou jornalista. Da revista *New York*.

— Legal. Vai escrever sobre o rabino?

— Sim. Bem, entre outras coisas. Você sabe, simplesmente escrever sobre a comunidade.

Sandy revelou-se relativamente novo em Crown Heights. Disse que fora "um surfista de verão" em Venice Beach, "vagando por lá e usando um monte de drogas". Sua vida fora uma trapalhada até seis anos antes, quando conhecera um emissário do rabino, que estabelecera um centro de extensão comunitária bem à beira-mar. O rabino Gershon servira-lhe uma refeição quente numa noite de sexta-feira, e foi assim que começou. Sandy aparecera lá para o Shabat seguinte e o seguinte; passara a noite com a família de Gershon.

— Sabe o que foi melhor, melhor até que a comida e o abrigo? — disse Sandy, com uma intensidade que Will achou embaraçosa num homem que acabara de conhecer. — Eles não me julgavam. Diziam apenas que HaShem ama toda alma judia e entende por que às vezes tomamos o caminho errado, nos desgarramos.

— HaShem?

— Desculpe, quer dizer Deus. HaShem literalmente significa "o Nome". No judaísmo, sabemos o nome de Deus, podemos vê-lo escrito, mas nunca o dizemos.

Will fez-lhe um gesto para que continuasse. Ele explicou que pusera a vida nas mãos do rabino e dos seus seguidores. Passara a vestir-se como eles, comer comida kosher, orar de manhã e à noite, honrar o Shabat abstendo-se de todo trabalho ou comércio — nada de compras, nada de usar eletricidade, nada de andar de metrô — do pôr-do-sol de sexta-feira ao de sábado.

— E você já tinha feito algo assim antes?

— Eu? Só pode estar de brincadeira. Cara, eu não sabia nem o que era *shabbos*! Comia tudo que se mexia: lagosta, caranguejo, cheesebúrgueres. Minha mãe nem sequer sabia o que era kosher ou *treif*.

— E o que ela acha disso tudo?

Indicou com a mão as roupas e a barba de Sandy.

— Sabe, é uma espécie de processo. Ela achou difícil essa coisa de kosher; eu não posso comer com ela quando vou a sua casa. E agora que tenho filhos, fica meio complicado. Mas sabe o que foi mais duro para ela, sem sombra de dúvida? Quando me tornei Shimon Shmuel, em vez de Sandy. Ela não conseguiu aceitar.

— Você mudou de nome?

— Na verdade, eu não chamaria isso mudar de nome. Todo judeu já tem um nome hebraico, mesmo que não saiba qual é. É o nome de nossa alma. Por isso, gosto de dizer que descobri meu verdadeiro nome. Mas uso os dois. Quando visito minha mãe, ou quando conheço alguém como você, sou Sandy. Em Crown Heights, sou Shimon Shmuel.

— Então, o que pode me dizer sobre esse rabino?

— Bem, ele é o nosso líder e um grande professor, e todos nós o amamos e ele nos ama.

— As pessoas fazem tudo o que ele manda?

— Não é bem assim, Tom. (Will tivera de pensar rápido. Em toda a sua preparação se esquecera de inventar um pseudônimo. Assim, tomara emprestado o primeiro nome de Tom e o nome de solteira da mãe; então Sandy achava que conversava com um repórter freelance chamado Tom Mitchel.) — O rabino simplesmente sabe o que é certo para todos nós. É como o pastor, e nós o seu rebanho. Sabe o que precisamos, onde devemos morar, com quem devemos nos casar. Então, sim, ouvimos seu conselho.

O palpite de Will foi confirmado. O cara manipulava tudo.

— E onde ele mora?

— Ele está sempre por aqui, todo dia.

— E posso conhecê-lo?

— Devia ir à *shul* esta noite.

— *Shul*?

— A sinagoga. Mas é mais que isso. É a nossa sede, nossa casa de reunião, nossa biblioteca. Você vai descobrir tudo que precisa saber sobre o rabino lá.

Will decidiu grudar-se em Sandy. Precisava de um guia, e ele seria ideal. Não era muito mais velho que Will, não era rabino, nem estudioso, nem uma figura autoritária que exigisse insinuar-se em suas graças, mas um hippie sem perspectivas, imaginou, que simplesmente implorou para ser salvo. Se os ETs tivessem chegado primeiro, Sandy teria ido com eles; era um homem que precisava de alguém para ergue-lo quando caísse.

Conversaram enquanto percorriam a pé as poucas quadras até a primeira parada de Sandy.

— Me diga uma coisa, Sandy. Que maneira de se vestir é essa? Por que vocês todos se vestem do mesmo modo?

— Confesso que fiquei bastante grilado com isso a princípio. Mas sabe o que diz o rabino? Somos mais distintos porque nos vestimos assim.

— Como ele explica isso?

— Bem, o que nos torna diferentes uns dos outros não é a camisa de grife que vestimos, nem o terno caro, algo externo. O que nos torna diferentes uns dos outros é o que está no nosso íntimo: nosso verdadeiro eu, nossas *neshama*, nossas almas. Isso brilha. Se o exterior passa a ser irrelevante, se todos parecermos iguais, as pessoas podem verdadeiramente voltar-se para o interior.

A essa altura, haviam chegado ao prédio a que Sandy se referira como *mikve* e traduzira para Will como "banho ritual". Juntaram-se à fila pagando um dólar ao recepcionista na porta. Will pagou cinqüenta centavos a mais para pegar uma toalha, e dirigiram-se para o andar de baixo para o que parecia ser um grande vestiário.

Assim que Sandy abriu a porta, foram atingidos por uma nuvem de vapor. O próprio ar parecia gotejar. Will teve de piscar os olhos três ou quatro vezes para ajustá-los. Quando afinal recuperou a visão, recuou como se houvesse levado um soco.

O espaço achava-se entulhado de homens e meninos nus ou se despindo. Adolescentes ossudos, cinqüentões barrigudos, as barbas se encaracolando na umidade, e idosos enrugados — todos retirando a última peça de roupa. Will freqüentara academias de ginástica em várias ocasiões, mas os limites de idades eram mais estreitos, havia menos pessoas, e nada igual àquele volume de barulho. Todo mundo ali falava; se eram crianças, gritavam.

— Temos de ficar inteiramente despojados quando entramos no *mikve* — dizia Sandy —, a fim de nos purificarmos para o *shabbos*. Nossa pele precisa fazer contato total com a água da chuva acumulada no *mikve*. Se usamos aliança, temos de retirá-la. Temos de ficar como éramos no dia em que nascemos.

Will olhou para seu próprio dedo, a aliança que Beth lhe dera. Na cerimônia do casamento, ela a pusera em seu dedo e sussurrara um voto só para seus ouvidos.

— Mais que ontem, menos que amanhã.

Referia-se à profundidade do amor que um sentia pelo outro.

Agora ele se via cercado de homens nus, alguns retiravam as vestes com borlas — que Sandy explicou que eram usadas de acordo com um mandamento religioso: um lembrete de Deus, mesmo sob a camisa — outros as vestiam, e elas logo ficavam manchadas com a umidade da pele ainda molhada, vários resmungavam preces numa língua que Will não entendia. *Que mundo mais estranho para que meu amor por Beth me trouxesse a este lugar neste momento*, pensou ele, observando a cena.

— Vem? — Sandy indicava a piscina com a mão.

Algo dizia a Will que se quisesse conquistar a confiança daquele homem, teria de mostrar respeito e participar de qualquer ritual que o momento exigisse.

— Claro — ele respondeu, tirando as roupas; até a aliança.

Cautelosamente, seguiu Sandy, lembrando-se dos dias de escola e da ida para o chuveiro coletivo após uma tarde de inverno treinando rúgbi. Então, como agora, sentiu-se encabulado, tendo o cuidado de cobrir as partes íntimas com as mãos. O cenário ali parecia-se muito com aqueles antigos banhos da escola, até nas poças d'água escuras e nos pêlos pubianos espalhados pelo piso de azulejos brancos. Havia uma placa: AME SEU PRÓXIMO, TOME UMA CHUVEIRADA ANTES DO MIKVE. Will aceitou a sugestão de Sandy, parado sob o jato de água por apenas alguns segundos.

Depois estava na hora do *mikve*. Parecia um pequeno lago de mergulho, e mergulhar era o que se fazia. Descer a escada, patinhar um ou dois passos e depois afundar — um mergulho completo, para que nem um único fio de cabelo na cabeça permanecesse seco —, em seguida mais dois e fora. A temperatura era agradável, mas ninguém se demorava. Não estavam ali para mergulhar nem para um banho numa jacuzzi, mas para serem purificados.

Quando Will afundou sob a superfície, prendendo a respiração, foi tomado de uma inesperada raiva. Não dos homens à sua volta, nem sequer dos seqüestradores de Beth, mas de si mesmo. Sua mulher desaparecera, talvez estivesse em perigo, e ali estava ele com o rabo de fora. Não onde devia, num centro de comando do Departamento de Polícia de Nova York, rodeado por terminais de computador piscando e manejados por especialistas em seqüestro, cada um trabalhando 24 horas para rastrear telefonemas e decodificar e-mails, usando tecnologia de ponta, até finalmente um policial virar-se e anunciar para a sala — "Pegamos ele!" — E isso faria com que todo mundo se amontoasse em radiopatrulhas e helicópteros, para cercar o antro dos criminosos com uma equipe de atiradores de elite da SWAT que então surgiriam com Beth, tremendo, enrolada numa manta, e o malvado seqüestrador algemado ou, melhor ainda, num saco plástico preto. Tudo isso se passou na mente de Will enquanto ele prendia a respiração na água de chuva destinada a santificar-lhe o corpo. *Eu vi filmes demais*, pensou quando subiu à tona, respirou fundo e sacudiu a água dos cabelos. Mas o sentimento dentro dele persistia. Devia estar procurando Beth e, em vez disso, banhava-se com o inimigo.

Ao enxugar-se e vestir as roupas de volta, não pôde evitar ver os homens à sua volta de modo diferente. Que segredos sinistros levavam? Estariam imaculadamente ignorantes dessa trama ou envolvidos no seqüestro de sua mulher? Seria algum tipo de conspiração, que começava com o rabino, mas que envolvia todos eles? Olhou para Sandy, que remexia em grampos de cabelo ao tornar a pôr o solidéu na cabeça. Sem dúvida ele parecia um inocente de olhos arregalados, mas talvez isso não passasse de uma pose hábil.

Will remontou à primeira conversa deles no jantar. Imaginava que houvesse procurado Sandy, mas talvez pudesse ter sido o contrário. E se esse tal de "Sandy" o viesse seguindo desde que chegara a Crown Heights, tramando para estar sentado sozinho no Marmerstein bem no momento exato em que ele aparecera? Não seria uma armação tão difícil de fazer. Afinal, não eram essas pessoas famosas pela astúcia...

Will deteve-se nesse momento. Sabia o que estava acontecendo; começava a entrar em pânico, deixando uma névoa vermelha baixar quando precisava de clareza. Velhos estereótipos não resgatariam Beth — disse severamente a si mesmo. Precisava ouvir seus pensamentos. *Seja paciente, continue educado e conseguirá a verdade.*

Passaram rapidamente na casa de Sandy que, imaginou Will, fora apenas designada para ele. Era decorada num estilo que fazia parte da geração de seus avós: armários de fórmica branca que pareceriam modernos em 1970, um piso de linóleo que parecia ser da era Kennedy. A cozinha tinha duas pias e um tanque de aspecto industrial com água fervente, até com torneira distribuidora no canto. Em todas as paredes, com expressões variadas, viam-se fotografias do homem que Will agora sabia ser o rabino.

A sala de estar oferecia a única pista da presença de crianças. Era dominada por um cercado cheio de brinquedos infantis de plástico vermelho e amarelo. Uma criança que começava a andar estava entre elas, empurrando um caminhão de lixo de brinquedo. Perto, sentada no canto de um sofá muito simples, uma mulher dava mamadeira a um bebê.

Will foi tomado por uma sensação que não esperara: inveja. A princípio, pensou que invejava Sandy por ter o lar intato, a mulher em segurança. Mas não era isso. Invejava a mulher por ter filhos. Era uma sensação nova, mas naquele momento, como se em nome de Beth, cobiçou o bebê e a criança: via-os através dos olhos dela, como os filhos que tão desesperadamente queria ter. Talvez pela primeira vez entendesse a necessidade da mulher. Não, era mais que isso. Podia sentir.

A mulher tinha os cabelos cobertos por um pequeno chapéu branco nada gracioso. Embaixo, um coque grosso e escuro — o mesmo estilo usado por toda mulher em Crown Heights pelo que ele havia visto.

— Esta é Sara Leah — disse Sandy, distraído, dirigindo-se para a escada.

— Oi, eu sou Tom — disse ele, curvando-se para oferecer a mão. Sara corou e balançou a cabeça, recusando-se a estender a mão. — Perdão — disse Will.

Claramente, as regras sobre mulheres e recato iam além da simples questão de vestuário.

— Muito bem, vamos para a *shul*! — gritava Sandy, que já descia correndo a escada. Ele avaliou os trajes de Will. — Você não vai precisar disso — comentou, indicando com um gesto a bolsa que ele pendurara no ombro.

— Não, tudo bem, acho melhor deixá-la comigo.

Dentro, estavam a carteira, o BlackBerry e, é claro, o livrinho de anotações.

— Tom, não quero que se sinta desconfortável na *shul*; é o *shabbos*, e não carregamos coisas aos *shabbos*.

— Mas são apenas chaves, dinheiro, você sabe.

— Eu sei, mas não levamos essas coisas conosco à *shul* nem a lugar algum na noite de sexta-feira.

— Você não leva as chaves de casa?

Sandy levantou a camisa e mostrou o cós da calça. Um barbante enfiado nos ilhoses prendia uma única chave prateada. Will precisava pensar rápido.

— Pode deixar sua bolsa aqui. Vai fazer o jantar do *shabbos* conosco, espero: pode pegá-la depois.

Concordando, Will largou a bolsa e desejou apenas que Sara Leah não desse uma espiada: bastava uma olhada nos cartões de créditos, e ela saberia que ele não era Tom Mitchell. Descobriria que ele era Will Monroe, e não exigiria muito trabalho de detetive saber que era o marido da seqüestrada, cujo destino todas aquelas pessoas certamente conheciam. Ela avisaria ao rabino ou seus capangas, e Will sem dúvida seria atirado num calabouço como Beth.

Acalme-se, isso não vai acontecer. Tudo vai dar certo.

— Tudo bem. Vou deixar aqui.

Tirou a bolsa, botou-a junto da pilha de sapatos e carrinhos de criança perto da entrada, enfiou sem que percebessem o livrinho de anotações no bolso do casaco e seguiu Sandy até a porta da frente.

Caminharam apenas algumas quadras para chegar à sinagoga. Grupos de homens de dois, três, amigos ou pais com filhos, rumavam na mesma direção.

O prédio tinha uma espécie de praça em frente, mas chegava-se a ele após descer dois degraus. Logo na entrada, um homem tragava fortemente um cigarro.

— O último antes do *shabbos* — explicou Sandy, sorrindo.

Então era proibido fumar nas 24 horas seguintes.

O interior era o que Will teria descrito como o oposto de uma igreja: parecia o ginásio de uma escola. No fundo, havia algumas fileiras de bancos e mesas, os encostos voltados para estantes. Nessa área, como numa grande sala de aula, todo os lugares estavam ocupados e o barulho era cada vez maior. Ele logo percebeu que não era uma única turma, mas, ao contrário, uma cacofonia de conversas diferentes. Duplas de homens debatiam uns com os outros sentados defronte da mesa, cada um debruçado sobre um livro em hebraico. Pareciam balançar-se para frente e para trás, falando ou apenas ouvindo. Junto a eles talvez estivesse um bisbilhoteiro ou outros dois homens envolvidos num diálogo igualmente intenso. Will esforçou-se por ouvir.

Era uma mistura de inglês e o que ele julgava ser hebraico, tudo entoado num ritmo que parecia combinar com o movimento de vaivém, compasso por compasso.

— O que os *Robonim* estão tentando nos dizer? Aprendemos que, embora desejássemos estudar o tempo todo, que isso é o maior *mitzvah* e prazer que poderíamos ter conhecido, de fato HaShen também quer que façamos outras coisas, entre elas trabalhar e ganhar nosso sustento.

A última palavra saiu num tom grave. A melodia agora recomeçaria a subir.

— Por que HaShen ia querer isso? Por que HaShen, que claramente quer que tenhamos grande sabedoria e *Yiddishkeit*, por que não ia querer que estudássemos o tempo todo? — A voz ia ficando aguda. — A resposta... — e um dedo apontando o teto enfatizou seu ponto — é que apenas passando pela experiência das trevas valorizamos a luz.

Agora era a vez do amigo, o colega de estudo, pegar o fio e a melodia.

— Em outras palavras, para apreciar plenamente a beleza da Torá... *Toi-rá*... e do saber, temos de conhecer a vida *além* do saber. Assim, a história de Noé é dizer a cada Hassid... *Chossid*... que ele não pode passar a vida toda na *yeshiva*, mas precisa cumprir seus outros deveres, como marido, pai, ou seja lá o que for. Por isso o *tzaddik* nem sempre é o homem mais culto na aldeia; às vezes, o homem verdadeiramente bom é o simples sapateiro ou alfaiate, que conhece e realmente aprecia a alegria da Torá porque conhece e entende o contraste com o resto de sua vida. Tal judeu, por ser o que conhece as trevas, aprecia verdadeiramente a luz.

Will mal conseguia entender o que ouvia; o estilo de tudo aquilo era muito diferente de tudo que já ouvira antes. Talvez, pensou, fosse como os mosteiros na Idade Média, monges estudando os textos absortos e tentando freneticamente penetrar o mundo de Deus. Virou-se para Sandy.

— O que estão estudando? Quer dizer, que livro estão lendo?

— Bem, em geral na *yeshiva*, a academia religiosa, as pessoas vêm estudar o Talmude. — Will pareceu perplexo. — Comentários. Rabinos debatendo o exato sentido de cada palavra da Torá. Um rabino no alto à esquerda de uma página do Talmude começa a discutir com outro sobre as dezenas de significado de uma única letra, de uma única palavra.

— É isso que eles estão lendo agora?

Will indicou os dois homens cujo ensinamento vinha acompanhando. Sandy inclinou o pescoço para conferir que livro eles estavam usando.

— Não, esses são os comentários escritos pelo rabino.

O rabino, pensou Will. Até suas palavras são estudadas com o fervor de um texto sagrado.

Enquanto falavam sem parar, o espaço foi se enchendo, pessoas chegando em grande número. Will já estivera uma vez numa sinagoga, para o bar mitzvah de um colega de escola, mas não tinha sido nada parecido com aquilo. Naquela ocasião, havia uma única cerimônia central e um certo grau de silêncio, embora não aquele tipo de silêncio em que se ouve cair um alfinete, ao qual se habituara na igreja. Ali não parecia haver ordem alguma.

O mais estranho de tudo era que só via homens. Parecia haver centenas daquelas camisas brancas e ternos escuros, e nem um pouco de cor feminina.

— Onde estão as mulheres?

Sandy apontou para o que parecia o balcão de um teatro logo acima. No entanto, não se via ninguém sentado, porque a visão era bloqueada por uma janela de plástico opaco. Era possível avistar apenas o contorno das pessoas por trás, como a entrever um operador de projetor de cinema na cabine. Mais pareciam sombras, reveladas apenas na pequena abertura abaixo da janela de plástico. Will olhou intensamente, tentando distinguir um rosto. Ao desistir, percebeu que estava procurando Beth.

Deu-lhe arrepios. Sentia-se vigiado, como se aquelas mulheres invisíveis, bloqueadas pela janela de plástico, fossem espectadoras espectrais, observando as presepadas dos homens embaixo. Imaginou o ponto de vista privilegiado delas: ele se destacaria num instante. O homem não de preto-e-branco, mas de calça de algodão e camisa azul.

Do nada surgiram as palmas. Os homens formaram duas filas, como a abrir caminho para uma procissão. O ritmo tornou-se mais rápido quando se puseram a cantar.

Yechi HaMelech, Yechi HaMelech

Sandy traduziu:

— Vida longa ao rei.

Agora as pessoas batiam os pés no chão, balançavam-nos com força, outras estavam pulando. Isso fez Will lembrar-se de alguns filmes antigos, com meninas à espera dos Beatles. Mas aqueles homens eram adultos, agitando-se num frenesi de antecipação. Um homem, o rosto ruborizado, sacudia-se de um lado para o outro, enfiando dois dedos na boca para dar um assobio.

Will absorveu todos os rostos espremidos na multidão diante de si. Afinal, não eram idênticos. Imaginou que vários eram russos; outros, de roupas um pouco menos formais, eram morenos e pareciam israelenses. Notou um homem de pouca barba, que tomou por vietnamita. Sandy acompanhou seu olhar.

— Convertido — explicou, conciso, levantando a voz para ser ouvido acima da barulheira. — O judaísmo não incentiva exatamente a conversão, mas quando acontece, o rabino é muito acolhedor. Muito mais que a maioria dos judeus. Diz que todo recém-chegado é tão bom quanto alguém nascido judeu, talvez até melhor, porque escolheu ser judeu...

Will perdeu o resto, pois foi espremido entre dois homens que o empurravam para a frente, parte de uma grande multidão que avançava e agora se virava. As crianças pareciam estar apontando a direção. Vários meninos, que não podiam ter mais de 8 anos, vinham nos ombros dos pais, acenando com os pulsos na mesma direção, repetidas vezes. Pareciam hooligans infantis, apontando o dedo para um juiz ladrão. Mas não olhavam para ninguém em particular. Em vez disso, dirigiam sua atenção para um trono.

Essa foi a palavra que lhe ocorreu, sem raciocinar. Era uma grande cadeira, revestida de veludo felpudo. Num espaço espartano como aquele, destacava-se como um artigo de luxo suntuoso. Sem a menor dúvida, o assento estava sendo venerado.

Yechi Adoneinu Moreinu v'Rabbeinu Melech HaMoshiach l'olam va'ed.

A multidão cantava essa frase repetidas vezes, com um fervor que Will achava ao mesmo tempo empolgante e assustador. Curvou-se ao ouvido de Sandy, gritando para ser ouvido.

— O que quer dizer isso?

— Viva nosso mestre, nosso professor, o rabino, Rei Messias para todo o sempre.

Messias. Claro. Era o que a palavra pintada nas paredes significava em toda parte. *Moshiach* significava Messias. Como pudera ser tão lento? Aquelas pessoas encaravam o rabino como nada menos que o Messias.

Will ficou ansioso então para levantar-se ao máximo e ver acima da multidão que fitava tão intensamente o trono, as vozes roucas de antecipação. Sem dúvida, o rabino ia fazer sua entrada dali a qualquer momento, embora Will não imaginasse como os seguidores conseguiriam superar os níveis atuais de êxtase para assinalar sua chegada.

O barulho tornava-se ensurdecedor. Ele tentou encontrar mais uma vez o ouvido de Sandy, mas o outro fora empurrado para a frente na confusão. Will tinha agora o rosto desconfortavelmente perto de outro homem, que lhe sorriu, reconhecendo o humor da repentina intimidade. Que droga, pensou Will.

— Com licença, pode me dizer quando o rabino entra? Quando começa tudo?

— Como?

— Quando começa tudo?

Nesse momento, antes que o homem tivesse a chance de responder, Will sentiu uma mão apertar-lhe fortemente o ombro. Em seu ouvido, uma voz profunda, de barítono.

— Para você, meu amigo, tudo termina aqui.

DEZESSEIS

SEXTA-FEIRA, 20H20, CROWN HEIGHTS, BROOKLYN

A mão deixou seu ombro e foi substituída por mais duas em cada braço. Foi flanqueado por dois homens que imaginou não terem mais de 20 anos, porém muito mais altos e fortes que ele. Um tinha uma barba avermelhada, o outro apenas uns tufos de pêlo no queixo. Ambos olhavam direto para frente enquanto o forçavam a caminhar com os braços presos às costas através da multidão. Will estava chocado demais para gritar e, de qualquer forma, ninguém o escutaria. Naquela aglomeração apertada, ele sabia que as pessoas mal dariam uma segunda olhada num trio de homens espremidos uns nos outros, sobretudo desde que os dois passaram a cantar junto com a multidão com bastante entusiasmo.

Estava sendo levado para longe do trono, de volta à área da biblioteca, onde a multidão era mais esparsa. Will não era bom em cálculos — não tinha experiência suficiente em cobertura de manifestações —, mas admitia que aquele espaço devia ter umas duas ou três mil pessoas aglomeradas lá dentro, todas cantando tão furiosamente que os seqüestradores poderiam tê-lo assassinado ali mesmo sem que ninguém notasse.

De repente, entraram atrás de algumas estantes e seguiram por um corredor estreito. O de barba ruiva abriu uma porta, depois outra, até chegarem afinal ao que parecia ser uma pequena sala de aula: mais bancos e mesas de madeira escura, mais estantes cheias de livros de couro com títulos em letras hebraicas douradas.

— Não entendo o que está acontecendo — disse Will com a voz fraca. — O que está acontecendo aqui? Quem são vocês?

— Espere.

— Por que me trouxeram para cá?

— Eu disse espere. O professor logo vai chegar. Pode falar com ele.

Finalmente, conheceria o rabino.

O ruído continuava vibrante. Talvez o rabino tivesse feito afinal sua entrada; talvez desse uma volta no salão antes de vir ver Will. O clamor era certamente de grande triunfo; o chão tremia como as paredes de uma boate, sacudido por tons graves. E que se intensificara, como se o rabino houvesse chegado enquanto ele era arrastado para fora da sala, ele não sabia dizer.

— Muito bem, vamos começar.

Aquela mesma voz de barítono, mais uma vez atrás dele. Will tentou virar-se, mas as mãos apertaram-lhe ainda mais os ombros.

— Como se chama?

— Tom Mitchell.

— Bem-vindo, Tom, e bom *shabbos*. Diga-me, por que temos o prazer de sua companhia em Crown Heights?

— Estou aqui para escrever uma matéria sobre a comunidade hassídica para a revista *New York*. É para uma nova coluna.

— Interessante. E por que veio logo neste fim de semana?

— Só me designaram para fazê-la esta semana, por isso vim no primeiro fim de semana que pude.

— Não ligou com antecedência, não quis marcar uma visita, talvez?

— Eu só queria olhar por aí.

— Ver como os nativos vivem em seu hábitat natural?

— Eu não descreveria assim — resmungou Will.

A força de dois homens pressionando as mãos em seus ombros começava a pesar.

— Espero não estar sendo rude, mas por que me seguram assim?

— Sabe, Sr. Mitchell, alegra-me que tenha perguntado, porque eu não gostaria de lhe dar uma impressão errada de Crown Heights e de sua gente. Damos boas-vindas à imprensa: repórteres têm vindo aqui com freqüência. Tivemos nada menos que o *New York Times* numa visita ocasional. Não, o motivo dessa — fez uma pausa — recepção excepcional é que não acredito que esteja dizendo a verdade.

— Mas eu *sou* repórter. Esta *é* a verdade.

— Não, Sr. Mitchell, a verdade é que alguém tem bisbilhotado o que é estritamente nosso negócio, e me pergunto se esse alguém é você. — A voz, ligeiramente elevada, fez uma pausa para recuperar o equilíbrio. — Vamos relaxar um pouco, sim? É *shabbos*, todos tivemos uma semana difícil. Trabalhamos duro. Agora descansamos. Portanto, não sejamos precipitados e vamos nos acalmar. Voltando à minha pergunta. Você conversou por algum tempo com Shimon Shmuel; portanto, tenho certeza de que já ouviu algumas coisas sobre nossos costumes.

Eles andaram me seguindo.

— É um homem inteligente. A esta altura já percebeu que o cumprimento do Shabat é uma das nossas regras mais estritas.

Will não disse nada.

— Sr. Mitchell?

— Sim, entendo isso.

— Sabe que somos proibidos de trabalhar no Shabat, não sabe?

— Sim, Sandy me disse. Shimon Shmuel.

Lamentou ter mencionado o nome hebraico de Sandy: parecia uma tentativa de agradá-los.

— Talvez ele não tenha dito que no Shabat não somos apenas proibidos de trabalhar, mas também de usar qualquer tipo de eletricidade. As luzes foram acesas antes de começar o *shabbos* e continuarão acesas o dia todo até acabar o *shabbos* na noite de amanhã. São as regras: nenhum judeu pode acendê-las nem desligá-las. Além disso, você deve ter notado que não tinha câmeras lá fora. E nunca houve câmeras lá, não no *shabbos*. O que você acabou de ver agora jamais foi fotografado ou filmado. Jamais, e não por falta de pedidos. Entende aonde quero chegar, Sr. Mitchell?

Agora que ouvira aquela voz por mais tempo, ele começou a formar uma imagem do homem. Era americano, mas o sotaque não era o mesmo que o de Sandy. Era mais, o quê, europeu? Por aí. Will não conseguiu identificar exatamente qual; sem dúvida mais nova-iorquino, quase musical. Demonstrava uma espécie de desdém, um reconhecimento do absurdo da vida, às vezes cômico, em geral trágico. Em mínimas frações de segundo, viu o rosto de Mel Brooks e ouviu a voz de Leonard Cohen. Continuava não tendo a mínima idéia de como era a aparência do homem que lhe falava.

— Sr. Mitchell, preciso saber se entende o que estou dizendo.

— Não, não tenho uma câmera, se é o que está perguntando.

— Na verdade, eu não pensava nisso. Mais em termos de um dispositivo de gravação.

Mais uma vez, Will estava limpo. Apesar de sua idade, fazia coisas à moda antiga: livrinho de anotações e caneta. Isso não se devia a algum ludismo tecnofóbico de sua parte, mas à pura preguiça. Transcrever fitas dava uma trabalheira enorme: fazia-se uma entrevista em meia hora e depois se levava uma hora transcrevendo-a. O gravador era reservado apenas para entrevistas marcadas, nas quais cada palavra contava: prefeitos, chefes de polícia, esse tipo de coisa. Do contrário, optava por papel e tinta.

— Não, eu não gravei nada. Mas por que isso seria um problema...

De repente, sentiu-se empurrado para a frente e depois erguido, o homem mais jovem, moreno, à sua esquerda, visivelmente tomando a frente. A dupla enfiara os braços em suas axilas e o içara, garantindo que ele não se virasse. Em seguida, o moreno deu meia-volta e ficou de frente, evitando seu olhar, enquanto o primeiro estendia os braços dele para cima e para os lados, depois embaixo do paletó, movendo as mãos pela camisa, as costas e sob as axilas. Agia como um zeloso guarda de segurança de aeroporto.

Claro. *Dispositivo de gravação*. Não procuravam um ditafone de repórter, mas um fio. Preocupavam-se com que ele fosse da polícia ou do FBI. Claro que sim: eram seqüestradores e temiam que ele fosse um policial disfarçado. As perguntas que vinha fazendo, a bisbilhotice no lugar sem nenhum aviso anterior.

— Nenhum fio — dizia o moreno, num sotaque que o confirmava como sendo ao menos do Oriente Médio, senão de Israel.

— Mas tem isto.

Era o Barba-ruiva, cuja tarefa durante a revista corporal dos dois homens, que continuara pelas pernas acima e abaixo, quando não concentrada nas costas, fora examinar cada bolso do homem dominado — incluindo o interno do lado esquerdo do paletó. Seus segredos ofereceram pouca resistência: o livrinho de anotações de couro formava um nítido volume no bolso esquerdo do peito. Barba-ruiva retirou-o e ofereceu-o à mão invisível atrás deles. Will, empurrado de volta para sua cadeira, ouvia as páginas serem viradas.

O sangue parecia esvair-se dele. A mente retornou à casa de Sandy, onde o anfitrião o convencera a deixar a bolsa. E ele achou que estava sendo inteligente. Deixara a bolsa, tudo bem, mas só depois que retirara sem ser visto o livrinho de anotações e fechara a carteira com zíper, no que julgava fosse um compartimento oculto. Não quisera que Sara Leah bisbilhotasse. Agora o livro estava nas mãos do rabino. Que imbecil!

Will enrijeceu-se. Quanto mais durava o silêncio, interrompido apenas pelo ruído de páginas viradas, mais pegajosa ficava a umidade nas palmas de suas mãos.

Sua mente disparava, tentando lembrar o que tinha naquele livro que pudesse denunciá-lo. Por sorte, não era organizado o bastante para haver escrito o próprio nome na primeira página nem em qualquer outro lugar. Walton fazia isso, uma bem cuidada inscrição na capa de todo bloco que usava. Alguns repórteres chegavam a usar esdrúxulas etiquetas com endereço. Nesse ponto, pelo menos, Will estava a salvo e protegido por sua própria ineficiência.

Mas e as milhares de palavras ali escritas, inclusive as muitas anotações feitas naquele mesmo dia, ali mesmo, em Crown Heights? Talvez não fossem problema; pelo menos encobririam a história sobre Tom Mitchell. Mas não tinha ele anotado tudo o que acontecera na casa de Tom? Certamente havia escrito algo sobre o e-mail do seqüestrador.

Os segundos se arrastavam, como uma gravação tocando em baixa rotação. Uma esperança surgiu. Será que sua letra horrível, seus inconfundíveis e rápidos garranchos, estava prestes a salvá-lo? Criara essa forma híbrida de fazer anotações primeiro em Columbia e depois no *Bergen Record*. Funcionava para ele, embora sempre temesse o dia que lhe pedissem para redigir notas para o editor, ou pior, um juiz no tribunal. Imaginou um julgamento por difamação, recorrendo à exatidão de seu relato escrito de uma conversa. Precisaria de grafólogos para provar que não estava mentindo. O lado positivo, pelo menos ali, naquele momento, era que sabia que suas anotações eram quase indecifráveis.

— Você violou nossas regras, Sr. Mitchell. Não me refiro a nós, o povo de Crown Heights. O que de fato importamos para o grande esquema das coisas? Somos formigas! Mas você violou as regras de HaShem.

Uma frase surgiu na cabeça de Will. *Não levantarás falso testemunho.* Era, compreendeu, como se ele fosse o mero recipiente, em vez da fonte, de um dos dez mandamentos. Sabia que judeus e cristãos o tinham em comum — e era certamente isso o que o rabino tinha em mente. O preâmbulo pra uma acusação de mentira. Estava liquidado.

— Acho que sabe que respeitamos muito nossas regras: não se carrega nada no Shabat. Nada de trabalho. Nada de carteiras, chaves. Nada de livrinhos de anotações.

— Sim.

— Respeitamos essas regras muito a sério, Tom. Aplicam-se tanto aos nossos convidados quanto a nós. Estou certo de que entende isso. E, no entanto, aí está você, com um livrinho de anotações.

— Sim, mas é a única coisa que eu trouxe. Deixei o resto do material... deixei minha bolsa. — Will estava de frente para o livrinho: o interrogador atrás, os seqüestradores ao lado. — Além disso, eu não sou judeu. Não achei que essas regras se aplicassem a mim.

Isso pareceu pouco convincente em voz alta. Pareceu mais a alegação de um menino de escola: o cachorro comeu meu dever de casa. Mas era a verdade. Claro, devia ser respeitoso com os outros quando na comunidade deles, mas isso era loucura. Não podiam estar tão furiosos assim com uma infração do Shabat, podiam? Sentiu-se quase aliviado: se essa era a acusação, significava que o rabino não encontrara nada mais que o incriminasse no livrinho de anotações.

— Você não é judeu?

— Não, eu já disse a Sandy, isto é, Shimon. Não sou judeu. Sou apenas um repórter.

— Ora, isso me surpreende. Tenho de admitir que não esperava.

Will ficou aturdido, mas também perturbado. Barba-ruiva desaparecera. O único a vigiá-lo agora era o israelense; parecia jovem. A revista *Times* publicara uma matéria apenas uma semana antes. E lembrou que os homens israelenses aos 21 anos já acumulavam três anos de serviço nas Forças de Defesa de Israel. Sabia Deus o que ele aprendera lá: aquele sujeito podia parecer um garoto, mas as chances eram de que tivesse aço nas veias. Por que outra razão o rabino o escolhera para arrancar a verdade de Will? Também lembrava vagamente que a mesma matéria dizia que muitos rapazes ultra-ortodoxos de 18 anos recebiam dispensa do exército para que pudessem dedicar a vida ao estudo da Torá. Mas nem todos: algo lhe dizia que esse era um daqueles que trocara o livro de orações por um fuzil.

— O senhor sabe, Sr. Mitchell... ou devo chamar-lhe de Tom?... Não sei se estamos fazendo muito progresso aqui. Parece estar faltando alguma coisa.

Ali estava de novo aquela inflexão cansada do mundo, sardônica, como se houvesse humor em cada situação, até mesmo nessa. Will não conseguia entender aquele homem de jeito nenhum: a voz era afetuosa, até paternal. Mas a sala úmida parecia ameaçadora, e a ameaça partia do homem às suas costas.

— Proponho que mudemos de lugar.

Claramente ele dera algum tipo de comando, pois o israelense logo lhe pôs uma venda; não aquela usada em brincadeiras de criança, que permite que alguma luz sempre atravesse, mas apertada o suficiente para imobilizar as pálpebras, impedindo-o de movimentá-las. Ele sentiu-se mais uma vez empurrado para cima e para longe da cadeira. Só que desta vez não foi para outra revista em pé, mas para ser levado embora.

Will decidiu que não ia entrar em pânico. Não ia entregar-se à sensação de que, a cada passo, era impelido para um lugar vazio, escuro, mergulhando de um penhasco para um abismo. Mas ia concentrar-se no chão sob seus pés; cada vez que levantava uma perna, lembrava-se de como o chão continuava perto. Deveria arrastar os pés ao longo do caminho, para não perder o contato com o chão? Talvez fosse por isso que sempre se viam prisioneiros algemados arrastando os pés: não por estarem deprimidos, mas porque precisavam ter certeza de que a terra continuava ali, bem embaixo dos sapatos.

Sabia que atravessava outro corredor, afastando-se ainda mais do clamor da sinagoga, que, percebeu, começara a reduzir-se a uma grande algazarra pouco antes. Culpou-se por não ter notado exatamente quando isso acontecera; esse detalhe era de suma importância no rastreamento dos movimentos do rabino.

O que era verdadeiramente estranho, contudo, era a sensação de dependência do israelense, que lhe agarrava o braço direito com dolorosa força. Will dependia dele como guia, cônscio de que devia ter agora a aparência de todos os cegos: como Stevie Wonder ou Ray Charles, movendo a cabeça de um modo aleatório, dissociado de lógica. Aquele homem era seu captor, pensou, mas também seu protetor.

De repente, sentia frio. Haviam se deslocado para fora, mas apenas alguns passos. Ouviu o ranger de uma porta de vaivém, como o portão de um jardim, e depois a mudança de temperatura. Como se estivessem num espaço cercado, embora não exatamente ao ar livre. Ouviu um eco.

— Ninguém gosta disso, eu lamento, Sr. Mitchell. Tom. Mas vou dar uma olhada em você.

Nos segundos seguintes Will percebeu que não se tratava de algum terrível incidente que logo se resolveria, mas na verdade era algo mais apavorante. Até então agarrara-se a idéia de que poderia ter sido um erro ou até a irônica encenação de interrogatório igual a milhares de filmes. Vinha esperando que tudo se revelasse um grande engano; ou pelo menos que ele logo conheceria a identidade de seu inquisidor; ou que faria progressos; ou que aquilo simplesmente terminaria. Agora tinha certeza de que aqueles estranhos que haviam roubado sua mulher iam torturá-lo e matá-lo, na certa de uma forma sádica de gelar o sangue. Pior ainda, e a idéia revirou suas vísceras, já haviam feito o que tinham de fazer com Beth.

— Não! — gritou, mas era tarde demais.

Sentiu os braços presos atrás, enquanto alguém lhe desafivelava o cinto. Uma mão também lhe tapou a boca. Não podia ser o trabalho de um israelense sozinho. Mas de onde vinham aquelas mãos a mais? De quem eram? Então, sem aviso, sua cueca foi abaixada.

— Pare! — Ele ouviu a palavra e ficou chocado ao descobrir que a voz não era a sua. O rabino falara. — Ele está dizendo a verdade. Não é um judeu.

Will só podia imaginar o que estava acontecendo: o rabino devia estar diante dele, olhando o seu pênis e concluindo, com razão, que ele não era circuncidado.

— Você não é judeu — repetiu o rabino. E depois, para o assistente, ou assistentes: — Cubram-no. — Uma pausa. — Bem, esta é a boa notícia, Sr. Mitchell. Agora acredito que não é um agente federal ou uma autoridade policial. Desconfiei que fosse, espreitando por aí com todas as suas perguntas. Mas conheço essas pessoas e, primeiro, elas teriam posto um grampo em você e, segundo, teriam mandado um judeu. Não apenas isso, mas teriam se considerado muito inteligentes por agirem assim. Oh, sim, verdadeiros gênios por darem um telefonema ao Agente Goldberg e dizerem: "Esta é uma missão feita sob medida para você." É assim que eles pensam. Mandar um árabe infiltrar-se num bando terrorista muçulmano, mandar um judeu para nós. Por isso eu acredito em você agora.

Vestiram-lhe a calça, afivelaram o cinto, e ele foi libertado de *uma* situação difícil, embora não *da* situação difícil: não era um agente federal disfarçado. A soma de tudo isso reduziu o terror de alguns momentos antes. Seu corpo, o coração acelerado, a umidade nas palmas das mãos não estavam mais no código vermelho, onde haviam estado segundos antes.

— Você parece aliviado, Sr. Mitchell. Alegro-me. O problema é: se não é um federal, deve estar trabalhando para outra pessoa. E isto, creio eu, é infinitamente mais sério.

DEZESSETE

SEXTA-FEIRA, 21H22, CROWN HEIGHTS, BROOKLYN

Ele não teve muito tempo para se sentir confuso. Depois que o rabino falou, talvez se tenha passado uma única fração de segundo antes de sentir as costas empurradas para a frente, fazendo-o dobrar-se pela cintura. Os braços agora estavam sendo agarrados como alavancas, empurravam-lhe a cabeça e os ombros para baixo e para a frente.

Sentiu primeiro o nariz se enchendo de água; depois o couro cabeludo, quando então se encolheu de frio. A garganta gorgolejou e o asfixiou, ele sufocava e arquejava ao mesmo tempo.

A cabeça e o pescoço haviam acabado de ser submergidas em água fria congelante, a venda ainda não tinha sido removida. Ele sentiu o peito contrair-se com o choque, o coração disparando. À força e no escuro, portanto, sem aviso, fora enfiado naquele líquido gelado. Ficou ali por cinco ou dez segundos, os ombros seguros para impedi-lo de erguer-se em busca de ar; tempo suficiente para que as narinas se enchessem e a água viajasse pelos sínus até o cérebro. Seria essa a sensação de asfixia?

Quando pôde, sorveu o ar, enquanto ainda tossia e vomitava. Mas então as mãos empurraram-no mais uma vez, e ele ficou mais uma vez debaixo da água.

Agora era a temperatura. Seus olhos pareciam contrair-se nas órbitas, encolhendo de frio; ele teve certeza de que ouvia todo o seu organismo: veias, artérias e vasos sangüíneos gritando com o trauma da repentina e radical mudança de temperatura.

O que era aquilo? Um vaso? Um latão cheio de gelo? A margem de um rio? Um banheiro? A venda encharcou-se, mas não afrouxou; ao contrário, parecia agora estar soldada em suas pálpebras, selada pelo gelo.

— Agora, Tom — dizia a voz, o timbre distorcido pela água gelada nos ouvidos. — Vamos começar a conversar francamente?

Como resposta, Will cuspiu um bocado de água, esvaziando-se para o seguinte e inevitável mergulho.

— Creio que esta é sua segunda vez no *mikve* hoje. Você está se tornando um verdadeiro *frummie*, um ortodoxo ao extremo, não, Tom? E tenho certeza de que Shimon Shmuel lhe explicou o propósito, o significado do *mikve*. Este é um lugar de purificação, um lugar de santificação. Entramos cobertos dos pecados da nossa vida cotidiana e saímos *tahoor*, puros. E nesse estado ficamos imaculados, livres de quaisquer pecados, sejam mentiras ou enganos. Está me entendendo, Tom?

Will agora tremia. Com a camisa encharcada, sentia os minúsculos regatos de líquido frio escorrendo pelas costas e pelo peito. Ia começar a bater os dentes.

— O que estou dizendo é que agora insisto na verdade. E se dois ou três mergulhos nesse *mikve* externo, com puríssima água de chuva, não encontrarem a verdade em você, talvez quatro, cinco, seis ou sete submersões o façam. Somos pacientes. Continuaremos a mergulhar você nessa água até nos tratar sem rodeios e francamente. Entende?

Deve ter havido um comando silencioso, porque a cabeça de Will foi mergulhada novamente. O frio agora entranhava-se por debaixo da pele até os ossos, que também pareciam contrair-se, como se pudessem esconder-se do frio ficando menores.

— Para quem trabalha, Tom? Quem o mandou aqui?

— Sou jornalista — foi apenas o que conseguiu responder Will, numa voz que ele mal reconhecia, queixosa de frio.

— Você já disse isso, mas quem o quer aqui? Por que está aqui?

— Eu já disse a vocês.

E para o fundo lá se foi novamente, desta vez de modo que toda a parte superior do corpo ficou submersa. Sentiu a água encharcando-lhe a cintura, invadindo a calça e espalhando uma umidade gelada por sua virilha.

Não tinha a menor idéia do que dizer. Queria desesperadamente que aquilo terminasse, mas o que podia fazer? Se dissesse a verdade, poria em perigo a si mesmo e a Beth. Os seqüestradores haviam sido claros: nenhum envolvimento com a polícia. Isso certamente incluía missões de resgate. Aquelas pessoas eram sérias, violentas, e ele estaria admitindo que desafiara suas instruções. Também assumiria que na verdade estivera mentindo. Quanto a Beth, haviam-na seqüestrado com algum objetivo — não conseguia compreender qual, mas de uma coisa ele sabia: sua presença ali não fazia parte do plano. Se já não houvessem causado grande dano a ela, a presença dele ali praticamente garantiria isso.

Mas continuar insistindo em que era Tom Mitchell parecia fora de questão. Não lhes podia dar mais nenhuma informação porque não havia mais; Mitchell era uma ficção. Nisso os instintos do rabino estavam certos. Mesmo que tivesse força suficiente para resistir a tudo, acabaria se dando mal, porque sua história se desmantelaria: não tinha nenhuma consistência. Eram esses os seus pensamentos quando o peso em suas mãos e ombros retornou mais uma vez, mergulhando o corpo fundo na água fria.

— Basta — disse Will. — Chega.

— Talvez eu precise explicar um pouco sobre o judaísmo — disse a voz, quando afinal o deixaram erguer-se para respirar.

Ele mal conseguiu entender as palavras, tão alta foi a explosão provocada por seus próprios pulmões ao tentar absorver o oxigênio.

— O judaísmo adota a mais dura visão possível do assassinato. "Não matarás" é o sexto mandamento. Significa que jamais se permite assassinato.

Houve uma longa pausa, como se o rabino esperasse uma reação de Will. Ele não podia, ainda ofegava tremendamente.

— Não sei se conhece um dos nossos mais famosos ensinamentos, Sr. Mitchell. "Salvar uma vida é salvar o mundo todo." Isso mesmo, o mundo todo. Veja como a vida é importante para HaShem. Em cada pessoa está contido o mundo todo. Porque somos todos criados à imagem de Deus. Este é o sentido por trás da expressão "santidade da vida", Sr. Mitchell. Hoje virou um clichê. As pessoas simplesmente a repetem sem pensar. Mas o que significam de fato essas palavras? — A voz tinha a mesma musicalidade que ele ouvira antes, na sinagoga. Aquele ritmo monótono, alternadamente perguntando e respondendo, tudo num único monólogo. — Significam que a vida é sagrada, porque é parte do divino. Matar um ser humano é matar uma parte do Todo-Poderoso. Por isso somos proibidos de matar. Exceto nas mais excepcionais circunstâncias.

Will sentiu o frio entranhar na carne.

— A autodefesa é o exemplo mais óbvio, mas não é o único. Veja, no judaísmo temos um belo conceito chamado de *pikuach nefesh*. Refere-se à salvação de uma alma. Ora, não existe dever mais sagrado que o *pikuach nefesh*: quase tudo é permitido, se for para salvar uma alma. Aos rabinos perguntam muitas vezes: "Pode um judeu comer carne de porco?" A resposta é sim! Claro que pode! Se está numa ilha deserta e o único meio de sobreviver é matar um porco e comê-lo, não apenas é permitido ao judeu fazer isso, como ele *tem* de fazer! Tem de fazer. É um mandamento religioso: ele precisa salvar sua própria vida. *Pikuach nefesh*.

"Pensemos num caso mais difícil.

O homem falava como se aquilo fosse uma aula no Balliot College, uma aula individual em que Will era o seu pupilo. O fato de ele estar ajoelhado, as mãos amarradas, o corpo encharcado e gelado mal alterava seu ritmo.

— Teríamos permissão para matar se isso salvasse uma vida? Não. As regras do *pikuach nefesh* proíbem assassinato, idolatria e imoralidade sexual até para salvar uma vida. Se alguém mandar você cometer um assassinato só para salvar sua pele, não pode fazer isso. Mas digamos que um assassino conhecido esteja solto. E vá matar uma família de inocentes. Sabemos que se o matarmos, a vida deles será salva. É certo matar nessa situação? Sim, porque esse homem é o que chamamos de *rodef*, um perseguidor. Se não há outro meio de detê-lo, ele pode ser morto.

"Mas vamos aumentar o dilema. E se o homem que estamos discutindo não for necessariamente um assassino, mas se permanecer vivo, de um jeito ou de outro, pessoas inocentes vão morrer? Podemos matar tal homem? Podemos ou não?

"Este é o tipo de pergunta que nossos sábios discutem incansavelmente. Às vezes nossos debates talmúdicos podem parecer obcecados e cheios de detalhes, até trivialidades: quantos metros cúbicos deve ter um forno, esse tipo de coisa. Mas o âmago de nosso estudo é reservado para o que se chamaria de dilemas éticos. Pensei neste em particular com grande profundidade. E cheguei à conclusão de que, com justiça, acho que devia revelar ao senhor. Creio que é permissível infligir dor e até matar um homem que talvez não seja um assassino, mas cujo sofrimento ou morte salvaria vidas. Acho que não há outro meio de entender nossas fontes. É isso que elas nos dizem.

"Para chegarmos ao que interessa, Sr. Mitchell, se eu concluir que o senhor é, de fato, um *rodef*, e que acabar com a sua vida salvaria outras, não hesitaria nem um pouco. Talvez o senhor precise de um momento para refletir sobre isso.

A pressão veio um instante depois, como se, mais uma vez, o rabino desse seu comando silencioso. O frio penetrou fundo, ainda de maneira chocante. Will contava, para agüentar até o fim. Em geral, era erguido após 15 segundos. Desta vez chegou a 16, 17, 18.

Flexionou os ombros, para dar aos torturadores um sinal de que era hora de deixá-lo respirar. Eles pressionaram com mais força. Will começou a lutar. Vinte, 21, 22.

Era esse o sentido do sermão do rabino? Não se tratava de uma coisa abstrata nem complexa, apesar da elaborada explicação, mas, ao contrário, muito simples: agora nós vamos matá-lo.

Trinta, 31, 32. As pernas de Will respondiam com chutes, como se pertencessem a outra pessoa. O corpo estava em pânico, disparado num reflexo de sobrevivência. Não mostravam sempre nos filmes, quando o assassino sufocava a vítima com um travesseiro ou apertava alguma coisa em volta de seu pescoço, as pernas movendo-se numa dança involuntária?

Quarenta, 41. Ou era cinqüenta? Will perdera a conta. Sua cabeça parecia inundada por uma cor nublada, como os desenhos que vemos sob as pálpebras pouco antes de cair no sono. Queria chorar pela mulher que ia deixar para trás e perguntava-se se era possível chorar debaixo d'água. O próprio pensamento desvaneceu-se.

Afinal, soltaram-no, mas ele não emergiu da água ofegando com a energia de antes. Os homens tiveram então de tirá-lo, deixando-o desabar no chão. Ali ficou estendido, o peito subindo e descendo rápido, em descompasso com o resto do corpo. Ouvia uma respiração distante e não tinha certeza se era a sua.

Aos poucos, sentiu os ouvidos destamparem-se e a força retornar-lhe aos braços e às pernas. Continuou caído ao chão, incapaz de levantar-se. Se o quisessem sentado e atento, teriam eles mesmos de erguê-lo.

Deitado, detectou algo diferente, outra pessoa no grupo em volta. Percebeu nova atividade, trocas de sussurros. O novo integrante da turma parecia respirar forte, como se tivesse chegado correndo. Ele ouvia o rabino, embora este parecesse distraído, sua voz dirigida para baixo, como se olhasse para alguma coisa, lendo-a.

— Sr. Mitchell, Moshe Menachem, que estava conosco alguns momentos atrás, acabou de concluir uma incumbência. — *Barba-ruiva.* — Ele foi até a casa de Shimon Shmuel. Voltou com uma carteira. A sua carteira.

Haviam vasculhado sua bolsa; agora seria certamente o seu fim. A carteira o denunciaria. Que tinha ali? Nenhum cartão de visita; ele não era quase ninguém na cadeia hierárquica do *Times* para ter um. Tampouco cartões de crédito; guardava-os numa carteira separada, fechada com zíper num compartimento da bolsa. Deixara-os lá, calculando que, embora Sara Leah não resistisse a dar uma espiada em seus pertences, hesitaria em fazer uma investigação completa.

Que mais ele tinha? Toneladas de recibos de táxi. Será que alguma coisa com seu nome? Guardara num envelope separado todas as contas de hotel e recibos de cartão de crédito de quando estivera no Noroeste, para o reembolso posterior das despesas. Talvez estivesse tudo bem. Talvez se livrasse.

— Tirem a venda. Desamarrem as mãos dele. Levem-no de volta para o Bet HaMidrash.

Will sentiu a desordem em sua glândula supra-renal: seria um sinal para produzir ainda mais adrenalina, pronta para a provação que ainda estava por vir ou, afinal, de que o perigo diminuía? Era uma boa ou uma má notícia?

Ele sentiu mãos mexerem-lhe na nuca e depois um aumento de luz, quando retiraram a venda encharcada que lhe cobria os olhos. Instintivamente, sacudiu as gotas de água ao abrir os olhos. Estava ao ar livre, numa pequena área circundada por uma cerca de madeira — o tipo de espaço que os grandes prédios destinam para depositar o lixo. Viamse alguns canos e, a seus pés, um reflexo de água. Ele mal teve chance de olhar, os dois homens que o seguravam já o levavam para longe dali. Mas imaginou que fosse o espaço para algum tipo de tanque de abastecimento externo, uma grande cuba usada para coletar água da chuva.

Conduziram-no então por uma porta, de volta ao interior, embora alguma coisa lhe dissesse que não era o caminho por onde haviam saído. Em primeiro lugar, parecia mais silencioso. Will imaginou que fosse um prédio separado, talvez uma casa anexa à sinagoga.

O interior não parecia diferente: o mesmo piso simples e as várias salas de aula e escritórios. Acompanhado por Barba-ruiva, ou Moshe Menachem, e o israelense, um de cada lado, dirigiram-se para um desses cômodos, e Will ouviu a porta fechar-se atrás deles.

— Vamos sentá-lo. Dê uma toalha para ele. E arranje uma camisa seca.

A voz do rabino; ainda atrás dele. Embora a venda tivesse sido retirada, Will sabia nitidamente que não veria nada.

— Muito bem, vamos começar mais uma vez.

Will preparou-se.

— Precisamos ter uma conversa, Sr. Monroe.

DEZOITO

SEXTA-FEIRA, 19H40, RIO DE JANEIRO

Era o fim de uma semana exaustiva; Luís Tavares sentia a fadiga nas articulações. Mesmo assim, subiria mais um pouco: ainda precisava ver outras pessoas.

Acabara de entrar algum dinheiro. Via isso à sua volta. De um dia para o outro aquela rua estava pavimentada, o asfalto ainda estava fresco o suficiente para se sentir o cheiro. Uma garotada movia-se em torno de um aparelho de TV, visível pela entrada sem porta de um barraco. Luís sorriu: o tormento que infligira às autoridades funcionara. Ou isso, ou algumas pessoas haviam subornado a empresa de energia para ligar aquela fileira de barracos à rede elétrica da cidade. Ou haviam se cotizado para encontrar um eletricista que fizesse o gato por alguns reais.

Luís sentiu o conhecido peso da ambivalência. Sabia que pretendia defender o respeito à lei e condenar todas as formas de furto. Mas tinha de admirar esses marginais, esses verdadeiros empreendedores das favelas, que faziam qualquer coisa para cuidar de suas comunidades. Aplaudia a determinação deles de providenciar a pavimentação de uma faixa de rua ou cadeiras e mesas para uma sala de aula. Poderia condená-los por violarem a lei? Que tipo de pastor condenaria pessoas que tinham quase nada ou o pouco que torna a vida suportável?

Queria descansar, mas sabia que não conseguiria. Mesmo a pausa mais breve fazia-o sentir-se culpado. Sentia-se culpado quando acordava: quanto trabalho mais poderia ter sido feito se não houvesse dormido? Sentia-se culpado quando comia: quantas outras pessoas poderia ter ajudado naquela meia hora que passara alimentando-se? E na favela do morro Dona Marta não faltava gente que precisava de ajuda. A pobreza era infindável, insaciável, como as ondas numa praia. E Luís Tavares era uma autoridade local — criado no litoral, em contato com o mar.

Continuou a subir, dirigindo-se para o topo, onde a vista ainda o maravilhava, mesmo depois de tantos anos. Daquele ponto privilegiado, veria ao mesmo tempo a cidade e o mar, estendido à sua frente. Em noites assim, gostava de contemplar o bruxuleante tapete de luz, a imagem de outras favelas cintilando ao longe. Melhor de tudo, ficava perto da vista que tornara o Rio de Janeiro famoso: a gigantesca estátua do Cristo Redentor, que cuidava da cidade, do país e, pelo que ele sabia, do mundo todo.

Ao subir, o pastor notou pela milésima vez como o casario se deteriorava com a altura. No sopé do morro, havia construções sólidas; paredes, telhado e vidro nas janelas. Algumas casas até possuíam água corrente, telefone e TV por assinatura. Mas à medida que se subia o morro, essas visões tornavam-se mais raras. Os lugares por onde passava agora mal se qualificariam até mesmo como abrigos. Apoiados uns nos outros, talvez uma parede feita de aço enferrujado, uma placa de plástico corrugado servindo como telhado. A porta apenas uma abertura; a janela, um buraco. Amontoados, um inclinado sobre o outro, como um castelo de cartas. Aquela era uma das principais favelas, próxima aos bairros litorâneos da cidade do Rio, e era miserável.

Ele estava ali havia 27 anos, desde que se formara na faculdade de teologia. Os clérigos batistas sempre deviam passar certa privação no início da carreira, mas nem todos ficavam fascinados pela vida religiosa como ele. Não ia aprender as lições e seguir em frente. Ia ficar e lutar, não importava as desvantagens dessa luta. Sabia que a miséria naquela escala era como uma erva daninha no jardim: era possível bani-la hoje, mas amanhã estaria de volta.

Mesmo assim, recusava-se a achar que o que fazia ali era inútil. Quase dez mil pessoas se aglomeravam naquela encosta de morro, cada uma delas uma alma criada à imagem de Deus. Se conseguisse apenas uma refeição para alguém que de outro modo não teria comido ou que alguém dormisse sob um teto em vez de num beco fétido e minúsculo — lá não havia espaço suficiente para a abertura de ruas —, então a vida inteira de Luís teria sido justificada. De qualquer modo, era assim que ele via a situação.

Sentia-se frustrado por não estar envolvido nesse tipo de atividade aquela noite: o trabalho contínuo de cuidar — servir sopa a uma mulher faminta, estender uma manta sobre uma criança tremendo de frio —, em que o progresso era sentido a cada segundo, em cada ato. Não, sua tarefa naquela noite era reunir depoimentos para um relatório que lhe fora pedido para apresentar a um órgão de governo.

O simples fato de quererem ver um relatório seu já valia como uma realização, o resultado de nove meses de trabalho junto aos governos — federal, estadual e municipal — que haviam desistido de lugares como o Dona Marta anos antes. Não os visitavam, não os policiavam. Eram áreas fora da jurisdição do Estado. Portanto, se as pessoas precisassem de alguma coisa — um hospital, digamos, ou um terreno onde a garotada pudesse jogar futebol —, elas mesmas se organizavam ou tinham de perturbar e reclamar com o governo até finalmente conseguir atenção.

Era aí que entrava Luís. Tornara-se advogado do Dona Marta, fazendo pressão sobre a burocracia estatal numa semana, apelando para uma organização beneficente na outra, pedindo que fizessem algo pelas pessoas da favela, pelas crianças que cresciam pulando o esgoto a céu aberto nos becos ou procurando comida nos montes de lixo nas proximidades. Sua ferramenta preferida era a vergonha. Pedia às pessoas que olhassem a Lagoa, o bairro próximo ao morro que se orgulhava de ser um dos mais ricos na América Latina. Depois, lhes mostrava uma criança do morro Dona Marta que comia menos numa semana que um chihuahua beliscava num dia.

Naquela noite estava reunindo depoimentos, conversando com moradores de um dos mais difíceis trechos da favela. Iam explicar-lhe por que precisavam de uma clínica, o que deveria ser oferecido e onde deveria ser localizada, e ele passaria essa informação ao governo como parte de seu relatório. Luís até usava uma câmera de vídeo para garantir que as pessoas das favelas falassem por si mesmas.

Agora estava no primeiro endereço, embora não houvesse números nas fachadas das casas. Entrou e surpreendeu-se ao ver vários rostos desconhecidos: todos rapazes. Talvez dona Zezinha não estivesse em casa.

— Devo esperar? — ele perguntou a um dos integrantes do grupo. Mas não obteve resposta — Esta casa é sua? — perguntou a outro, um garoto de cara de lobo que parecia nervoso, evitando seu olhar. Por fim: — O que foi que houve?

Como para responder à pergunta do pastor, o garoto-lobo mostrou uma arma. O primeiro pensamento de Luís foi que a arma parecia vagamente cômica; era grande demais para a mão do rapaz. Mas depois a arma foi apontada para ele. Antes que tivesse chance de perceber que ia morrer, a bala o trespassou, causando um enorme rombo no coração.

Luís Tavares morreu com um olhar mais de surpresa que de terror no rosto. Ao contrário, eram seus assassinos que pareciam assustados. Cobriram às pressas o corpo com uma manta, exatamente como lhes ordenaram, e depois saíram correndo pelas ruas, agitados, apressados, ao encontro do homem que lhes encomendara o serviço. Receberam rápido o dinheiro, os olhos febris. Não o ouviram agradecer-lhes. Mal o ouviram quando os elogiou por fazerem a obra do Senhor.

DEZENOVE

SEXTA-FEIRA, 22H05, CROWN HEIGHTS, BROOKLYN

— Vejo que nós dois cometemos um erro. O senhor mentiu e continuou mentindo, mesmo sob imensa pressão. Nessas circunstâncias, agora entendo o motivo e chego a achar admirável.

Will mal ouvia as palavras acima do ruído de seu próprio coração pulsando. Estava apavorado, muito mais aterrorizado do que ficara lá fora. O rabino descobrira a verdade. Alguma coisa na carteira o traíra, sem dúvida um recibo solto de cartão de crédito ou um cartão de sócio da Blockbuster há muito esquecido. Deus sabia que dor lhe estaria reservada agora.

— Você está aqui para procurar sua mulher.

— Sim.

Will ouvia a exaustão na própria voz. E a angústia.

— Eu entendo... e acredito que faria o mesmo na sua posição. Tenho certeza de que Moshe Menachem e Tzvi Yehuda concordam. — Agora os dois facínoras tinham nomes. — É um dever de todos os maridos prover e proteger suas esposas. Essa é a natureza do compromisso matrimonial.

"Mas receio que as regras gerais não possam ser aplicadas neste caso. Não posso deixar que entre vasculhando tudo, com toda essa dose de heroísmo, e resgate sua mulher. Não posso permitir isso.

— Então admite que ela esteja aqui?

— Eu não admito nada. Não nego nada. Não é sobre isso que estou falando, Sr. Monroe. Will, estou tentando explicar que as regras gerais não se aplicam neste caso.

— Que regras gerais? Que caso?

— Eu gostaria de poder lhe dizer mais, Will, gostaria mesmo. Mas não posso.

Will não teve certeza se acabara de sentir-se derrotado pela provação das últimas — o quê?, horas, minutos? — ou se sentia simplesmente aliviado por tudo haver terminado, mas teve certeza de que existia algo diferente na voz do rabino. A ameaça tinha desaparecido; a voz demonstrava uma tristeza, um pesar que ele tomou como simpatia, talvez até compaixão. Era ridículo: o homem era um torturador. Will perguntou-se se sucumbia à síndrome de Estocolmo, o estranho vínculo que às vezes se desenvolve entre um seqüestrado e seu seqüestrador: primeiro dependendo do israelense como se ele fosse um cachorro-guia de cego, em vez de um facínora violento — e agora detectando humanidade em seu principal atormentador. Sem dúvida era uma reação irracional ao fim da tortura a que fora submetido: em vez de sentir raiva por aquilo ter acontecido, sentia-se grato ao rabino por ter acabado com o sofrimento. Síndrome de Estocolmo, um caso clássico.

E, no entanto, Will se considerava um bom juiz de caráter. Reconhecia que sempre fora perceptivo e tinha certeza de que ouvia alguma coisa verdadeira naquela voz. Apostou no seu palpite.

— Me diga uma coisa que eu tenho o direito de saber. Minha mulher está sã e salva? Não está... machucada?

Não conseguiu forçar-se a dizer a palavra que realmente queria — *viva* — não por temer tanto a reação do hassídico, mas a sua própria.

Temia que sua voz falhasse, que mostrasse uma fraqueza até então oculta.

— É uma pergunta justa, Will, e sim, ela sairá dessa ilesa... desde que ninguém faça algo leviano ou estúpido, e por "ninguém" me refiro sobretudo a você, Will. E por "algo leviano ou estúpido" quero dizer envolver as autoridades. Isso arruinaria tudo, e então não poderia dar quaisquer garantias à segurança de ninguém.

— Eu não entendo o que vocês poderiam querer de minha mulher. Que foi que ela fez a vocês? Por que simplesmente não soltam ela?

Embora não pretendesse, sua boca tomara a decisão por ele: estava implorando.

— Ela não fez nada a nós nem a ninguém, mas não podemos soltá-la. Lamento não poder dizer mais nada. Imagino como isso é difícil para você.

Este foi o erro do rabino, a última frase. Will sentiu o sangue correr rosto acima, as veias no pescoço saltarem.

— Não, NÃO PODE imaginar como é difícil, porra. Você não teve a sua mulher seqüestrada! Não foi agarrado, teve os olhos vendados, foi atirado na água gelada e ameaçado de morte por pessoas que nunca mostram o rosto. Portanto, não me diga que pode imaginar alguma coisa. Você não pode imaginar NADA!

Tzvi Yehuda e Moshe Menachem quase pularam para trás, nitidamente chocados por essa explosão tanto quanto o próprio Will. A raiva vinha se acumulando desde que ele chegara a Crown Heights — na verdade, muito antes. Desde o momento em que a mensagem pipocara no seu BlackBerry: *Estamos com sua mulher.*

— Você disse que era hora de jogar limpo. Então que tal jogar limpo? De que se trata essa merda?

— Não posso responder. — A voz foi mais baixa que até então, quase imperceptível. — Mas trata-se de uma coisa muito maior do que possa imaginar.

— Isso é ridículo. Beth nunca fez nada. Ela é uma psiquiatra. Trata de meninos que não falam e meninas anoréxicas. Que coisa maior poderia envolvê-la? Você está mentindo.

— Estou dizendo a verdade, Will. O destino de sua mulher depende de uma coisa muito maior que você, ela ou eu. De certa forma, tem a ver com uma história antiga, uma história que ninguém poderia imaginar que acabaria seguindo esse rumo. Ninguém previu isso. Não houve nenhum plano de contingência. Nenhuma preparação em nossos textos sagrados, ou pelo menos nenhum que tenhamos encontrado até agora. E acredite em mim, estamos procurando.

Will não tinha a mínima idéia sobre o que o sujeito falava. Pela primeira vez, perguntou-se se os hassídicos não eram simplesmente malucos. Não os vira naquela mesma noite em êxtase, em adoração ao seu líder, adorando-o como seu Messias? Não era possível que tivessem entrado num estado de loucura coletiva, com esse homem, o líder, sendo o mais louco de todos?

— Eu gostaria de dizer mais, porém os riscos são muitos. Temos de fazer isso direito, Sr. Monroe, e não temos muito tempo. Que dia é hoje? *Shabbos Shuva?* Restam apenas quatro dias. Por isso é que não posso me permitir correr riscos.

— O que quer dizer com os riscos são muitos?

— Não acho que seria útil eu dizer mais que isso, Will. Primeiro, meu palpite é que você não acreditaria numa única palavra.

— Se quer dizer que é improvável eu confiar num homem que quase me matou, você tem razão.

— Eu entendo. E um dia, desconfio que muito em breve, você entenderá por que tivemos de fazer tudo isso: tudo se esclarecerá. É assim que essas coisas funcionam. E o que eu disse é verdade. Temi que você fosse um agente federal e, quando confirmei que não era, tive medo que fosse algo muito pior.

— Por que teria medo de um agente federal? E o que seria ainda pior que isso? Em que estão envolvidos?

— Vejo por que é jornalista, Will: sempre fazendo perguntas. Você se sairia bem em nosso ramo de trabalho, também: é disso que se trata o estudo da Torá, fazer as perguntas certas. Mas receio que já demos todas as respostas possíveis. É hora de nos despedirmos.

— É só isso? Vai deixar tudo assim? Não vai me dizer o que está acontecendo?

— Não, não posso correr esse risco. Portanto, vou lhe deixar com algumas coisas para se lembrar. Pode escrevê-las depois, se quiser. A primeira é que essa história toda é muito maior que qualquer um de nós. Tudo em que acreditamos, tudo em que você acredita, se equilibra numa balança. A própria vida. Os riscos não poderiam ser mais altos.

"A segunda é que sua mulher ficará em segurança, a não ser que você ponha a vida dela em perigo com sua imprudência. Peço que não faça isso, não apenas pelo seu próprio bem, mas pelo bem de todos nós. De todo mundo. Assim, embora ame e queira proteger sua mulher, rogo que acredite que o melhor que tem a fazer, como marido apaixonado, é ficar longe. Afaste-se. Interfira, e não poderei oferecer quaisquer garantias por ela, por você, por nenhum de nós.

"E a terceira, eu não espero que você entenda. Você se meteu em tudo isso quase por acaso. Ou talvez não seja um acaso, e sim uma série de passos plenamente entendidos apenas por nosso Criador. Mas isto é o mais difícil. Estou pedindo que acredite em coisas que não pode compreender, que confie em mim. Não sei se é um homem de fé, Will, mas é assim que a fé trabalha. Temos de acreditar em Deus mesmo quando não temos a mínima idéia do que ele tem em mente para o universo. Temos de obedecer a regras que parecem não fazer sentido simplesmente porque acreditamos. Nem todo mundo pode fazer isso,

Will. Ter fé exige força. Mas é exatamente isto que eu preciso de você: fé para confiar em que eu e as pessoas que estão aqui estão agindo apenas em nome do bem.

— Mesmo quando isso significa quase afogar um homem inocente como eu?

— Mesmo quando o preço é muito alto, sim. Estamos decididos a salvar vidas, Will, e nessa causa quase toda ação é permitida. *Pikuach nefesh*. Agora preciso me despedir. Moshe Menachem vai devolver suas coisas. Boa sorte, Will. Vá em segurança, e queira Deus que tudo dê certo. Bom *shabbos*.

Nesse momento, quando imaginou o rabino se levantando da cadeira e dirigindo-se para a porta, ele ouviu um barulho. Alguém mais entrara na sala. Parecia estar mostrando alguma coisa ao rabino; houve uma conversa sussurrada. A voz era muitíssimo baixa, quase um suspiro. Não precisavam ter-se preocupado: mesmo naquele volume, Will só conseguia entender que não falavam inglês. Parecia alemão, com fleumáticos "chis" e "istis". Iídiche.

A conversa cessou; o rabino parecia ter ido embora. Barba-ruiva, ou seja, Moshe Menachem, agora deixava sua posição de sentinela ao lado de Will e punha-se diante dele. Tinha os olhos envergonhados quando devolveu a bolsa que ele pegara na casa de Shimon Shmuel.

— Eu sinto sobre... você sabe... o que aconteceu antes — murmurou.

Will pegou a bolsa, vendo que seu livrinho de anotações também estava ali. O telefone também e o BlackBerry, intocados. Ele pegou a carteira, para ver que canhoto ou tíquete o denunciara. Estava, como esperava, cheio de recibos de táxi. Abriu a série de divisórias para cartões de crédito, que nunca usava. Numa, um talão de selos de correio; noutra, um cartão de visitas de um entrevistado há muito esquecido. Na terceira, um retrato tamanho passaporte — de Beth.

Um sorriso cruzou o rosto de Will: a foto dela o traíra. Claro que iriam reconhecê-la. Ela lhe dera aquele retrato um mês e meio depois de se conhecerem; era verão, e haviam passado a tarde passeando de barco em Sag Harbor. Ao verem uma cabine de fotografia, ela não resistiu: entrou na hora.

Ele virou a foto, e no verso estava a mensagem que não deixava dúvida alguma. *Eu te amo, Will Monroe!*

Will ergueu os olhos, úmidos. Diante dele, um novo rosto; imaginou que fosse o homem que falara brevemente com o rabino momentos antes. Tinha o rosto flácido e redondo, as faces cheias como as de um esquilo, emolduradas por uma barba preta retinta. Ele era rechonchudo, com um barriga aparente. Will imaginou que teria 20 e poucos anos.

— Venha, eu mostro a saída.

Quando Will se levantou, finalmente viu a cadeira onde o rabino se sentara durante a inquisição. Não era nenhum trono, apenas uma cadeira. Junto, uma mesa lateral, dessas que um palestrante usaria para guardar suas anotações e um copo d'água. O que havia nela o fez saltar.

Era um exemplar do *New York Times*, dobrado, com muito zelo, para destacar sua matéria sobre a vida e a morte de Pat Baxter. Então fora isso que o homem de rosto redondo tinha mostrado ao rabino; sobre o que haviam discutido. Will imaginou o que o jovem dissera: *Esse sujeito é do* New York Times. *Jamais vai deixar isso em segredo. Devíamos mantê-lo aqui, onde não pode abrir a boca.*

A essa altura, já haviam saído, Will segurando a camisa branca que o hassídico lhe dera, mas que ainda não tinha vestido: não queria se despir na frente de seus inquisidores. Já tinha sido humilhado demais.

Pararam na rua, diante da *shul*. Homens continuavam entrando e saindo. Will conferiu as horas no relógio: 22h20. Parecia três da manhã.

— Só posso tornar a pedir desculpas pelo que aconteceu.

É, é, pensou Will. *Poupe isso para o juiz, quando eu processar seus rabos hassídicos por cárcere privado, lesões corporais, espancamento e toda essa porra.*

— Bem, na verdade, melhor que uma desculpa seria uma explicação.

— Não posso dar nenhuma explicação, mas posso dar um conselho. — O homem olhou em volta, como para certificar-se de que não estava sendo observado nem ouvido. — Meu nome é Yosef Yitzhok. Meu trabalho é levar a palavra do rabino ao mundo. Escute, sei o que você faz e eis minha sugestão. — Baixou a voz para um sussurro conspiratório. — Se quiser saber o que está acontecendo, procure no seu trabalho.

— Não estou entendendo.

— Vai entender. Mas precisa tomar cuidado com seu trabalho. Ande, vá embora.

Yosef Yitzhok parecia perturbado.

— Lembre-se do que eu disse. Procure no seu trabalho.

VINTE

SEXTA-FEIRA, 23H35, BROOKLYN

Tom atendeu ao telefone na primeira chamada. Mandou Will, que andara pelas ruas de Crown Heights à procura do metrô, tomar um táxi e ir direto para o apartamento dele.

Agora ele estava deitado no sofá de Tom, pronto para apagar de cansaço e se mantendo acordado apenas por uma espécie de febre. Não usava nada além de três toalhas grossas. Tom o havia colocado embaixo de um chuveiro quente assim que ele cruzara a porta, decidido a que o amigo não sucumbisse a uma gripe, febre ou até pneumonia. Sabia que não tinham tempo a perder com doenças.

Will esmerou-se em contar o que havia acontecido, mas quase tudo era bizarro demais para alguém compreender. Além disso, Will falava como um homem recém-acordado que tentava lembrar-se de um sonho: novos trechos de informação, novas personagens, novas descrições e frases não paravam de pipocar-lhe à mente. Eram tão poucos os pontos de normalidade para Tom que ele desistiu de compreender o relato após algum tempo. Homens barbados, um quase-afogamento, um aviso mandando as mulheres cobrirem os cotovelos, um inquisidor invisível, um líder venerado como o Messias, uma regra que proibia às pessoas de carregarem até mesmo chaves durante 24 horas. Tom se perguntava se Will tinha de fato estado em Crown Heights em vez do East Village, onde tomara algum ácido particularmente forte e embarcara numa das mais surreais viagens da história recente.

Mais difícil de resistir foi a vontade de dizer: "Eu bem que avisei." Era exatamente esse o desfecho que ele temera: Will invadindo Crown Heights, despreparado e fora de si de tanta angústia, seguindo totalmente despreparado ao encontro dos inimigos.

Will não apenas esperava que o amigo acompanhasse seu relato das últimas horas, mas também queria sua ajuda para tentar decodificá-lo. O que era aquela referência ao seu trabalho? O que queria dizer o rabino com uma história antiga, salvar vidas, ter apenas quatro dias pela frente?

— Will — disse Tom, depois que ele tinha falado por quase 15 minutos ininterruptos, tentando interromper o fluxo. — Will. — Sem sucesso; ele continuou falando. Por fim, Tom perdeu a paciência e elevou a voz. — WILL!

Enfim, ele parou.

— Will, isso é sério demais para ficarmos chutando palpites como amadores. Agora precisamos de ajuda especializada.

— Você quer dizer a polícia?

— Bem, devíamos pensar nisso.

— Claro que eu tenho pensado nisso, porra. Pensei nisso quando mergulharam minha cabeça na água gelada. Mas acho que não posso correr o risco. Eu estive com essas pessoas, Tom. Estavam dispostos a me matar hoje, por conta de algum palpite. Porque eu não levava um grampo e porque tenho prepúcio. Ou algo absurdo assim. Eles iam me afogar. O cara me deu a justificativa teológica completa, toda essa coisa sobre o que manda o "Peking Nuff", ou sei lá o que ele disse. Em suma, você pode tirar a vida de alguém se for para salvar outras, e a vida que pensavam tirar esta noite era a minha. E talvez a de Beth. Portanto, sim, pensei nisso, mas acho que o risco é grande demais. Desde o início eles disseram: se formos à polícia, ela corre perigo de vida. E agora, depois de vê-los... ou não... acho que falavam sério. São pessoas sérias. Não estão brincando.

— Certo, então precisamos de outro tipo de ajuda.

— De que tipo?

— Os judeus.

— Como?

— Precisamos conversar com algum judeu que possa começar a dar algum sentido a tudo que você viu e ouviu. Não sabemos nada. Temos apenas o que você ouviu debaixo d'água e o que tiramos da internet. Não basta.

Will reconheceu a lógica. Era verdade. Ele vinha blefando daquela maneira tipicamente inglesa. Ensinavam-na em todas as melhores escolas. Aprender a conseguir as coisas com inteligência e sabedoria. Nunca ser chato como um especialista qualificado; ser o amador talentoso. Foi isso o que ele fez, forçando a entrada em Crown Heights com aquela maldita calça de algodão e o maldito livrinho de anotações. Como se tudo fosse cair em seu colo inglês encantador. Precisavam de ajuda.

— Quem?

— Que tal Joel?

— Joel Kaufman? — Ele tinha feito o curso de jornalismo com Will em Columbia; agora escrevia para as páginas de esporte do *Newsday*. — Ele é judeu, mas só em termos técnicos. Dificilmente vai saber algo mais que eu.

— Ethan Greenberg?

— Está em Hong Kong. Para o *Journal*.

— Que patético! Estamos em Nova York. Temos de conhecer alguns judeus!

— Na verdade eu conheço muitos judeus — disse Will.

Pensara de repente em Schwarz e Woodstein do jornal, o que por sua vez o fez lembrar que não havia feito nenhum contato com a redação o dia todo. Will tinha ignorado o e-mail de Harden. Teria de fazer alguma coisa: não podia simplesmente se ausentar sem licença. Mas era coisa demais para pensar; afastou a idéia, dizendo a si mesmo que cuidaria disso assim que saísse do apartamento de Tom.

— O problema é que não posso começar a falar dessa situação com qualquer pessoa. O risco é alto demais. Tem de ser alguém que não seja judeu, mas esperto o suficiente para conhecer coisas judias, que saque desse mundo — apontou a tela, ainda brilhando com o mapa de Eastern Parkway — e em quem possamos confiar. Não consigo pensar em ninguém que possamos incluir nessa categoria.

— Eu consigo — disse Tom, embora seu semblante não registrasse nenhum prazer com o fato.

— Quem?

— TC.

— Não pode estar falando sério. TC? Para ajudar Beth?

— Quem mais pode fazer isso, Will? Quem mais?

Will deitou-se no sofá, apertando a mandíbula, o músculo do rosto contraindo-se e descontraindo-se como se pulsasse com uma corrente alternada. Mais uma vez, Tom tinha razão. TC se encaixava em tudo. Era judia, esperta e jamais trairia um segredo. Mas como poderia telefonar para ela? Eles não se falavam havia mais de quatro anos.

Durante quase nove meses, desde o início em Columbia até aquele fim de semana do Memorial Day, haviam sido inseparáveis. Ela era uma excelente estudante de arte e Will se apaixonara antes de qualquer dos dois dizer uma palavra. Ele não podia mentir: desejava-a. Era a mulher no campus que todo mundo notava, do brinco de diamante no nariz ao piercing no umbigo; da barriguinha lisa, enxuta e constantemente exposta, à mecha azul entremeada nos cabelos. A maioria das mulheres com mais de 16 anos não se garantiria em exibir aquele visual, mas TC tinha beleza natural suficiente para se sentir bem.

Começaram a namorar logo, tornando-se reclusos virtuais no minúsculo apartamento dele na rua 113 com a Amsterdam. Faziam sexo de dia, comiam comida chinesa, viam filmes e faziam mais sexo até amanhecer outra vez.

As aparências são enganosas. As pessoas viam as mechas azuis e o piercing no umbigo e imaginavam que TC era uma jovem de espírito livre — uma daquelas garotas do cinema que vão para o telhado e dançam ao luar ou fazem passeios até a praia para ver os barcos pesqueiros. Apesar dos piercings e da calça jeans rasgada, TC não era assim. Sob a aparência neo-hippie, ele logo descobriu um cérebro preciso, analítico, às vezes assustador na exigência de exatidão. A conversa com ela era um exercício mental: deixava-o exaurido.

Parecia haver lido tudo — citava frases de Turgueniev num momento, os princípios doutrinários do luteranismo no seguinte... e os conhecia de verdade. Sua única falha, mais uma vez desafiando todas as expectativas, era cultura pop. Saía-se bem em temas mais contemporâneos, mas quando se tratava das lembranças que se esperava que os dois partilhassem, ela nada conhecia. Falava-se em *Nos tempos da brilhantina*, ela queria saber: "Que tempo?" Em *O vale das bonecas*, perguntava: "Que vale?" Ele achava esse desconhecimento encantador; além disso, tranqüilizava-o saber que havia uma área na qual o banco de dados humano que ele namorava tinha um defeito. Concluiu que os dois fatos se relacionavam: enquanto os jovens como ele assistiam às bobagens na TV e ouviam música pop descartável, ela lia, lia, lia.

Deve-se notar que tudo isso era uma suposição. TC só falava da infância nos mais vagos termos. (Até seu nome continuou sendo um mistério: um apelido que ganhara quando começara a andar, dizia, que não se lembrava nem o motivo.) Ele nunca conhecera a família dela: isso seria impossível. Apesar de sua vida agressivamente não-religiosa — TC fazia questão de pedir baldes de camarão e porco agridoce —, explicava que sua família era, apesar disso, muito tradicional e não aceitaria um namorado gói.

— Mas a gente não vai se casar! — ele dizia.

— Não faz mal — era a resposta. — Mesmo a possibilidade mais remota de que um dia a gente possa se casar, e até o fato de estarmos juntos, já é ruim demais. Para eles.

Discutiram todos os argumentos. Ele acusava os pais invisíveis dela — e nunca sequer tinha visto uma única fotografia deles — de racismo, algo tão ruim quanto o preconceito de qualquer anti-semita que proibisse a filha de sair com um judeu. Ela então o conduzia pelo longo e sangrento curso da história judia. Enciclopédica como era, dizia que, em todos os continentes e séculos, os judeus haviam sido atormentados, agarrando-se perigosamente às suas vidas e à civilização que tinham criado. A cultura judaica não sobreviveria, acreditavam pessoas como seus pais, se aos poucos se dissolvesse pelo casamento e a assimilação na população geral — como uma gota de tinta azul de cabelos num mar de água clara.

— Então é nisso que seus pais acreditam — dizia Will. — E quanto a você? Em que acredita?

As respostas dela nunca eram muito claras, pelo menos para Will. As brigas passaram a ser cansativas demais. E, embora a proibição do namoro deles fosse emocionante a princípio, tornando-os conspiradores no inverno de Manhattan, lá pela primavera já começara a desandar. Ele não gostava de saber que o destino dos dois vinha sendo decidido por uma imensa e externa força — 5 mil anos de história — da qual conhecia tão pouco e sobre a qual não tinha influência alguma. Quando conheceu Beth, sabia que ele e TC haviam saído dos trilhos.

Terminou muito mal. Ele tinha sido covarde e começara a sair com Beth antes de romper definitivamente com TC: ela havia encontrado uma foto digital da nova namorada no computador dele. Isso já era bastante ruim, mas enfurecia-a saber que o que haviam passado a chamar de "coisa judia" acabasse por ser um fator tão decisivo. Ficara furiosa com Will por deixar que aquilo se tornasse um obstáculo — por rejeitá-la devido a "um fato sobre mim mesma que não posso mudar" —, mas ele sempre tivera a sensação de que a fúria não se dirigia apenas a ele. Via que ela se enfurecia com uma herança, uma cultura, que em grande parte havia abandonado, mas que a separara do homem que amava. A última conversa dos dois tinha sido aos gritos. A última imagem que guardava dela era a de um rosto vermelho cheio de lágrimas. De vez em quando, perguntava-se quem era o vencedor: os pais rigidamente convencionais ou o mundo de arte e aventura todo em azul que tanto arrebatara a garota por quem tinha se apaixonado.

Agora Tom sugeria que ele entrasse em contato com ela. Naquela mesma noite, quase à meia-noite. Will tinha o número do celular dela; mas o que iria dizer? Como explicaria que o único motivo pelo qual estava fazendo contato era porque precisava de um favor — e para a mulher que o roubara dela? Como daria esse telefonema? E por que ela faria algo além de bater o telefone, jurando nunca mais tornar a falar com ele?

E, no entanto, ele estava desesperado e Tom tinha razão. Ela era o mais próximo do especialista que precisavam. Ele teria de fazer isso. Teria de esquecer suas próprias emoções, incluindo a covardia, e discar aquele número. Já.

Andou de um lado para o outro do apartamento por algum tempo, formulando as primeiras palavras, frases. Era como escrever para o jornal: assim que tivesse a primeira frase, ganharia coragem para mergulhar na tarefa, esperando que o instinto cuidasse do resto. Para aumentar suas chances de sucesso, ou pelo menos evitar o fracasso imediato, também usou um truque barato.

Reconheceu que se o número de TC continuava gravado no telefone dele, havia no mínimo uma possibilidade de o dele também estar registrado no dela. Imaginou seu nome piscando no visor do telefone dela. Então ligou da linha de Tom, sabendo que o número do amigo seria inteiramente desconhecido. Era uma chamada de emboscada.

— Alô, TC? É Will. — Barulho alto no fundo. Um clube? Uma festa?

— Oi.

— Will Monroe.

— Eu não conheço outros Wills, Will. Não de antes, nem desde então. O que há?

Ele teve de reconhecer esse mérito dela: uma resposta instantânea, quase sem tempo para refletir, nada mal. E inteiramente típico de TC: a pitada de rispidez, a referência ao passado deles, a formulação à queima-roupa. O único ponto fraco foi o "O que há?" Não era seu tipo de frase, o que demonstrava uma despreocupação forçada demais. Nessas palavras, ele ouviu a tensão de falar com um homem que ela tinha amado e que a rejeitara.

— Preciso ver você imediatamente. Sabe que não a incomodaria assim se não fosse realmente importante. E isso é muito importante. Acho que é uma questão de vida e morte.

Engoliu em seco nesta última palavra e soube que TC o ouvira.

— É algum problema com a sua mãe? Ela está bem?

— É Beth. Eu sei... — Não pôde terminar a frase: não tinha certeza do que vinha em seguida. — Preciso ver você já.

Ela não fez mais perguntas. Apenas deu-lhe seu endereço. Não de casa, mas do trabalho: um complexo de estúdios de artistas plásticos, em Chelsea. Disse que era mais perto, mas ele desconfiou que houvesse outro motivo. Talvez estivesse com alguém; talvez sentisse vergonha de ainda estar sozinha; ou talvez simplesmente não quisesse enfrentar a intimidade de receber Will em seu apartamento.

Estúdio de artistas plásticos. Mesmo nessa pequena fração de informação havia toda uma história. Significava que ela tinha cumprido sua promessa: sonhara em ser artista plástica, conversaram sobre isso durante aquelas longas tardes na cama. Mas ele, e até mesmo ela, se perguntava se ela teria coragem de levar aquilo até o fim. Ficou satisfeito ao saber que TC conseguira. Mais que satisfeito: orgulhoso.

Menos de uma hora depois, Will viu-se entrando num elevador de serviço, um daqueles de estilo antigo, com porta pantográfica e tudo. Desconfiou que não fosse uma necessidade mecânica, mas uma afetação boêmia: a colônia dos artistas em sua fábrica reformada. Saltou no quarto andar, silencioso e escuro, distinguindo apenas um canto reservado para uma escultora que parecia especializada em barrigas femininas. Virou ao passar pelo que parecia uma oficina de metal, mas era de fato o espaço de trabalho de um homem que criava instalações usando néon. Por fim viu um aviso fotocopiado: *TC*. Só estas duas letras, sem primeiro nem último nome. *Marca inteligente*, pensou Will ao bater de leve na porta divisória para anunciar sua chegada. Instintivamente decidira que a cortesia masculina inglesa seria sua defesa contra a fúria feminina americana típica dela.

Teve apenas um ou dois segundos para absorver tudo: paredes cobertas de pinturas, outras três em cavaletes, ainda outras embrulhadas em plástico-bolha, encostadas nas paredes. Uma mesa simples, surrada, coberta de tinta espirrada. Num balcão que corria pelo comprimento da parede dos fundos, materiais para pintura — garrafas de solvente; tintas a óleo em tubos de metal torcidos; cola; espátulas; vários raspadores enferrujados; barbante e, inexplicavelmente, um livro de culinária que parecia ter perdido todas as páginas.

Perto dos fundos da sala, sentada num sofá de veludo puído, TC. Ela era menor do que ele se lembrava, embora mais nada houvesse diminuído: continuava sendo uma mulher que chamava a atenção. Tinha os cabelos agora na altura dos ombros, quando antes ela os usava no curtíssimo estilo punk. Quase todo castanho natural, a não ser por aquela faixa característica de azul, que ela ainda usava. Observando a fina blusa, vagamente *vintage*, acima da calça jeans justa, rasgada nos joelhos, ele viu a forma que antes o deixava maluco. Na penumbra, identificou um brilho de metal: o piercing do umbigo continuava ali.

Esse era o momento que ele mais temera: devia abraçá-la, beijá-la no rosto, apertar sua mão ou não fazer nada? Mas ela tomou a decisão por ele, levantando-se e abrindo os braços, como se acolhesse de volta um filho pródigo. Ele retribuiu o abraço e tentou, pela posição dos braços e mãos, fazê-lo parecer de algum modo — qual era a palavra?! — *fraternal*.

— O que foi que houve, Will?

Ele lhe contou do modo mais metódico e breve possível: o e-mail, o rastreamento feito por Tom até levá-lo a Crown Heights, a visita de Will, o interrogatório, o julgamento, a provação no *mikve*.

— Você só pode estar brincando — ela disse, quando o último detalhe foi contado, o rosto dando um sorrisinho afetado que era descrença, tensão nervosa, prazer pela desgraça alheia ou todas as três coisas ao mesmo tempo. O meio sorriso desapareceu quando ela viu a sua reação. Percebeu que o caso era realmente sério.

— Will, eu sinto por você, sinto mesmo. E me compadeço pela família de Beth. — *Beth*. Ele nunca tinha ouvido TC dizer o nome dela antes. — Mas o que exatamente você quer de mim?

— Preciso saber o que você sabe. Preciso que me explique o que eu ouvi. Preciso que *traduza* para mim.

Ela respondeu com um pequeno e pálido sorriso, que de algum modo a fez parecer mais velha. Nesse momento, Will percebeu que envelhecer não significava o aparecimento de marcas ou rugas, embora essas coisas desempenhassem seu papel. Os anos realmente se revelavam em expressões como a que ele acabara de ver. De repente TC era um rosto de anos; de conhecimento.

— Tudo bem. Me conte devagar e com o máximo de detalhes que puder lembrar tudo que aconteceu. Cada rua que percorreu, cada pessoa com quem se encontrou, cada palavra que eles usaram. Vou preparar um café.

Will recostou-se na cadeira de vime que ela ofereceu a ele. Pela primeira vez em 16 horas sentiu os músculos relaxarem. Ficou muito aliviado: TC estava do seu lado. Foi tomado por um sentimento que nunca tivera quando estavam juntos; sentiu que ela cuidaria dele.

Era uma competente entrevistadora, paciente mas metódica, exigindo que ele fosse preciso sobre cada detalhe, revisando todos os acontecimentos para certificar-se de que não lhe escapara alguma coisa. Também salientou contradições, naquele velho jeito retórico dela.

— Espere, você disse que só estavam você e outros dois na sala. Quem é essa nova pessoa? O que foi exatamente que ele disse? Será que falou: "Eu vou" ou "Eu talvez vá"?

A precisão dela o deixou exausto. Durante uma pausa para descanso, deixou os olhos perambularem pelas obras de TC, espalhadas pela sala. Grandes telas retratando cenas tipicamente americanas — pinturas naturalistas de um táxi amarelo ou um jantar de antigamente — e, por mais que admirasse a habilidade técnica, viu-se perguntando se ela não estava no ramo de trabalho errado. Tinha uma mente demasiado esclarecida, demasiado linear e lógica, para ser uma artista plástica. Certamente, com um cérebro daqueles, devia ser uma acadêmica, advogada ou, pelas circunstâncias atuais, policial. De maneira sensata, Will preferiu não externar seus pensamentos.

Quando ele chegou ao fim, percebeu que ela até então não explicara nada. Cada vez que abria a boca, era só para buscar esclarecimento dele ou fazer perguntas complementares. Ele não sabia nada mais além do que sabia quando saíra de Crown Heights. Começou a ficar impaciente. Mas não ousou expressar sua insatisfação: precisava mantê-la como uma aliada. Além disso, estava à beira de desmaiar de cansaço; suas palavras começavam a ficar confusas.

Acordou quando o cotovelo escorregou do braço da cadeira. Soube dizer pelo gosto na boca que caíra num breve mas profundo sono. Sonhara com cantos e danças, com Beth no centro, rodeada, como uma rainha tribal, por homens de camisas brancas e ternos pretos.

Conferiu as horas no relógio: duas e meia da manhã. Então não havia sido um pesadelo de um longo dia e noite que parecia nunca terminar. Começara quando ligara seu BlackBerry umas 18 horas antes. E agora, incrivelmente, adormecera na cadeira de vime de TC e tudo ainda continuava.

— Oi, você está de volta — ela disse, erguendo de repente os olhos de um bloco de esboços apoiado nos joelhos. Tinha a testa vincada de um jeito, lembrou Will, que significava que andara se concentrando muito. — Eis o que temos. O primeiro fato é eles dizerem que Beth não corre perigo... desde que você se mantenha longe. Segundo, parecem admitir que ela não fez nada de errado, e talvez nada mesmo. Reconhecem que isso parece confuso agora, mas prometem que tudo ficará claro. Sabemos pelas mensagens enviadas por e-mail a você que não querem dinheiro. Só querem que se afaste. É isso aí.

"O que corresponde a um tipo muito estranho de seqüestro. Parece que de algum modo querem tomar Beth *emprestada* por algum tempo e por motivo não-especificado, e esperam que você simplesmente aceite isso. Nós precisamos descobrir por quê.

Ele achou esse *nós* reconfortante, embora o resto do quebra-cabeça — e o fato de que ela não o houvesse resolvido instantaneamente — fosse tudo, menos isso.

— Então, o que temos sobre o motivo? Uma pista é que com certeza temiam que você fosse um agente federal. A explicação otimista para isso é que tinham medo que os federais estivessem atrás deles simplesmente por causa do seqüestro. A explicação pessimista é que esse medo nada tenha a ver com o seqüestro, que eles estejam envolvidos em alguma outra atividade criminosa e receavam há muito tempo que as autoridades fossem atrás deles. Meio como aqueles cultos misteriosos que ficam à espera da chegada dos federais para lhes confiscar as armas.

Will teve um lampejo de lembrança de Montana, Pat Baxter e seus parceiros. Nossa, isso tinha sido apenas alguns dias antes; pareciam anos.

— Mas depois descartaram isso também, por motivos inteiramente racionais. Não sei quanto ao grampo, mas admito que estejam certos sobre esse negócio do judeu disfarçado: é isso o que os federais fariam. Mas você não ser um agente federal não deixa eles mais tranqüilos. Muito pelo contrário. Quando descartam essa possibilidade é que pegam realmente pesado, quase afogando você. Também faz algum sentido: não ousariam maltratá-lo se fosse um representante da lei. Uma vez que não era, sentiram-se livres. A pergunta, contudo, é por quê? O que poderia ser, para usar a frase deles, "infinitamente pior"? Uma seita hassídica rival? Um cartel de seqüestro rival?

Will detectou um traço de maldade nos olhos de TC, como se ela ainda estivesse tomada pelo humor dos hassídicos para fazer nada de bom. Isso o irritou; e ela ainda não havia mostrado nada que ele já não soubesse.

— E quanto a todo aquele negócio judeu que eu ouvi? O que significa tudo isso?

Will queria que ela retomasse o fio.

— Bem, a expressão que você ouviu lá como "Peking Nuff" é, na verdade, *pikuach nefesh*. A salvaguarda de uma alma. É em geral usada de maneira benigna, para perdoar as várias infrações da lei religiosa e fazer o bem. Por exemplo, vai ouvir os israelenses invocarem *pikuach nefesh* para explicar por que as ambulâncias têm permissão para funcionar no Shabat. Mas ao falar disso junto com todo aquele negócio judeu de *rodef*, eles estavam obviamente usando para ameaçar você... dar a entender que a lei judaica pode lhes permitir matar você. Ou Beth.

Will retraiu-se.

— Quanto a "Shabbos alguma coisa", é real. O que você ouviu foi *Shabbos Shuva*, o Shabat do arrependimento, o mais importante do ano. É hoje, na verdade. Cai entre o Rosh Hashaná, o ano-novo, e o Yom Kippur, o Dia do Perdão. Estamos no meio dos Dez Dias de Penitência, os Dias do Medo. É um grande momento para os judeus. Sobretudo para os ultra-ortodoxos. Mas o que quis dizer seu interrogador com "restam-nos apenas mais quatro dias"? É verdade que faltam apenas quatro dias para o Yom Kippur, mas, a julgar pelo que você contou, ele quis dizer isso como uma espécie de prazo final. Não pode significar que restam apenas quatro dias para se arrepender, embora pensem assim. Isso deve estar associado à coisa mais ampla que ele mencionou: tipo, "tudo se equilibra numa balança", "os riscos não poderiam ser maiores", "a história antiga".

— E no que se refere a toda essa coisa, não temos uma única pista, temos?

TC conservava a cabeça baixa, consultando o bloco de desenho. Will podia perceber o desespero dela para encontrar alguma coisa que desvendasse o mistério. Havia reunido todos os fatos da melhor maneira possível, organizara um conjunto coerente de perguntas. Mas era só isso que tinha: perguntas.

— Não — ela respondeu, em voz baixa. — Não temos.

— E quanto ao rabino?

— Ah, sim. Agora eu preciso que faça um grande esforço de memória. Ele lhe disse alguma vez seu nome?

— Eu já disse, nunca me deixou ver seu rosto.

— Então por que tem tanta certeza de que era o rabino?

— Porque todos cantavam, batiam os pés no chão e esperavam por ele dentro da sinagoga. Depois fui levado embora. Aqueles desgraçados disseram que não podia falar comigo até o "professor" chegar. Então, quando ele chegou, fizeram tudo que ele lhes mandava fazer. Era obviamente o chefe.

— Quando você estava na sinagoga, sentiu a mão no seu ombro e a voz disse: "Para você, meu amigo, tudo acabou", ou seja lá o que ele tenha dito, essa voz era a mesma que o interrogou depois?

— Era, a mesma voz.

— Então, se esse era o rabino, como é que a multidão não estava voltada nessa direção, olhando para ele? Se fosse ele, certamente todos na sala estariam olhando na direção dele, enlouquecidos pelo sujeito à distância de um sussurro do seu ouvido. Mas não estavam, estavam?

Talvez ele só estivesse oculto da visão, comprimido no meio daquela imensa multidão.

— Por favor, Will. Foi você quem disse: eles adoram esse cara como se fosse o Messias. Não vão deixá-lo simplesmente sair andando por ali, esmagado pela infantaria. Pense bem, ele em algum momento se anunciou como o rabino?

Will percebeu sem graça que seu atormentador jamais dissera tal coisa. Agora que pensava nisso com mais calma...

— Você se dirigiu alguma vez a ele como o rabino?

TC leu a mente do ex-namorado. Durante toda a provação, Will deduzira que falava com o rabino. Em sua memória, referia-se a ele como o rabino. Mas usara alguma vez a palavra em voz alta?

— Então você tem certeza de que o homem que quase me matou essa noite não era o rabino?

— Eu sei disso.

— Como? Como pode ter tanta certeza?

— Tenho certeza, Will, porque o rabino de Crown Heights morreu e foi enterrado há dois anos.

VINTE E UM

SÁBADO, 6H36, MANHATTAN

Estavam num campo escaldante, numa larga cama coberta por uma enorme rede branca. Era uma suíte num antigo hotel colonial. Ruídos vinham da rua embaixo: buzinas de carros e comerciantes; um mosquito zumbia com preguiça. Era de tarde, e ele e Beth tinham feito amor febrilmente, os corpos escorregadios de suor...

O coração de Will disparou: o choque de acordar de um sonho. Ele baixou os olhos e viu uma cama estreita — e vazia. Só que não era bem uma cama. Apagara no estúdio de TC, no sofá de veludo vermelho. Então percebeu que havia uma cama desmontável atrás de uma divisória ao lado do estúdio.

— Às vezes eu trabalho de noite — ela disse.

Pegou instantaneamente o BlackBerry. Nenhum sinal dos seqüestradores; dois e-mails de Harden; vários do pai, implorando-lhe que entrasse em contato e queixando-se de sua desesperada preocupação. Seu telefone não ligava: a bateria devia ter descarregado quando ele estava na casa de Tom.

Foi nas pontas dos pés até a bancada de trabalho de TC, onde ficou aliviado ao ver que ela tinha a mesma marca de telefone. Devia haver um carregador em algum lugar. Enquanto procurava, localizou o bloco de desenhos da última noite. Virou-o de cabeça para cima e viu que TC não estivera tomando notas, mas fazendo o que parecia ser um elaborado traçado. Formava um desenho geométrico: círculos ligados por linhas retas, como um daqueles diagramas moleculares. Além de tudo TC era especialista em química? Não o surpreenderia.

Ver os rabiscos em hebraico trouxe de volta à sua mente a mais embaralhada e maior revelação. O rabino estava morto. Apesar dos quadros em cada parede de Crown Heights, dos lugares cobertos com seu rosto, das constantes referências a ele no presente, do simples fervor despertado apenas pela visão da cadeira dele — apesar de tudo isso, TC tinha sido enfática a respeito de o grande rabino da seita hassídica estar morto.

O líder morrera dormindo dois anos antes, o que fez mergulhar toda a comunidade e milhares de seguidores em todo o mundo num abjeto sofrimento. Nos últimos anos de vida dele, intensificara-se a crença em que o rabino não era apenas um líder extraordinário, e sim algo mais.

— O judaísmo acredita que toda geração tem uma pessoa que é o candidato a ser o Messias — explicara TC. — Isso não quer dizer que seja de fato o Messias. Mas se Deus decidisse que havia chegado a hora de começar a era messiânica, então essa pessoa, esse candidato, seria o tal. Seria revelado como o *Moshiach*.

— E então passaram a achar que o rabino era o candidato?

— Exatamente. Foi assim que começou. Simplesmente ele era o candidato dessa era. Mas as coisas começaram a ficar mais intensas. As pessoas passaram a dizer que não se tratava de uma possibilidade abstrata, remota, mas da eminência dos dias messiânicos, o momento se aproximava. Verdade seja dita, acho que o rabino encorajava isso. Estimulava esse fervor.

— Como assim, ele embarcou em alguma grande onda egocêntrica?

— Não sei se foi isso. Ele era admiravelmente modesto na maioria dos aspectos. Vivia de modo frugal em uns aposentos espartanos em Crown Heights. Depois que a mulher morreu, confinou-se ao seu gabinete. Dormia lá, apenas uma ou duas horas por noite; o resto do tempo, a luz ficava acesa, e ele, trabalhando, trabalhando. Sobretudo ditando cartas; oferecendo conselhos à sua gente em todo o mundo. Você tem de entender, trata-se de uma organização global de bilhões de dólares. Eles têm centros em cada cidade do mundo, até em lugares obscuros onde mal existem judeus, para o caso de viajantes judeus sentirem uma vontade irresistível de ter uma refeição de Shabat. Ele dizia a um dos seus emissários: "Precisam de você na Groenlândia", e lá se ia o emissário para a Groenlândia. Era como se o rabino fosse um cruzamento entre o presidente de alguma empresa multinacional e o comandante de um exército revolucionário. — TC sorriu. — Era Bill Gates e Che Guevara, tudo embrulhado num só. E tinha 90 e não sei quantos anos.

Will lembrou-se do cintilante velho de barba branca. Um improvável revolucionário.

— De qualquer modo, depois ele morreu, e a maioria das pessoas achou que seria o fim de tudo. Afinal, ele não podia ser exatamente o Messias se estava morto, podia?

— Imagino que não.

— Bem, imaginou errado. Os devotos extremamente leais começaram a acampar ao lado da sepultura. Quando as pessoas lhes perguntavam que diabos faziam ali, respondiam: "Esperando." Queriam estar prontos para receber o rabino quando ele ressuscitasse dos mortos.

— Tem certeza de que esses caras não são cristãos?

— Eu sei; é estranho, não? Na verdade, vem acontecendo um debate sério sobre isso. Muitos judeus dizem que Crown Heights está de fato se afastando do judaísmo e se transformando em outra fé. O argumento é que o cristianismo foi no passado apenas uma forma de judaísmo que acreditava que o Messias tinha vindo; agora Crown Heights está fazendo a mesma coisa.

— A diferença é que eles continuam esperando. Veja você, os cristãos continuam esperando o segundo advento. Todo mundo continua esperando.

— Todos esses certamente continuam. Esperam que seu líder revele a si mesmo, que se erga dos mortos e lhes diga que tudo vai ficar bem.

— E você está comprando esse papo furado, não?

— Mais ou menos. Escute, falando em termos teológicos, eles talvez tenham razão. É bem verdade que, na era messiânica, segundo o judaísmo, os mortos vão reviver. E não há nada escrito que diga que o Messias não possa ser um deles; quero dizer, um dos mortos. Portanto, talvez tenham razão. Só que... eu não sei, isso simplesmente me parece meio triste. Como se fosse um grupo de crianças que perdeu o pai ou coisa assim. Como diriam os terapeutas, "estão sofrendo".

Will tentou inserir a explicação dela no contexto — um culto traumatizado pela perda do líder, agitando-se numa fúria de sexta-feira à noite como a convocá-lo desesperadamente dos mortos —, junto com a quadrilha que quase o assassinara algumas horas antes. Constatou que a solidariedade não vinha facilmente.

— Como é que você sabe tanto sobre eles?

— Leio os jornais — ela apressou-se a dizer; uma instantânea repreensão. — Tudo isso saiu no *Times*.

Will censurou-se. Sua pressa na casa de Tom impediu que ele fizesse uma busca completa no Google, o que lhe teria mostrado tudo isso — ou pelo menos que o rabino estava morto. Mais mortificante era saber que tudo isso, como dissera TC, havia saído no jornal, mas ele só lera por alto: notícias religiosas bizarras, sem importância.

Isso tinha sido na noite anterior. A manhã começou assim que ele encontrou o carregador do telefone, perto do pote de café. Inseriu o plugue, e o celular ganhou vida silenciosamente. (Sempre programava o seu em "silencioso": nunca sabia quando um toque bizarro o deixaria numa situação embaraçosa.) As mensagens de voz apareceram primeiro: quatro do pai, três de Harden, cada vez mais sarcásticas, a última dizendo: "É melhor estar numa matéria tão boa que eu ganhe um Pulitzer por publicá-la", antes de dizer-lhe que tomasse "o primeiro barco de volta para Oxford" se não se apresentasse logo de volta. Duas outras, Will saltou após algumas palavras, julgando-as sem urgência.

Em seguida vieram os textos. Um de Tom, desejando-lhe sorte.

E então:

Mão de pista. Gates.

Ele apertou o botão "Detalhes", mas o telefone não mostrou nada. Sobre o número, apareceu: "sem identificação". Quanto ao horário da mensagem, mostrava inutilmente a hora, o minuto e o segundo que Will havia ligado o telefone. Não tinha a menor idéia de quem nem quando a enviara. Uma vez que a mensagem não fazia qualquer sentido para ele, deixava-o sem nenhuma pista do que se tratava.

A essa altura TC levantara-se, surgindo de seu miniquarto de dormir com um conjunto de malha. Mesmo de calção de boxe e uma camiseta de alças finas, ela estava maravilhosa. O piercing no umbigo agora estava totalmente à mostra. Will sentiu uma agitação na altura da virilha, seguida por uma pontada de culpa. Desejar a ex-namorada era apavorante em quaisquer circunstâncias. Fazer isso quando sua mulher era uma refém que temia pela própria vida era desprezível. Deu a TC apenas o mais simples dos cumprimentos, voltou a olhar para o celular e, num ato reflexo, colocou-o no bolso — como que para estancar o fluxo de sangue que ameaçava causar uma ereção antes que passasse do ponto sem retorno.

Para seu alívio, TC guardava algumas roupas sobressalentes junto à divisória e agora tinha ido vesti-las. Quando surgiu, ele lhe entregou seu telefone.

— Agora veja isto — disse.

TC olhou em volta à procura dos óculos; era cedo demais para lentes.

— Huumm — ela disse, vendo as palavras.

Will resumiu as primeiras linhas.

— Suponho que deva ser deles, dos hassídicos. É óbvio que pegaram o número do meu telefone quando estavam com a minha bolsa.

— Não, não teriam feito isso. Viola o Shabat. E não mandariam uma mensagem de texto pelo mesmo motivo. As duas coisas violam o Shabat.

— Bem, e afogar um homem inocente em água gelada, tudo bem?

— Tecnicamente, sim. Eles não usam eletricidade, fogo. Não escrevem nada, não usam máquina alguma.

— Então tudo o que fizeram comigo foi perfeitamente Kosher.

— Escute, Will, não force a barra *comigo*. Não sou eu quem cria essas coisas. Digo apenas que eles só quebrariam o Shabat se não houvesse alternativa. Até agora evitaram isso.

— Mas e o *pikuach nefesh*, você sabe, essa coisa de salvar uma alma?

— Tem razão. Se tivessem justificativa, eles fariam. Tudo bem, então poderiam ser eles... O que significa isso?

— Quem dera que eu soubesse. Mas eu me perguntava se talvez "mão" seria "semestre" ou "meio do ano". Você me disse que Rosh Hashaná significa literalmente "cabeça do ano", então talvez "mão" seja o meio dele.

Will sorriu esperançoso, como um pupilo esperando elogio. TC não sorriu.

— E "pista"?

— Talvez algo sobre qual direção tomar, você sabe, "seguir em frente", "mão inglesa" ou "rua sem saída". E a coisa de Gates é apenas uma assinatura aleatória. Poderia ser Bill Gates ou Mickey Mouse.

TC não reagiu. Apenas levou o telefone até o sofá, sentou-se e examinou-o.

— Pode me passar o bloco? E uma caneta.

Sentado a seu lado, Will observava o que ela fazia. Havia ficado constrangido assim que se sentara; suas pernas muito perto das dela.

TC escrevia uma mensagem:

NBP EF QJTUB

— Tudo bem, então essa não funciona. Vamos tentar de outro modo.

LZN CD OHRSZ

— Nem essa — ela disse, com uma expressão de desafio.

— O que está fazendo?

— Usando aquele lance de código secreto de criança. Cada letra representa a seguinte, logo F na verdade é G e O é P, ou, ao contrário, a anterior, logo F na verdade é E e O é N. Dessa maneira, MÃO é ou NBP ou LZN. O que significa que nenhum desses é o código. Vamos tentar outro.

TC começou a escrever o alfabeto o mais rápido que podia.

Depois, fez o mesmo em ordem inversa, de modo que Z, Y, X, ficassem diretamente embaixo de A, B, C.

A B C D E F G H I J K L M N O P Q R S T U V W X Y Z
Z Y X W V U T S R Q P O N M L K J I H G F E D C B A

— Agora vamos decodificar e ver o que conseguimos.

Ela rastreou a linha com o dedo e começou a escrever.

NZL WV KRHGZ

— Merda — sibilou Will. — Já estou ficando cheio dessas porras de jogos. Que diabos quer dizer isso?

— Não estamos pensando logicamente. Poucas pessoas enviam mensagens de texto por telefone.

— Os britânicos enviam.

— É, mas a maioria dos americanos, não. E teria sido igualmente fácil mandar um e-mail. Mas eles não fizeram isso. Por que não?

— Porque sabem que podemos rastrear a origem de seus e-mails. Devem saber que eu desvendei de onde veio o último que mandaram.

— Claro, mas isso talvez não seja ruim do ponto de vista deles. Talvez queiram que saiba que foi uma mensagem deles. Não, suponho que escolheram um método diferente por alguma razão... Pode me passar seu telefone?

Ela pegou o aparelho, sem paciência, e instantaneamente encontrou o modo de mensagens. Apertou "Criar mensagem" e começou a digitar. Will teve de se aproximar para ver o que ela fazia. Sentiu o perfume dos seus cabelos e foi obrigado a reprimir o desejo de não inspirar fundo: num instante, o aroma levara-o de volta àquelas longas e quentes tardes juntos.

Isso, por sua vez, despertou outra lembrança sensual, o perfume de Beth, que ele gostava mais quando estava mais forte: quando ela se arrumava para sair à noite. Podia estar muito bem vestida; ele sentia vontade de rasgar toda a roupa, possuí-la imediatamente. Mais tarde, na festa, localizava-a do outro lado da sala e via-se olhando para o relógio: queria levá-la logo para casa. De repente foi tomado por lembranças, de TC e de Beth, que começavam a deixá-lo excitado. Sentiu-se confuso.

TC digitava a palavra MÃO. Agora seus dedos buscavam a tecla *; ela a apertou duas vezes, e um sorriso começou a formar-se em volta de seus lábios. A tela mudou, mostrando a palavra MÃO, depois OCO depois NAN, depois OAM, depois NÃO, antes de voltar à palavra MÃO. Ela escreveu a palavra NÃO.

Em seguida digitou DE PISTA, que apareceu na tela como DE PIQUA e por fim EFRIPUC, ED SHRUB, além de vários outros anagramas sem sentido. Depois de eliminar várias letras da combinação, chegou a uma que a satisfez. Escreveu-a.

— Pronto — disse, satisfeita como uma aluna aplicada que acabou de concluir o dever de casa de álgebra em tempo recorde. A falta de sentido das palavras MÃO DE PISTA agora surgia como uma clara mensagem de encorajamento.

NÃO DESISTA

Na verdade, não era sequer um código, pensou Will. Apenas alguém acostumado a usar a função de dicionário intuitivo da maioria dos celulares: toda vez que se tentava digitar uma palavra, o telefone oferecia alternativas possíveis usando a mesma combinação de teclas. Apertava-se 6, 2, 6 para digitar "mão", mas podia-se digitar o número de vezes errado e formar outra palavra, por isso o aparelho oferecia outras opções. Quem quer que tivesse enviado a mensagem descobrira um novo uso para a função.

A satisfação do trabalho de dedução de TC foi breve. Era verdade que eles haviam decodificado a mensagem, mas dificilmente saberiam o que significava e continuavam sem a menor idéia de quem a enviara.

— Então quem diabo é Gates?

— Vamos dar uma olhada — disse TC, pegando mais uma vez o telefone. Ela digitou a palavra GATES. — E usando-se as teclas que compõem essas letras, teríamos uma infinidade de combinações. Poderia ser HATER, IATDP,GCVFS...

— Então que poderia significar? — interrompeu Will. — Nada faz sentido.

— Ou então é um chapa — disse TC, de repente animada.

— Chapa?

— Chapa, um amigo. Um *haver*. *Haver* é a palavra em hebraico para amigo. Gates é um *amigo*. Essa mensagem diz: "Não desista. Assinado: Um amigo." — Ela começou a andar em círculos, fitando o chão. —

Quem iria querer ajudá-lo agora? Quem acharia que havia uma chance de você desistir?

— As únicas pessoas que sabem disso são você, meu pai, Tom e os próprios hassídicos.

— Tem certeza de que não há mais ninguém? Ninguém que saiba o que está acontecendo?

Como uma punhalada, Will pensou em Harden e na redação: teria de acabar fazendo algo a respeito.

— Não. Ninguém sabe. E como nem você, nem Tom, nem meu pai precisam entrar anonimamente em contato comigo, restam os hassídicos. Acho que talvez tenhamos uma espécie de dissidência.

— Como assim?

Will gostou do fato de TC estar um passo atrás dele para variar. A política nunca fora o forte dela.

— Um racha. Uma divergência nas fileiras do inimigo. A única pessoa que poderia ter enviado isso seria alguém que ouviu o rabino, quer dizer, o rabino com quem falei, que me disse para recuar. Devem querer que eu ignore esse conselho. Devem discordar do que o rabino tem feito. Essa pessoa não quer que eu pare. E acho que imagino quem seja.

VINTE E DOIS

SÁBADO, 8H10, PORTO PRÍNCIPE, HAITI

Nos últimos tempos, ele só descia para a inspeção uma vez por semana. A Câmara Secreta agora parecia funcionar sozinha, precisando apenas de uma supervisão mínima. Suas visitas eram menos práticas que sentimentais: dava prazer ver sua invençãozinha trabalhando tão bem.

Planejara coisas antes, claro. Ali nas docas, ele tinha inventado um método rolante de embarque e desembarque para o carregamento de navios que aportavam da América Latina e prosseguiam para os EUA. Não planejara dessa forma, mas dizia-se que seu novo sistema havia revolucionado o tráfico de drogas do país. Vinha tentando apenas melhorar a eficiência da importação-exportação. Mas, graças a ele, a cocaína podia chegar da Colômbia e seguir para Miami sem maior demora. Dali, em questão de horas, os pacotes de pó branco se espalhavam pelas cidades americanas — Chicago, Detroit, Nova York. Os chefões das drogas do Haiti vangloriavam-se de que de cada dez fileiras de cocaína cheiradas por americanos, sem a menor dúvida, no mínimo, uma passava por Porto Príncipe.

No seu círculo social, isso dava prestígio a Jean-Claude Paul. Entre os milionários de Petionville, cada um em suas mansões de cercas reforçadas e muros altos, ninguém dava demasiada importância às origens éticas da riqueza de alguém. Dirigir um Mercedes e mandar a mulher a Paris renovar o guarda-roupa e refazer as luzes nos cabelos era o suficiente. Quando os americanos invadiram o país em 1994, denominaram os moradores das mansão de Petionville de EMRs — elite moralmente repugnantes —, e Jean-Claude estava entre eles.

Talvez por isso houvesse inventado a Câmara Secreta, como um meio de compensar. Não conseguia imaginar de onde mais poderia ter vindo a idéia: pareceu brotar em sua mente já pronta, nada tendo a ver com ele.

Na verdade, a câmara era um prédio de um único andar, pintado de branco. Parecia uma cabana de madeira dedicada a um culto religioso, não era maior que um abrigo de ônibus. Estrategicamente, havia entradas nos quatro lados que ficavam abertas o tempo todo.

O sistema era simples. A qualquer momento, os ricos podiam entrar e deixar dinheiro no aposento. E, também a qualquer momento, os pobres podiam entrar e tirar o que precisavam.

A beleza dela era seu anonimato. As portas funcionavam num sistema de tranca automática, garantindo que apenas uma pessoa pudesse ficar ali dentro de cada vez. Assim se assegurava que doador e receptor nunca se encontrassem. Os ricos não sabiam quem se beneficiaria de sua generosidade; os pobres não sabiam quem os ajudara. Os abastados de Porto Príncipe não tinham a chance de se assenhorear de seus beneficiários nem de julgá-los insuficientemente necessitados. E poupava-se aos pobres a sensação de endividamento que às vezes torna a caridade tão humilhante.

As quatro portas eram o toque final. Significava que jamais poderia ocorrer, nem informalmente, uma entrada de doadores ou de receptores; era aleatória demais para isso. E, assim, se a pessoa visse alguém entrando ou saindo, não tinha a menor idéia de qual era a sua incumbência.

Jean-Claude ainda teve de fazer funcionar mais uma única coisa. Explorar um traço nacional haitiano, que se aplicava tanto aos motoristas de caminhonetes de Petionville quanto aos miseravelmente pobres da Cité Soleil: a superstição.

Falou com os curandeiros e sacerdotes do vudu, cuja influência corria entre as EMRs, molhando com alguns dólares as mãos dos que tinham um modo de disseminar a palavra. Logo, os mais abastados em Porto Príncipe passaram a acreditar que seriam amaldiçoados se não visitassem a Câmara Secreta e fizessem a coisa certa.

Assim, Jean-Claude sorria ali dentro da câmara, olhando um vaso cheio de dólares americanos, além de moeda local e até algumas jóias. Os do lado de fora imaginavam que ele era outro visitante; seu próprio papel de criar a câmara permanecera desconhecido de todos, menos do punhado de religiosos cujos talentos de relações-públicas ele recrutara.

Pegava uma embalagem de comida descartada do chão quando as luzes piscaram e se apagaram. Com todas as quatro portas fechadas, o aposento achava-se agora em total escuridão. Jean-Claude amaldiçoou em silêncio a companhia de energia elétrica.

Mas não ficou escuro por muito tempo. Alguém riscou um fósforo, logo atrás dele. O defeito de energia devia ter causado um curto-circuito nas fechaduras automáticas, permitindo àquele homem entrar.

— Lamento, senhor. Apenas um de cada vez, é a regra.

— Eu conheço a regra, monsieur Paul.

A voz era desconhecida; falava francês, não o dialeto creole haitiano.

— Bem, vou sair para deixar você fazer o que precisa.

— Para isso necessito do senhor aqui.

— Não, não. É tudo privado e confidencial, meu amigo. Por isso é que a chamamos de Câmara Secreta. É secreta.

O fósforo se apagou então, deixando o aposento na escuridão total novamente.

— Oi? Ainda está aqui?

Não obteve resposta. Nem um ruído, de fato, até o arfar de sua própria respiração quando sentiu duas mãos fortes em seu pescoço. Quis protestar, perguntar o que havia feito de errado, explicar que aquele homem podia levar todo o dinheiro que necessitasse — não havia restrições, nenhum valor máximo. Mas o ar não vinha. Apenas uma respiração seca, raspada e arenosa, que mal parecia humana. A perna tremia, a mão agarrava-se ao antebraço do homem que o estrangulava.

Mas de nada adiantou; escuridão caiu sobre escuridão. Ele tombou ao chão. O estranho acendeu um novo fósforo, agachou-se e fechou os olhos do morto. Murmurou uma breve oração, depois se levantou e sacudiu a poeira das roupas. Dirigiu-se à porta que usara para entrar, tomando o cuidado de religar o circuito que desligara alguns minutos antes. E perdeu-se na noite, anônimo e invisível, como planejara Jean-Claude Paul.

VINTE E TRÊS

SÁBADO, 8H49, MANHATTAN

Quando conversaram na noite anterior, TC não se interessara por Yosef Yitzhok. Concentrara-se no rabino e em tudo o que havia acontecido dentro da sala de aula e depois no *mikve*. Agora, contudo, se concentrava no encontro que concluíra a breve e infeliz estada de Will em Crown Heights.

— Você se enganou numa coisa — ela dizia-lhe rapidamente. — Não faz sentido Yosef Yitzhok ter levado o jornal só para frisar que você trabalhava no *New York Times* e que por isso eles tinham de ser cuidadosos. Já sabiam que você trabalhava no *Times*. Enviaram aquele primeiro e-mail para o seu endereço de lá. Até aí, eles já sabiam. Portanto, assim que viram que você não era Tom Mitchell, mas Will Monroe, souberam exatamente com quem lidavam. O marido de Beth. Repórter do *Times*.

— Então por que tinham um exemplar com a minha matéria? Por que Yosef, ou seja qual for o nome, levou o jornal?

— Você não sabe se ele levou. Talvez estivesse lá o tempo todo.

— Não, definitivamente não... — ele se interrompeu.

Depois do fiasco do rabino, não sabia nada em definitivo.

Julgava ter ouvido a chegada de uma nova pessoa na sala, o farfalhar de jornal e uma discussão — mas não vira nada disso. Talvez houvesse simplesmente entendido errado.

— Então o que foi que Yosef Yitzhok... é melhor chamá-lo de YY, vai economizar tempo. O que foi que YY lhe disse lá fora?

— Ele se desculpou pelo que tinha acontecido lá dentro. Na hora, achei que era papo-furado e ignorei. Mas talvez fosse o jeito dele dizer que discordava do que estava acontecendo. Talvez seja um dissidente! Talvez possa ajudar. Você sabe, de dentro.

— Will, sei que você está estressado, mas temos de manter tudo tranqüilo e calmo. Isso não é um filme. Só me diga o que ele realmente disse.

— Certo, primeiro teve o pedido de desculpa. E depois o negócio sobre meu trabalho. "Se quiser saber o que está acontecendo, procure no seu trabalho."

— Hmm. — TC pôs-se a andar de um lado para o outro, parando perto de uma pintura sua do prédio da Chrysler desaparecendo sob a chuva do crepúsculo. — Então ele viu sua matéria no jornal; sabe o que você faz. É possível que não soubesse até aquele momento.

— Achei que você tinha dito que eles sabiam desde o momento em que me enviaram o e-mail.

— É verdade. *Eles* sabiam. O rabino e qualquer um dos ajudantes dele que lhe enviaram o e-mail sabiam. Mas talvez esse cara não fosse do círculo íntimo. Talvez tenha sido uma novidade para ele.

— Então é possível que estivesse passando por ali, avisando os outros que eu era repórter e que podia criar problemas.

— É possível. Mas algo nisso não parece fazer sentido. Se ele está na sala, deve ter confiança suficiente dos outros para saber o que está acontecendo. Deve ser outra coisa. Mas tudo bem, digamos que você tenha razão. Ele não gosta do que está acontecendo e assim viola o Shabat para lhe dizer urgentemente que não deve desistir. Por que faria isso em código, você sabe, *mão de pista*?

— Para o caso de alguém estar bisbilhotando enquanto ele manda a mensagem. Ou ver as mensagens enviadas do celular dele.

— Muito bem. Vou engolir essa. E imagino que o que ele lhe disse ontem à noite... "procure no seu trabalho" esteja relacionado. Talvez queira lhe dizer para fazer o que você faz no seu trabalho: continue procurando, continue fazendo perguntas.

— Acho que é isso. Não desista, continue investigando.

— Bom. Então é isso. Tudo bem. — Will percebeu que ela só se convencera em parte. — O que você quer fazer agora? Vai responder?

Will nem sequer pensara nisso, mas ela tinha razão. Ele devia apenas apertar "Responder", enviar uma mensagem e ver o que acontecia. *Quem é você?* Isso podia afugentar YY de susto. *O que você quer que eu faça?* Precisava fazer isso direito.

— O que você acha?

— Acho que preciso de um pouco de café.

Ela ligou a máquina e, como de hábito, ligou o rádio ao mesmo tempo. Era grande, antiquado e salpicado de tinta. Só que o dela não estava sintonizado na KROC nem na Kiss FM, mas na WNYC, a rádio pública de Nova York.

Will tornou a desabar no sofá, desejando ter alguma idéia brilhante. Tinha de pensar em algo que acabasse com aquela provação. Beth já havia passado uma noite como prisioneira. Só Deus sabia onde ela poderia estar e em que condições. Vira em que medida aqueles homens podiam ser duros, quase o fazendo desmaiar de frio. Que dor poderiam estar infligindo em Beth? Que estranhas regras lhes permitiriam ferir uma mulher que reconheciam nada ter feito de errado? Imaginava como ela devia estar assustada. *Pense*, estimulou a si mesmo. *Pense!* Mas ficou apenas olhando para o celular, que exibia a mensagem de suave e codificado encorajamento — *Não desista* —, e o BlackBerry, que até então só trouxera más notícias. Um em cada mão, nada produziam.

O rádio apresentava uma vinheta musical, anunciando a hora. Ele olhou seu relógio: 9h.

Bom dia, esta é a Weekend Edition. O presidente promete uma nova iniciativa para o Oriente Médio. A conferência Batista do Sul entra em andamento com a promessa de travar guerra ao que chama de "desleixo de Hollywood". E em Londres mais revelações sobre o escândalo do ano...

Will ignorou a maior parte, mas captou a última frase sobre Gavin Curtis. Constatou-se que o enfurecido clérigo que ele vira na TV na outra noite tinha razão. Curtis *vinha* desviando colossais somas de dinheiro público. Não apenas milhões que o teriam tornado fantasticamente rico, mas centenas de milhões de cada vez. Parece que o dinheiro fora desviado para uma conta numerada em Zurique. O humilde chanceler Curtis, que circulava pela capital britânica num modesto sedã, havia se tornado um dos homens mais ricos do mundo.

Em seu humor atual, Will achou a notícia deprimente. Era a confirmação numa escala maior de tudo que as últimas 24 horas vinham dizendo. Não se podia confiar em ninguém; ninguém valia nada. Então, como a reprovar-se, pensou em Howard Macrae e Pat Baxter. Os dois haviam feito algo de bom — mas eram exceções.

— Will, escute.

TC tinha aumentado todo o volume do rádio. Will reconheceu a voz: o âncora da WNYC dava as notícias locais.

A Interpol fez uma rara incursão ao Brooklyn esta manhã, tendo como principal cenário o bairro Crown Heights, de maioria hassídica. Policiais do Departamento de Polícia de Nova York dizem que estão trabalhando com a polícia da Tailândia num inquérito de assassinato. A porta-voz do Departamento de Polícia, Lisa Rodriguez, diz que o caso se relaciona com a descoberta do corpo de um importante empresário tailandês na sede da

Seita Hassídica de Bancoc. Ele estava desaparecido havia vários dias, supostamente seqüestrado. O rabino responsável pelo centro de Bancoc está agora detido e as autoridades tailandesas requisitaram, via Interpol, que o Departamento de Polícia de Nova York investigue a sede mundial do movimento hassídico, aqui em Nova York, para fazer mais investigações.

O tempo: em Manhattan, outro dia frio...

TC ficou pálida.

— Preciso sair daqui — disse, de repente.

Parecia sufocada, claustrofóbica. Atravessou o aposento pegando o essencial, bolsa, telefone, até que Will percebeu que não era uma negociação. Eles iam sair.

Ver a ex-namorada daquela forma o assustou. Não havia dúvida na reação de TC: ela achava que Beth fora ou estava prestes a ser assassinada. Ele não se dera conta disso, mas a calma, quase despreocupação anterior de TC fora um alívio, assim como uma certa irritação. Agora, com ela fechando bruscamente a porta pantográfica do elevador, socando os botões para fazer a maldita coisa descer mais rápido, perdeu aquela ilusão. As palmas das mãos umedeceram: enquanto estivera investigando, brincando de detetive amador, sua amada Beth, a companheira de uma vida, talvez houvesse sido estrangulada, ou afogada, ou fuzilada... Fechou os olhos de horror. *Mais que ontem, menos que amanhã.*

Já na rua, TC agarrou-lhe o pulso, não andando ao seu lado, mas o puxando, como uma mãe que escolta o filho relutante para o jardim-de-infância.

— Para onde estamos indo? — perguntou ele.

— Vamos pegá-los no próprio jogo deles. Ver o que acham disso.

Eles haviam percorrido apenas duas quadras quando ela entrou no NetZone, um cybercafé que servia café de fato. Exemplares do *New York Times*, inclusive a revista de domingo e o caderno "Arte e Lazer", tradicionalmente distribuídos com 24 horas de antecedência, empilhavam-se convidativos junto às poltronas surradas. O Internet Hot Spot de Eastern Parway parecia muito distante.

TC não estava ali para tomar cappuccino, mas numa missão, primeiro entregando dinheiro vivo no balcão, depois plantando Will num terminal desocupado.

— Muito bem, conecte-se.

Will de repente se lembrou como era sair com TC. Sempre se sentira de algum modo o parceiro mais moço e ela a líder. Achava que isso se devia a ela ser nova-iorquina nativa, e ele, um forasteiro, que cedia porque ela sabia por onde ir enquanto para ele era uma terra estrangeira. Mas agora ele já morava nos Estados Unidos fazia seis anos e ela continuava do mesmo jeito. Percebeu que TC era uma pura mandona.

— Espere aí — disse ele. — Vamos conversar sobre isso primeiro. O que exatamente está sugerindo que eu faça?

— Conecte-se e abra sua caixa de e-mails que eu lhe mostro.

— Por que temos de fazer isso aqui? Por que simplesmente não usamos o BlackBerry?

— Porque não sei pensar usando meus dedos. Agora, vamos, conecte-se.

Ele cedeu, digitando a série de letras que permitia aos funcionários do *Times* acessarem seu e-mail remotamente. Nome, senha e pronto: a caixa de entrada. Sem surpresas, apenas a mesma lista de mensagens que já tinha lido no BlackBerry.

— Cadê a última mensagem dos seqüestradores?

Will rolou a lista para baixo até encontrá-la, a seqüência de letras sem sentido no campo do "nome" e o assunto: Beth. Abriu-a, vendo sem piscar as palavras novamente.

NÃO QUEREMOS DINHEIRO.

A notícia da Tailândia fazia a frase parecer decididamente cruel. Se não era dinheiro que buscavam, o que os motivava então: o simples e doentio prazer de matar? Will sentiu o sangue ferver em suas veias, de raiva — e desespero.

— Certo, aperte *Responder*.

Ele obedeceu antes de TC cutucá-lo para o lado e dividir o assento, de modo que ficaram com os corpos grudados dos joelhos aos ombros. Ela agarrou o teclado e começou a digitar furiosamente com dois dedos.

Estou na cola de vocês. Sei que devem se sentir culpados pelo que aconteceu em Bancoc, porque estão fazendo o mesmo aqui em Nova York. Planejo ir à polícia contar o que sei. Isso vai envolver vocês em pelo menos dois crimes muito sérios, para não citar o ataque que sofri e o meu aprisionamento. Vocês têm até as nove desta noite para devolver minha mulher. Do contrário, vou abrir a boca.

Will leu cada palavra duas vezes, parando uma vez para olhar TC, cujo rosto continuava fixo na tela do computador. No nariz dela, a apenas alguns centímetros do dele, cintilava um minúsculo brilho de diamante; ele a observara tantas vezes a partir desse ângulo que parecia estranho não a estar beijando.

— Nossa — ele acabou dizendo. — Isso está bem forte.

Perguntou-se se não era explícito demais mencionar o tratamento que recebera na noite anterior. Lembrou-se de inúmeros julgamentos recentes, nos EUA e na Grã-Bretanha, nos quais se haviam apresentado e-mails de jornalistas como provas. O que entenderiam deste, emitindo ameaças diretas e propondo obstrução da justiça — e todas de um endereço do *New York Times*? *Foda-se*, foi só o que conseguiu pensar. Sua mulher se achava em terrível perigo; tudo era permitido. O bilhete de TC era vigoroso e atingia direto o alvo. Ia apertar "Enviar" quando uma coisa atraiu sua atenção.

— Por que até as nove? Que prazo final é esse?

— Talvez não leiam antes de acabar o Shabat; temos de lhes dar tempo para responder.

A insanidade da situação não se apagara com o tempo. A idéia de assassinos religiosos ávidos por matar alguém, mas melindrosos em relação a ligar um computador antes da hora designada, era demais para Will. TC tinha explicado que o Shabat só acabava oficialmente num minuto específico na tarde de sábado. Nada tão impreciso como o "pôr-do-sol" ou "assim que escurecer". Era às 19h42. Se a pessoa não tivesse um relógio, podia conferir pela janela: a tradição dizia que assim que se vissem três estrelas, sabia-se que terminara o Shabat e recomeçara a semana normal de trabalho.

Ele não tinha a mínima idéia de como os hassídicos iriam reagir. TC agira com tanta rapidez, o desejo de ação enredado à perfeição com a fúria contra os seqüestradores que, ele agora sabia, eram capazes de matar; ela mal pensara em todas as conseqüências do que haviam acabado de fazer. Sem dúvida, tratava-se de pessoas estranhas, imprevisíveis; quem sabia como poderiam reagir? O tom de furioso desafio de Will talvez os levasse à beira do abismo. Poderiam considerar uma extrema provocação da parte dele. Poderiam matá-la e seria culpa sua — por seguir o capricho, logo de quem, da ex-namorada. Imaginou a dor dos anos futuros, aprendendo a viver com tamanho peso na consciência.

E, no entanto, o que tinha a perder? O jogo limpo não trouxera resultados. Tinha de chamar a atenção deles, obrigá-los a entender que pagariam um preço pelo assassinato de Beth. Aquele e-mail dizia que precisavam do silêncio dele — e deviam poupar a vida dela para comprá-lo.

Além disso, era bom contra-atacar. Lembrou-se de como se sentira na noite anterior, quando mergulhara na água quente do *mikve* pré-Shabat, com Sandy por perto. Envergonhara-se de sua nudez, da disposição de despir-se todo para ganhar as boas graças de homens com quem devia ter lutado como inimigos. Bem, agora estava vestido, chegara a sua vez de revidar. Com essa mensagem, lutava por sua mulher — e agia como um homem.

Teclou "Enviar".

— Bom — disse TC, dando-lhe um aperto firme na coxa. — Bom trabalho.

A alegria dela foi contagiante; para ele, traduziu-se em alívio. Fizera, afinal, alguma coisa; fizera sua jogada.

A vontade de desabar numa das espaçosas poltronas do café era enorme; estava exausto. Mas TC já o chamava para levantar-se e sair. Ela não estava apenas nervosa, ele percebeu; mas fazia cálculos. *Claro*. Receava que o próprio Will viesse a ser alvo para os hassídicos. Se ela tivera dúvidas iniciais, agora havia se convencido: os homens de Crown Heights não eram pessoas com quem brincar. Fora a notícia de Bancoc que a convencera. Antes cética, agora crente.

Quando iam saindo, o celular de Will vibrou. Ele esperou até chegarem à rua para olhá-lo. "Pai Casa". Coitado, vinha ligando fazia horas e Will não lhe enviara sequer uma mensagem de texto.

— Alô?

— Graças a Deus. Oh, Will, fiquei louco de tanta preocupação.

— Estou bem. Exausto, mas bem.

— Que diabo está acontecendo? Eu quis muito chamar a polícia, mas estava esperando até que você e eu tivéssemos a chance de falar. Realmente, Will, quase cheguei a isso, mas me contive. Que alívio ouvir sua voz.

— Não contou a ninguém, pai, contou?

— Claro que não. Mas tive vontade. Só me diga uma coisa, teve notícias de Beth?

— Não. Mas sei onde ela está e sei quem pegou ela.

TC fez um gesto para o telefone dele, depois brandiu o dedo para o seu rosto como uma professora. Will entendeu a mensagem.

— Pai, talvez fosse melhor falar disso quando eu estiver num telefone fixo. Posso te ligar depois?

— Não, você tem de me contar já! Estou enlouquecendo aqui. Onde está ela?

— Em Nova York. No Brooklyn.

Will arrependeu-se imediatamente de sua revelação. Os celulares "vazavam" facilmente: sabia disso pelos aparelhos receptores de rádio na mesa de trabalho do jornal, nos quais era mais fácil pegar as transmissões da polícia do que as estações de rádio comuns. Para os que sabiam como fazer, captar telefonemas de celular era uma moleza.

— Mas, pai, verdade. Não pode haver tentativas de resgate aqui. Nem ligações para o comissário de polícia que você conheceu em Yale. Falo sério: isso iria verdadeiramente ferrar tudo e poderia custar a vida de Beth. — Tinha a voz trêmula. Não sabia se gritava com o pai ou desmoronava e chorava. — Me prometa, pai. Não vai falar com ninguém. Prometa.

O pai deu uma resposta, mas Will não ouviu. Faltou uma palavra, abafada por um bip na linha.

— Tudo bem, pai. Tenho que desligar. A gente se fala depois.

Não havia tempo para delicadezas; ele precisava do pai fora da linha para receber outra chamada.

Apertou os botões o mais rápido que pôde, os dedos tremendo de cansaço, mas não houve chamada alguma. O bipe anunciava em vez disso a chegada de uma mensagem de texto.

Will sentiu TC apoiando-se em seu antebraço, esforçando-se para ver o celular, quando pararam juntos na rua.

Ler mensagem?, perguntava estupidamente o telefone.

Claro que quero ler, idiota! Apertou o botão Sim, mas viu que o teclado estava bloqueado. Droga. Mais botões para apertar, o que o obrigava a refazer todo o caminho, escolhendo mensagens de texto, depois a caixa de mensagens, e por fim uma longa espera, enquanto a tela avisava "abrindo pasta". Acabou surgindo a mensagem: cinco palavras, curtas — e totalmente misteriosas.

VINTE E QUATRO

SÁBADO, 11H37, MANHATTAN

2 abaixo: obis visco

Agora que TC havia quebrado o código, a mensagem não era tão desconcertante assim — ele sabia que seria solucionada em alguns momentos —, mas assustadora. A série de disparates talvez estivesse prestes a lhe dizer alguma coisa. E se uma das palavras se traduzisse em Beth?

TC agarrou o telefone, começou a apertar números e parou de repente.

— O 2 pode ser A ou B ou C. Mas a única alternativa para "abaixo" é "abaixo". Deve ser um sistema diferente.

— É uma dica cruzada.

— Como?

— 2 Vertical. Você sabe, 4 Horizontal, 3 Vertical. É uma dica de palavras cruzadas.

— Tudo bem. Então o que é OBIS VISCO? A mensagem sugere algum tipo de movimento. Será que precisamos ir a um lugar onde haja obis e visco? Mas que diabo é obis, pra começar?

— Uma planta. Talvez seja o número de letras. Você sabe, "obis" em quatro. — TC olhava sem expressão. — Talvez seja dois abaixo de quatro, o que seria dois.

— Ou poderia ser dois abaixo de cinco, pra "visco". Mas isso não chega a ser uma dica. Escute, estou com frio. — Continuavam parados na rua. — Vamos para lá. — Apontou um McDonald's.

Com um café-da-manhã de sanduíche de bacon numa das mãos e um lápis na outra, TC escrevia combinações de letras e números.

— Que tal um jardim botânico? — perguntou Will, andando em volta dela. — Ou talvez algum tipo de estufa.

TC ergueu os olhos para ele, as sobrancelhas arqueadas.

— Tudo bem, tudo bem.

— Vamos pensar nisso até o fim — ela disse, traçando uma linha por tudo que escrevera. — O que foi que você disse na resposta a ele?

Will, a boca agora cheia, imobilizou-se antes de pegar um punhado de batatas frias.

— Não respondi.

— Como?

— Eu pretendia. Ia responder. Mas então ouvimos as notícias de Bancoc e tudo foi esquecido.

Will quase esperava que ela lhe desse uma espinafração pelo uso do tempo verbal que ela chamava de covarde passivo. "Tudo foi esquecido" era a forma covarde de dizer que ele próprio esquecera. (TC cunhou o termo em honra a um antigo colega de apartamento que, desesperado com o estado da cozinha que dividiam, mas submisso demais para acusá-la diretamente, anunciara: "Os pratos foram deixados sem lavar." Daí em diante, o covarde passivo.)

Esse pensamento trouxe de volta uma lembrança que não lhe ocorria havia anos: a gramática alternativa que ele e TC haviam criado para refletir a forma como a linguagem era realmente usada, como as emoções realmente funcionavam. Havia, claro, o agressivo passivo e, o preferido de Will, o pretérito perfeito demais, conjugado por aqueles que se encontravam consumidos de nostalgia. A pressão causada por dar presentes, sobretudo pronunciada no Natal, era, inevitavelmente, a tensão presente. *Nós devíamos ser muito desprezíveis,* ele pensava agora, reconstruindo na mente o mundo de piadas internas, de presunçosa esperteza, que ele e TC haviam antes habitado.

— Bem, isso torna tudo mais intrigante — disse ela, tratando-o com clemência apesar de seu erro. — Não é uma resposta. É uma segunda mensagem, enviada voluntariamente. Sugere que Yosef Yitzhok sentiu uma certa urgência: duas mensagens numa manhã.

— A primeira pode ter sido ontem à noite. Mas tudo bem. Por que essa seria urgente?

— Não sei. — A voz de TC diminuíra; ela se distraíra. Pegara de novo o telefone de Will e examinava-o, tomando goles ocasionais do milk shake de chocolate sem desprender uma única vez o olhar. Interrompeu a meditação apenas para murmurar: — Ele estava com pressa.

Começou a apertar as teclas, depois a escrever e a apertá-las de novo. Um pequeno sorriso de satisfação, seguido de uma testa franzida.

Pronto. Jogou a folha de papel na mesa.

2 ABAIXO: MAIS VIRÃO

Os dois ficaram ali em silêncio, o prazer derivado do ato de ter decodificado a mensagem não dando lugar à dor de outra confusão.

— Ele está fazendo joguinhos conosco — disse Will. — "Tudo bem, você decifrou duas de minhas mensagens; vou mandar mais." Desde que a gente faça... o quê?

— Temos de lhe dizer que entendemos, mas precisamos de mais informação. Não queremos deixá-lo furioso. Se está tentando nos ajudar, precisamos, ao contrário, deixá-lo feliz. Envie uma mensagem de volta.

Will pegou o telefone e ergueu os olhos para TC como que dizendo: "Espero que esteja certa a respeito disso."

Obrigado. Não vou parar. E quero saber mais. Pode me dizer alguma coisa? Por favor.

Agora só podiam esperar. TC se convencera de que o McDonald's oferecia um esconderijo suficientemente anônimo. Will desconfiou que havia outro motivo: ela não o queria em sua casa.

Mas tinham de esperar em algum lugar. Se o hassídico não respondesse até o pôr-do-sol, ou quando surgissem as três estrelas, ou fosse lá como aqueles piadistas dissessem a hora, nada mais havia a fazer — a não ser esperar que Yosef Yitzhok lhes mandasse outra mensagem velada e atormentadora.

Chegou quase uma hora depois, à primeira vista tão disparatada quanto as outras.

Mais nortes visam jogo

Desta vez Will apertou os botões, anotando os resultados instantaneamente em seu bloco. Quando chegou à terceira palavra, sentiu o estômago embrulhar. TC espichou a cabeça para ver — e assim que olhou o bloco, perdeu o fôlego.

Mais mortes virão logo

VINTE E CINCO

SÁBADO, 11H53, MANHATTAN

Todo mundo os olhava diretamente ou fingia não olhar. TC tentava acalmar Will, que acabara de dar um soco na mesa e depois atirara uma xícara de café na parede. Um faxineiro surgiu com um pano úmido.

— Vamos tentar pensar direito — dizia TC.

— Como posso pensar direito? É uma ameaça de morte, porra.

— Ele talvez esteja tentando nos prevenir.

— Prevenir? Disse que vão matar Beth. — Will ergueu os olhos vermelhos.

O telefone vibrou mais uma vez. TC pegou-o primeiro, antes que Will tivesse qualquer chance. Pela primeira vez, uma frase correta.

Pra frente é que se anda

TC examinou-a apenas um segundo, antes de experimentar a alternativa do texto. Não fazia sentido algum. Não, concluiu, era um tipo diferente de pista. Talvez nem fosse uma pista. Talvez fosse apenas uma advertência. Apresse-se, não há tempo a perder. Virou a tela para Will poder ver. Isso de alguma forma o acalmou: ele não viu nenhuma ameaça direta. Parecia mais um apelo para que fizessem algo.

Ela examinou a mensagem por mais algum tempo, depois anotou-a na página de cima do bloco, logo abaixo das três primeiras mensagens. Will viu que ela escrevera com todo capricho a primeira versão, codificada, à esquerda, e depois a segunda, decifrada, à direita. Por um instante, imaginou TC na escola: a garota que sempre mantinha um estojo de lápis prontos para serem usados.

Enquanto ela mordia a caneta e olhava fixo o último enigma, tentando entendê-lo, ele tentava passar o tempo. Beliscava o resto da comida, roía as unhas, tamborilava os dedos na mesa; tentava ler o jornal, mas não conseguia concentrar-se. Ouviu um casal discutindo. "Eu não acredito em você," dizia a mulher ao homem. No instante em que ouviu essas palavras, ele se empertigou imediatamente na cadeira, lembrando aquela noite na Carnegie Deli. Beth dissera-lhe uma bela frase sem ironia, embora ele houvesse tentado estragar o momento com uma piada. "Acredito em você e eu", ela afirmara. De repente, desejou haver repetido as palavras para ela. Porque era verdade. Ela era sua fé.

O celular anunciou outra mensagem.

A dúvida é o princípio da sabedoria

Desta vez Will leu-a em voz alta. Sabia a resposta à pergunta seguinte, mas fez assim mesmo:

— Você decifrou a primeira: "Pra frente é que se anda?"

— Ainda não. *A dúvida é o princípio da sabedoria.* O que podia querer dizer isso? — TC anotava as palavras no canto de uma página já cheia de desenhos.

— Não consigo sacar o sentido — disse ele, mais para dizer alguma coisa. — É uma contradição. Na primeira mensagem, ele nos diz para não hesitar. Só para continuar mantendo o contato. Agora diz que é bom duvidar. Você sabe, só um idiota não tem dúvidas.

— Duvidar não é a mesma coisa que hesitar.

— Qual a diferença?

— Não sei. Estou tentando pensar. Ele quer nos dizer alguma coisa. Você sabe, "mexa-se". Ou "pense atentamente nas coisas". Não sei. Mas dá a impressão de que quer nos ajudar.

— Não. Se estivesse tentando nos ajudar, não ficaria se comunicando por meio de enigmas. Outra mensagem.

A felicidade não bate duas vezes à mesma porta

Assim que Will a leu em voz alta, TC começou a murmurar.

— Duas vezes é interessante. Talvez ele esteja mandando multiplicar alguma coisa. Talvez a gente esteja vendo tudo isso sob um prisma diferente. Talvez ele queira que a gente olhe as letras como números!

— Como?

— Você sabe, assim como funcionam as mensagens de texto, só que ao contrário. São letras e palavras formadas de números. Talvez essas sejam o contrário. Devemos pegar as letras e pensar nelas como números.

— Do que está falando?

— Bem, uma coisa podia ser contar o número de letras em cada pista. Esse número talvez seja significativo. Você sabe, A é um, B é dois.

Will sentia-se confuso, mas ela o ignorou. Escrevia freneticamente no bloco, computando, enlouquecida, uma soma após a outra.

Mais uma mensagem; talvez um minuto após a anterior.

Um amigo em necessidade é um amigo de verdade

Will estava ficando mais irritado a cada mensagem recebida. Se isso era ajuda, por que diabos ele tinha de ser tão indireto? Sentia vontade de sacudir o Yosef Yitzhok pelo colarinho: *Se quer ajudar, simplesmente ajude!*

— Que merda é essa, Noite dos Clichês? *Um amigo em necessidade é um amigo de verdade*. Que porra é essa? Como ele espera que a gente resolva tudo tão rápido?

— Escute e acalme-se, Will. No momento, *ele* é tudo o que temos. Talvez de repente esteja num lugar onde possa digitar sem ser visto; talvez queira mandar todas as mensagens enquanto pode.

Era plausível; Will mordeu o lábio. Não queria começar uma discussão com TC agora, enquanto ela se concentrava com tanto esforço em sua função de criptógrafa não oficial.

Ele se pôs a andar de um lado para o outro, os poros cheios da gordura que impregnava o ar, embora o local até vendesse salada. Entrou numa área onde havia um monitor de TV ligado. Sintonizado no NY 1, o canal de notícias locais, via imagens da prisão de um rabino do Brooklyn em Bancoc, por acusações criminais. O sujeito exibia o visual típico — barba, camisa branca, terno preto, chapéu de feltro — ao ser algemado e afastado por dois jovens e carrancudos policiais tailandeses. Estava de cabeça baixa, sem mostrar o rosto, não se sabia se de vergonha ou para evitar ser reconhecido, Will não conseguia adivinhar. No conjunto, a visão não poderia ter sido mais incongruente. A essa seqüência seguiram-se tomadas de policiais do Departamento de Polícia de Nova York chegando a pé a Crown Heights, evitando as habituais radiopatrulhas num gesto de "sensibilidade" aparentemente ordenado pelo gabinete do prefeito.

As imagens reacenderam uma discussão que Will e TC travaram várias vezes naquela longa tarde.

— Eu devia voltar lá, já.

— E fazer o quê? Ser enfiado na água mais uma vez?

— Não. Diria a eles o que eu, o que você, escrevemos naquele e-mail. Que sei o que estão aprontando e que deviam fazer um acordo.

— Arriscado demais. Poderia simplesmente dizer a coisa errada e pôr tudo a perder. A vantagem do e-mail é podermos controlar exatamente o que é dito.

"É dito", a voz covarde passiva mais uma vez. Obviamente TC relutava em admitir que pusera aquelas palavras na boca de Will.

— Não posso simplesmente deixar Beth lá. Quem sabe o que poderiam fazer, agora que estão cercados? Talvez entrem em pânico. Um daqueles bandidos poderia se exceder um pouco, ou deixar a cabeça dela na água dez segundos a mais...

— Já está fazendo a mesma coisa de novo. Entrando em pânico. Eu lhe disse, é como escalar uma montanha. Não pode olhar para baixo. Não deve pensar em nenhuma dessas coisas. Além disso, o lugar está fervilhando de policiais hoje. Eles não fariam nada com os policiais lá. Essas mensagens do Yosef Yitzhok mostram que tudo ainda está em jogo. Nada mudou. Nada de terrível aconteceu.

— Só que você acha que elas não vêm de Yosef Yitzhok...

— Eu não tenho certeza, é só isso.

E assim a coisa prosseguiu, repetidas vezes, terminando inconclusivamente com TC e Will num silêncio mal-humorado. Depois disso, ele refletiria sobre o fato de Beth e ele jamais brigarem; discutiam, mas nunca brigavam; ele e TC haviam transformado isso num esporte olímpico.

Interrompiam quando chegava uma mensagem. Os pequenos textos, que antes faziam o peito de Will martelar de nervoso, começavam a tornar-se rotina. Até chatos. Will clicou para ver o último.

Ao vitorioso os despojos

Essa mensagem parecia ameaçadora, como se os hassídicos registrassem um direito sobre Beth: *se vencermos, vamos ficar com ela*. Will sentiu o ódio se intensificar.

— Agora estão nos ameaçando.

— Ao vitorioso os despojos — ela repetiu devagar, assim que ele leu em voz alta, como se tomasse um ditado.

Will deu uma olhada no que parecia uma folha quadriculada no bloco de TC, toda preenchida com cada nova frase enviada por YY.

— O que conseguiu?

— Os números não funcionaram, por isso fiquei procurando anagramas para cada mensagem. Consegui alguma coisa, mas nada que se encaixe. Não tem padrão algum. Tentei arrumá-las como um acróstico.

— Um o quê?

— Um acróstico. Onde a primeira letra de cada frase fornece uma letra da palavra oculta. Você sabe: "Rosas são vermelhas" nos dá R, "Violetas são azuis" nos dá V. Alguns salmos são apresentados assim. A primeira letra de cada frase forma outra frase da prece. Era um truque: um poema de doze versos com um décimo terceiro invisível.

— Entendo. Então o que temos se fizermos isso?

— Até agora? P, A, A, U, A. Não muito melhor. Se pularmos os artigos... então é "Amigo em necessidade", não "Um amigo em necessidade"..., sobram apenas P, D, F, A, A. Não ajuda muito.

— De que diabos ele está brincando? Espere aí.

Entrou outra mensagem.

As aparências enganam

Will começava a suar. TC estava tendo de pensar como um grande mestre numa daquelas exibições de xadrez, movendo-se pela sala, jogando numa centena de tabuleiros diferentes de uma só vez. Exigira-lhe um longo tempo decodificar apenas uma mensagem. Agora tinha seis.

— Escute, Will. Não há como desvendar o que é isso antes que ele termine de enviar as mensagens. Sempre que tento uma teoria, ela vai por água abaixo quando a outra mensagem chega. Precisamos do conjunto total e depois ver o que esse cara está tentando dizer.

— YY.

— Se for ele, sim.

— Quem diabos mais pode ser?

— Me deixe em paz, Will.

Ele não podia culpá-la por se irritar. Sabia que estava sendo insuportável, despejando sua raiva, seu sofrimento e puro cansaço sobre ela. Ela não precisava aceitar isso dele. Podia ir embora e ele ficaria de pés e mãos atados.

Teve vontade de pedir desculpas, mas era tarde demais. Ela se virara de costas para ele, sabiamente impedindo qualquer escalada nas hostilidades. Era uma pena que nenhum dos dois houvesse sido tão perspicaz quando ainda eram amantes.

Não mais que dois minutos depois, chegou outra mensagem:

Diga-me com que andas e te direi quem és

Era alguma forma de estimular Will a pensar nas pessoas em volta do rabino quando o interrogara na noite anterior? Esquecê-lo, começar a pensar nos seus capangas? Era isso que tentava dizer a última mensagem?

E então, uns trinta segundos depois:

O grande carvalho brota da pequenina bolota

Nossa, aquele cara era um chato. O que era aquilo, alguma referência indireta a pais e filhos? O esforço que punha nas mensagens, digitando textos longos quando só precisava enviar poucas e simples palavras: o endereço onde Beth era mantida em cativeiro. A ira que estava sentindo tornava-se visível nas veias do pescoço.

Nem sequer mostrara a TC a mais recente mensagem, quando começou a responder:

Chega dessas merdas de charadas. Você sabe do que preciso.

Assim que a enviou, Will se arrependeu. E se fizesse com que Yosef Yitzhok fugisse de medo? TC tinha razão: ele era tudo o que tinham. Pior, e se sua mensagem fosse interceptada pelos linhas-duras de Crown Heights, que perceberiam de imediato no que YY se envolvera, comunicando-se com o inimigo, e o punissem? Will imaginou YY num beco logo depois do Eastern Parkway, curvado sobre o celular, talvez usando o xale de preces como proteção, e dois homens a agarrá-lo por detrás, arrancando-lhe o telefone e arrastando-o para um encontro imprevisto com o rabino.

E, no entanto, sentiu uma descarga se espalhar por todo o corpo. Não agüentava mais a passividade de sua situação, ali sentado, mãos estendidas, à espera que pistas caíssem como migalhas de pão da mesa hassídica. Era bom revidar.

Por fim, o céu começou a escurecer. Will continuava andando de um lado para o outro, a mão direita agarrada ao BlackBerry, tornando-o úmido e pegajoso. Às 19h42 em ponto, TC assentiu com a cabeça, dizendo-lhe que o Shabat terminara. Will baixou os olhos, esperando uma luz vermelha piscar em segundos. Não, não, aconselhou TC: deviam esperar no mínimo trinta minutos por uma resposta. Havia coisas a fazer após o Shabat, incluindo a cerimônia do *Havdalah*, que usava vinho, especiarias e uma vela trançada para a despedida final ao dia de descanso. Depois a caminhada de volta da sinagoga, para celebrar o *Havdalah* em casa. A maioria dos homens na certa ia querer refrescar-se depois disso. Ainda que os hassídicos lessem a mensagem de Will num computador em casa ou no escritório, não iam querer responder dali: arriscado demais e fácil de localizar. Não por Will, claro, mas pela polícia numa futura investigação. Portanto, teriam de voltar ao Internet Hot Spot — tudo isso levaria no mínimo uma hora. Mesmo esse roteiro era otimista, advertiu TC. Will sabia que lhes enviara um e-mail, mas eles não. Se não esperavam recebê-lo, por que se apressariam a checar?

Por outro lado, talvez essa noite fosse diferente. Crown Heights fervilhava de detetives investigando um assassino à pedido da Interpol. O rabino que torturara Will não poderia ater-se ao seu ritual habitual. Estaria respondendo a perguntas, e não seriam sobre as dimensões corretas de um forno talmúdico. Estaria sendo submetido a interrogatório — e sob pressão. (A idéia dessa inversão de papéis agradou Will.) Se era essa a atmosfera, reconheceu que haveria uma centena de motivos para checarem o e-mail assim que pudessem. Mesmo que não esperassem notícia dele, teriam de comunicar-se com seu pessoal em Bancoc. Imaginou que ligariam os laptops assim que fosse teologicamente decente.

Às oito da noite, seu palpite se confirmou. Vinte minutos depois do pôr-do-sol, a luz vermelha do seu BlackBerry piscou. Will acessou a mensagem e viu aquela mesma escrita hieroglífica, os caracteres que agora sabia serem hebraicos. O assunto era: *Beth.*

Você não dá pé onde está. Não se afogue.

VINTE E SEIS

SÁBADO, 20H01, MANHATTAN

Não tinha tempo para discutir o assunto com TC. Respondeu instantaneamente, os dedos teclando com fúria.

Eu podia chamar a polícia agora. O que tenho a perder?

Ele esperou, enquanto TC sentava-se à sua frente, encolhida e balançando-se para trás e para frente. Perguntou-se se já a vira nessa posição, tão nervosa. Os fregueses do McDonald's haviam mudado. A maioria dos resmungões desocupados fora substituída por homens de 20 e poucos anos que paravam para uma refeição antes de uma noite pelos bares. A luz vermelha acendeu-se.

Você tem tudo a perder. Poderia perdê-la.

Mais uma vez, não esperou. Era exatamente o que quisera desde a primeira mensagem: um confronto direto com os seqüestradores. Quando haviam se encontrado na noite anterior, ele tinha fingido ser outra pessoa. Tivera de ser educado. Agora que se achava em campo aberto, podia enfrentá-los.

Toquem nela e serão culpados de dois assassinatos. Minhas provas os derrubarão. Soltem-na ou vou começar a crucificar vocês.

A demora foi mais longa desta vez, excruciante. A luz vermelha acendeu-se.

Farmácia a preços baixos para todas as suas necessidades médicas. Entregamos. Spam.

Mais alguns minutos, e então:

Ligue agora para 718-943-7770. Nada de aparelhos de gravação. Saberemos se você usar.

Will imaginou como aquilo funcionava na outra ponta. Sem dúvida um dos gorilas, Moshe Menachem ou Tzvi Yehuda, estava no Internet Hot Spot, lendo e digitando os e-mails e recebendo instrução direta do chefe por uma linha telefônica. Agora o chefe tinha algo a dizer que não queria ver registrado num e-mail, mesmo disfarçado como aquele. *Bom,* ele pensou, vendo que o oponente se enfraquecera um pouco. Olhou para TC: após comer as unhas, agora roía as cutículas.

Ele abriu o celular, digitando os números devagar, como se fizesse uma cirurgia. As mãos tremiam. Percebeu que aquele homem o assustava.

Tocou apenas uma vez. Ouviu o telefone ser atendido, mas ninguém falou: teria de dar o primeiro passo.

— Aqui é Will Monroe. Você me pediu que ligasse.

— Sim, Will, pedi. Primeiro, peço desculpas pelo que aconteceu ontem. Um terrível caso de erro de identidade, em parte agravado pelo fato de você ter cometido o erro de mentir sobre sua identidade. — Will perguntou-se se era para rir desse arremedo de trocadilho. Não riu. — Acho que é justo que falemos da situação atual.

— Você está certíssimo sobre precisarmos falar sobre isso. Precisa devolver minha mulher, senão vou incriminá-lo num duplo assassinato.

— Agora se acalme, Sr. Monroe.

— Não estou me sentindo muito calmo, rabino. Ontem vocês quase me mataram, além de terem seqüestrado minha mulher sem motivo algum. A única razão de eu não ter ido até agora à polícia se deve às suas ameaças de matar minha mulher. Mas agora posso ir até eles e confirmar sua culpa no caso Bancoc, dizendo que você foi responsável por um seqüestro bem aqui na cidade de Nova York. Se você a matar depois, isso só agravará sua culpa.

Ficou satisfeito com o que dissera; fora mais coerente do que esperara.

— Tudo bem, vou fazer um acordo com você. Se não disser nada e não falar com ninguém, faremos o possível para manter Beth viva.

Beth. Parecia estranho ouvir o nome dela pronunciado por aquela voz de barítono, cujo timbre quase não se alterara na distorção do telefone.

— O que quer dizer com "faremos o possível"? Quem mais está nisso? Você fez tudo, deve assumir a responsabilidade e garantir a segurança dela ou não. — Esta frase, não planejada, instigou-lhe uma idéia que ele disse em voz alta antes de formar-se plenamente na cabeça. — Eu quero falar com minha mulher.

— Lamento.

— Eu quero falar com minha mulher já. Quero ouvir a voz dela. Como prova de que continua... viva.

— Não acho que seja uma boa idéia.

— Não me interessa o que você acha. Eu terei muito prazer em explicar à polícia. Quero ouvir a voz dela.

— Isso vai levar algum tempo.

— Ligo de volta em cinco minutos.

Desligou o telefone e exalou como se houvesse prendido a respiração; o sangue parecia pulsar em suas veias. A firmeza que demonstrara tomara-o de surpresa. Entretanto, parecera funcionar; o rabino não recusara.

Contou os minutos, de olhos fixos no ponteiro de segundos, que se movia no mostrador do relógio. TC não conseguiu dizer nada.

Passou-se um minuto, depois dois. Will sentiu uma dor na testa; tensos há tanto tempo, os músculos do rosto doíam. A tampa da caneta que estava mordendo desmanchou-se na sua boca.

Quatro minutos transcorridos. Will levantou-se para se esticar, inclinando a cabeça para um lado, depois para o outro. O pescoço estalou alto. Baixou os olhos para o telefone, e após quatro minutos e cinqüenta e dois segundos abriu o aparelho e digitou mais uma vez o número.

— É Will Monroe. Me deixe falar com ela.

Não teve resposta, só uma série de cliques, como se a ligação estivesse sendo transferida. O ruído de respiração e então:

— Will? Will, é Beth...

— Beth, graças a Deus que é você. Oh, meu amor, você está bem? Está machucada? — Silêncio e depois mais três estalos. — Beth?

— Receio ter de cortar a ligação. Mas agora que ouviu a voz dela... sabe que está...

— Pelo amor de Deus, você mal nos deu um segundo. — Esmurrou a mesa com o punho, fazendo TC saltar para trás assustada.

Will sentiu-se tomado pela emoção. Por menos de um segundo, sentira tamanho alívio, tamanha alegria: era a voz de Beth, sem a menor dúvida. Só aquele som o enfraquecera. E então desaparecera, interrompida antes que tivesse sequer uma chance de dizer-lhe que a amava.

— Eu não podia arriscar mais tempo. Lamento sinceramente. Mas fiz o que me pediu: ouviu a voz de sua mulher.

— Tem de me prometer AGORA que nada vai acontecer a ela.

— Tentei lhe explicar ontem à noite, Will. Isso não está inteiramente em nossas mãos, nem nas minhas, nem nas suas. Há forças muito maiores em ação. Trata-se de uma coisa que a humanidade temeu durante milênios.

— De que diabo está falando?

— Não posso culpá-lo por não entender. Muitos realmente não entenderiam, por isso é que não podemos explicar à polícia, por mais que todos quiséssemos. Eles certamente não entenderiam. Por alguma razão, HaShem deixou tudo em nossas mãos para resolver.

— Como posso saber se não está me enrolando para me manter calado? Como saber que não planeja matar minha mulher como matou aquele homem em Bancoc?

Uma pausa. Então:

— Ah, nada me entristece mais do que o que aconteceu lá. Todo coração judeu há de chorar de desespero pelo ato lamentável ocorrido. — Fez mais uma pausa. Will deixou o silêncio prolongar-se. Espere o entrevistado quebrar o silêncio... — Vou correr um risco, Sr. Monroe. Espero que tome isso pelo que realmente significa, como um gesto de boa-fé de minha parte. Vou lhe contar um segredo que poderia facilmente usar contra mim. Mas ao revelá-lo, demonstrarei um grau de confiança em você. Em conseqüência, espero que se sinta mais capaz de confiar em mim. Entende?

— Entendo.

— O que aconteceu em Bancoc foi um acidente. É verdade que quisemos seqüestrar o Sr. Samak, como fizemos com sua mulher, mas com certeza não tínhamos a menor intenção de matá-lo. Deus me livre.

TC contornara a mesa e sentara-se junto dele, pressionando a orelha contra o celular.

— O que não sabíamos — continuou o rabino —, o que não poderíamos ter sabido, era que o Sr. Samak tinha o coração fraco. Um homem tão forte, mas um coração terrivelmente fraco. As... medidas que tivemos de tomar para mantê-lo sob nossa custódia, receio, foram mais do que ele pôde suportar.

Por um breve momento, Will pensou como jornalista: arrancara uma confissão daquele homem. Não de assassinato, talvez, mas de homicídio culposo. Num espasmo de orgulho profissional, adivinhou que, apesar das horas de intenso interrogatório, os melhores repórteres de Nova York ainda não haviam alcançado um resultado tão bom.

— Foi o que aconteceu, Sr. Monroe, e embora ouvir isso o surpreenda, eu só lhe disse a verdade em todos os nossos encontros até agora. Repito que assumi um grande risco falando com tanta sinceridade. Mas alguma coisa me diz que tomará meu gesto da maneira certa e não me tratará com desprezo. Eu confiei em você e agora espero que confie em mim. Faça isso pelos seus próprios motivos, Will. Faça, porque eu lhe disse que farei o que puder para manter sua mulher viva. Mas também faça pelo que lhe contei ontem e repeti mais uma vez hoje: que uma antiga história se desenrola aqui, ameaçando um desfecho que a humanidade temeu durante milhares de anos. Sua mulher é importante para você, Sr. Monroe, claro que é. Mas o mundo, a criação do Todo-Poderoso, é importante para mim.

O rabino silenciou, à espera de que Will dissesse alguma coisa. Sabia o que acontecia, mas não podia evitar.

— O que está me pedindo para fazer?

— Não fazer nada, Sr. Monroe. Absolutamente nada. Apenas ficar fora disso e ser paciente. Faltam talvez dois dias, e então todos nós conheceremos nossos destinos. Portanto, embora esteja desesperado para ver Beth de novo, suplico-lhe que espere. Nada de se intrometer, nada de bancar o detetive amador. Apenas espere. Espero que faça o que é certo, Will. Boa noite. E que Deus volte a fazer seu rosto brilhar sobre todos nós.

O telefone desligou-se com um estalo. Will olhou para TC, que parecia tremer com o aparelho.

— É tão estranho ouvir a voz dele — disse ela, quase num sussurro. — Depois de falarmos tanto sobre ele, quero dizer.

Will fizera uma anotação estranha, enquanto o rabino falava para que decifrassem o sentido. Entretanto, o mais impressionante era o tom. Se Will estivesse fazendo um resumo para Harden sobre a conversa que acabara de ter, se basearia nisso. O rabino parecera conciliatório, mas havia algo além disso... quase pesaroso.

O silêncio não durou muito tempo. O celular tinha outro texto para ser decifrado.

Uma corrente não é mais forte que seu elo mais fraco

E logo depois:

Os números não mentem. Nada mais.

Will leu-as em voz alta, interrompendo-se quando TC exigiu esclarecimento sobre a localização do ponto na frase. Eram dois pontos finais, ele respondeu. Tinha certeza? Tinha. Sentia dificuldade em concentrar-se. Continuava ouvindo a voz de Beth, repetidas vezes: "*Will? Will, é Beth...*

— Certo — dizia TC. — Vamos admitir que ele disse o que queria dizer, que não há nada mais. Este é o texto completo.

Diante dela, estendiam-se na mesa quadrados perfeitos de papel, uma mensagem escrita em cada.

Pra frente é que se anda
A dúvida é o princípio da sabedoria
A felicidade não bate duas vezes à mesma porta
Um amigo em necessidade é um amigo de verdade
Ao vitorioso os despojos
As aparências enganam
Diga-me com que andas e te direi quem és
O grande carvalho brota da pequenina bolota
Uma corrente não é mais forte que seu elo mais fraco
Os números não mentem. Nada mais.

TC olhava-as intensamente, o bloco de esboços no colo, observando o padrão que organizara. As mensagens classificavam-se em três grupos. Encorajamento, advertências, enigmas.

TC agora punha o bloco na mesa, junto com os papéis avulsos. Estava quase preto de tinta: ela preenchera toda a página. De alto a baixo, viam-se palavras ou semifrases cruzadas, escritas de trás para frente ou em diagonais. Escrevera as mensagens em toda ordem possível, cada vez sublinhando a primeira letra de cada linha: tentava formar um acróstico. Will leu o resultado: PAAUAADOUO seguida por uma lista de variações aleatórias com as mesmas letras. Todas resultavam em algo incompreensível.

Como se tentasse ler a mente dele, TC virou a página do bloco e mostrou a de baixo, a superfície não menos coberta de cálculos e anagramas frustrados. Arrancou esta para mostrar a que estava debaixo e a seguinte. Quebrara a cabeça durante horas para resolver esse enigma.

Will sentiu uma onda de gratidão: sabia como teria ficado solitário sem ela. Mas não havia saída. Apesar de todos os esforços dela, do intelecto combinado dos dois, ainda não tinham chegado a uma solução, o enigma em dez partes os tinha derrotado.

— Não posso acreditar que eu seja tão burra.

— Como? — Will ergueu os olhos da mesa e viu TC recostando-se na cadeira, as mãos na cabeça e os olhos fixos no teto.

— Não posso acreditar que eu seja tão idiota. — Ela sorria, balançando a cabeça, descrente.

— Por favor, me diga sobre o que exatamente está falando — pediu Will, numa voz que ele mesmo reconheceu como excessivamente educada e inglesa, uma voz que muitas vezes usava quando tentava ficar calmo.

— Era tão óbvio, e eu tornei tudo tão complicado. Quantas horas eu passei nessa coisa?

— Quer dizer que conseguiu resolver?

— Eu resolvi. Que foi que ele nos mandou? "As aparências enganam", "diga-me com quem andas...". Ele nos mandou provérbios. Dez provérbios.

— Certo, então... Desculpe, você vai ter de me explicar. Vejo que ele nos mandou dez provérbios. O problema é que não sabemos o que significam.

— Não significam nada. Não pretendem significar nada. Ele nos mandou dez provérbios. Porque é onde devemos examinar. Provérbios, 10.

VINTE E SETE

SÁBADO, 20H27, MANHATTAN

Ele já estava lá havia tanto tempo quanto eles e resmungava igualmente alto. Sozinho, de meia-idade, sem dúvida um morador de rua, tinha um rosto que parecia inchado pela exposição ao tempo. No decorrer da tarde, Will vira-o comer metade de uma torta de maçã, que lhe havia sido entregue por um sujeito com um iPod (que não tirara os fones de ouvido), e talvez um saco e meio de batata frita; e a intervalos tinha lido em voz alta a Bíblia encapada de preto, que segurava na mão direita.

Will havia achado aqueles sermões uma irritação durante a tarde, como a sucessão de fregueses que se esforçavam para não se sentar perto demais. Agora, contudo, não poderia ser mais grato. Com uma xícara de café na mão, aproximou-se, cauteloso.

— Senhor, será que não gostaria de uma xícara de café, talvez? Foi feito agora.

O homem ergueu os olhos, lacrimosos. As partes brancas estavam amareladas.

— Se não fora o Senhor, que esteve ao nosso lado, ora diga Israel, quando os homens se levantaram contra nós, eles nos teriam tragado vivos, quando a sua ira se acendeu contra nós...

— Sim, senhor, eu tenho certeza de que está muito certo — tentou Will, no breve momento que o homem inspirou.

Mas de nada adiantou; ele recomeçou.

— As águas nos teriam submergido, e a torrente teria passado sobre nós; sim, as águas impetuosas teriam passado sobre nós.

— Senhor, lamento incomodá-lo, mas gostaria de saber se podia me emprestar a sua Bíblia.

— Bendito seja o Senhor, que não nos entregou, como presa, aos dentes deles. Escapamos, como um pássaro, do laço dos passarinheiros; o laço rompeu-se, e nós escapamos.

— É por isso que também oro verdadeiramente, senhor. Mas se eu pudesse dar só uma olhada na sua Bíblia.

Will curvou-se e tentou tomar-lhe o livro da mão. A força do homem era surpreendente. Ele não soltava o livro.

— O nosso socorro está no nome do Senhor, que fez os Céus e a Terra.

— Sim, sim, é isso que eu também acho. Assim, se me deixasse apenas dar uma olhada no livro sagrado.

O homem apertou a Bíblia ainda mais forte com a mão nodosa. Will puxou-a, mas o homem puxou-a de volta, ainda resmungando.

Will ergueu os olhos; TC também havia se aproximado. A essa altura, quase se sentava junto ao mendigo, puxando o livro. Sabia que parecia ridículo: agredindo um mendigo por uma Bíblia.

— Senhor — disse TC, em voz baixa. — Acha que poderíamos orar juntos? — De repente, o homem parou de falar. TC continuou, a voz como uma suave torrente de pura razão. — Posso sugerir ler o texto do Livro dos Provérbios, capítulo 10?

Sem reclamar, o homem abriu o livro, folheando com o polegar as folhas de papel fino e as letras miúdas. Em alguns segundos, começou a recitar:

— Os provérbios de Salomão. O filho sábio é a alegria de seu pai; o insensato, porém, a aflição de sua mãe.

Will tentou olhar por sobre o ombro dele, tentando ler o resto do antigo texto o mais rápido possível. Pareceu-lhe a habitual mistura bíblica de profundidade e obscuridade. A escritura sempre tivera esse efeito sobre ele: as palavras pareciam às vezes uma música animada, mas o sentido exato só se tornava claro mediante grande esforço. Quase sempre, na igreja ou nas preces matinais na escola, os sons apenas passavam por cima dele. Como agora, nesse estranho e espontâneo encontro de oração.

O leitor continuava no versículo 2:

— Tesouros injustos de nada servem, mas a justiça livra da morte.

Baixando os olhos, Will disparava na frente. Agora, diante de um versículo após o outro, seu olhar se iluminou: havia alguma coisa inteligível ou, ainda melhor, conhecida. Uma palavra destacava-se repetidas vezes. Aparecera no versículo 2, e lá estava de novo no versículo 3. *O Senhor não deixa o justo passar fome, mas repele a cobiça do ímpio.*

E mais uma vez no versículo 11. *A boca do justo é uma fonte de vida; a do ímpio, porém, esconde injustiça.*

E no versículo 16. *O trabalho do justo conduz à vida; o fruto do ímpio ao pecado.*

Também presente no versículo 21. *A língua do justo é prata finíssima; mas os insensatos, por falta de entendimento, morrem.*

Onde quer que Will olhasse, a palavra parecia saltar da página. No estado em que se encontrava, privado de sono, quase ouvia vozes, iradas vozes masculinas, gritando para ele. Lá estava de novo, no versículo 24. *O que receia o mal, este cai sobre ele. O desejo do justo lhe é concedido.*

Ouvindo o murmúrio desconexo do mendigo, imaginou o rabino de Crown Heights, a balançar-se lendo o versículo 25, os discípulos barbudos balançando com ele. *Quando passa a tormenta, desaparece o ímpio, mas o justo descansa sobre fundamentos duráveis.*

A palavra recusava-se a desaparecer do livro. No versículo 28 voltava — *A esperança dos justos causa alegria; mas a expectativa dos ímpios perecerá* —, assim como no versículo 30: *Jamais o justo será abalado, mas os ímpios não habitarão a Terra.*

Aparecia até ali no finalzinho, no último versículo. *Os lábios do justo sabem o que agrada; porém a boca dos ímpios fala perversidades.*

O mendigo agora tinha os olhos fechados, entoando as palavras de memória. Mas Will já tinha ouvido o suficiente. Levantou-se e contornou a mesa para sussurrar no ouvido de TC.

— Estou indo embora.

Sabia que poderiam ter discutido tudo durante horas, analisando gramaticalmente cada frase à procura de múltiplos sentidos, como uma dupla dos mais afiados estudiosos talmúdicos. Mas às vezes tinha-se de sair ao primeiro instinto. O jornalismo era assim. Você ia a uma coletiva de imprensa, recebia algum volumoso documento e tinha de vasculhá-lo até o fim em cinco minutos, descobrir do que se tratava, fazer a pergunta e seguir adiante. Na verdade, o documento não poderia ser lido adequadamente em menos de quatro ou cinco horas, mas os jornalistas tendiam a achar que esses rigores eram para mortais inferiores.

Assim, Will confiou em seu julgamento. Além disso, estava farto de falar, decifrar e interpretar. Queria mover-se, ir a algum lugar. Ficara ali dentro durante horas, inalando o ar adocicado e nauseante de fast food.

Will tinha ouvido o que precisava ouvir. Sabia exatamente aonde tinha de ir — e que teria de ir lá sozinho.

VINTE E OITO

SÁBADO, 21H50, MANHATTAN

Uma longa fileira de elevadores, talvez dez, e quase nenhuma alma para usá-los. Todos os grandes escritórios na certa eram assim nos fins de semana: continuavam funcionando, ainda com um guarda na mesa da recepção e luzes acesas no refeitório, mas apenas uma sombra do que eram nos dias de semana.

O saguão do prédio do *New York Times* parecia especialmente abandonado. Na segunda-feira às 10 da manhã, esse espaço ficaria apinhado, quando gerentes de circulação acotovelavam-se com desenhistas gráficos entupindo os elevadores, metade deles agarrados a xícaras de café compradas a preços exorbitantes. Agora o mesmo lugar achava-se vazio e silencioso, apenas com o som que anunciava que um elevador subira alguns andares e voltava mais uma vez para o térreo.

Will cumprimentou com um aceno de cabeça o guarda de plantão, que lhe lançou apenas um olhar de relance. Assistia a algum jogo num monitor de TV que, Will tinha certeza, devia estar sintonizado nas imagens do circuito fechado da saída de incêndio, da entrada dos fundos ou qualquer coisa assim. Usou seu cartão de acesso e dirigiu-se para a redação.

Ficou alegre de estar ali. Trabalhava para o *Times* havia pouco tempo, mas aquela redação já era bem familiar. E não podia enfrentar a volta para casa. Só a idéia de fechar a porta da frente e ouvir o silêncio o fazia estremecer. Os quadros na parede; as roupas de Beth no armário; seu cheiro no banheiro. Até imaginar a situação o assustava.

Além disso, não fora o que Yosef Yitzhok o mandara fazer em pessoa, antes de começar a comunicar-se por enigmas enviados pelo celular? *Procure no seu trabalho*. Agora, por meio dos Provérbios 10, havia sido mais específico.

Will apertou o passo quando entrou na redação, deliberadamente evitando contato visual com alguém que pudesse reconhecê-lo. Àquela hora da noite, era sobretudo o pessoal da produção, não seus amigos, mas mesmo assim manteve a visão periférica desligada, concentrado apenas em chegar à sua mesa.

Ao se aproximar mais, vislumbrando algo sobre a fina parede divisória, seu coração disparou. Havia uma caixa sobre sua cadeira. Poderia ser disso que YY falara? Fora inteiramente literal? *Vá para a redação, está tudo lá à sua espera*. Uma caixa contendo todas as respostas?

Will sabia que era pura fantasia, mas não conseguiu evitar. Precipitou-se pelos últimos metros, pegou a caixa, sopesou-a e rasgou o papel, tudo ao mesmo tempo. Muito mais leve do que sugeria o tamanho e também difícil de abrir. Por fim, as duas abas de cima se abriram, e ele enfiou o braço dentro e apalpou uma coisa mole e carnuda, como uma fruta. Que diabo era aquilo? Enfiou mais a mão; parecia úmida. Enganchou os dedos por uma espécie de abertura e, usando-a como uma alça, ergueu o objeto.

Uma abóbora de Halloween. Will enfiara os dedos numa cavidade ocular.

Preso, vinha um cartão.

A Companhia Melhores Relações convida-o para uma noite especial...

Alguma babaquice de um relações-públicas. Os convites para eventos promocionais em Nova York estavam se tornado cada vez mais absurdos e excessivos: por exemplo, pacotes da FedEx chegavam, com uma chave de prata que acabava sendo o ingresso para o lançamento do novo celular da Ericsson. O puritanismo inglês de Will não conseguia entender esse conspícuo desperdício. Ergueu a abóbora e atirou-a na direção de uma lata de lixo; ela caiu e abriu-se com a pancada perto da mesa de Schwarz. *Ele dificilmente notará.*

Passou os olhos no resto da correspondência: circulares e comunicados à imprensa. Alguns pareciam recentes — um convite para uma festa no Consulado Britânico em Nova York; um panfleto para uma convenção feita por alguma organização evangélica, a Igreja do Cristo Renascido; uma notícia sobre o plano de saúde do *Times* — fora isso, a pilha de papel achava-se exatamente como a deixara na segunda-feira, o último dia em que tinha ido à redação.

Já fazia quase uma semana; parecia um século. Parecia uma antiga era de ouro — anterior ao seqüestro. Como fora sortudo, partindo de Nova York e depois explorando as estradas secundárias de Montana sem nada mais grave na cabeça que as preferências volúveis da editoria "Nacional". Claro que não apreciara isso: tinha sido até idiota o bastante para sentir-se mal sobre a matéria precipitada da enchente. Como se tivesse realmente alguma importância. Uma das músicas preferidas de Beth veio à sua mente, ou melhor, apenas uma frase dela. *You don't know what you've got till it's gone.* Você só sabe o que tinha depois de perder... Após um ou dois segundos, já não ouvia a voz de Joni Mitchell, mas a de Beth. Ela adorava cantar, e ele adorava ouvi-la. Acumulando poeira no canto da sala, havia um velho violão, uma recordação dos dias de estudante, quando ela dedilhava velhas melodias de amor e perda.

Ultimamente, raras vezes ela cantava; Will tinha de suborná-la para isso. Mas quando o fazia, o coração dele parecia alçar vôo.

Ele sentia os olhos ardendo. Queria desesperadamente chorar, entregar-se à lembrança que o pegara desprevenido. Queria desabar numa cadeira, fazer dos braços um travesseiro e prolongar a lembrança, agarrar-se a ela como uma criança tenta agarrar uma bolha de sabão, não deixando desfazer-se.

Em vez disso, começou a procurar o livrinho de anotações que tinha deixado ali cinco dias atrás, o que preenchera em Brownsville, escrevendo nos dois lados das folhas.

Não estava embaixo da pilha de comunicados à imprensa, nem das revistas e jornais que já começara a acumular, à espera de serem recortados. (Uma tarefa que gostava em teoria, mas que jamais realizava.) Verificou nas gavetas, que havia enchido no primeiro dia com Post-its, um punhado de cartões de visita, pilhas e um velho gravador cassete portátil para o caso de o minidisc pifar. Não encontrou nada ali. Procurou na cadeira, no chão e depois revistou todos os jornais de novo.

Olhou em volta das mesas, parando o olhar na foto do filho de Amy Woodstein que começava a andar, e que no retrato aparentemente lutava com a mãe, puxando-a para o lado. Os dois sorriam. Amy exibia uma expressão de alegria que nem ela nem mais ninguém jamais exibira naquela redação.

De repente, ouviu a voz dela na mente. *Mas meu conselho é que tranque seus livrinhos de anotações quando Terry estiver por perto. E fale baixo ao telefone.*

Will deu meia-volta devagar. Arrumada como sempre, a mesa de Walton parecia não ter nenhum excesso de papel. Apenas um bloco de papel ofício amarelo.

Will avançou bem devagar, olhando instintivamente à direita e à esquerda para ver se havia alguém por perto. Correu as mãos pela mesa, como para confirmar pelo toque se estava tão vazia e limpa como parecia. Nada. Verificou embaixo do bloco amarelo, para ver se havia outro escondido. Nada.

Agora levava a mão à gaveta da mesa. Ainda vigiando a sala, começou a puxá-la. Trancada.

Sentou-se na cadeira de Terry Walton, pronto para começar a busca pela chave. Tinha certeza de que devia estar em algum lugar: ninguém guardava a chave de uma gaveta de escrivaninha num chaveiro, ou guardava? Correu a mão por baixo da mesa, esperando encontrá-la presa com fita adesiva. Nada.

Recostou-se na cadeira. Onde poderia estar? A mesa tinha apenas o bloco e dois lembretes dos dias de glória de Walton como correspondente estrangeiro: um busto de Lênin e, mais bizarro, um globo de neve em que a cena de inverno não era de crianças deslizando em trenós nem renas, mas de Saddam Hussein com aparência paternal, os braços estendidos para um menino e uma menina que corriam em sua direção. Um objeto kitsch do partido Baath, adquirido quando ele cobrira a primeira Guerra do Golfo. Sem pensar, Will pegou-o para sacudi-lo, ver a tempestade de neve cair no poderoso tirano iraquiano. Quando começaram a cair os primeiros flocos, viu a chave. Presa na base da bugiganga de plástico — uma chavezinha prateada.

— Boa noite, William.

Ele sentiu os músculos se retesarem. Fora flagrado. Girou a cadeira.

Mal enxergava o homem, parado à meia-luz. Apesar disso, ele reconheceu o perfil antes de distinguir as feições. Era Townsend McDougal, o editor executivo do *New York Times*.

— Oh, olá. Boa noite.

Ouviu o nervosismo, a exaustão e o pânico na própria voz.

— Já ouvi falar de entusiasmo e dedicação, William, mas isto sem dúvida está além do chamado do dever: passar a noite de sábado labutando não apenas à própria mesa, mas à de um colega. Muitíssimo laborioso.

— Ah, sim. Perdão, eu estava... eu estava procurando uma coisa. Acho que talvez tenha deixado meu livrinho de anotações aqui. Na mesa de Terry, quero dizer.

McDougal fez uma encenação de esticar o pescoço e examinar a mesa, como se a procura fosse uma tarefa difícil, quando de fato a mesa se achava desobstruída e visivelmente vazia.

— Não parece estar aí, não é, William?

— Não, senhor. Não está.

Sentiu-se sem graça por aquele "senhor". Também teve consciência de que ali sentado na beirada da cadeira — na de Walton — corria o risco de cair no chão. Era como se estivesse sendo mantido sob a mira de uma arma.

— Não vimos você na redação ontem, William. Harden se perguntou se você tinha sido seqüestrado.

Sentiu um calafrio no pescoço, como se lutasse com uma grave gripe. E um enorme cansaço.

— Não, eu estava... estive trabalhando num negócio. Numa matéria.

— Que tipo de matéria, Will? Tem outro herói improvável para nós? Outro "diamante no submundo" como seu santificado traficante de drogas? Outro louco doador de órgão?

Will teve uma idéia assustadora. O editor zombava dele ou, muito pior, expressava ceticismo. O jornal havia se queimado antes por jovens tão apressados em deixar sua marca que tinham redigido mais matérias de ficção que de jornalismo, as quais o *New York Times* engolira e publicara na primeira página. Pessoas ainda falavam do escândalo de Jayson Blair, que derrubara um dos antecessores de Townsend.

Percebeu a impressão que devia estar causando. A barba por fazer, nervoso — e, inexplicavelmente na redação numa noite de sábado, à mesa de um colega.

— Não é o que está pensando, senhor. — Ouvia sua própria voz triturada pela fadiga, tinha a boca seca. — Eu queria apenas conferir uma informação sobre a matéria de Brownsville. Procurava meu livrinho de anotações e achei que talvez Walton...

— Por que Walton iria querer seu livrinho de anotações, William? Cuidado para não acreditar em tudo o que ouve na redação. Lembre-se de que os jornalistas nem sempre falam a verdade.

Ali estava mais uma vez, outra alfinetada nele e em suas matérias. Estaria acusando-o de falsificar os relatos de Macrae e Baxter, embora na linguagem refinada de um aristocrata da Nova Inglaterra? Talvez tivesse o sotaque e a postura empertigada da elite de Massachusetts, mas a expressão inabalável de McDougal era o rosto provocador de um político experiente.

— Não, não acredito em nada. Só quero rever minhas anotações.

— Tem alguma coisa na matéria da qual não tem certeza, William?

Merda.

— Não, apenas andei me perguntando se deixei escapar alguma coisa que não percebi a princípio.

— Ah, eu certamente imaginaria isso.

Outra alfinetada.

— Precisa ser muito cuidadoso, William. Muito cuidadoso. O jornalismo às vezes é um negócio perigoso. Nada é mais importante que a matéria, é o que sempre dizemos. E quase sempre é verdade. Mas não inteiramente. Há sempre uma coisa muito mais importante que a matéria, William. Sabe qual é?

— Não, senhor.

— É a sua vida, William. É dela que você deve cuidar. Portanto, guarde o que eu digo. Seja muito cuidadoso. — Fez uma longa pausa antes de continuar. — Direi a Harden que você vai tirar uns dias de descanso.

Com isso, o editor retirou-se de volta à penumbra e começou seu majestoso deslizar em direção à editoria "Nacional". Will desabou na cadeira de Walton e suspirou. McDougal achou que ele era um drogado, prestes a enfiar os pés pelas mãos e levar consigo o *New York Times*.

E agora ia "tirar uns dias de descanso". Parecia um eufemismo administrativo para suspensão, enquanto investigavam a veracidade das matérias sobre Macrae e Baxter. Fora por isso que o livrinho de anotações desaparecera? Teria Townsend levado como prova?

Ainda segurava o globo de neve de Saddam, agora embaçado pela umidade da mão. Segurara-o com força durante toda a conversa com Townsend. Não deve ter parecido nada digno: não apenas os olhos arregalados, mas as mãos fechadas. Ao abrir os dedos, viu-a mais uma vez — a chavezinha simples que sem dúvida abriria a gaveta da mesa de Walton. Sabia que era loucura experimentá-la, após receber quase uma advertência formal do homem mais importante do jornalismo dos EUA. Mas não tinha escolha. Sua mulher era refém, e aquele livrinho sem dúvida tinha a pista para libertá-la.

Olhou à esquerda, à direita, e mais uma vez às suas costas, para ver se havia alguém por perto. Virou-se num círculo completo, ciente de que Townsend o surpreendera por trás. Então, num único e rápido movimento, arrancou a chave da fita adesiva, abaixou-se e enfiou-a na fechadura. Uma tentativa, e ela girou.

Dentro havia diversas pastas castanho-claras bem-arrumadas. Entre elas, muito mal escondida, a reveladora espiral de metal branco de um bloco de repórter. Will puxou-a e viu o rabisco na capa grossa.

Brownsville.

Minha nossa. Amy Woodstein não tinha brincado: Walton roubara seu livrinho de anotações. Só Deus sabia por quê. A matéria já havia sido publicada. Não tinha informação nenhuma a ser dada. Que uso poderia ter para ele? Will tirou isso da mente: já havia quebra-cabeças o suficiente a resolver sem incluir o bizarro hábito de cleptomania jornalística de Walton.

Queria começar a folhear o livro logo, mas sabia que primeiro precisava fechar a gaveta, repor a chave no lugar e voltar à sua mesa —

tudo sem ser visto. Exatamente contra qual possibilidade se protegia, não tinha certeza. Já havia sido flagrado pelo editor; o estrago estava feito.

Apesar disso, teve o cuidado de debruçar-se sobre sua própria mesa antes de abrir o livro. Criou um método. Primeiro, a rápida busca por alguma coisa a que não dera importância antes: uma anotação estranha que não vira, uma mensagem rabiscada em outra caligrafia que não a sua. Talvez, por alguma feitiçaria ainda obscura, Yosef Yitzhok houvesse enfiado uma mensagem naquelas páginas. *Procure no seu trabalho.*

Folheou rápido, examinando as frases à procura de algo desconhecido. Nada, apenas sua própria letra. A redação estava tão silenciosa, a CNN na noite de sábado ficava muda, que Will ouvia as páginas virarem. Ouvia seu próprio cérebro.

Ficou brevemente excitado por duas frases que lhe saltaram aos olhos, com a nítida caligrafia de outra pessoa, mas acabou constatando tratar-se dos dados de contato de Rosa, a mulher que encontrara o corpo de Macrae, escritos com a própria letra dela. Agora lembrava que lhe tinha prometido enviar uma cópia da matéria assim que fosse publicada.

Não encontrou nenhum número de telefone misterioso, nenhuma mensagem secreta — não havia nada de mais dentro do seu livrinho de anotações, guardado na gaveta de Walton desde Deus sabe quando.

Em vez disso, teria de olhar muito atentamente a única pista que sabia que aquele livro de fato continha, aquilo que o levara de volta à redação. Ali estava, numa das últimas páginas, circulada em asteriscos: a citação que valera a matéria, a de Letitia, a devotada esposa que pensara antes em se prostituir do que deixar o marido na cadeia. *O homem que mataram ontem à noite talvez tenha pecado todos os dias da vida que Deus lhe deu, mas foi o homem mais justo que já conheci.*

Num instante, viu-se de volta a Montana, falando com Beth ao celular. Tinha sido, deu-se conta, a última conversa que tiveram antes de ela ser seqüestrada. Ele lhe contava o dia que passara cobrindo a vida e a morte de Pat Baxter. Ouvia a própria voz, falando animado, antes de compreender que Beth estava a quilômetros de distância.

"Sabe o que é estranho, fiquei logo impressionado porque ninguém usa essa palavra, ou quase nunca: a cirurgiã que operou Baxter usou a mesma palavra que aquela Letitia. Justo. Usaram até da mesma maneira: 'a pessoa mais justa que já conheci', o 'ato mais justo'. Não é estranho?"

Não dera continuidade à questão. Logo compreendera que Beth estava em outra, preocupada com o problema que devia preocupá-lo: não conseguirem ter um filho. Sentiu a garganta ficar seca; a idéia de que Beth podia morrer sem conhecer a experiência da maternidade.

Afastou aquele pensamento da cabeça, fitando sua própria caligrafia na página. *O homem mais justo que já conheci.*

Will tinha flertado com a idéia de destacar essa repetição misteriosa quando escrevia a matéria sobre Baxter, mas a descartara quase imediatamente. Pareceria autocomplacente demais observar uma semelhança entre duas matérias cujo único verdadeiro elo era sua assinatura. Baxter e Macrae viviam em extremos opostos do país; as mortes dos dois obviamente não tinham qualquer relação entre si. Noticiar uma ligação entre dois assassinatos aleatórios só fazia sentido jornalístico se as vítimas fossem famosas, os detalhes já presentes na imaginação dos leitores. Não se tratava disso, decididamente, e por isso Will descartara. Só havia voltado a pensar no caso naquela noite, quando ele e TC se instalaram de cada lado do mendigo pregador no McDonald's. Cada versículo dos Provérbios 10 que ele entoara parecia conter a mesma palavra, repetida com demasiada freqüência para ser coincidência. *Justo.*

Mas os assassinatos não podiam estar relacionados. Gigolôs negros em Nova York e loucos brancos na área rural de Montana não se misturavam nos mesmos círculos nem tinham os mesmo inimigos. Haviam vivido e morrido em mundos à parte.

E, no entanto, tinha alguma coisa estranhamente semelhante nessas duas histórias excêntricas. Envolviam homens que pareciam suspeitos, mas que haviam feito uma boa ação. Ou melhor, uma ação extraordinariamente boa. Justa. Os dois tinham sido assassinados, e nenhum suspeito fora preso em ambos os casos.

Will girou a cadeira ao contrário e ficou de frente para a tela do computador. Navegou no site do *Times* e encontrou sua matéria sobre Macrae. Ia ler o texto como um médico-legista, tentando ver se havia algo mais para dar seguimento.

> *... Fontes policiais falam de um brutal ataque a faca, com múltiplas punhaladas perfurando o abdome da vítima. Moradores dizem que o estilo do assassinato combina com a moda mais recente entre as gangues, ou nas palavras de um deles: "Facas são a febre do momento."*

Os métodos de matar foram inteiramente diferentes. Baxter tinha sido baleado; Macrae, esfaqueado. Will abriu outra janela na tela, permitindo-lhe abrir a matéria sobre Baxter. Deslizou o texto, à procura dos parágrafos com o detalhe do médico-legista, a hora e a causa da morte. Por fim chegou à frase que buscava.

> *Inicialmente, os colegas do Sr. Baxter na milícia suspeitaram de um caso macabro de roubo de órgãos. Sem saber de seu anterior ato de filantropia, imaginaram que a vítima perdera o rim na noite da sua morte. Como para acrescentar mais detalhes a essa teoria, há sinais de anestesia recente — uma marca de agulha — no cadáver.*

Will continuou lendo, à procura de mais, como se nunca houvesse lido a matéria antes. Agora queria amaldiçoar quem quer que a escrevera: nada mais havia sobre a injeção misteriosa. Fora apenas deixada em suspense.

Enfiou a mão na bolsa para recuperar o livrinho de anotações atual, o que havia levado para Seattle. Folheou as páginas para encontrar a entrevista com Genevieve Huntley, a cirurgiã que removera o rim de Baxter. Lembrou a conversa, sentado no banco da frente do carro alugado, com o celular no ouvido. Deixara-a falar, cauteloso para não interrompê-la. Segundo as anotações à sua frente, ele nem havia perguntado sobre a recente marca de agulha. Refletindo melhor, entendia por quê. Tinha descartado todo o negócio assim que a cirurgiã lhe falara da operação. A história havia mudado de roubo de órgãos para o homem justo, e esse detalhe inconveniente fora esquecido. *Ele* tinha esquecido. Além disso, Genevieve dissera que não havia ocorrido outra cirurgia; portanto, a idéia de injeção recente não se encaixava.

Mas agora folheava de trás para frente algumas páginas para ler sobre seu encontro com o médico-legista e homem de Oxford, Allan Russell. "Contemporânea" foi seu veredito sobre a marca de agulha. Estranho, mas inescapável: os assassinos de Baxter haviam-no anestesiado primeiro.

Will tornou a clicar na matéria de Macrae. Nenhuma conversa de injeções. Apenas um frenético esfaqueamento. Recostou-se na cadeira. Lá se ia outro palpite. Achara que ia provar que aquelas duas mortes de algum modo se relacionavam. Não apenas a estranha coincidência da palavra "justo", mas uma coisa física. Uma verdadeira ligação que pudesse sugerir um padrão. Mas não encontrou nada. O que havia conseguido? Duas mortes que tinham em comum bons sujeitos como vítimas. Só isso até então. Num dos casos, o de Baxter, algo estranho: ele fora sedado antes de ser assassinado. O mesmo não ocorrera com Macrae.

Ou melhor, Will não tinha a menor idéia se era verdade ou não. A polícia não mencionara isso — mas também ele não perguntara. Não vira o corpo de Macrae; não entrevistara o médico-legista. Não fizera esse tipo de entrevista. E se não perguntara, não podia saber. Afinal, a morte de Macrae dificilmente fora um grande acontecimento. À parte alguns resumos nas edições da noite, nenhum jornal publicara muita coisa sobre o assunto — até sair a sua matéria no *New York Times*, claro.

Pegou instantaneamente o celular e procurou a agenda de telefones. Só uma pessoa podia ajudar. Ligou para Jay Newell.

VINTE E NOVE

SÁBADO, 22H26, MANHATTAN

— Aqui é Jay.

— Jay, graças a Deus que te encontrei.

Do grupo de Will em Columbia, Newell era quem tinha seguido a menos provável trajetória profissional. Estava em rápida ascensão no Departamento de Polícia de Nova York, ultrapassando os velhos comedores de rosquinhas a caminho de tornar-se um grande comissário da cidade antes de chegar aos 40 anos. Sofria tanto ressentimento dos policiais da velha-guarda quanto Will dos jornalistas mais velhos.

— Sou eu, o Will. Sim, tudo ótimo. Bem, estou meio num aperto, mas não posso explicar agora. Preciso de um grande favor seu.

— Tudo bem.

Mas as palavras saíram meio hesitantes.

— Jay, eu preciso que confira uma coisa. Escrevi uma matéria no jornal esta semana...

— Sobre aquele cafetão? Eu li. Parabéns pela primeira página, cara.

— É, obrigado. Escute, não chequei os relatórios da necropsia nem nada disso. Você tem acesso a eles?

— É fim de semana, Will..., você sabe.

Will olhou para o relógio. Tarde da noite de sábado; Jay era solteiro, com um monte de namoradas. Adivinhou que havia ligado num momento espetacularmente inconveniente.

— Eu sei. Mas aposto que tem autoridade para ver o que quiser, quando quiser.

A velha manobra lisonjeira. Jay não admitiria que, na verdade, não tinha esse tipo de acesso.

— O que você quer saber?

— Se há marcas incomuns no corpo da vítima.

— Achei que o cara tinha sido esfaqueado um milhão de vezes.

— Ele foi, mas ainda estava inteiro. Quero ver se há algo como uma marca de agulha.

— Um marginal cafetão de Brownsville, está de brincadeira? A quantidade de drogas que esses caras metem nas veias... na certa ele parecia uma almofada de alfinetes.

— Acho que não. Nenhuma das pessoas com quem conversei falou qualquer coisa sobre drogas injetáveis. Na verdade, ninguém disse sequer que ele usava drogas.

— Tudo bem, meu amigo. Vamos ver então. Vou tirar a limpo. Este é o celular certo para achar você?

— É. E preciso do que você conseguir realmente rápido. Obrigado, Jay. Fico te devendo esta.

De repente ouviu vozes, seguidas de risadas. Parecia um grupo de homens, vindo em sua direção. E depois, mais alta que as outras, a entonação de Townsend McDougal, num papo de redação.

— Podemos segurar isso por 24 horas? É exclusivo?

Will não tinha a menor idéia do motivo de se dirigirem para aquela parte árida da paisagem do terceiro andar: não faltavam salas de reunião no jornal. *Ah, meu Deus.* Talvez McDougal procurasse Will, acompanhado de um séqüito de executivos superiores, para começar a inquisição agora mesmo.

Não podia correr esse risco, agora não. Mais do que depressa, com pouco tempo para conferir o que fazia, pegou o essencial — celular, livrinhos de anotações, caneta, BlackBerry — da mesa para colocar dentro da bolsa, deu meia-volta e fugiu da emboscada de McDougal. A única vantagem desse canto afastado da redação, percebeu naquele momento, era a proximidade da escada dos fundos. Jamais a usara antes, mas já era hora.

Assim que saiu, sorveu o ar noturno do sábado. Fechou os olhos aliviado, recostando-se na parede, o relógio do *Times* bem acima de sua cabeça.

Era tarde, e estava silencioso. Em circunstâncias normais, gostava dessa vibração. Trabalhar numa hora em que o resto da cidade descansava; deixar uma redação semivazia e caminhar na noite de Manhattan, tão grande era o contraste com a multidão habitual que percorria apressada aquela rua. Ninguém em volta, exceto um turista de agasalho sem mangas e boné de beisebol examinando uma das vitrines de exposição do *Times*, sem dúvida olhando uma prensa antiga ou uma fotografia emoldurada do falecido Sr. Sulzberger apertando as mãos de Harry Truman ou coisa assim. Devia estar com frio, parado ali fora. Mas Will tinha pressa para ir embora. Mal o viu.

TRINTA

SÁBADO, 23H02, MANHATTAN

A casa de TC era como ele a teria imaginado e, percebia agora, na verdade a imaginara. Talvez uma dezena de vezes desde o casamento com Beth pensara em TC não apenas por um ou dois segundos, mas em longas e extensas sessões. Devaneios, de fato, em que trazia de volta à mente o rosto, a voz, o cheiro dela. Nesses devaneios de pensamento — às vezes contemplando a paisagem de uma janela de avião, às vezes dirigindo à noite com Beth dormindo ao lado no banco do passageiro —, transportara o passado que haviam compartilhado para o presente que ele só podia imaginar. Esforçava-se para visualizar seu rosto, quatro anos mais velho, vê-la trabalhando, ou imaginar o homem com quem ela estaria naquele momento.

E nessas fantasias via a porta da frente do apartamento dela abrindo-se e exibindo uma estante de livros, sofás cor de creme e uma pequena TV esquecida. Tinha de esforçar-se — não muito, para não quebrar o encanto — para atualizar o gosto de TC. Era fácil demais vê-la em quartos alugados de estudante universitária, como se estivesse congelada no romance hibernal dos dois em Columbia. Queria imaginar como estaria a ex-namorada agora.

Fizera um bom trabalho. O apartamento era menos boêmio que o estúdio onde vira TC na noite anterior. Grande parte do mobiliário era vagamente étnico — mesas de madeira escura que ele julgou ser da Índia ou da Tailândia; duas persianas marroquinas em madeira azul, que não estavam presas a uma janela, mas penduradas na parede, como uma pintura. Lembranças, imaginou Will, de alguma viagem séria: ela tinha sido uma exploradora destemida, mesmo na época em que a conheceu.

Ainda assim, não havia incensos nem batiques jogados nos sofás. Em vez disso, a casa tinha poucos objetos, quase minimalista em sua opção por espaços vazios. Ele sabia que TC relutara em recebê-lo ali, mas quando telefonou da frente da redação do *Times*, ela explicou que estava cansada de cafés. Precisava tomar um banho, dormir em sua própria cama — e ao diabo com o risco. Will, que antes tinha mandado um texto acusando YY de fazer uma "merda de charada", sabia exatamente como ela se sentia. Pediu apenas seu endereço e disse que ia direto para lá. Reconhecia que era mais fácil para os dois se ela não tivesse chance de dizer não.

Quando ele entrou, TC tentou fingir que não se tratava de nenhum grande acontecimento. Não houve grandes cerimônias para Will entrar pela porta da frente nem ela o conduziu em visita ao apartamento. Em vez disso, ela estava no chão da sala, cercada por Post-its. Em cada um, via-se escrito um provérbio bíblico. Will reconheceu-os: Capítulo 10 do Livro de Provérbios.

TC achava-se no meio deles, o bloco de desenho no colo, examinando o padrão que encontrara. Ele se agachou para olhar a página cheia de palavras rabiscadas e os Post-its arrumados no piso em volta e sentiu uma forte gratidão por aquela mulher que oferecia não apenas apoio emocional, mas um intelecto afiado como uma lâmina. Sentiu como se ela o estivesse salvando.

Num gesto quase involuntário, estendeu a mão para tocar o pescoço dela, tocou com a palma sua pele e com os nós dos dedos roçou-lhe os cabelos. Ela manteve a cabeça baixa, como se fosse uma aluna tímida recebendo um prêmio, e então ergueu a cabeça para encontrar os olhos dele. Mais uma vez, sem pensar no que estava fazendo, uma onda de energia atravessou a mão dele, que a apertou de leve no pescoço de TC, como a trazê-la mais para perto de si.

Os dois se mexeram e tocaram os lábios no mais leve dos beijos. Ele sentiu o cheiro da pele dela, um aroma que o fez ao mesmo tempo sentir os músculos enfraquecerem-se e o sangue fluir a toda velocidade. Era uma sensação conhecida, que tivera com ela milhares de vezes antes. Suas entranhas pareciam derreter-se, enquanto a pelve enrijecia.

Ela parou de repente, agarrando-lhe o braço com uma urgência que ele sabia não ser lasciva. Afastou os lábios dos dele.

— Shhh. O que é isso?

Era um chocalhar metálico, agora repetido. Parecia vir de dentro do apartamento. Eles ficaram quietos, não arriscando nenhum movimento. Will notou a mão ainda segurando a nuca de TC, os dedos nos cabelos dela, e caiu em si. Que diabo estava fazendo? Beth era refém em algum cativeiro esquecido por Deus e ele a se insinuar para a ex-namorada no chão do apartamento dela. A vergonha pareceu congelar-se em algum lugar em suas vísceras; Will se sentiu nauseado.

Retirou a mão e soltou-se do abraço. Estava exausto, disse a si mesmo, o ânimo no chão. Foi um reflexo, um grito de socorro, o ato de um homem desesperado, ansiando por conforto humano; foi gratidão por tudo o que ela fizera, a familiaridade com uma amante anterior, um lapso, um momento de loucura, o infeliz subproduto de uma crise. Todas essas explicações atravessavam-lhe a mente, e ele sabia que eram todas verdadeiras. Mas não convenceriam ninguém, muito menos ele.

TC sentiu-se mais uma vez tensa, apertando com mais força o braço dele. O zumbido retornara, um som rangente, estridente. Teria alguém dentro do apartamento, com uma serra elétrica, tentado abafar o som com uma manta?

Will então se levantou de um salto e foi até o sofá perto da porta da frente onde tinha jogado o paletó. Enfiou a mão no bolso lateral e estendeu o celular para TC: colocado no modo silencioso, o aparelho vibrava contra as chaves.

— Droga, perdemos um telefonema.

Ele acessou a caixa de recados. *Você tem uma nova mensagem.* Sentiu o peito martelar. E se fosse uma pista vital? E se fosse a própria Beth, que depois de se libertar, se arrastara até um telefone e só conseguira que o celular do marido tocasse sem ser atendido — porque ele estava ocupado demais acariciando o pescoço da ex-namorada? Will ficou apavorado.

Afinal a mensagem tocou.

— Ei, amigão. — Era Jay Newell. — Não sei do que se trata, e o meu estaria na reta se alguém soubesse que eu sequer pisquei em sua direção; portanto, isso fica estritamente entre nós, certo? *Capisce*? Muito bem, aí vai a notícia. Verifiquei que o relatório sobre seu amigo Howard Macrae afirma que foi encontrado, palpite certeiro, "um furo na coxa direita, compatível com", veja só, "um dardo tranqüilizante". — Newell começava a rir. — Você acredita? Um dardo tranqüilizante? Como os que usam para dopar os elefantes no zoológico. Parece que os disparos foram feitos de alguma arma de safári. De qualquer modo, os exames de sangue confirmam que o cara também tinha uma grande dose de sedativo no organismo na HdM. Desculpe, hora da morte. Estou virando um nativo, Will! Falo como um policial! Meu Deus! Ok, espero que isso sirva para você. Ligue para mim qualquer dia. Devíamos nos ver. E mande beijos para sua maravilhosa mulher.

Will quase caiu no sofá, como que derrubado por um soco. Compreendia agora que nunca esperara que essa teoria sua fosse vingar; um rufião de Brownsville e um louco fanático de Montana eram quase opostos matemáticos. Ele havia contatado Newell para confirmar que não seria possível haver uma ligação entre as mortes de Macrae e

Baxter. Mas com o que tinha comprovado, podia começar a olhar em outras direções.

Mas Yosef Yitzhok mandara procurar no seu trabalho. Na pista para o seqüestro de Beth, seu trabalho consistira em duas matérias bizarras em cantos opostos do continente. E, no entanto, agora tinha prova de que estavam relacionadas. Em vida, essas duas vítimas haviam desempenhado uma ação singularmente boa; na morte, tinham sido anestesiadas antes de serem assassinadas. O método de sedação fora radicalmente diferente, assim como as mortes. Mas era uma coincidência grande demais.

Will começou a sentir-se empolgado. Afinal, tinha feito progresso; um palpite fora confirmado. Em algum lugar nos fatos da última semana estava a chave para o seqüestro de Beth e, portanto, de sua liberdade. Chegara até aí, e agora tudo o que tinha a fazer era resolver o resto. Aproximava-se do fim.

Levantou-se de um salto, com a intenção de ir até TC e anunciar a descoberta. Em vez disso, parou após dois passos. Primeiro foi novamente atingido pela lembrança de alguns minutos antes. Agora, somando-se à vergonha e à aversão por si mesmo pela traição a Beth, o mal-estar. Will avançara o sinal com TC e os dois teriam de agir como se nada houvesse acontecido.

Então lhe ocorreu outra idéia. Claro que significava algo o fato de Baxter e Macrae terem sido assassinados de maneira semelhante, mas exatamente o quê? Só porque as duas mortes aparentemente se relacionavam, o que isso tinha a ver com o seqüestro de Beth? Baxter e Macrae talvez tivessem vivido a milhares de quilômetros de distância um do outro, mas os dois viveram em mundos diferentes de Beth — e dos hassídicos, aliás. Então YY o mandara procurar em seu trabalho, mas que ligação possível haveria entre os três fatos?

Ao começar a andar pela sala, perguntou-se: poderiam suas matérias ter servido como um motivo para os hassídicos levarem Beth? Ela tinha desaparecido na manhã de sexta-feira, assim que a matéria sobre Baxter fora publicada. Poderia alguma coisa naquela matéria ter desencadeado a trama para seqüestrar sua mulher? Alguma coisa na combinação dos dois, Baxter e Macrae, havia estimulado os hassídicos a seqüestrá-la?

Ele tentou se lembrar novamente de sua última noite em Crown Heights. A matéria sobre Baxter fora assinalada e posta na sala enquanto era interrogado. Os hassídicos conversaram a respeito dela. Não era sua assinatura que os interessava: já sabiam que ele era repórter do *Times*. Haviam-lhe enviado um e-mail para o endereço do jornal. Não, era a própria matéria. Ou, pensou pela primeira vez, as *matérias*.

Pegou o celular, encontrou a caixa de entradas de mensagens e deslizou na série de YY. Contou dez, prestando atenção nos últimos enigmas. Ali estava. Decodificada, a mensagem dizia: "2 abaixo: mais virão".

Na ocasião, ele e TC acharam que era apenas uma mensagem de confirmação. Como um daqueles jogos de computador: *Muito bem, você chegou ao nível 2, o Castelo do Destino. Em seguida, prepare-se para entrar no Santuário do Fogo...*

Agora ele a via de modo diferente. "Duas abaixo" referia-se às mortes de Macrae e Baxter. Mas quem seriam os restantes?

TRINTA E UM

SÁBADO, 19H05, CIDADE DO CABO, ÁFRICA DO SUL

Ele costumava ir até ali quando o tempo estava bom. A praia, com sua suave curva de areia limpa, era um dos seus locais preferidos. Na época de estudante, era ali que flertava com as meninas e tomava cerveja. Naqueles dias, os forasteiros achavam que o país vivia em chamas, consumido por uma guerra racial. Mas não era bem assim; pelo menos para ele. Era branco, rico e curtia a vida. Conhecia dois sujeitos que estavam envolvidos com política, mas fora isso não se intrometia em política. Além disso, como um africânder criado no centro rural do Transvaal, educado para acreditar na separação das raças, o apartheid não era ofensivo, e sim natural. Nas fazendas, coelhos e vacas tinham seus próprios currais e não se misturavam, então por que devia ser diferente com negros e brancos?

Agora a praia estava tão linda como sempre, a água brilhando ao luar. Diante do oceano Atlântico, ouvia o burburinho dos bares: uma turma mais mista hoje em dia, negros, brancos e mulatos. Tentou ignorar o ruído; queria ouvir os próprios pensamentos.

Sentia-se empolgado com o que havia acabado de fazer? Não tinha certeza. Aliviado, com certeza. Vinha planejando esse momento fazia meses. Todo dia levava um documento diferente para casa — às vezes um diagrama, outras, uma série de números algébricos — até montar o conjunto completo.

Inspirou profundamente. Lembrou aqueles dias na universidade, seguidos por outros anos no mestrado, quase sempre dentro de um laboratório. Tornara-se pesquisador na área de farmacologia, aos 27 anos, e passara os 15 seguintes trabalhando num único projeto, codinome Operação Ajuda. Pois Andre van Zyl fazia parte de uma equipe que pesquisava a cura para Aids.

Eram apenas uma parte do projeto, claro. A sede do trabalho de pesquisa era em Nova York, com outras equipes em Paris e Genebra. O escritório de campo da África do Sul era ainda menor, escolhido pelo que a literatura chamava de sua "importância clínica". Tradução: a África do Sul tinha um suprimento de pacientes de Aids à mão.

Vinham testando novos remédios em diversos grupos havia anos. Andre participara de algumas dessas experiências, grupos de clínicos que percorriam a mata, selecionando uma centena de homens e mulheres doentes, separando 50 como grupo de controle e ministrando novos comprimidos para os restantes. Andre conferia no computador a chegada dos resultados. De vez em quando, seus relatórios mostravam a mesma conclusão: *nenhum impacto; resultados estatisticamente insignificantes; mais trabalho é necessário.*

Mas nove meses antes, havia recebido alguns dados que não podiam ser ignorados. O grupo que tinha tomado os medicamentos apresentara uma melhora significativa em relação a todas vistas anteriormente. Os sintomas não foram apenas debelados; tornaram-se inexistentes. A medicação parecia não apenas abrandar o vírus, mas exterminá-lo do organismo.

Após uma semana, cientistas da equipe de Genebra haviam chegado para observar os pacientes. Alguns dias depois, o chefe de todo o projeto tinha vindo de Nova York. Ordenou que se aplicasse logo ao grupo de controle a nova droga, por "motivos humanitários".

Andre teve de rir da situação. Sabia exatamente o que aconteceria em seguida. O diretor do projeto americano publicaria um artigo na revista *Nature*, saudando a descoberta e candidatando-se ao prêmio Nobel, que era certamente seu, enquanto o FDA, o órgão de controle de alimentos e remédios dos EUA, começaria a testar o novo medicamento. Assim que fosse aprovado, entraria no mercado e tornaria a empresa em que trabalhavam uma das mais ricas no mundo. Haviam encontrado o cálice sagrado da medicina do século XXI: descoberto a cura para a Aids.

O único problema eram pessoas como Grace, a mulher que Andre conhecera numa das primeiras experiências clínicas. Pobre demais para comprar o medicamento antivirótico, a Aids constituíra uma sentença de morte para ela — e não uma doença com a qual se podia viver, como ocorria na Europa e nos Estados Unidos. Essa cura não seria para ela nem para os milhões de mulheres, homens e crianças na mesma situação em todo o mundo. A nova droga jamais chegaria a eles, pois era cara demais. A empresa deteria uma patente que iria durar vinte anos para o novo medicamento: até lá, possuiria o monopólio e iria cobrar o que quisesse.

Por isso ele fora ao escritório da FedEx mais cedo naquele mesmo dia, com uma grande caixa endereçada a um homem que tinha conhecido em Mumbai, na Índia. Reverenciado e odiado como o rei dos falsificadores de remédios, esse homem ganhara uma fortuna fraudando as mais recentes drogas ocidentais e vendendo-as ao terceiro mundo por um décimo do preço. Fizera isso com alguns dos primeiros remédios para a Aids. Agora, dentro de um ou dois dias, receberia a fórmula completa para a cura. O bilhete de Andre estipulava uma clara exigência: "Produza essa droga e distribua para o mundo. Já."

O sol começava a se pôr; ele ouvia as ondas com mais facilidade do que podia vê-las. Iria a um bar tomar uma cerveja. Quem sabe quando teria outra chance? No dia seguinte, a empresa poderia descobrir seu roubo, a traição, e o prenderia sob dezenas de acusações. Com tanto dinheiro em risco, teriam de puni-lo exemplarmente: talvez pegasse anos de cadeia.

Assim, decidiu saborear aquela noite. Bebeu, flertou. E quando uma linda moça, com longas pernas bronzeadas e uma saia que mal lhe tampava o traseiro, se aproximou, ele se esmerou para a ocasião. Ela riu de suas piadas; ele descansou a mão em sua coxa lisa e nua.

O trajeto no carro conversível dela foi repleto de ardentes beijos longos em todos os sinais de trânsito. Acabaram no apartamento dela, roupas jogadas pelo chão. E quando a mulher lhe preparou uma bebida, ele a sorveu agradecido, nem sequer notando o resíduo de pó ainda não dissolvido no fundo do copo.

Tossiu um pouco; ficou tonto e resolveu beber menos da próxima vez. Quando perdeu a consciência e tombou morto, ouviu a voz da moça recitando delicadamente o que parecia um poema. Ou talvez uma prece.

TRINTA E DOIS

SÁBADO, 23H27, MANHATTAN

Não fosse por desejo carnal e culpa, Will talvez não houvesse notado. Ainda não tivera uma chance de falar a TC de sua descoberta, o telefonema de Jay Newell, quando ela se ergueu nas pontas dos pés para pegar um livro numa das prateleiras mais altas. Ao esticar-se, a fina camisa subiu revelando a pele retesada, sem marca, da parte inferior das costas. Apesar de todos os sentimentos de vergonha, lá estava ele mais uma vez notando a forma e a curva do corpo de TC. Virou-se para o outro lado.

Para desfazer qualquer impressão de que a estava olhando com segundas intenções, fez questão de desviar o olhar, examinando sua escrivaninha. Embora cheia de papéis, recortes de revistas, sobretudo publicações de belas-artes, também havia exemplares da *New Yorker* e da *Atlantic Monthly*. Panfletos de filmes em cinemas de arte, dois catálogos de lojas de roupa, duas edições volumosas da *Vogue* e o que ele viu ser uma carta escrita à mão.

Numa entrevista de trabalho, teria chamado esse impulso de curiosidade profissional, porém a verdade mais simples é que estava sendo bisbilhoteiro. Pegou o papel, enfiado entre uma revista de domingo do

New York Times e um guia da temporada do Lincoln Center, até poder entrever a metade superior da primeira folha.

Levou um susto. A carta estava escrita numa série de símbolos que representavam uma linguagem incompreensível. Mas decididamente era uma carta, em papel personalizado, com uma data escrita no alto à direita em números convencionais. Franziu o cenho. Com certeza teria lembrado se TC fosse fluente em outra língua. Na verdade, lembrou que uma das poucas áreas acadêmicas em que ela tinha alguma dificuldade era lingüística. Sempre dizia que lamentava não haver estudado francês ou espanhol; apesar de sua excelente formação, nunca encontrara tempo.

O movimento na rua atraiu seu olhar. Um casal saía de um Volvo que acabara de estacionar: talvez eles tivessem ido ao cinema ou a um jantar com amigos. Poderiam ser ele e Beth desfrutando uma vida normal. Esse pensamento provocou-lhe uma dor aguda no coração. Pela centésima vez desde o telefonema duas horas antes, ouviu a voz dela. *Will? Will, é Beth.*

Desviou o olhar. Mais adiante na rua, viu dois adolescentes de calças jeans largas e uma mulher de meia-idade segurando uma única flor. Instantaneamente viu e ouviu Beth na Carnegie Deli contando-lhe a história da Criança X e da flor que entregara a Marie, a recepcionista de luto. Beth tinha ficado muito tocada com aquela atitude, um ato de humanidade, que Will creditava à sua mulher, que de algum modo Beth conseguira fazer partir daquele menino em dificuldades.

Logo abaixo, na calçada oposta, viu o homem do boné de beisebol.

Will não o reconheceu logo. Mesmo quando viu o agasalho azul, não fez uma ligação imediata. Mas algo na atitude do homem, ou em sua postura, sugeria que ele não se dirigia a nenhum outro lugar, mas que precisava ficar bem ali; isso lhe trouxe uma lembrança.

Ele logo soltou a cortina e recuou um passo da janela. Tinha visto aquele homem pouco antes à noite; julgara-o um turista solitário que admirava a sede do *New York Times*, espreitando a vitrine como se não tivesse nada melhor a fazer. Agora o mesmo homem andava de um lado para o outro diante do prédio de TC. Era coincidência demais.

— TC, quantas saídas para a rua existem neste prédio?

Ela ergueu os olhos da Bíblia, publicada em 1611 sob os auspícios do rei Jaime I, que acabara de tirar da prateleira.

— Como? Do que está falando?

— Acho que estamos sendo seguidos e vamos precisar sair já daqui. Só não podemos sair pela porta da frente. Você tem alguma opção?

— Deixe de gozação. Como alguém iria...

— TC, não temos tempo para uma discussão.

— Há uma saída de incêndio nos fundos; dá para um beco sem saída, eu acho.

— Arriscado demais. Poderia ter alguém nos fundos também. Este prédio tem um zelador?

— Um quê?

— Um zelador?

— Oh, sim. Um cara simpático. Mora no porão.

— Você o conhece? Por favor, me diga que ele tem um carinho especial por você.

— Mais ou menos isso. Por quê? Em que está pensando?

— Você vai ver. Arrume numa bolsa tudo o que possa precisar.

— Precisar para quê?

— Para uma noite fora. Acho que não podemos correr o risco de voltar.

Planejando a saída, Will deu um telefonema apressado, depois juntou os Post-its de TC, seu celular, o BlackBerry e pôs tudo nos grandes bolsos do paletó. Ouviu-a remexendo as gavetas.

Na porta da frente, inspecionaram mais uma vez o apartamento. Por hábito, TC estendeu a mão para o interruptor de luz; Will segurou-lhe o antebraço bem a tempo de impedir.

— Não vai querer anunciar que estamos de saída, vai?

Isso lhe deu uma idéia. Como muitos nova-iorquinos preocupados com segurança, ela tinha dispositivos para acionar os interruptores nas luminárias. A maioria das pessoas os usava quando iam viajar, cronometrando-os para acenderem e apagarem as luzes, ligando a luz à noite e desligando-a de manhã. Sem perguntar, Will encontrou o da sala de estar e programou-o para desligar-se à meia-noite. Não, aquilo era óbvio demais. Dez para a meia-noite. Em seguida, foi até o quarto de TC — com cuidado — e programou a luz para acender-se dali cinco minutos antes e apagar-se mais uma vez vinte minutos depois. Com alguma sorte, o estranho à espreita do lado de fora concluiria que ele e a amiga haviam-na desligado de vez.

Feito isso, foram para o porão. Superaquecido e repleto de uma série de portas sem maçanetas, parecia um lugar inadequado para se viver. Mas era o lar do Sr. Pugachov, o zelador russo. TC bateu de leve na porta, atrás da qual, Will se deliciou ao notar, ouvia-se um programa de TV de tarde da noite. Por fim, a porta abriu-se com um rangido.

Para surpresa de Will, o zelador não era um velho mal-humorado de cardigã furado e sandálias gastas como os inspetores de escola de sua juventude. Ao contrário, o Sr. Pugachov era um homem bonito, de 30 e poucos anos e uma impressionante semelhança com o ex-campeão de xadrez Garry Kasparov. E em vista dos padrões de migração da ex-União Soviética, não seria nenhum grande choque se esse homem, cujo trabalho era assinar entregas diurnas de correspondência e consertar vazamentos em canos d'água, acabasse se revelando um grande mestre do xadrez.

— Srta. TC!

A expressão de Pugachov, contudo, passou de prazer a desapontamento assim que viu Will.

— Olá, Sr. P.

Um *flerte*, pensou Will. *Bom.*

— O que posso fazer por você?

— Bem, é uma situação estranha, Sr. P. Meu amigo e eu planejamos uma linda surpresa para o aniversário da mulher dele.

Toque simpático, estabelecendo que não sou o namorado.

— Que deve começar — TC fez o gesto de conferir as horas no relógio — a qualquer minuto, na verdade. À meia-noite!

Parecia ofegante, ansiosa demais.

— Então o negócio é o seguinte — disse Will, assumindo. — Queremos sair daqui sem que ela nos veja. Nós a deixamos diante do prédio, entende? Sei que vai parecer loucura, mas eu gostaria de saber se há alguma maneira de nos esconder em, huumm, não sei, alguma caçamba ou carrinho e nos levar para a rua.

Will viu que o campeão de xadrez ficou espantado. Fitava os dois com um olhar de perplexidade. TC recorreu a um sorriso cintilante, mas de nada adiantou. O zelador olhava-os inteiramente confuso. Will decidiu falar uma língua internacional.

— Tome 50 dólares. Nos leve para fora daqui numa daquelas latas de lixo.

Apontou uma série de enormes latas de plástico sobre rodas enfileiradas junto à porta dos fundos.

— Quer que eu ponha a Srta. TC na caçamba?

— Não, Sr. P. Quero que nos ponha ali e apenas nos empurre pela rua. Cem dólares. Certo?

Decidiu que a negociação terminara. Enfiou o dinheiro na mão do zelador e dirigiu-se para a porta dos fundos. Ainda balançando a cabeça, o Sr. P. abriu a porta. Will apontou a lata azul assinalada "Jornais", fazendo um gesto para que o faxineiro a empurrasse o mais perto possível da porta. Era arriscado demais pisar no lado de fora; poderiam ser vistos. Em seguida, pegou a lata, segurou na alça e inclinou-a, abrindo a tampa e esvaziando o conteúdo no chão. Revistas, catálogos e encartes grátis anunciando computadores caíram como uma cascata, espalhando-se pelo chão. Quando viu a cara do faxineiro franzir-se numa careta, enfiou a mão no bolso e tirou mais vinte dólares.

Assim que pôs a lata quase em posição horizontal, a borda apoiada na rampa, não foi muito difícil entrar. Will engatinhou, como num túnel. Depois se estendeu, deitando-se de lado, e fez um gesto para que TC o seguisse até os dois se acomodarem como se fossem as duas metades de uma noz dentro de uma casca azul de plástico.

Will fez o sinal com a cabeça e Garry Kasparov fechou a tampa. Então, com um vigoroso esforço e um grunhido profundo e baixo, o zelador ergueu a lata para que ficasse na vertical, inclinou-a e começou a empurrar. Em pânico, Will percebeu que não haviam discutido um caminho nem um destino.

Dentro, TC e ele chocalhavam e batiam nas paredes, mas tiveram o bom senso de não deixar escapar nem sequer um gemido. Seus joelhos se tocavam, os rostos estavam a apenas dois centímetros um do outro, e, ao serem lançados para cima quando o Sr. P. passou por um buraco, a irresistível vontade de rir foi grande. Era tão ridícula a situação deles. Mas o sorriso só se formou na mente de Will, pois ele tinha um fardo nas costas. *Beth.*

Sentiram a velocidade diminuindo; o Sr. P. obviamente se cansara. Will bateu de leve na lateral. A lata mais uma vez se inclinou até embaixo, deixando-os engatinhar para fora. O faxineiro havia feito um bom trabalho: percorrera quase três quadras, mantendo-se junto ao estreito beco atrás dos prédios de apartamentos. Com certeza não foram vistos.

Despediram-se, com TC dando ao Sr. P. um breve abraço, que, desconfiou Will, valeu mais que o pagamento em dinheiro. Os dois viram o zelador refazer o caminho de volta, um imigrante russo empurrando uma lata vazia sobre rodas pelas ruas de Nova York à meia-noite. Essa era a beleza de uma grande cidade: nada jamais parecia fora do comum; portanto, ninguém prestava muita atenção.

— Muito bem — disse Will, olhando em volta e se orientando. — Agora só precisamos seguir uns seis quarteirões para o norte. Temos de correr.

E lá se foram.

Por fim, TC teve uma chance de falar.

— Que diabo está acontecendo, Will? Você vê um cara de boné de beisebol e de repente nos joga numa lata de lixo? E por que estamos correndo? O que houve?

— Eu vi aquele cara antes. Diante do prédio do *Times*.

— Tem certeza? Como poderia saber se era o mesmo cara? Você só o viu por um segundo.

— TC, acredite em mim. Era o mesmo homem. — Ia explicar sua teoria, mas percebeu que pareceria disparatada. E consumiria oxigênio demais. — Ele usava as mesmas roupas. Estava lá para me vigiar... ou para vigiar nós dois.

— Acha que os hassídicos mandaram esse cara?

— Claro. Talvez até seja um deles. Só precisaria trocar de roupas para passar por um sujeito normal.

TC olhou-o com firmeza.

— Sabe o que quero dizer — explicou ele. — Poderia passar despercebido. O que vi em Crown Heights semana passada... Nossa, foi apenas ontem. O que vi *ontem* é que muitos desses rapazes nasceram em famílias americanas comuns. — Will começava a ofegar. — Não seria difícil se despirem de toda aquela indumentária e voltarem ao que eram antes, se isso fosse exigido pela missão.

Haviam chegado ao seu destino: Penn Station, e precisaram esperar somente cinco minutos pelo que Will chamou de "corujão", um termo para se referir aos serviços que funcionavam depois da meia-noite. Tinham o vagão todo para eles, a não ser por um homem barbado que visivelmente tirava uma soneca, na certa embriagado.

— Esse é o trem que eu tomava para visitar meu pai antes de comprarmos o carro.

Arrependeu-se da primeira pessoa no plural: pareceu de algum modo indelicado esfregar a parceria conjugal na cara de TC, ainda solteira. E esse arrependimento logo o fez lembrar que ele e TC jamais haviam passado um fim de semana em Sag Harbor. Will seguira quase à risca a vontade de TC: ela havia encontrado o pai de Will apenas uma vez e nunca tiveram a oportunidade de se conhecerem direito. Beth, em compensação, ajustou-se de imediato; era uma das coisas que fazia parecer a união correta.

Will ficou calado. Foi TC quem rompeu o silêncio, enfiando a mão na bolsa para pegar o livro que segurava quando saíram do apartamento. A Bíblia Sagrada.

— Meu Deus, quase esqueci. — Folheou as páginas em velocidade máxima. — Aqui. O Livro dos Provérbios, Capítulo 10.

— Já não leu tudo isso? Encontramos o que ele queria que víssemos: justo, justo, justo.

— Eu sei, mas sou obsessiva. Quero estudá-lo mais.

— O que está procurando?

— Não sei. Mas algo me diz que saberei quando aparecer.

TRINTA E TRÊS

SÁBADO, 3H08, SAG HARBOR, NOVA YORK

A casa em Sag Harbor, pelo menos, não apresentou surpresas. A chave estava embaixo do vaso de flores, como sempre; o ambiente era bastante acolhedor, graças à eficiência do casal de caseiros que o pai de Will tinha contratado para manter tudo em ordem fora de temporada.

Ele circulou rapidamente, acendendo luzes, pondo água para esquentar no fogão, preparando chá. Pegou um pacote de biscoitos e afinal se sentou defronte de TC, vendo-a do outro lado da imensa e antiga mesa de carvalho que dominava a cozinha em estilo rústico da casa do pai.

Logo as lembranças voltaram a invadi-lo. Os longos invernos na escola, quando sentia cada um dos milhares de quilômetros que o separavam do pai. A alegria quando chegava um pacote no correio, quase sempre com uma deliciosa amostra de produtos da exótica cultura americana — talvez um pacote de chicletes ou, nunca faltava, uma bola de beisebol de couro. E depois a emoção quando era colocado num avião durante as férias de verão, "um menor desacompanhado" que ia ver o pai. Aquelas semanas de agosto em Sag Harbor, caçando caranguejos na praia ou comendo mariscos no cais, eram o ponto alto do ano para Will. Ainda sentia, ainda hoje, anos depois, um vazio no estômago quando setembro chegava, ameaçador, e ele seria levado de volta ao aeroporto — e afastado do pai por mais um ano.

Forçou-se a voltar ao momento presente. Ele começara a explicar tudo ainda no trem, mas agora explicava com todos os detalhes o que o afligia desde que recebera aquele telefonema. Era a primeira vez que ela ouvia falar de Jay Newell ou da conversa de Will com ele mais cedo naquela noite. Mas TC era uma aluna esperta; quando Will lhe contou sobre a mensagem de Jay, ela não precisou dele para juntar os pontos.

— Então Baxter e Macrae foram drogados antes de ser assassinados; ambos eram considerados justos por pessoas que os conheceram; e, segundo YY e os Provérbios 10, se sua leitura disso estiver correta, é esse código dos justos que importa. O que de algum modo explica a trama hassídica sob um ponto de vista mais amplo. Por que levaram Beth, por que mataram o cara em Bancoc, por que puseram alguém para seguir você, ou a nós, esta noite. Em essência, essa é a teoria, não é?

— É mais que uma teoria agora, TC. "2 abaixo: mais virão." "Mais mortes virão logo." Foi o que ele disse. Dirigia-se a mim diretamente! Tinha lido as matérias no *Times* e me dizia: "Muito bem, você resolveu duas delas, mas outras virão." O que significa que temos de associar isso com tudo o mais que vem acontecendo! Não está vendo?

— Claro, eu vejo, sim. — Ela escolheu as palavras com cuidado. — Vejo que isso tudo parece estar associado. O problema é que... Ou melhor, o meu problema é que, pessoalmente, não consigo ver como juntar isso tudo, Macrae/Baxter/justo, que admito ser fascinante e incrível, às "outras" que supostamente virão.

Will desabou na cadeira.

— Não, Will. Não fique assim. É um grande progresso. Estamos quase chegando lá, tenho certeza. Escute, vamos dormir um pouco e depois examinaremos com calma essa última parte — disse ela, pondo a mão no ombro de Will e desencadeando uma avalanche de lembranças nos dois. — Nós vamos conseguir...

De repente, ele se levantou de um salto e saiu correndo da cozinha. TC foi atrás dele.

— Will! Will! Por favor, não faça isso.

Encontrou-o em pé no escritório do pai, uma sala cheia de livros do piso ao teto. Uma fileira atrás da outra de livros jurídicos encadernados em couro, relatórios de casos reunidos, volumes de julgamentos da Suprema Corte que remontavam ao século XIX. Em outra parede, viam-se obras mais contemporâneas, fileiras de títulos de capa dura sobre política, a constituição e, claro, a legislação. Pareciam arrumados com a mestria de um bibliotecário: agrupados por tema, e depois, dentro de cada categoria, postos rigorosamente em ordem alfabética. TC concentrou-se na seção do cristianismo: *Documentos da Igreja cristã*, de Henry Bettenson, *The Early Church*, de Henry Chadwick, *De Cristo a Constantino*, de Eusébio, *Doutrinas centrais da fé cristã*, de JND Kelly, todos enfileirados em perfeita ordem.

Mas Will ignorou os livros e ligou o computador na mesa do pai. Passou os olhos por uma matéria da Associated Press, mal lendo as palavras, à procura de algo específico.

Selecionou duas palavras com o cursor sobre o texto: o nome da vítima de seqüestro pelos hassídicos em Bancoc: Samak Sangsuk. Abriu uma janela do Google no alto à direita, colou o nome e teclou entrar.

> *Sua pesquisa — Samak Sangsuk — não encontrou nenhum documento correspondente.*

Will ia xingar um palavrão, mas ficou quieto. Não por causa de TC, e sim pelo estranho barulho que vinha do corredor. Não apenas um, mas vários em rápida sucessão. Não havia dúvida. Tinha mais alguém na casa.

TRINTA E QUATRO

SÁBADO, 0H12, MANHATTAN

Ele havia esperado tempo demais. Foram as luzes apagando-se que o deixaram desconfiado. Disseram-lhe que aquele homem procurava, desesperado, sua mulher: não fazia sentido ir dormir tranqüilo à meia-noite.

Além disso, temia estar despertando suspeita, andando de um lado para o outro diante de um prédio de apartamentos horas a fio. Embora ali fosse Manhattan, onde ninguém parecia notar nada, era um risco.

Telefonou aos superiores, pedindo permissão para prosseguir.

— *Tudo bem. Mas faça um serviço limpo. Está entendendo?*

— Estou.

— *E que o Senhor esteja convosco.*

Esperou a chegada de alguém ao prédio, uma mulher que parecia retornar de uma loja de conveniência tarde da noite, com uma sacola cheia de mercadorias. Ele levou um segundo para percorrer os poucos metros até a entrada e emparelhar-se com ela.

— Oh, deixe que eu faço isso — disse, segurando a porta assim que ela a abriu e entrando logo atrás.

Enquanto a mulher conferia a caixa de correspondência, ele se dirigiu ao porão — parando apenas para cobrir o rosto com uma máscara de esqui.

Ouviu o som de uma televisão, que vinha por debaixo da porta. Bateu e esperou, conferindo mais uma vez o frio aço do revólver que mostraria assim que a porta se abrisse. Não demorou.

Com o susto, o Sr. Pugachov deu um salto para trás e ergueu as mãos.

— Bom. Agora, só precisa ficar calmo. Precisamos fazer isso tranqüilamente. Você tem apenas de me levar ao apartamento no sexto andar. O que dá para a rua. Onde mora a moça bonita. Sabe à qual me refiro. A moça bonita pra caramba.

Pugachov nunca tinha ouvido um sotaque como aquele antes; o homem não falava como os nova-iorquinos que ele conhecia. Levou algum tempo para entender o que o homem dizia. Adivinhando, estendeu a mão direita para trás da porta.

— Ei! Mãos para cima! O que foi que acabei de dizer, moço?

— Desculpe, desculpe — balbuciou Pugachov. — Eu ia pegar a chave. Chave! — Gesticulou para onde ficavam as chaves, e o homem de máscara de esqui viu uma série de ganchos numerados: chaves de reserva para cada apartamento do prédio.

O homem empurrou Pugachov porta afora, em direção à escada dos fundos. Era tarde; não havia ninguém à vista. Mas era arriscado demais tomar o elevador. A ordem que tinha recebido era esta: não podia ser visto.

O zelador abriu hesitante a porta de TC, gritando um fraco olá. Sentia a arma na nuca.

O homem de máscara de esqui acendeu uma lanterna e procurou a porta do quarto. Empurrou o refém contra ela.

— Abra.

Pugachov girou a maçaneta devagar, mas o homem armado estendeu a mão por cima dele e escancarou a porta com força.

— Parado! — o homem gritou, apontando o feixe da lanterna para a cama.

Como não havia nada, deu meia-volta, antecipando uma possível emboscada vinda por trás. Nada. Agarrando Pugachov pelo colarinho, começou a abrir portas de armários, apontando o revólver para cada novo espaço escuro em que procurava. Quando chegou à porta do banheiro, deu um chute firme e entrou de um salto, antes de virar-se para certificar-se de que ninguém ia pular em cima dele.

Revistou o resto do apartamento, iluminando com a lanterna todos os cantos.

— Bem, moral da história: confie em seus impulsos. Achei que eles tinham ido embora e foram mesmo.

Acendeu as luzes e começou a olhar em volta mais atento, sem deixar Pugachov fora de sua visão — ou fora da mira do revólver.

Ligou o computador de TC, abrindo de cara o navegador de internet. Acessou o "histórico", com a longa lista dos sites mais recentes que ela tinha visitado. Pegou uma caneta, uma caderneta preta e começou a escrever o que viu. Pela primeira vez Pugachov notou que ele usava luvas de couro preto justas.

Em seguida, o homem viu um bloco de Post-it. A folha de cima estava vazia, mas ele a ergueu para perto da luz mesmo assim. Com absoluta certeza, como tantas vezes, viu o traço de palavras e números marcados na página. Ficou impressionado com o fato de as pessoas ainda cometerem esse erro elementar: julgava que Will Monroe fosse mais esperto.

Então pegou o telefone e teclou o botão "último número": 1-718-217-5477117366727341. Tantos dígitos só poderiam significar uma coisa: Monroe havia ligado para algum tipo de serviço automático, que oferecia uma série de opções numéricas. O homem com a arma copiou a série inteira de números e teclou religar.

Obrigado por ligar para a Ferrovia de Long Island...

Depois disso, foi simples: só precisou teclar a seqüência de números que ele havia anotado. "1" para usar ligação por tom, "1" para informação de horário, e depois, quando pediram para digitar as cinco letras de sua estação de partida, 73667, e assim por diante. Foi fácil. Com a maior boa vontade, a voz feminina automática informou os horários dos três trens seguintes que saíam da Penn Station para Bridgehampton, a estação mais próxima de Sag Harbor.

O homem jogou o facho de luz da lanterna pelo chão mais uma vez, notando um pedaço de papel amarelo que não tinha visto. Dizia: *versículo 11. A boca do justo é uma fonte de vida; a do ímpio, porém, esconde injustiça.*

Enfiou o papel no bolso e virou-se para Pugachov.

— Muito bem, filho. Agora é a sua vez.

Usou o revólver para gesticular em direção à porta.

Quando Pugachov ergueu a mão para a maçaneta, virou ligeiramente as costas e ficou lado a lado com o homem. Agora, lembrando o treinamento que recebera como antigo reservista do Exército Vermelho, tinha chegado o momento. Num instante, agarrou o mascarado pelo pulso e prendeu a arma dele embaixo do ombro, logo derrubando o homem no chão.

A arma caiu, Pugachov estendeu a mão para pegá-la e foi chutado, com força, nos colhões. Dobrou-se em dois e sentiu um braço em volta do pescoço. Tentou soltar-se lançando com ímpeto os cotovelos para trás, mas não conseguiu se mover. Viu-se preso numa chave de pescoço, e o homem que o segurava parecia ter uma força sobre-humana. Pugachov sentia a respiração dele em sua orelha.

De algum modo, e só com supremo esforço, conseguiu girar o braço direito, desprendê-lo e levá-lo à cabeça do homem. Mas não a tocou. Balançou as mãos até finalmente agarrar alguma coisa. Levou um segundo para perceber que não eram cabelos. Pelo canto do olho, viu o que segurava: ele tinha arrancado a máscara do homem.

De repente, o golpe de pescoço se afrouxou. Pugachov tombou, quase sufocando. Já não era mais a máquina de luta bem condicionada da juventude; aquele período de serviço militar no Afeganistão havia ficado no passado longínquo. Talvez o mascarado tivesse percebido isso; talvez entendesse que ele não poderia causar nenhum dano grave e o deixasse ir embora.

— Acho que acabou de cometer um grande erro, meu amigo.

Pugachov ergueu os olhos e viu um homem muito mais jovem do que ele esperava. Agora sem a máscara, o zelador viu que os olhos eram do mais excepcional azul que já vira, quase feminino. Pareciam emitir raios de luz brilhante e incisiva.

Não teve muito tempo para encará-los, porque sua visão logo se obscureceu — pela boca do que reconheceu ser um silenciador apontado direto entre seus olhos.

TRINTA E CINCO

DOMINGO, 4H14, SAG HARBOR, NOVA YORK

TC olhava para Will, imóvel e em silêncio. O ruído era regular demais para ser o som da casa velha, o estalo de madeira antiga. Não havia a menor dúvida: eram passos. Will pegou o mais pesado atiçador que encontrou da lareira, levou o dedo aos lábios para pedir silêncio e saiu do escritório do pai mantendo-se junto à parede.

Atravessou de mansinho o corredor em direção à cozinha. O ruído parecia vir de lá. Ao chegar mais perto, ouviu um farfalhar, como se o intruso folheasse papéis. Aproximou-se passo a passo, até conseguir ver a sombra de um homem alto. O coração martelava; a garganta estava seca.

Num único movimento, esgueirou-se pelo canto, ergueu o atiçador acima da cabeça do intruso...

— Deus do céu, Will! Que diabo está fazendo?

— Pai!

— Will, você quase me matou de susto. Achei que alguém tivesse arrombado a casa. Minha nossa.

O Sr. Monroe, metido num pijama listrado, desabou numa cadeira, a mão agarrada ao peito.

— Mas pai, eu não...

— Espere, Will. Me dê um segundo para recuperar o fôlego. Espere.

Quando Will gritou para TC, o espanto do pai foi completo.

— Que diabo está acontecendo aqui?

Will esmerou-se o máximo que pôde, pondo-o a par dos acontecimentos das últimas horas: as mensagens de texto, os Provérbios 10, a visita à redação, o perseguidor, a corrida para a Penn Station. Ele ouviu pacientemente, balançando o chá quente que TC lhe preparara, o grande juiz agora em posição de pai.

— Eu devia ter te contado que estava aqui. Vim ontem à noite. Não tive notícias suas e já começava a subir pelas paredes de preocupação. Achei que ouvir o mar talvez me ajudasse, respirar o ar da beira da praia. Beth é sua mulher, Will, mas também é minha nora. É da família.

Lançou um olhar para TC, cujo rosto enrubesceu.

— Lamento que tenhamos acordado o senhor — ela disse, tentando mudar de assunto. Então, bocejando: — Dormir me faria bem.

— Moção concedida. Will, o quarto do jardim está arrumado.

Isso aborreceu Will. Estaria o pai dando ao filho uma ordem, instruindo-o que devia dormir separado de TC, como se suspeitasse que, se entregues a si mesmos, iriam dividir a mesma cama? Acreditava mesmo que Will ia trair a esposa que tanto adorava?

Talvez o pai suspeitasse de coisa mais sombria. Seria ao menos possível? Poderia imaginar que o filho de algum modo arquitetara tudo aquilo como um meio de reatar com a ex-namorada? Will percebeu que fora muito econômico com as informações, mal deixando o pai por dentro da busca por Beth. No quanto insistira para que a polícia não se envolvesse. Fazia quase trinta anos que Will Monroe Pai não trabalhava com direito criminal — mas ele não teria esquecido de nada.

O pior é que Will sabia que não podia sentir nenhuma indignação que justificasse. Afinal, há poucas horas colara os lábios nos de TC, com os olhos fechados, num beijo. Não fora um roçar fugaz; mas um beijo de verdade.

Exausto demais para dizer qualquer outra coisa, cedeu calado ao que o pai determinara e dirigiu-se escada acima, juntando-se a TC, que o esperava no patamar. A postura dela, como a se esconder, sugeria que também entendera tudo: a desconfiança que irradiava do pai e a consciência pesada, pois sabia que não era inteiramente sem fundamento.

DOMINGO, 0H33, MANHATTAN

— Bom trabalho, rapaz. E seu entusiasmo é uma alegria para mim, realmente é. — A voz era clara e distinta, mesmo ao telefone. — Não, agora o melhor é ficar à espera. Não estou preocupado com Sag Harbor. Isso não vai ser um problema. Precisamos de você aí na cidade.

— Então onde quer que eu fique a postos, senhor?

— Bem. Eles não vão ficar muito tempo em Long Island, não é? Ele vai ter de voltar. E isso quer dizer Penn Station. Por que não garante sua presença lá para recebê-los?

TRINTA E SEIS

DOMINGO, 9H13, SAG HARBOR, NOVA YORK

Will tinha deixado o telefone ligado e à mão. Mas estava tão exausto que o aparelho vibrando com uma mensagem recém-chegada dificilmente o despertaria. Em vez disso, mergulhou num sonho. Ele colocava a chave na fechadura da porta da frente; entrava e encontrava Beth parada na cozinha com uma criança agarrada na cintura. Parecia com raiva, como a proteger o menino — ou menina, Will não sabia dizer — de um intruso prestes a fazer-lhe um terrível mal. *Afaste-se,* seus olhos pareciam dizer. Tinha um ar agressivo; selvagem. *Oh, entendo,* ele pensou no sonho. *Essa é a criança X.* E, ao mesmo tempo, como a anunciar essa compreensão, um sino começou a soar...

Como um guincho içando um mergulhador para a superfície, acordou. Por reflexo, pegou o telefone imediatamente.

1 nova mensagem

qUarEnta

Ele se levantou de um salto e atravessou a passos rápidos o corredor até o quarto onde estava TC, um dos poucos que não tinha vista para o mar; em vez disso, dava para os fundos, para um jardim em estilo inglês. O sol fluía pelo corredor, acompanhado do ruído das ondas. Não tinha como negar: o pai escolhera uma localização deslumbrante.

O pai. Só então Will se lembrou do encontro na noite anterior. Quase batera no pai. Poderia tê-lo matado. Mas não havia tempo para pensar sobre isso.

— Muito bem — disse, depois de sacudir TC até acordá-la e ela se sentar encostada nas dezenas de travesseiros que a caseira do pai rotineiramente providenciava para cada cama. — Tem mais mensagem. "Quarenta."

Segurava o telefone no alto.

— Quarenta mensagens? — resmungou ela, ainda sonolenta.

— Não. Esta é a mensagem. Veja.

— Por que ele escreveu dessa forma tão estranha?

— Não sei. Comece a quebrar a cabeça nisso. Consegue? Tenho de dar um telefonema.

Conferiu as horas no relógio. Nove e meia da manhã. Checou o BlackBerry: nada novo de Crown Heights. Com certeza não acreditaram que ele aceitara as exigências do rabino feitas no telefonema do dia anterior — que recuasse e esperasse sentado. Era óbvio que não iam acreditar nisso: afinal, haviam mandado um homem segui-lo exatamente porque sabiam que ele não pararia.

Nove e meia. Alguém da editoria "Internacional" estaria lá a essa hora. Além disso, não podia dar-se o luxo de deixar para muito mais tarde. Discou o número, quase que em prece. *Por favor, que seja Andy.*

Trabalhavam no mínimo quatro estagiários na editoria "Internacional" do *New York Times*; mas um ele passara a conhecer. Andy provavelmente era quatro anos mais jovem que Will e, desde que haviam conversado na fila da cantina na hora do almoço, grudara nele como uma espécie de mentor. Era de Iowa e não sorria muito, era sério, o que agradou Will imediatamente; semelhante ao senso de humor inglês de que sentia saudade.

— "Internacional."

— Andy?

— Exatamente.

— Graças a Deus.

— Will, é você?

— Sim. Por quê?

— Não, nada. Só que...

— O quê?

— Rapaz, se eu acreditasse em cada boato maldoso que ouço.

— Que boato maldoso?

— O que circula é que você tomou esporro do homem ontem. Que ele te encontrou vasculhando a mesa de outra pessoa. Eu disse ao pessoal: "Escute, jornalismo investigativo é um negócio duro."

— Obrigado, Andy.

— É verdade?

— Digamos que não é inteiramente verdade.

— Huumm. Bem, é um novo método de desenvolvimento de carreira, se quer minha opinião.

— Ouça, Andy. Preciso de um favor. Preciso que me dê o número do correspondente do *Times* em Bancoc.

— John Bishop? Todo mundo está no caso dele hoje, rapaz. O cara está esgotado.

— Como assim?

— Você não assistiu aos noticiários? A polícia está em todo o Brooklyn. Parece que os chapéus pretos tentaram matar um cara na Tailândia. É uma matéria de "Cidade". Walton está nela.

— Walton?

Era só o que lhe faltava: mais alfinetadas do ladrão de matérias. Teria de falar com Bishop sem ele saber.

— É. Sei que Walton tentou se livrar dessa matéria, sendo fim de semana e tudo mais. Parece que ele te indicou para a matéria: até o editor lhe dizer que você estava, você sabe...

— Estava o quê?

— Você sabe, não estava disponível para trabalhar no momento.

— É isso que andam dizendo?

— Mais ou menos. Escute, Will, o que houve? Você está doente ou coisa assim? Fumou alguma erva braba?

Ele sabia que Andy tentava minimizar com gozação o peso de tudo aquilo, ressaltando, em particular, a suspeita de que o casado e batalhador Will Monroe fosse viciado em drogas. Mas isso não fez Will rir. Ao contrário, a brincadeira do amigo apenas confirmava seus piores temores: de que na verdade estava efetivamente suspenso do *New York Times* e se tornara o que temia: o assunto da redação, o tópico preferido nas conversas junto ao bebedouro. O fato de se tratar de uma questão trivial, que não era digna de ser considerada junto com suas outras preocupações, apenas enfatizava o desespero da situação em que Will se encontrava.

— Não, Andy. Nada de erva, nenhuma droga, na verdade. Mas vejo agora como deve ser. Excelente. O máximo. Maravilhoso.

— Lamento, cara. Posso fazer alguma coisa por você?

— Sim, aquele número será uma imensa ajuda. Também o celular, se ele tiver um.

— Pode deixar. E lembre-se, eles estão 12 horas na frente. São quase dez da noite agora.

Will não se deu nem um momento para digerir a conversa com Andy. Enquanto teclava os múltiplos dígitos para falar com Bancoc, imaginou como os estagiários e jovens repórteres do *Times* estariam ocupando o sistema de telefonia móvel nova-iorquino, informando uns aos outros sobre a ascensão e queda de Will Monroe naquele momento, mas só isso. Tentou esquecer o assunto — e concentrar-se no toque da chamada telefônica que estava fazendo agora.

— Alô.

— Alô, John? Aqui é Will Monroe, da editoria "Cidade". É uma hora imprópria?

— Já estou de pé há 36 horas e prestes a enviar a matéria. Por que seria uma hora imprópria? Como posso ajudar?

— Desculpe, vou tentar ser o mais breve possível. Sei que está trabalhando em parceria com Terry Walton; portanto, não quero interferir em nada que ele tenha feito...

— Ahã.

— Mas venho trabalhando numa outra matéria... — Mais uma mentira, que Bishop poderia facilmente descobrir, mas como já estava enterrado até o pescoço, uns centímetros a mais não fariam grande diferença. — Estou tentando descobrir mais sobre a vítima. O Sr. Sangsuk.

— Sr. Samak. O nome dele era Samak Sangsuk. Na Tailândia, o sobrenome vem primeiro; você sabe, como Mao Tse-Tung. De qualquer modo, já enviei isso tudo. A "Internacional" vai ter.

Merda. Devia ter pedido a Andy para enviar tudo primeiro.

— Eu sei e é tudo muito bom. São apenas algumas informações que recebi dos hassídicos aqui.

— Ah, é? Isso é ótimo, Will. Que informações?

O tom mudara. A perspectiva de informação útil sempre melhorava os modos dos jornalistas.

— Sei que parece estranho, mas me pediram para examinar com atenção a biografia da vítima.

— Apenas um sujeito rico. Empresário.

— Bem, eu sei. Mas meu informante — um ponto acima de "fonte" e, portanto, muito mais atormentador — sugere que se investigarmos um pouco mais fundo, poderemos encontrar alguma coisa útil. E relevante.

— Como, ele era trapaceiro? Corrupção é comum nesta cidade. Isso não seria algo inédito.

Agora Will teria de aproveitar a oportunidade.

— Não, o que sei é o contrário. Me disseram que se examinássemos a fundo, encontraríamos algo muito singular sobre esse homem... e não me refiro a "extraordinariamente corrupto".

— Bem, o que quer dizer? Que coisa "muito singular" vamos encontrar?

— Não sei, John. Só estou transmitindo o que o hassídico me disse. "Procure alguma coisa singular, e ela explicará tudo." Foi o que o cara disse. Só queria lhe passar a dica.

— São dez horas.

— Eu sei. Mas talvez algum parente da vítima, do Sr. Samak... será que não estaria acordado? Talvez os amigos?

— Tenho alguns números que posso tentar. Mandarei tudo que conseguir para a "Internacional".

Despediram-se e Will respirou aliviado. Agora ocupava o tempo de correspondentes estrangeiros. Em uma semana estaria de volta ao *Bergen Record*. Se o aceitassem.

Telefonou para Andy, instruindo-o a enviar quaisquer arquivos de Bishop assim que chegassem. Não tinha a mínima idéia do que o homem em Bancoc poderia descobrir.

— Bem, obrigada pelo café-da-manhã.

— Droga, desculpe. Fiquei ao telefone. — TC segurava um pedaço de papel. — Conseguiu?

Ela lhe mostrou. Dizia apenas *qUarEnta*.

— Sim?

— A princípio achei que era apenas um erro de digitação. Mas esse cara é muito cuidadoso e preciso. Tudo é calculado.

— E?

— E ele enfatizou duas letras: a segunda e a quinta. Comecei a falar em voz alta. Achei que talvez fosse "quarenta U-E", mas não faz sentido.

— TC...

— De qualquer modo, é muito mais simples. É quarenta, segunda e quinta. Ou, em outras palavras, a rua 42 com a Quinta Avenida.

— É a biblioteca pública.

— Exatamente, o que significa...

De repente, TC ficou tensa. Will olhou em volta. O pai tinha entrado no quarto, usando calça e blusão de domingo.

— Alguma novidade?

— Sim, acabamos de receber outra mensagem de texto. Mandando-nos à biblioteca pública.

— Esse homem está sugerindo que o encontre lá? Tome cuidado, William, por favor.

— Não, ele não disse nada ainda. Só o endereço. Rua 42 com Quinta Avenida. É só o que temos.

— Bem, me deixe ao menos dar uma carona até a estação.

Ouviu-se outro zumbido. Outra mensagem.

Ouse ser um Daniel

Will mostrou-a ao pai e depois a TC.

— Oh, acho que sei o que é essa — disse o pai, alguns segundos depois. — O que foi que Daniel fez?

— Entrou na cova dos leões.

— E a Biblioteca Pública de Nova York...

— É guardada por dois leões. Claro. As estátuas.

— Paciência e Coragem. Assim que são chamadas. Talvez seja o que ele esteja dizendo que você precisa.

— Não, acho que é mais simples que isso — interrompeu TC. — Acho que diz apenas para ir à biblioteca. Ouse ser um Daniel, entre na cova dos leões. Só isso.

O telefone zumbiu mais uma vez.

1 nova mensagem

Will atrapalhou-se para apertar os botões certos. Todos os três prestavam atenção e esperavam.

Prima domerins encontrado no pomar de frutas

— Deus do céu. Que diabo é isso? Logo quando eu achava que estávamos chegando a algum lugar.

— É formulado como uma dica de palavras cruzadas. Ou talvez haja uma sala na biblioteca que tenha uma pintura de um pomar?

— TC, o que você acha?

— Seu pai tem razão. É uma chave de palavras cruzadas codificada. Mas não vejo bem...

— Vamos — disse o Sr. Monroe, interrompendo-os. — Podem pegar o próximo trem se vocês se apressarem.

Assim que se instalaram no vagão, Will viu TC pôr mãos à obra. Roía as unhas, em seguida cruzava as pernas, antes de finalmente roçar a testa com o indicador direito repetidas vezes. Tomou emprestado o livrinho de anotações de Will e fez uma série de rabiscos na tentativa de quebrar o código — tentando escrever as palavras de trás para a frente e dividi-las em sílabas. Nada.

De vez em quando interrompia-se para retomar a conversa que estavam tendo desde o encontro inesperado deles na noite de sexta-feira. Os dois tentavam desatar o nó lógico de acontecimentos e a sucessão de enigmas que lhes haviam sido apresentados. Avançavam e recuavam repetidas vezes, buscando decifrar quaisquer pistas que talvez tivessem passado despercebidas.

Por fim, ao passarem pela avenida Flatbush em Forest Hills, TC fez uma descoberta.

— Funciona como uma dica para aquelas palavras cruzadas que eu fazia quando você comprava jornais britânicos. — Will teve uma fugaz lembrança dos dois em seu quarto no alojamento universitário, ociosos numa manhã de domingo. — Quando diz "encontrado em", trata-se de uma indicação para anagrama. Como quando dizem "misturado em" ou "oculto em". Portanto, o pomar de frutas está de algum modo "contido em" prima domerins.

— Nestas duas palavras?

— É. *Prima domerins* é um anagrama.

— De quê?

— De *Pardes Rimonin*. Quer dizer "jardim de romãs" em hebraico; um pomar de frutas. — Ela sorria.

— Muito bem, mas que diabo é isso?

— Vamos descobrir em breve.

TRINTA E SETE

DOMINGO, 14H23, MANHATTAN

As estátuas Paciência e Coragem tinham o olhar voltado para o outro lado, como sempre. Visivelmente desinteressadas pelos volumes de saber ou pelas hordas que buscavam conhecimento caminhando em sua direção, elas mantinham a pose: sentinelas de pedra, silenciosas guardiãs da casa do saber.

Will sempre gostou daquele prédio. Como acontece com todos os jovens, a descoberta de seu próprio conservadorismo foi um choque. Mas logo depois de sua chegada aos Estados Unidos, descobriu que tinha uma grande afeição — não, era mais que isso — uma *necessidade* por prédios antigos. Era mais inglês do que se dera conta: precisava da solidez de paredes e pedras antigas. Tinha sido criado num país onde a aldeia mais insignificante se vangloriava de uma igreja de 600, 700 ou 800 anos — quando não mais antiga. Quando vivia cercado por tudo isso, mal percebia. Mas agora, num país ainda em formação, a ausência dessa solidez quase o fazia sentir-se nauseado, como se navegasse num barco instável.

Nova York era diferente. Como Boston e Filadélfia, tinha construções antigas suficientes para tranqüilizá-lo. E a Biblioteca Pública era um exemplo perfeito, uma construção que parecia ter sido arrancada de Londres ou Oxford e transferida para a ilha de Manhattan.

Quando entravam no prédio, o telefone de Will vibrou mais uma vez. Uma mensagem:

3 vezes eu beijo a página.

Parecia óbvio que era a instrução final de que precisavam. *Pardes Rimonin* era o nome do livro, até aí TC descobrira. Dizia-lhes onde procurar, talvez até a página.

TC subiu correndo os dois lances de escada até a Divisão Judaica Dorot. Disse à bibliotecária o livro que desejava, ainda arfando.

— Refere-se ao manuscrito de *Pardes Rimonin* de 1591? — Will e TC se entreolharam. — Vocês sabem que se trata de um livro extremamente raro e precioso. Só a diretora da sala de leitura ou a vice são autorizadas a retirar essa obra. Poderiam voltar amanhã?

— Eu realmente preciso desse livro já.

— Receio que um livro como esse precise de permissão especial. Lamento muito.

— Quem é aquela mulher ali? A que está tomando café? — TC indicava com a cabeça um escritório nos fundos.

— Aquela é a vice-diretora. É o intervalo de almoço dela.

— Olá! Olá!

Will encolheu-se de vergonha. TC quase empurrara a bibliotecária para o lado e já se curvava sobre o balcão, gritando e acenando para atrair a atenção da vice-diretora — ali, na solene quietude de uma biblioteca. Os estudiosos às cinco mesas da sala de leitura esticavam o pescoço para ver o motivo de tanta comoção. Mesmo que fosse apenas para restaurar a ordem, a mulher no escritório dos fundos largou a caneca de café e se aproximou.

Funcionou. Ela pediu a TC que escrevesse seu nome e endereço no livro de visita, preenchesse um formulário e deixasse a identidade.

Ainda irritada, a mulher desapareceu para retirar o manuscrito de um armário lacrado dentro de uma sala trancada — vinte longos minutos durante os quais Will andou de um lado para o outro, examinando o rosto dos leitores de fim de semana à sua volta.

— Aqui está — disse a mulher finalmente, parada ao lado da mesa em que ele e TC esperavam. Não lhes entregou o livro nem o pôs sobre a mesa. Em vez disso, apoiou-o em dois blocos de isopor que formavam um ângulo para que a lombada não se abrisse inteiramente. TC pegou o bloco e uma caneta.

— Só permitimos lápis, por favor. Nada de canetas perto de um livro como esse.

— Perdão. Lápis. Muito obrigada. Tenho certeza de que não demoraremos.

— Oh, eu não vou a lugar algum. Vou ficar bem aqui junto do livro até guardá-lo de volta no armário. São as regras.

TC começou a virar as páginas com um cuidado especial. O manuscrito era a relíquia de uma era desaparecida; feito artesanalmente em Cracóvia, as páginas espessas guardavam quatro séculos de história. Ela tomava cuidado até para tocá-lo.

Sentado a seu lado, Will olhava a última mensagem de texto. Percebendo que a mulher os observava de cima, sussurrou.

— É alguma coisa religiosa, beijar a página?

— Os judeus de fato beijam seus livros de preces quando estão fechados ou quando caem no chão. Mas não três vezes. Nem páginas específicas.

Ela falava sem tirar os olhos do livro. Parecia tomada de uma reverência respeitosa pelo volume.

Will retirou da bolsa o livrinho de anotações. Talvez se tratasse de um exercício de matemática. Escreveu "3 vezes" como "3 x". Talvez o "eu" pudesse ser lido em inglês e equivalesse ao "i", que talvez representasse o algarismo "1". O que lhe daria? 3 x 1 = 3. Nada bom.

Então deu uma segunda olhada no que escrevera. *Calma.* A mente de repente remontou ao passado, às tardes de quarta-feira, que passara, ainda um menino de 9 anos, na aula de latim do Sr. McGregor. Professor de escola à antiga, McGregor vestia-se todo de preto e arremessava com força o apagador do quadro-negro, mas tudo o que ensinava era realmente com maestria. Incluindo as brincadeiras que fazia com os alunos para ensinar algarismos romanos.

Às pressas, então, Will escreveu "3 vezes" como três xis em sucessão: xxx. Agora para "Eu beijo". *Claro.* O "eu" era mesmo um "i". E como denotar um beijo, a não ser como se fazia informalmente com a letra x? (Num lampejo, lembrou a primeira vez que Beth assinou uma mensagem de texto com um x. Só um x, depois do nome, mas isso o emocionou. Estavam ainda naquele breve período de começo de relacionamento, se apaixonando, mas não haviam dito ainda a palavra amor. Esse x de Beth era uma prévia.)

Escreveu então: xxx para "3 vezes", ix para "Eu beijo": xxxix

— Abra na página 39.

TC era vagarosa; segurava o texto à sua frente com solene cuidado. Ele teve vontade de rasgar as páginas para simplesmente ver o que deviam ver *o quanto antes*.

— Tudo bem — acabou cedendo. — Aqui está.

Diante deles estava uma página dominada por um gráfico: dez círculos distribuídos de forma geométrica e ligados por uma complexa série de linhas. Will teve uma vaga lembrança daqueles desenhos e examinou-os por algum tempo para tentar avivar a memória. Fazia-o lembrar-se dos manuais de química da escola, descrevendo estruturas moleculares em duas dimensões.

Só que cada círculo tinha uma palavra escrita dentro. Ele precisou franzir os olhos para ver que a escrita era em hebraico. Não fazia sentido, geometria e perfeição científica num desenho do período medieval.

— O que é isso? — perguntou.

Viu que TC não queria responder. Debruçada sobre a imagem, quase tampava com o ombro a visão dele.

— Ainda não tenho certeza. Preciso examinar melhor.

— Por favor, TC. Sei que você sabe o que é. — Implorava num sussurro. — Me diga.

Constrangida e ciente da presença da bibliotecária, ela começou a apontar e falar.

— Esta é a imagem-chave da cabala.

— Cabala? Como aquela coisa da Madonna? Fita vermelha e tudo mais?

TC revirou os olhos, depois se controlou e fez uma expressão que dizia: *Por onde devo começar?*

— Não. A da Madonna é um culto de celebridade sem sentido. Tão próxima da verdadeira cabala como... não sei, o Coelhinho da Páscoa para o cristianismo. Preste atenção.

— Perdão.

— A cabala é misticismo judaico. É uma forma muito antiga de estudo judeu, proibido à maioria das pessoas. Não se deve estudá-la até ter completado 40 anos. E é só para os homens.

— E essa imagem?

— É como o ponto de partida da cabala. Contém tudo. É chamada de Árvore da Vida.

— Meu Deus.

— Isso mesmo... é mais ou menos o que eles acham que é. Uma representação diagramática das qualidades fundamentais de Deus. Cada um desses círculos é um *Sefirah*, um atributo divino.

Apontou o círculo mais abaixo de todos.

— Veja, começa aqui embaixo com *Malchut*, que significa Reino. Refere-se ao reino físico. Depois se ramifica para *Yesod*, Fundação; *Hod*, Glória, e *Nezah*, Eternidade. Depois progride para *Tiferet*, Beleza; *Gevurah*, Julgamento, e *Hesed*, Misericórdia. E por fim, no topo da árvore, *Binah*, que equivale ao entendimento intelectual; à direita, *Hochmah*, que é Sabedoria. E no cume, *Keter*, a Coroa. Algo como a essência divina.

— Então estamos vendo a imagem de Deus.

— Ou a mais próxima que chegaremos a ter.

Will não pôde dizer nada. Um arrepio percorrera-lhe a espinha enquanto TC falava. Talvez tudo aquilo não passasse de um excêntrico absurdo, mas a série de linhas e círculos, desenhada há centenas de anos e passada por gerações apenas àqueles considerados capazes de lidar com seus segredos, parecia emanar uma espécie de força.

TC recomeçou a explicar.

— É engraçado falar da "imagem de Deus". Os místicos acreditam que toda a razão da existência é que Deus queria ser visto como Deus.

Ele olhou para ela, confuso.

— Até então, existia apenas Deus. Nada mais. Apenas um Deus infinito, ilimitado. O problema é que não havia espaço para mais nada: para a criação de Deus, para o mundo físico que o espelharia. Por isso, ele teve de encolher-se um pouco. Contrair-se, deixando espaço para que uma espécie de espelho pudesse existir, para refleti-lo de volta a si mesmo. Veja, aqui diz isso. — Ela pegou outro livro, que pedira enquanto esperava o manuscrito, e folheou rapidamente as páginas até encontrar o que procurava. — Até o momento de *Zimzum*, contração: "Rosto não olhava Rosto." Deus não podia ver a si mesmo.

Will ficou fascinado por essa imagem — e ainda mais pela explicação que TC lhe proporcionava, mas também se sentiu desanimado com essa imagem. Eram profundas águas teológicas: a que profundidade teriam de mergulhar para descobrir a ligação com o aqui e agora, com os hassídicos, com suas vítimas e com Beth?

Mais uma vez sentiu-se indignado com Yosef Yitzhok. Por que não falava logo tudo, sem rodeios, direto para eles?

Will falhara uma vez antes, mas decidiu tentar novamente, um apelo direto. Enquanto TC examinava o desenho, algumas vezes inclinando a cabeça de um lado para ler o texto da página oposta, ele vasculhou a bolsa e, longe dos olhos à espreita da bibliotecária, mandou uma mensagem para YY.

Estamos na biblioteca. Vimos o desenho. Precisamos de mais.

Reparou a hora no mostrador do telefone: 15h30. O que significava que era noite alta em Bancoc. Will checou o BlackBerry; nada da editoria "Internacional".

— Escute — sussurrou para TC. — Vou lá fora ligar para o jornal. Voltarei em alguns minutos.

— Traga um refrigerante para mim.

Assim que saiu da sala principal de leitura, pôs-se a digitar o número da editoria "Internacional". Andy atendeu antes de Will sair do prédio.

— É você, Will. Como tem andado? Merda, fiquei de te mandar aquele material, não fiquei? Me desculpe, está uma loucura aqui a tarde toda.

— Andy! Eu disse que precisava disso logo!

— Eu sei, eu sei. Me desculpe. Vacilei. De qualquer modo, aí vai.

— Por favor, basta ler alto para mim, tá? Não posso esperar o arquivo chegar.

A essa altura, Will estava diante da entrada principal, andando de um lado para o outro, no alto da imensa escadaria.

— Will, estamos *quase* no prazo final. — A palavra foi proferida num sotaque inglês gozador; Andy enviava-lhe o material, o que era um bom sinal. — Muito bem. Aqui vai. Terei de ser rápido e vou pular os nomes estranhos, certo? "De John Bishop, Bancoc: Samak Sangsuk foi pranteado ontem por aqueles que melhor o conheciam. E por alguns que nem sequer o conheciam.

'O Sr. Samak, vítima do que parece um complô de seqüestro internacional no último sábado, era membro da elite financeira da Tailândia, faturando milhões em imóveis e na próspera indústria turística tailandesa.'"

Ande logo com isso, pensava Will.

— "Mas também era conhecido da classe inferior de Bancoc como o homem a quem chamavam de Sr. Funeral. O Sr. Samak, parece, tinha uma estranha atividade paralela, que dirigia não por lucro, mas por vontade própria. Organizava funerais para os pobres.

'O Sr. Samak mantinha contato com todos os necrotérios, hospitais e funerárias, comentou um sócio no domingo. Se um cadáver dava entrada sem família ou amigos, sem ninguém para reclamá-lo, eles telefonavam para o Sr. Samak. Se não tivessem dinheiro para fazer um funeral adequado, telefonavam para o Sr. Samak.'"

Will sentiu o sangue nas veias correndo mais rápido.

— Will, ainda está aí?

— Sim, continue lendo.

— "Antes, os mais pobres de Bancoc terminavam seus dias numa sepultura de indigentes, às vezes enterrados 12 de uma só vez, sem nem sequer um caixão. Credita-se ao Sr. Samak a eliminação dessa prática. Ele não apenas pagava os custos do funeral; os moradores dizem que ele também reunia uma congregação para a cerimônia, muitas vezes pagando às carpideiras alguns dólares para comparecerem. Graças ao Sr. Funeral, disse um médico, ninguém era enterrado como um cachorro e sem a presença de alguém."

Will já tinha ouvido o bastante. Desligou e desceu às pressas a escada, se deliciando com o sol no rosto. Primeiro Macrae, depois Baxter, agora Samak. Não apenas homens bons, mas singular e estranhamente bons. Não era mais uma coincidência.

Encontrou uma loja, comprou duas garrafas de chá gelado e voltou para a biblioteca: teria de contar a novidade a TC e desvendar sua ligação com o desenho. Sem dúvida, tudo começava a se encaixar.

Só então notou um vulto que até então estivera em sua visão periférica. Escondendo-se, como se assustado pela possibilidade de ser visto, havia um homem alto de jeans e agasalho de capuz cinza. A idade, cor, expressão, tudo era impossível de discernir: tinha o rosto inteiramente encoberto pelo capuz. Apenas uma coisa era nítida: ele estava vigiando Will.

TRINTA E OITO

DOMINGO, 15H51, MANHATTAN

Will subiu direto a escadaria, tomando o cuidado de não olhar para trás. Assim que entrou no prédio, continuou andando a passos rápidos. Mas sentiu, antes mesmo que pudesse ouvir, o barulho de passos às suas costas, batendo no piso de pedra fria. Dirigiu-se para a primeira escada que conseguiu encontrar, ousando, ao subir mais um lance, dar uma olhada para baixo. Como temia, o capuz cinzento vinha atrás dele.

Começou então a correr, subindo mais dois lances. Assim que chegou a um patamar, buscou refúgio numa sala cheia de catálogos. Precipitou-se como um raio porta adentro e diminuiu o ritmo para uma caminhada apressada: mesmo calado, sentiu que fazia barulho demais, suado demais para o ar de concentração e silêncio da sala. Deu meia-volta: o homem de capuz.

Seguiu mais rápido, sob uma enorme pintura que mostrava um céu *trompe l'oeil*. Nuvens escuras acumulavam-se. Localizando uma abertura na parede dos fundos, entrou e descobriu que não era uma saída, mas uma pequena sala de fotocópias. Tornou a sair imediatamente, mas agora o homem de capuz estava a poucos metros.

Viu as portas duplas abrirem-se e correu em sua direção. Uma vez transpostas, viu-se no meio de um bando de pessoas que aproveitavam a folga do meio do trabalho. Esgueirou-se por entre elas, chegou à escada no outro lado e, agarrando-se ao corrimão, desceu-a, dois degraus de cada vez. Deparou-se no caminho com uma mulher que carregava um computador e teve de desviar para passar por ela. Deslocou-se para a esquerda, e a mulher também. Depois para o outro lado, tentando esquivar-se, mas ela soltou um gemido involuntário — seguido de uma pancada e um estrondo de vidro quebrado. Ela deixara a máquina cair.

Will agora estava no saguão principal, de frente para um vestiário. Era ali que os leitores assíduos começavam seu dia. Havia escaninhos para bolsas e um longo cabide de casacos que serpenteava em volta da sala como numa lavanderia. O homem de capuz encaminhava-se para ele. Calmamente.

Will precisava sair dali, rápido. Enquanto o atendente olhava para outro lado, ele saltou sobre o balcão de madeira e mergulhou entre os casacos. Espremendo-se entre um casaco de pele e uma jaqueta bem gasta, recostou-se na parede atrás. Viu que o perseguidor parara de andar; e o imaginou ali perto à espreita sobre o balcão, procurando. Tentou prender a respiração.

De repente, sentiu um movimento. O atendente remexia nos casacos, empurrando vários para o lado, à procura de um número. Mordeu as bochechas para não fazer nenhum barulho. Mas o homem estava chegando cada vez mais perto — até parar, a menos de meio metro. Will sentiu-o pegar um casaco e voltar para o balcão.

Então viu de relance algo cinza. Não teve certeza se o perseguidor passara por ele. Permitiu-se respirar; talvez não o houvesse visto. Ia esperar mais cinco minutos, depois sair, encontrar TC e dar o fora dali.

Mas foi agarrado primeiro — antes que pudesse ver um rosto, como o braço robótico de uma sonda espacial. Agarrou-lhe a camisa pelo colarinho, na tentativa de arrastá-lo para a luz do dia. Mesmo no escuro, viu o tecido do agasalho cinza que cobria aquele braço. Duas vezes Will conseguiu usar as duas mãos para soltar-se. Mas em cada uma delas a mão o agarrou novamente, acabando por acertar seu queixo. Imprensado atrás dos casacos, simplesmente não conseguia o espaço necessário para desvencilhar-se daquele único braço que o acertava — e atingir o homem que o agarrava.

A luta logo acabou. Will foi logo puxado de seu esconderijo. Agora estava cara a cara com o homem de capuz. Para sua total surpresa, reconheceu-o imediatamente.

TRINTA E NOVE

DOMINGO, 15H56, MANHATTAN

— Por que você correu? Eu só queria conversar.

— Conversar? Você só queria conversar? Então por que droga vinha me seguindo?

Curvado, Will tinha uma das mãos no joelho, e com a outra massageava o queixo.

— Não quis abordá-lo enquanto você estava com, huumm, aquela mulher. Lá em cima. Não sabia quem era ela. Não sabia se era seguro.

— Bem, teria sido mais seguro para mim, acredite. Minha nossa. — Will encontrou uma cadeira e quase se jogou nela, tentando recuperar o fôlego. — Então que diabo é isso, Sandy? Ou é Shimon?

— Shimon Shmuel. Mas me chame de Sandy, é mais fácil.

— Puxa, obrigado.

— Sinto muito. Não pretendia acertar você, não mesmo. Mas não podia deixar que fugisse. Preciso falar contigo. Aconteceu uma coisa muito ruim.

— Logo você vem me dizer isso. Minha mulher foi seqüestrada; eu fui praticamente torturado; seu rabino matou um cara em Bancoc; e agora você passa um fim de semana me seguindo, antes do *grand finale* com uma porrada no queixo.

— Não passei o fim de semana seguindo você.

— Não me venha com essa, Sandy, sinceramente. Eu o vi da janela ontem à noite: o boné de beisebol quase me enganou, mas eu saquei no fim.

— É verdade... eu só vim procurá-lo hoje. Ontem à noite, não. Eu estava em Crown Heights ontem à noite.

— Bem, alguém me esperava diante do prédio do *Times* ontem à noite. Depois me seguiu até a casa de minha amiga e esperou lá também. E, até agora, a única pessoa que conheço e que faz esse tipo de coisa é você.

— Juro que não fui eu, Will. Não fui. Não tinha a menor necessidade de te procurar então.

— O que quer dizer com a menor necessidade?

— Nada tinha acontecido ontem à noite. Ou pelo menos não sabíamos até hoje de manhã.

— O que não tinha acontecido?

— Yosef Yitzhok.

Sua voz falhou o suficiente para fazer Will olhar, pela primeira vez, para o rosto de Sandy. Ele ainda não retirara o capuz — um substituto do solidéu, cumpria o dever religioso de cobrir-lhe a cabeça —, mas mesmo na sombra que projetava, Will conseguiu perceber. Sandy tinha os olhos vermelhos. Parecia que estivera chorando durante horas.

— O que foi que aconteceu com ele?

— Está morto, Will. Foi brutalmente assassinado.

— Ah, meu Deus. Onde?

— Ninguém sabe. Encontraram ele morto num beco perto da sinagoga. Foi no início desta manhã, provavelmente a caminho das *shacharis*. Desculpe, as preces matinais. Seu *tallis*, o xale de orar, estava vermelho de sangue.

— Eu não acredito. Quem faria uma coisa dessas?

— Não sei. Nenhum de nós sabe. Foi por isso que Sara Leah, você a conheceu, minha mulher, disse que eu devia procurá-lo. Achou que isso de algum modo tinha ligação com você.

— Comigo? Ela está me culpando?

— Não! Quem falou em culpa? Ela apenas acha que poderia estar associado a seja lá o que tenha acontecido na sexta-feira.

— Você contou tudo aquilo a ela?

— Só o que eu sabia. Mas a mulher de Yosef Yitzhok é irmã dela. Somos uma família, Will. Ele é meu cunhado. *Era* meu cunhado.

A vermelhidão dos olhos estava prestes a se intensificar mais uma vez.

— E Yosef Yitzhok disse algo à mulher dele?

— Não muito, acho que não. Apenas o que ele tinha falado com você na noite de sexta-feira. Disse que você estava envolvido com uma coisa muito importante. Não, não foi essa a palavra. Disse que você estava envolvido numa coisa catastrófica. Foi essa a palavra que ele usou, *catastrófica*.

— Ele disse mais alguma coisa à mulher?

— Só que esperava e orava para que você entendesse o que estava acontecendo. E que soubesse o que fazer.

Nesse momento, Will não poderia sentir-se mais desamparado. O rabino dissera isso antes e agora Yosef Yitzhok repetia, da sepultura. *Uma antiga história se desenrola aqui*, foi o que havia dito o rabino. *Trata-se de uma coisa que a humanidade temeu durante milênios*. Agora YY estava lhe dizendo que os riscos eram tão altos que rezava para que Will soubesse o que fazer. E, no entanto, Will ainda se sentia tão confuso como sempre. Ou pior, mais confuso — sua cabeça rodopiava com a bizarra coincidência de Macrae, Baxter e Samak, todos homens nobres que tiveram mortes horríveis; a retórica misteriosa do Livro de Provérbios e, mais recentemente, a impenetrável geometria mística do diagrama que ele e TC haviam encontrado na biblioteca.

— Droga! TC! Ela continua lá em cima. Venha comigo. Rápido!

Will se repreendia a cada passo, enquanto subia escadas e atravessava corredores, Sandy atrás, retornando à sala de leitura. Como pudera deixá-la sozinha?

Dirigiu-se para a mesa que os dois haviam dividido quase uma hora antes. Quando se aproximou, seu coração apertou-se. Uma mulher estava sentada ali — mas não era TC. Ela se fora.

Will esmurrou a mesa com o punho, desencadeando uma pontada de dor no braço e um olhar de terror no rosto da mulher. *Como pude ser tão idiota!* Os seqüestradores agora haviam levado duas mulheres de debaixo de seu nariz. Devia ter protegido as duas, mas fracassara. Com ambas.

Embora Sandy estivesse parado a seu lado, ele não o via nem ouvia. Apenas uma coisa o tirou de seu torpor: uma vibração constante e persistente que agora sentia na coxa. Era o celular.

2 Novas Mensagens

Apertou a primeira.

Onde está você? Tive de sair. Me ligue. TC

Respirou aliviado. Graças a Deus. Abriu a mensagem seguinte, certo de que seria ela, sugerindo o lugar onde deviam se encontrar. O que viu o fez recuar dois passos, espantado.

Qüinquagésima e Quinta

Yosef Yitzhok podia estar morto — mas os enigmas continuavam.

QUARENTA

DOMINGO, 16H04, MANHATTAN

— Quando chegou essa?

— Agora mesmo. Neste segundo.

— Bem, a primeira conclusão que podemos tirar é que Yosef Yitzhok não era afinal nosso informante.

— Não podemos ter certeza disso, TC. Quem o assassinou talvez tenha pego seu telefone e continuado a enviar as mensagens.

Ao dizer isso, Will percebeu o absurdo da sugestão. Quais as chances de um assaltante roubar um telefone, conferir o arquivo "de mensagens enviadas" e continuar mandando mensagens codificadas semelhantes? Além disso, havia um meio fácil de saber.

— Sandy, pode me fazer um favor? Ligue para casa e descubra se alguém levou o telefone de Yosef Yitzhok quando ele foi assassinado. — Depois, retornando ao fone, ofereceu a TC outra teoria. — E se alguém roubou o telefone dele antes dele ser assassinado?

— Bem, então não teria sido YY mesmo que enviava as mensagens, teria?

Ela começava a ficar exasperada. Temendo voltar ao seu próprio apartamento, tinha fugido para o Central Park. Para seu grande alívio, dera de cara com algumas pessoas que conhecia: amigos casados, cheios de filhos. Enquanto ouvia Will pelo telefone, juntara-se ao grupo. Os carrinhos de bebê, as crianças pequenas e as toalhas de piquenique serviriam como um cordão de segurança, mantendo perseguidores e seqüestradores afastados. Ao ouvir as vozes das crianças, os jogos de beisebol e uma mãe servindo bolo, Will sentiu uma pontada de inveja, ou melhor, de ardente desejo — desejo de uma tarde de domingo de normalidade relaxada e banhada de sol.

— Quer dizer que foi outra pessoa o tempo todo.

— Acho que foi, sim. YY está morto, mas as mensagens não pararam. Logo, não era ele quem as enviava.

— Então por que o matariam?

— Quem?

— Os hassídicos.

— Não sabemos se foram os hassídicos que mataram YY. Essa é apenas mais uma conclusão precipitada que você está tirando. A verdade, Will, é que *não sabemos* quase nada. Podemos adivinhar, especular e teorizar, mas sabemos muito pouco.

— E o desenho na biblioteca. Você viu alguma coisa?

— Acho que na certa está nos dizendo uma coisa muito simples. Diz o seguinte: "Pense na cabala." A imagem é tão complexa, cheia de tantos componentes, que não pode ser nenhuma delas. É apenas a idéia geral. Aquele diagrama é o bloco de construção fundamental de toda a cabala. É quase como uma logomarca.

— Agüenta aí. Tem outra mensagem chegando agora. Te ligo de volta.

Ele continuou andando enquanto teclava os botões e revelava a última mensagem, que gostaria que fosse clara. Agora que não tinha TC ao seu lado, precisava desesperadamente de um pouco de simplicidade.

Contemplai o senhor dos céus, mas não do inferno

Tiveram de andar poucas quadras para o norte para encontrar a esquina à qual se referia a mensagem anterior: rua Qüinquagésima com a Quinta avenida. Era onde estavam agora. Assomando acima, a fortaleza gótica da catedral de São Patrício, onde há pouco mais de uma semana ele se sentara extasiado ouvindo "O Messias" com o pai. Uma semana atrás, mas uma outra vida.

O pai. Um sentimento de culpa o atingiu: mal o incluíra em sua busca. Era óbvio que ele desejava ajudar; havia deixado isso claro na noite anterior, e mais uma vez nesta manhã, chegando até a dar sua contribuição para decifrar as mensagens de texto. Mas, impaciente, Will ficara satisfeito em usá-lo como um chofer e nada além disso. Talvez, apesar de todo o esforço dos últimos anos, os dois não estivessem tão próximos quanto ele gostaria de acreditar. A maioria dos homens provavelmente teria recorrido aos pais como os principais aliados numa crise dessas, mas Will não era como a maioria dos homens. Vivera a maior parte da infância, os anos de formação, a um continente de distância.

Revendo tudo isso agora, lembrou a primeira impressão que havia tido da catedral quando chegara a Nova York. Parecera-lhe vagamente ridícula. Apesar do amor por prédios antigos, aquela imensa construção com abóbada grande, que ficaria bem em Paris, Londres ou Roma, parecia absurda no meio de Manhattan. Imprensadas entre arranha-céus de vidro e aço, as janelas em arco, as torres guarnecidas de ameias e flechas que perfuravam o céu não eram apenas deslocadas, mas anacrônicas. Parecia materializar uma espécie de futilidade, uma tentativa de deter o avanço da modernidade. Aquela era a cidade mais agitada do mundo, e a catedral erguia-se implacável em seu centro — tentando parar o tempo.

Qual seria o significado disso tudo? Fazendo um sinal para que Sandy o seguisse, Will avançou a custo pela multidão de turistas e entrou naquela construção, sendo logo envolto pelo reverente silêncio que as imensas casas de culto parecem guardar. Will avançou, os olhos esquadrinhando à procura de algo que se encaixasse naquela mensagem. Quem era o senhor dos céus, mas não do inferno?

Virou-se para trás. Sandy mal havia passado da porta; admirava, boquiaberto, o teto incrivelmente alto, e depois se assustou com a reverberação do eco. Era claro que jamais pisara num prédio como aquele antes. O contraste com o ginásio de painéis em imitação de madeira que funcionava como a sinagoga dos hassídicos o oprimira. Lembrou que o pai lhe dissera certa vez que os religiosos tinham muito em comum, mesmo quando não partilhavam a mesma fé: "A mesma magia funciona em todos eles." Não havia a menor dúvida a respeito: Sandy sentia-se comovido por estar ali.

Will, que tinha freqüentado escola e faculdade em prédios mais antigos que aquele, não se assombrara com os frios pisos de pedra nem com a arquitetura medieval. Estava ali numa missão, para encontrar um senhor do céu, mas não do inferno. Examinou o grande órgão e depois o menor, do coro. Inspecionou o altar e o púlpito, erguido como a proa de um navio. Revistou as estreitas prateleiras com jarros de vidro para acender velas e as caixas com velas novas disponíveis de graça. Deu uma olhada na pequena capela particular, aparentemente isolada para cerimônias íntimas. Ergueu os olhos e viu duas bandeiras: a primeira dos Estados Unidos, a segunda do Vaticano. Não tinha a mínima idéia do que procurava.

Percorreu o comprimento da nave, examinando as fileiras de bancos. Olhou os alto-falantes e as telas presas aos pilares. Havia tapeçarias com inscrições, mas nenhuma referência que se encaixasse na mensagem. Janelas de vitrais com imagens de santos, pastores e a estranha serpente. Achou ter visto um ou dois anjos.

Espere. Logo acima, dominando o espaço em volta, pendia um enorme crucifixo com um Jesus esculpido. Destacava-se sob a luz, os turistas faziam fila para fotografá-lo.

Era aquele o senhor dos céus, mas não do inferno? Afinal, o inferno era o reino de Lúcifer e não de Jesus. Talvez fosse muito simples. Talvez o houvessem mandado apenas olhar Jesus. Mas e depois?

Desejou que TC estivesse ali, outro par de olhos, outro cérebro. Sandy era muito simpático, mas não tinha os olhos de águia nem o poder cerebral que ele tinha certeza de que precisava agora.

Dirigiu-se para a saída e jogou uma nota de um dólar na caixa de vidro assinalada para doações — cheia do que pareciam ser moedas de milhares de países.

Do lado de fora, ligou o número de TC.

— Escute, estivemos dentro da catedral. Fui orientado a procurar o senhor dos céus, mas não do inferno. Nada parece se relacionar com isso. Nada visível, pelo menos. Sim, andei de um lado para o outro. Apenas bancos, crucifixo...

Sentiu Sandy puxando-lhe o cotovelo. Tentou soltar-se, mas o puxão era persistente.

— O que é? Estou falando com TC.

— Veja. — Sandy apontava não a catedral atrás, mas diretamente o outro lado da rua.

— TC, já ligo de volta.

Tinham defronte de si, do outro lado, o Rockefeller Center. Sandy partiu numa semicorrida para darem uma olhada mais de perto. Mal conferindo o tráfego, atravessou a rua, Will atrás, até pararem diante daquilo.

Ou melhor, diante dele. Mesmo no metal tremeluzente, o abdome ondulava-se, as linhas de um físico perfeito e mítico. As coxas enormes, cada uma grossa como um bisão. Uma perna na frente da outra, à maneira de um levantador de pesos. Só que aquele não era nenhum peso comum.

Os braços, inteiramente estendidos e abertos para os lados, curvavam-se ligeiramente acima, para se moldarem em volta da carga. Pois ali, nos ombros, estava nada menos que o próprio universo, representado por uma série entrecruzada de círculos, como as linhas de latitude e longitude que rodeiam o globo. Em cada um dos arcos de metal, viam-se inscritos os nomes dos planetas. Eles contemplavam a maior escultura do Rockefeller Center, a estátua de duas toneladas de Atlas.

— Contemplai o senhor dos céus, mas não do inferno. — Sandy murmurava as palavras quase para si mesmo.

— Entendo por que ele é o senhor dos céus — disse Will. — Mas e o negócio do inferno?

Sandy lutava para fazer as palavras saírem. Ofegava de animação.

— Há uma coisa famosa nessa estátua. Quando a fizeram...

— Sim?

— ... Plutão ainda não tinha sido descoberto. Por isso não tem nehuma referência a Plutão aí.

— E Plutão é o Deus das profundezas — sussurrou Will. *Contemplai o senhor dos céus, mas não do inferno.* Aquele que era o lugar certo. Ele teclou o número de TC e instantaneamente descreveu o que via.

— Muito bem, você precisa me pegar — disse ela. — E vamos para o seu apartamento.

— Por quê?

— Acho que finalmente sei o que está acontecendo. Atlas acabou de confirmar.

QUARENTA E UM

DOMINGO, 17H50, BROOKLYN

Não havia tempo para constrangimentos. Mesmo assim, Will percebeu que TC se sentia estranha por estar no apartamento dele, a casa do homem que uma vez amara e da mulher que ele tornara sua esposa. Viu-a olhando para as fotografias, sobretudo as do casamento — talvez uma dezena de fotos, prensadas sob vidro —, que pendiam da parede da cozinha.

Se era estranho para ela, era horrível para ele. Não tinha voltado ali desde o dia em que Beth desaparecera, visitando o apartamento apenas na lembrança. Agora via o calendário coberto com a caligrafia de Beth. Um cardigã dela atirado sobre uma poltrona. Sentiu sua ausência com tanta força que ficou com os olhos ardendo.

— TC, você tem de me contar o que está acontecendo.

Durante todo o trajeto desde o Central Park, desde o momento que haviam deixado Sandy, ele vinha pressionando-a para falar. Mas TC se mostrara inflexível.

— Will, não sei se estou certa. E te conheço: assim que eu começar a falar, você vai sair correndo, fazer alguma coisa, e poderá estar cometendo um grande erro. Temos de fazer tudo direito. Cem por cento certo. Não há espaço para jogos de adivinhação.

— Tudo bem, eu prometo não correr para lugar nenhum. Apenas me conte.

— Não pode fazer essa promessa. E eu não te culpo. Confie em mim, Will. Por favor.

— Então quando vou ficar sabendo?

— Logo. Hoje à noite.

— Você vai me contar hoje à noite?

— Vai descobrir de noite. Não sou eu quem vai lhe contar.

— Escute, TC. É sério. Já não agüento mais esses enigmas. O que quer dizer com "não será você quem vai me contar"?

— Nós vamos para Crown Heights. Lá é que está a resposta.

— Nós? Quer dizer, você vai comigo?

— Sim, Will. Já é hora.

— Sim, é verdade, quer dizer, faz sentido... — interrompeu-se. TC encarava-o, em expectativa.

Ele levou algum tempo para entender o que significava aquela expressão. TC esperava que ele fizesse outra pergunta.

— O que quer dizer com já é hora?

— Não adivinhou, Will? Este fim de semana todo, tudo o que temos feito? Realmente não adivinhou?

— Não adivinhei o quê?

Ela se virou para o outro lado, evitando o olhar dele.

— Oh, Will. Estou realmente surpresa.

Will elevou a voz:

— Surpresa com o quê? Do que está falando?

— Isso é muito difícil para mim, Will. Não sei bem como dizer. Mas já é hora, você sabe, de eu voltar.

— Voltar? Para Crown Heights?

— Sim, Will. Voltar para Crown Heights. Achei que você tinha sacado séculos atrás. E andei querendo dizer, mas o momento oportuno nunca chegava. Havia tanto no que pensar, tanto a resolver. Os hassídicos, o seqüestro e... Beth. Mas você tem o direito de saber a verdade.

"Portanto aqui está a verdade. Meu nome é Tova Chaya Lieberman. Nasci em Crown Heights, Brooklyn. Sou a terceira de nove filhos. Por isso conheço este mundo, Will. Sempre conheci, e de dentro. É o meu mundo. Esses loucos hassídicos? Eu sou um deles.

QUARENTA E DOIS

DOMINGO, 18H02, BROOKLYN

Will não conseguiu dizer nada. Parecia que estava colado no encosto do sofá, como que preso ali por um vento violento. Ouvia com toda a atenção, o cérebro tentando absorver tudo o que TC dizia. Sua mente estava a mil, repassando furiosamente os acontecimentos das últimas 48 horas, examinando cada momento sob uma nova luz. E não apenas as últimas 48 horas, mas os últimos cinco ou seis dias. Cada experiência que ele e ela haviam partilhado agora parecia total e inteiramente diferente.

— Você viu aquelas famílias com uma dúzia de filhos. Assim era a minha família. Eu sou a número três, e tem mais seis depois de mim. Eu e minha irmã mais velha éramos como duas pequenas mães: limpando e preparando refeições para os bebês desde o dia que tivemos idade suficiente para isso.

— E você, bem, tinha aquela aparência?

— Oh, sim. A coisa toda: vestidos longos que roçavam o chão, cabelo preso, óculos. E minha mãe usava peruca.

— Peruca?

— Nunca lhe expliquei isso, expliquei? Lembra as mulheres com cabelos "artificialmente lisos" que você viu? Lembra que todas pareciam usá-los no mesmo estilo? Eram *sheitls*, perucas usadas pelas mulheres casadas como um ato de recato: só devem mostrar os verdadeiros cabelos aos maridos.

— Certo.

— Sei que acha isso estranho, Will, mas o que tem de compreender é que eu adorava. Absorvia sofregamente tudo aquilo. Lia os contos folclóricos no *Tzena Arenna*, lendas antigas do Baal Shem Tov...

Will não sabia sobre o que ela estava falando.

— O fundador do hassidismo. Todas essas histórias de sábios que viajavam pelas florestas, pobres revelados como homens de grande religiosidade e honrados por Deus. Eu as adorava.

— Então o que mudou?

— Eu devia ter uns 12 anos. Desenhava muito nos meus livros de exercício. Mas nessa idade comecei a me surpreender com o que podia fazer. Até eu via que os desenhos vinham-se tornando cada vez mais elaborados e muito bons. Mas não havia muitos quadros para olhar. Você sabe, os judeus ultra-ortodoxos não são muito excepcionais em imagens gravadas. Dificilmente se encontra alguma. E então, um dia no seminário, uma espécie de escola para meninas, encontrei um daqueles livros, "Introdução aos Grandes Pintores". Sobre Vermeer. Roubei o livro e o escondi debaixo do travesseiro. Sem brincadeira, durante meses esperava minhas irmãs dormirem e então, sob as cobertas, olhava fixamente aquelas lindas imagens. Apenas olhava. Soube então que era o que eu queria fazer.

— Você começou a pintar.

— Não. Nunca sobrava tempo para isso. No seminário, era apenas estudo, estudo, e mais estudo. Textos sagrados. Em casa eu tinha de limpar, cozinhar, trocar fraldas, brincar com os bebês, ajudar os mais novos com o dever de casa. Dividia o quarto com duas irmãs. Não tinha tempo nem espaço.

— Você deve ter ficado louca.

— Fiquei. Sonhava todo dia em sair dali. Queria ir ao Metropolitan Museum. Para ver os quadros de Vermeer. Mas não era só a pintura.

— Continue.

— Sei que isso parece engraçado, em vista de como sou agora, mas era muito boa mesmo em estudos religiosos.

— Não, desculpe, não acho nada surpreendente.

— Eu era a primeira da turma. Achava *fácil*. Os textos, todos aqueles múltiplos sentidos e referências cruzadas, pareciam abrir-se para mim. Uma vez um rabino me disse que eu era tão boa como qualquer menino.

— Oh, Deus.

— Fiquei furiosa. Era como se as meninas se destinassem apenas a chegar até ali. Assim que fazem 17 ou 18 anos, tornam-se mulheres... e isso significa se casar, ter filhos, cuidar da casa. Os homens podiam continuar na *yeshiva* para sempre, mas às meninas só era permitido adquirir o básico. Depois tínhamos de parar. Eram as regras da comunidade. Estudávamos apenas os Cinco Livros de Moisés, talvez um pouco do Gemara, uma espécie de comentário rabínico. Mas só isso.

— Então toda essa cabala, você nunca estudou.

— Não era permitido. Só os homens com mais de 40 anos podem ter acesso a ela, lembre-se.

— Nossa.

— Exatamente. Você me conhece, se há uma zona proibida, eu quero ir até lá. Encontrei o estranho livro entre as coisas do meu pai, mas sabia que não podia fazer isso sozinha. Precisava de um guia. Assim, pedi ao rabino Mandelbaum.

— Quem?

— O que me disse que eu era tão boa como um menino. Disse a ele que queria estudar. Procurei-o com todos os textos importantes que provavam que eu tinha o direito, como mulher, de saber o que havia naqueles livros.

— E ele concordou? Em te ensinar?

— Toda terça-feira à noite, uma aula secreta em sua casa. A única outra pessoa que sabia disso era a esposa dele. Ela trazia um copo de chá de limão para ele, um de leite para mim... e *rugelach*, pequenos pastéis, para nós dois. Fizemos isso durante cinco anos.

Ela sorria.

— O que aconteceu?

— Ele ficou preocupado. Não por ele, era velho demais para se importar com o que as pessoas achavam, mas por mim. Eu estava chegando à "idade de casar". Ele me disse: "Tova Chaya, seria necessário um homem muito forte para não se sentir ameaçado por uma mulher tão culta." Acho que temia ter me arruinado: que, por sua causa, eu não fosse ficar feliz cuidando de uma casa. Não seria uma boa esposa como a Sra. Mandelbaum. Ele tinha me feito almejar muito alto. Num certo sentido, ele tinha razão.

"Mas não precisava ter-se preocupado; àquela altura eu já tinha planejado minha fuga. Candidatei-me em Columbia; dei o endereço de uma caixa postal para que ninguém visse a correspondência. Candidatei-me a toneladas de bolsas de estudo, para ter meios de conseguir um quarto. Apresentei-me como uma adulta independente; pelo que a faculdade sabia, não tinha pais.

"Então chegou o dia, servi aos pequenos o café-da-manhã, dei até logo para minha mãe, como sempre, e fui para a estação de metrô.

— E nunca mais voltou.

— Nunca.

A mente de Will disparava, transbordando de perguntas. Mas ele também se sentia invadido por respostas. De repente, se dava conta do que fora escondido. "TC" não era nenhum apelido de infância, suas origens esquecidas. Era um vestígio da vida anterior de Tova Chaya. E não admirava que os pais dela fossem um mistério tão grande: faziam parte de um passado que ela abandonara. Claro que não havia fotografias: isso teria traído o seu segredo.

— Eles sabem ao menos que você está viva?

— Falo com eles por telefone antes das principais festividades religiosas. Mas não os vi mais desde que tinha 17 anos.

Num instante, tudo fez sentido. Claro que TC era brilhante, mas nada sabia de música pop e de programas e seriados de TV: fora criada sem eles. Claro que não falava francês nem espanhol: em vez disso dedicara seu tempo ao estudo de iídiche e hebraico.

De repente, pensou nos hábitos alimentares dela — a preferência por comida chinesa, coberta de camarões gigantes, frituras no café-da-manhã, com generosas porções de bacon. Ela adorava todas essas coisas. Como era possível?

— O fervor de uma convertida — respondeu.

Depois de sua ida a Crown Heights, compreendia o grau de rompimento dela com suas origens. Examinava-a agora: o top justo revelando a forma dos seios; o torso exposto; o piercing no umbigo. Lembrou o aviso que vira em Crown Heights.

As meninas e mulheres que usarem roupas indecentes, e com isso chamarem a atenção para sua aparência física, envergonham a si mesmas...

O rompimento com os hassídicos não poderia ter sido mais completo. E esquecia a maior rebelião de todas: ele.

As pessoas do mundo dela não praticavam sexo fora do casamento. Raras vezes se casavam com pessoas de fora da sua seita hassídica, para não falar de não-judeus. Ainda assim, ela tivera um longo e intenso relacionamento amoroso com ele, que não era marido dela, muito menos judeu. Para ele, fora um romance maravilhoso. Agora entendia que para ela fora uma revolução.

De repente, via TC de um modo diferente. Will imaginava como tinha sido o passado dela: uma brilhante e estudiosa menina de Crown

Heights, educada para uma vida de recato, criar filhos e cumprir rigorosamente os deveres. Que jornada fizera, transpondo aquela cidade e séculos de tradição e tabu. Levantou-se, caminhou até ela e deu-lhe um longo e afetuoso abraço.

— É um imenso privilégio conhecê-la, Tova Chaya.

QUARENTA E TRÊS

DOMINGO, 18H46, BROOKLYN

Queria interrogá-la durante horas, sobre sua vida, o segredo que guardara por tanto tempo. Muitos judeus se tornavam ortodoxos; eram conhecidos como *chozer b'tshuva,* literalmente "aquele que retorna para arrepender-se". Ela havia feito o caminho inverso: *chozer b'she'ela*. Retornara para questionar.

Mas não tinham tempo para aquela conversa, por mais que quisessem. Precisavam ir a Crown Heights. Yosef Yitzhok tinha sido assassinado, embora nenhum dos dois tivesse a mínima idéia do porquê. As últimas mensagens que Will recebera — conduzindo-o à estátua de Atlas no Rockefeller Center — haviam sido enviadas após a morte dele, prova de que ele não era afinal o informante. Então por que alguém ia querê-lo morto? Will estava estupefato. Tudo que sabia vinha se tornando cada vez mais confuso. O rabino não tinha exagerado: o tempo se esgotava.

Também premente era a promessa de TC. Tudo se tornaria claro, dissera ela, assim que estivessem em Crown Heights. Não poderia dizer ela mesma a Will o que estava acontecendo. Mas a explicação estava lá. Eles tinham apenas de encontrá-la.

— Vou precisar usar seu banheiro. E também que me empreste algumas das roupas de Beth.

— Claro — disse ele, tentando com esforço afastar o simbolismo em potencial desse pedido.

Levou-a ao armário de Beth e, retirando-se, puxou a porta deslizante. Instantaneamente, suas narinas encheram-se do perfume dela. Tinha certeza de que sentia o cheiro dos cabelos dela; via-se envolvido no aroma daquele pedacinho de pele abaixo da orelha. Inspirou-o profundamente pelo nariz.

TC retirou uma blusa branca, que Beth usava para reuniões mais formais, em geral sob um terninho escuro. A gola era alta, ele notou. *Pedimos que todas as mulheres e meninas, moradoras ou visitantes, adotem em todas as ocasiões as leis do recato...*

Ela virou-se para Will.

— Beth tem alguma saia bem comprida?

Will pensou bem. Havia dois vestidos longos, incluindo um muito lindo que ele comprara para ela no primeiro aniversário de casamento. Mas eram trajes para a noite.

— Espere um pouco — disse. — Vou dar uma olhada.

Perguntou-se se Beth chegara a jogar a peça fora; sabia que ela planejava isso. Era uma saia de veludo longa, escura, sem graça, que ele ridicularizara sem piedade. Parecia o "traje de violoncelista solteirona" dela. Beth encenava uma defesa simulada, mas entendia o que ele queria dizer: a saia fazia-a de fato parecer uma daquelas senhoras instrumentistas de cabelos prateados presentes em toda orquestra. Mas sentia afeição pela peça. Para grande alívio de Will ela não se livrara da saia.

— Ótimo — disse TC, dirigindo-se para o banheiro. — Vai ter de servir.

Inclinou a cabeça de lado para retirar os brincos. Depois aproximou mais a cabeça do espelho e começou a complexa manobra de remover o piercing do nariz. Por fim, desatarraxou o piercing de argola do umbigo. Ficou com um punhado de metal na mão, que colocou junto à pia.

— Agora o trabalho mais difícil de todos. — Enfiou a mão na bolsa e pegou um frasco de xampu recém-comprado, especialmente destinado para aqueles momentos de correria.

Abriu a torneira, pegou uma toalha e estendeu-a em volta dos ombros. Como a preparar-se para uma desagradável provação, curvou-se e abaixou a cabeça em direção à água.

Com Will olhando em sua direção, começou a ensaboar e lavar os cabelos. Teve de esfregar bastante, mas logo seu esforço foi recompensado. A água da pia começou a tornar-se de um roxo azulado. A tintura saía, uma torrente que rodopiava em volta da porcelana branca e desaparecia. Ele ficou fascinado com a água colorida. Não apenas removia um produto químico dos cabelos; parecia escoar pelo ralo a última década de sua vida.

Ele saiu para pegar algumas coisas pessoais. Que dissera o rabino? "Tudo se esclarecerá daqui a alguns dias." Isso fora dois dias atrás. Talvez estivesse prestes a acontecer de verdade, enfim. O que seria? Qual era essa "antiga história" na qual ele e sua mulher haviam de algum modo se envolvido? Iria abraçá-la mais uma vez? Seria esta noite?

— Então, o que acha?

Will deu meia-volta e viu uma mulher diferente. Tinha agora os cabelos castanho-escuros, lisos e longos num coque ao estilo dos anos 1990. Usava sapatos pretos, saia comprida preta e blusa branca. Pegara uma jaqueta xadrez, grossa, de Beth, que em outras circunstâncias poderia ser usada para dar um toque de elegância, mas agora parecia apenas prática. Parada ali em seu apartamento, surgia uma mulher que teria passado por qualquer uma das jovens esposas e mães que ele tinha visto em Crown Heights dois dias antes. Parecia Tova Chaya Lieberman.

— Fiquei tão feliz com os sapatos. Graças a Deus, couberam em mim, e isso é tudo o que importa...

Will levou um segundo para perceber o que TC estava fazendo. Ensaiava o sotaque recitado e monótono, com inflexão iídiche de uma hassídica nova-iorquina. O acento viera-lhe com tanta facilidade que logo o convenceu.

— Uau! Que jeito de falar... diferente.

— Esta era a música de minha juventude, Will — disse, falando mais uma vez como TC. Só que se desprendia da voz uma melancolia que ele nunca ouvira antes. Então, abandonando a melancolia da voz, ela disse: — Agora, e você?

— Eu?

— Sim, você. Vamos juntos lá. Tova Chaya não seria vista com algum *shaygets*. Você também precisa ter a aparência certa. Agora, vamos: terno preto, camisa branca. Conhece o número.

Will obedeceu, escolhendo o traje mais simples que conseguiu. Teve de rejeitar um terno de listras finas e uma camisa branca Ralph Lauren. Simples, simples, simples.

Olhou-se no espelho, esperando que a indumentária estivesse tão convincente quanto a de TC. Mas o rosto o denunciava. Poderia passar por americano, mas judeu? Não. Tinha o colorido e a estrutura óssea de um anglo-saxão cujas raízes se encontravam mais nas aldeias da Inglaterra que nas estepes da Rússia. Embora isso não fosse um problema. Não vira rostos de Hanói e Helsinque entre os fiéis na noite de sexta-feira? Diria que era um convertido.

Só precisava de uma última coisa.

— TC, onde vou arranjar um solidéu a essa hora da noite?

— Já pensei nisso. — Com um floreio, ela ergueu um grande disco negro. — Peguei emprestado do seu amigo Sandy quando estávamos no parque.

— Emprestado?

— Bem, eu sei que eles sempre levam um de reserva. E olhei por acaso em um dos bolsos de seu casaco. Pegue. Coloque. — Como numa cerimônia, esticou-se nas pontas dos pés e pôs o solidéu na cabeça dele. Correu até o banheiro e voltou com um grampo de cabelo. — Pronto — disse, prendendo-o. — Rabino William Monroe, é um prazer conhecê-lo.

Assim que entraram no táxi, Will viu-se retorcendo-se de excitação — e nervosismo. Jamais chegara a usar um disfarce, e era exatamente isso o que estava fazendo. Fantasiado, tentava passar por outra pessoa. Seu escudo protetor — calça de algodão, camisa azul, livrinho de anotações — havia desaparecido. Sentia-se exposto.

Numa tentativa de tranqüilizar-se, pegou o celular — um lembrete de sua vida normal. Uma nova mensagem, aparentemente do mesmo remetente desconhecido que antes julgara fosse Yosef Yitzhok.

Somos apenas homens justos, em pequeno número
Expressos em dois dígitos
Ficaremos pela metade se eles se multiplicarem
Se nós poucos perecermos, todos têm de morrer.

Não tinha a menor idéia do que significava, mas isso dificilmente importava agora. Segundo TC, tudo estava prestes a ser explicado. O hábito fez com que checasse o BlackBerry em seguida. A luz vermelha piscava: um Alerta de Notícia do *Guardian*. A nostalgia tornara-o um assinante eletrônico do jornal que lia na Inglaterra. De praxe, logo apagava essas mensagens: já tinha bastante a fazer pondo-se a par das notícias de Nova York e dos Estados Unidos. Mas aquele "alerta" chamou sua atenção: que notícias sensacionais poderiam justificar um boletim extraordinário? Abriu-o.

O ROBIN HOOD DE DOWNING STREET

O mais quente escândalo político na Grã-Bretanha em décadas tomou o mais bizarro rumo até hoje.

O ex-ministro das Finanças, Gavin Curtis, que a polícia acredita haver tirado a própria vida na semana passada, parece destinado a transformar-se da noite para o dia de uma figura desgraçada e odiada num herói popular póstumo. Autoridades do Tesouro, que antes revelaram que o Sr. Curtis desviara grandes somas do orçamento do Reino Unido para uma conta secreta num banco suíço, informaram onde o dinheiro foi parar — nas mãos das pessoas mais pobres do mundo.

Instantaneamente saudado pelos tablóides como "um Robin Hood da vida real", parece que o Sr. Curtis passou a maior parte de seus sete anos como ministro das Finanças na Grã-Bretanha roubando dos ricos para dar aos pobres.

O auxílio do governo dobrou, e depois triplicou sob a administração do Sr. Curtis", disse Rebecca Morris, porta-voz da Ação contra Fome, importante agência de socorro. "Achamos que era apenas política governamental."

Não foi bem assim. Em vez disso, tamanha generosidade com os que combatiam nas guerras à pobreza, Aids e fome foi uma decisão pessoal do próprio Sr. Curtis — viabilizada pela retirada de dinheiro de contas bancárias inativas que haviam ficado esquecidas e não foram reivindicadas durante anos, tendo sido incorporadas no complexo labirinto de dados do Tesouro.

Alguns observadores especulam que o ministro tenha ido bem além disso nos últimos meses, conseguindo fundos extras atacando subsídios destinados a exportadores de armas britânicos. "Eles receberam menos para que os famintos da África e os doentes do oceano Índico pudessem ganhar mais", explicou um aliado ministerial ontem à noite. Um comunicado sugeriu que foi essa medida que levou à sua eventual denúncia.

"Ele certamente sabia os riscos que corria", *disse a Sra. Morris ao* Guardian. *"E, no entanto, se dispôs a fazer isso tudo para que os mais famintos e debilitados tivessem maiores chances. Não sei lhe dizer quantas vidas Gavin Curtis deve ter salvado. Alguns descreverão isso como um escândalo, mas acho que foi a ação de um homem verdadeiramente justo."*

QUARENTA E QUATRO

DOMINGO, 20H16, CROWN HEIGHTS, BROOKLYN

TC não quis correr o risco de dar um telefonema. Temia que o rabino Mandelbaum ficasse abalado demais ao ouvir uma voz do passado. Também temia que ele ligasse imediatamente para seus pais. Era provável que tivesse ficado atormentado pela culpa durante aqueles longos anos; fizera um acordo com a jovem Tova Chaya e vejam o que acontecera. Havia de culpar-se por encorajar sua rebeldia quando devia tê-la contido. Era o que imaginava.

Portanto, em vez de telefonar, apareceria na porta da casa dele, não lhe deixando nenhuma opção. Conferiu as horas no relógio: com um pouco de sorte, ele já teria voltado da sinagoga a essa altura. Lembrava-se do endereço e, assim que viu as luzes acesas no interior, mandou o motorista do táxi esperar.

— Desculpe, Will. Preciso apenas de um segundo. — Olhava para fora pela janela, incapaz de se mexer. — Faz quase dez anos. Eu era uma pessoa diferente.

— Leve o tempo que precisar.

Will olhou para o lado de fora, as ruas sobrenaturalmente silenciosas. O carro deles era o único; não se via ninguém andando por ali. O único barulho vinha do rádio, tocando uma música. Will não notou a princípio, mas uma frase da letra o atraiu. Era John Lennon, declarando que "Deus é um conceito pelo qual medimos nossa dor". Ouviu com mais atenção; a música aproximava-se do clímax. "Eu não acredito em magia... Não acredito na Bíblia... Não acredito em Jesus... Não acredito nos Beatles. Só acredito em mim, em Yoko e em mim, e essa é a realidade."

Nunca a ouvira antes, mas a música fez sua garganta ficar seca. Era como se a própria Beth estivesse falando com ele, como se ela, afinal, houvesse mandado, às escondidas, uma mensagem para fora de sua cela. O anseio que sentiu pela mulher nesse momento era tão grande que ele teve a impressão de que era feito apenas disso.

Por fim, TC deu o sinal para saltarem do carro. Pagaram ao motorista e encaminharam-se para a casa. Will ajeitou o solidéu. Mais uma vez. TC bateu à porta. Levou algum tempo, mas ele ouvia alguma atividade. Um lento arrastar de pés até a porta, e depois um velho curvado e de barba grisalha. Não poderia ter menos de 80 anos.

— Rabino Mandelbaum, sou Tova Chaya Lieberman. Sua aluna. Voltei.

Os olhos falaram primeiro, iluminando-se e umedecendo-se num instante. Ele olhava e olhava, sem dizer uma palavra. Depois balançou delicadamente a cabeça e fez um gesto para que entrassem. Seguiu na frente, deixando o braço erguido quando transpôs a porta para a sala de jantar; seu modo de dizer: *Entrem ali.* Continuou na direção da cozinha.

Will foi imediatamente atingido pelo cheiro dos livros velhos: o aposento estava abarrotado do piso ao teto de volumes encadernados em couro, as bordas douradas que ele vira na sala de interrogatório na noite de sexta-feira. Textos sagrados. A superfície da mesa da sala de jantar estava coberta: forrada primeiro por uma toalha de tecido, depois por outra de plástico, e por último dezenas de livros abertos. Era difícil enxergar alguma coisa; a sala tinha como iluminação apenas uma lâmpada elétrica. Mas mesmo com uma olhada superficial, ele percebeu — dificilmente uma palavra escrita em inglês.

Não havia pinturas na parede, apenas fotografias. Talvez uma dezena delas, talvez mais, todas exibindo o mesmo tema. O rabino. Morto fazia mais de dois anos, olhava de lado, às vezes sorrindo, às vezes com um braço no alto, mas sempre olhando intensamente. Numa das fotografias, ele aparecia com o rabino Mandelbaum num grupo. As outras pareciam comercialmente produzidas, em molduras vagabundas de madeira falsa, como se fossem pedaços de lenha. Lembravam os suvenires vendidos em pequenas aldeias italianas, que retratavam o santo local.

O rabino Mandelbaum estava de volta, trazendo uma bandeja com um único copo d'água.

— Sentem-se, sentem-se — ele insistiu, oferecendo a bandeja a Will.

O rapaz ficou intrigado. Por que ele era o único a receber algo para beber? TC curvou-se e sussurrou:

— O Yom Kippur já começou. Esta noite. Não é permitido comida nem bebida.

— Então por que ele me ofereceu água?

— Porque é um cara esperto.

Ela se instalara defronte do antigo professor.

— E a Sra. Mandelbaum? — perguntou numa voz ao mesmo tempo hesitante e gentil.

— *Haya Hindel Rachel, aleyha hosholom.*

— Sinto muito. *HaMakom y'nachen oscha b'soch sh'ar aveilei Tzion v'Yerushalayim.* Que o Senhor a reconforte entre todos aqueles que choram por Sion e Jerusalém.

Will só podia ver e ouvir, mas conhecia linguagem corporal o suficiente para saber que TC apresentava condolências.

— Rabino Mandelbaum, vim aqui depois de todos esses anos numa questão de vida e morte. Creio que exista *a sakono fur die gantseh breeye.* Um risco para toda a criação.

Ela fez uma pausa, lembrando-se.

— Este é meu amigo William Monroe.

O rabino fez um mínimo movimento com a sobrancelha, um minúsculo reflexo que dizia: "Não pense que sou um jovem ingênuo, moça. Entendo como são as coisas mundanas. Sei que um homem chamado William Monroe não é judeu, não importa como esteja vestido. E também entendo que uma palavra como 'amigo' tem múltiplos sentidos."

— A esposa dele foi seqüestrada. É mantida refém aqui em Crown Heights. Will falou com um rabino, creio que deve ser o rabino Freilich. — Olhou para Will, que a encarava com surpresa: *Por que não me disse que sabia o nome dele?* E continuou: — Ele não nega que a tenha levado. Mas não explicou o porquê.

No rosto de Mandelbaum não se registrou nenhum choque. Ele apenas balançava a cabeça, incentivando-a a prosseguir.

— Temos recebido várias mensagens, transmitidas por celular. Mensagens de texto.

Enunciou a frase como se talvez fosse desconhecida do idoso rabino. Mas ele não pareceu perturbar-se com isso.

— Não sabemos de quem são as mensagens. Mas realmente parecem indicar alguma forma de explicação para os acontecimentos até agora e daqui por diante. Não consigo ter certeza do significado delas. Mas tenho uma idéia. Por isso estou aqui.

— *Fregt mich a shale.* Faça a sua pergunta.

— Rabino Mandelbaum, poderia explicar a Will a idéia de *tzaddik*?

Pela primeira vez, o rabino deixou transparecer uma emoção. Olhou-a interrogativo, como se a perguntar no que ela estava prestes a se meter.

— Tova Chaya, sabe muito bem o que é um *tzaddik*. Isso já aprendemos juntos. Por isso você voltou?

— Quero que ele ouça do senhor. Pode dizer a ele?

O rabino encarou-a com um olhar intenso, como se tentasse entender seus motivos. Por fim, virou-se para Will e começou hesitante:

— Sr. Monroe, um *tzaddik* é um homem justo. A raiz da palavra é *tzedek*, que significa justiça. Um *tzaddik* não é apenas sábio, honrado ou erudito. Para isso temos palavras diferentes. Um *tzaddik* é um homem de sabedoria especial. Personifica a própria justiça. A palavra "justo" é a mais próxima que vocês têm.

William nunca tinha ouvido uma voz como aquela. O rabino que o interrogara tão energicamente — e que agora ele descobria chamar-se Freilich — falara com uma entonação incomum, um canto cadenciado que aumentava e diminuia. Mas apesar disso continuava sendo um sotaque americano identificável. Esse era outra coisa. Não era alemão, nem do leste europeu exatamente, talvez uma mistura dos dois. Seria o sotaque da *Mittel Europa*? Ou era, de fato, a voz de um lugar que não mais existia? Nesse som, Will reconhecia as imagens que havia estudado em livros de história da Segunda Guerra Mundial: os judeus da Polônia, ou Hungria, ou Rússia, os olhos sombrios projetando-se de fotografias em preto-e-branco, à beira de um terrível destino que ainda desconheciam. Ouvia os lamentosos e aberrantes violinos da *klezmer* — música folclórica judaica — que de vez em quando tocava na rádio de Nova York. Na voz desse único homem, Will Monroe imaginou que ouvia uma civilização que não mais existia.

Forçou-se a voltar ao presente, concentrando-se com determinação no que dizia o rabino.

— Nossa tradição fala de dois tipos de *tzaddikim*, os que são conhecidos e os ocultos. Os ocultos são entendidos como os que estão em um plano mais elevado do que aqueles cuja santidade é pública. São justos, mas não buscam fama nem glória. Não têm nada da vaidade que acompanha a vida pública. Mesmo os vizinhos mais próximos não têm a mínima idéia de sua verdadeira natureza. Muitas vezes são pobres. Tova Chaya vai se lembrar das histórias folclóricas que ela lia na infância: os *tzaddikim* que viviam em segredo, trabalhando com as mãos. Às vezes eram pobres ou faziam tarefas muito humildes. Nos contos folclóricos, quase sempre são ferreiros ou sapateiros; talvez um faxineiro. E, no entanto, realizam ações da mais elevada bondade. Ações santas.

— Mas ninguém sabe quem são? — A pergunta simplesmente saltou da boca de Will.

— Exatamente. Na verdade — e com isso o rabino se permitiu um sorriso —, o *tzaddik* não mede esforços para se afastar das pessoas, por assim dizer. Nossos textos estão cheios de histórias paradoxas: o mais santo dos homens encontrado no menos santo dos lugares. Isso é deliberado: eles querem esconder sua verdadeira natureza atrás de uma máscara, por isso se disfarçam como homens grosseiros, até desagradáveis. Tova Chaya talvez se lembre da história do rabino Levi Yitzhok, de Berditchev?

— *O Ébrio de Deus*.

— Alegra-me. Você não esqueceu o que estudamos juntos. *O Ébrio de Deus* é, na verdade, o conto que eu tinha em mente. Nele, o santo rabino Levi Yitzhok descobre que, quando se trata da graça divina, ele perde em brilho para Chaim, o carregador de água, um ignorante que fica *shicker*, bêbado, desde a manhã até a noite.

TC e o rabino riram juntos.

— Então alguns dos homens mais justos parecem ser exatamente o contrário?

— Sim. Considere isso uma espécie de brincadeira divina. Ou prova de que o judaísmo é uma filosofia profundamente democrática. Os mais santos não são os que mais sabem ou que têm mais letras após o nome. Nem é esse grupo formado por aqueles que oram energicamente, jejuam com mais constância ou observam com mais diligência os mandamentos.

— Então esse homem, o beberrão, foi bom para seus conterrâneos?

— Deve ter sido muito bom.

Os três ficaram ali sentados num breve silêncio, interrompido apenas pela ruidosa respiração do velho.

— Tem um conto. Um dos mais antigos.

Mais uma vez, o esboço de um sorriso brincava em seus lábios. Will de repente percebeu que por trás da barba e do sotaque, havia um homem muito charmoso. Agora velho e curvado, mas na juventude devia ter sido um professor bastante carismático.

O rabino Mandelbaum levantou-se da cadeira, arrastou-se em volta da mesa para chegar à estante logo atrás da cabeça de Will.

— Aqui, este é do *Talmud Yerushalmi*, extraído do tratado que fala dos dias de jejum. Tova Chaya, nós o estudamos juntos?

Will começava a ficar perdido:

— Perdão, de onde é este?

TC adiantou-se:

— É do que se conhece como talmude palestino: o livro de comentários rabínicos escritos em Jerusalém.

— Quando?

O rabino Mandelbaum, já de volta à sua cadeira e folheando as páginas, respondeu sem erguer os olhos.

— O conto é do século III de nossa era comum. — *A era comum*. Um eufemismo para "d.C.", depois de Jesus Cristo, expressão que nenhum judeu crente usaria. — Este talvez seja o mais antigo conto do gênero. — Percorria o texto com os olhos. — Muito bem, então não precisamos de todos os detalhes, mas nessa história, o rabino Abbahu observa que quando um certo homem está presente na congregação, as preces da comunidade por chuva são atendidas. Quando ele não está, nada de chuva. Bem, de qualquer modo, acaba-se por constatar que logo esse homem trabalha, vejam só, num prostíbulo! Perdoe-me, Tova Chaya, por falar dessas coisas.

— Quer dizer — interrompeu Will — que é um cafetão? E apesar disso ele é um dos justos?

— É o que diz o Talmude.

Will sentiu como se um estilhaço de gelo tivesse deslizado por suas costas. Arrepiou-se, seus ombros tremeram. Não conseguia ouvir o que TC ou o rabino diziam. Em sua cabeça só havia espaço para uma única voz. A de Letitia, a mulher que conhecera em Brownsville. Ouvia as palavras dela altas e claras. *O homem que mataram ontem à noite talvez tenha pecado todos os dias da vida que Deus lhe deu, mas foi o homem mais justo que já conheci.* Ela havia dito isso sobre Howard Macrae, que, como o homem daquela congregação do século III, ganhava a vida como cafetão.

— As histórias quase parecem deleitar-se com esse tipo de paradoxo — dizia o rabino. — Homens bons disfarçados como humildes ou até como grandes pecadores.

A cabeça de Will latejava. Pat Baxter, o louco miliciano que, embora envolvido com fanáticos portadores de arma, jamais fora preso e doara um de seus órgãos a um completo estranho. Gavin Curtis, desprezado como um político corrupto, mas canalizando dinheiro para as pessoas mais pobres do mundo. Samak Sangsuk, executivo tailandês das altas esferas, mas que providenciava discretamente para que os marginalizados encontrassem a dignidade na morte.

Ele mal conseguia acompanhar seus próprios pensamentos. Lembrou-se do carro curiosamente modesto de Curtis quando fugiu do assédio da imprensa. E o que dissera Genevieve Huntley sobre o doador do rim? *O único pedido do Sr. Baxter foi o anonimato. Foi somente o que me pediu em troca do que fez.* Todos esses homens haviam praticado ações nobres — e todos as fizeram em segredo.

— Quantos desses homens justos existem?

O rabino instantaneamente olhou para TC.

— Você não sabe? Já se esqueceu?

— Não me esqueci, rabino Mandelbaum. Mas queria que Will ouvisse do senhor.

— Existem 36 *tzaddikim* em cada geração. Você sabe, talvez, que em hebraico cada letra também tem um valor numérico? Em hebraico, 36 é expresso pelos caracteres *lamad*, que é como um L com *vav*, equivalente à letra *V*. *Lamad* é 30 e *vav* é seis. Em iídiche, esses justos são chamados de *lamadvavniks*: os 36 justos que sustentam o mundo.

Will sobressaltou-se, as antenas ligadas como quando ouvia as palavras que dariam uma matéria jornalística.

— Perdão, mas o que quer dizer com "sustentam o mundo"?

Viu TC assentir com a cabeça, um meio sorriso nos lábios que parecia dizer: *Afinal estamos chegando ao âmago da questão.*

— Ah, bem, nisso está todo o sentido dos contos. Lamento, Sr. Monroe, estou ficando velho. Devia ter falado disso no início. Por favor, deixe-me voltar atrás. — O rabino pegou outro livro; um dos poucos que não era em hebraico na sala. *A idéia messiânica no judaísmo*, de Gershom Scholem. — Alguém deu este para o seminário. Acho que tenta explicar essas questões ao leitor comum...

Will quase arranhava a própria pele de frustração. Meneou educadamente a cabeça, os olhos arregalados, fazendo tudo o que podia para incentivar o rabino a pular o que não interessava e ir direto ao assunto.

— Ah, sim, aqui estamos. Scholem diz que a tradição judaica "fala de 36 *tzaddikim*, ou homens justos, sobre os quais, embora sejam desconhecidos ou estejam ocultos, se apóia o destino do mundo". — Lia examinando mais abaixo a página. — "Já nos Provérbios bíblicos de Salomão, encontramos a afirmação de que os justos são os sustentáculos do mundo, e desse modo, por assim dizer, sustentam o mundo."

— Espere, rabino Mandelbaum. — Era TC, de repente sentada na beira da cadeira. — Onde nos Provérbios está essa referência?

Devagar, o rabino folheou uma página para trás.

— Capítulo 10, versículo 25.

Num instante, ela enfiou a mão na mochila e retirou sua pilha de Post-its escritos por conta das pistas das mensagens de texto que os levaram aos Provérbios 10. Folheou-os até encontrar o que queria. Sorriu e passou-o a Will. *Versículo 25: Quando passa a tormenta, desaparece o perverso, mas o justo descansa sobre fundamentos duráveis.*

— Fundamentos — disse em voz baixa. Depois, olhando para Will: — Os justos são os alicerces sobre os quais se apóia o mundo. Sem eles, o mundo entra em colapso.

— Tova Chaya resumiu muito bem. Há alguma divergência sobre a origem da idéia. Alguns estudiosos acham que remonta à discussão de Abraão com o Todo-Poderoso sobre o povo de Sodoma.

TC percebeu que Will não sabia nada dessa discussão de Abraão e que o rabino Mandelbaum não parecia propenso a explicá-la. Tomou então a palavra.

— Basicamente, Deus ia destruir toda a cidade de Sodoma porque o povo havia se tornado pecaminoso — disse, mais ansiosa para esclarecer do que começar uma nova discussão com o antigo professor. — Abraão tenta fazer um acordo, propondo que se ele conseguir achar cinqüenta pessoas boas dentro na cidade, Deus devia poupá-la por causa delas. Deus concorda e Abraão começa a negociar. Nesse caso, pergunta, se a salvaria por cinqüenta, então que tal quarenta? Deus também concorda mais uma vez. Continuam negociando até Abraão por fim dobrar Deus, reduzindo para dez as pessoas boas. *Muito bem,* disse Deus. *Encontre para mim dez homens justos e salvarei Sodoma.* Assim se estabelece o princípio de que, enquanto houver pessoas verdadeiramente justas, o resto de nós ficará bem. Estamos salvos porque elas existem no mundo.

O rabino Mandelbaum continuou.

— Há alguma discordância sobre os números exatos. Uns dizem 30, outros 45. Mas do século IV em diante, estabeleceu-se o número em 36. É como escreve o rabino Abaye "não existe mais do que 36 pessoas justas em cada geração sobre a qual se apóia a *Shekhina*.

— Perdão. Que palavra é essa?

— Minhas desculpas. A *Shekhina* é a radiação de Deus, a Face Divina. É algo como uma luz divina — acrescentou com o que tinha certeza de que era orgulho — feminina.

— Quero ter certeza de que entendi isso direito — começou Will, tentando concluir. — A doutrina judaica afirma que há 36 pessoas verdadeiramente justas em qualquer época. Podem estar ocultas na obscuridade, fazendo trabalhos rotineiros, levando vidas imperfeitas, até pecaminosas. Mas, com discrição e em segredo, realizam atos de extraordinária bondade. E contanto que estejam entre nós, todos ficamos bem. Elas mantêm o mundo a salvo. — Acabou entendendo a última pista: a estátua de Atlas no Rockefeller Center, carregando todo o universo nos ombros. — O que significa — disse, desacelerando a voz — que se não estivessem por aqui, por qualquer razão, isso seria, literalmente, o fim do mundo.

Pesada e vagarosamente, o idoso rabino assentiu com a cabeça.

— Receio que seja exatamente o que significa.

QUARENTA E CINCO

DOMINGO, 20H46, CROWN HEIGHTS, BROOKLYN

Então era por isso que as pessoas vinham morrendo. Apenas por uma bizarra lenda quase bíblica. A perda de vidas atingiu Will com nova força: que insanidade, que crueldade, Howard Macrae ou Pat Baxter serem assassinados em nome de uma fantasia lunática. O fim do mundo, ora veja! Era um óbvio absurdo. Quem poderia acreditar seriamente que 36 pessoas justas mantinham o mundo vivo? Ele não respirara o ar cético, empírico, de Oxford para nada. Fora ensinado a descartar de imediato tal disparate: fazia mais sentido acreditar em duendes no jardim.

No entanto, o que *ele* achava era sem dúvida irrelevante. Alguém obviamente acreditava mesmo nisso — com uma intensidade que o deixava disposto a matar homens inteiramente inocentes, em todas as partes do mundo. Se essa era a motivação dos assassinos, que importância tinha ser ou não racional?

Era o que dizia a si mesmo. Mas algo continuava a preocupá-lo. Algo naquele homem e seus livros; alguma coisa no respeito que TC tinha por ele. Algo na própria TC, aliás, Tova Chaya. Essas pessoas não eram maníacas de olhos esbugalhados. Eram guardiães de uma antiga tradição que resistira desde a cidade de Sodoma. A história dos 36 havia passado tranqüilamente de geração a geração, desde os dias de Abraão, em séculos de perambulações da Babilônia ao leste europeu, e agora aos Estados Unidos. Os judeus não eram excêntricos, obcecados por fantasias; não pelo que ele conhecia. Suas conversas com TC sempre haviam projetado a mesma impressão: que o judaísmo não se preocupava mais com o sobrenatural do que com a maneira como os seres humanos tratavam uns aos outros aqui e agora. Não pareciam acreditar em discos voadores nem em aleijados jogando fora as muletas. Tinham convicções mais realistas que isso. Portanto, se acreditavam na presença oculta de 36 homens bons, talvez houvesse um motivo.

Outra coisa atormentava os instintos em geral céticos de Will. Se não houvesse descoberto por si mesmo, jamais teria acreditado nisso. Mas Macrae e Baxter, Samak em Bancoc e Curtis em Londres tinham se encaixado à perfeição na descrição do rabino. Haviam, na verdade, feito atos de rara bondade — e em total segredo. Evitaram a publicidade, exatamente como exigia a lenda. (O forte palpite de Will era que, até ele começar a investigar, os atos justos de Baxter e Macrae, pelo menos, haviam passado inteiramente despercebidos.) As quatro pessoas de que tinha conhecimento tinham se disfarçado de pecadores, pessoas que seriam mais maltratadas que reverenciadas. Um cafetão e um político.

E se aceitasse a existência desses *lamadvavniks*, só por conta da discussão? Isso permitiria a intrusão de um novo pensamento. Até esse momento, seu único interesse fora descobrir como essa estranha e antiga história poderia levá-lo de volta à sua mulher. Agora sentia as mãos se umedecerem com uma idéia diferente. Se esse mito tinha algum fundamento na realidade, a perseguição dos justos não era apenas um crime cruel. Também traria desastre ao mundo. Pela primeira vez entendia as palavras do rabino Freilich ao telefone na noite anterior. *Sua mulher é importante para você, Sr. Monroe, claro que é. Mas o mundo, a criação do Todo-Poderoso, é importante para mim.*

Trinta e seis, pensou Will. Tão poucos. Apenas 36 em todo esse planeta apertado, e superpovoado, fervilhando com seis bilhões de pessoas? Quatro homens estavam mortos, ele sabia. Significaria isso que havia outros 32 mortos — ou morrendo — nos mais diversos cantos do mundo, só que despercebidos?

Lembrou-se mais uma vez da conversa com o rabino Freilich. *Uma antiga história se desenrola aqui, ameaçando um desfecho que a humanidade temeu durante milhares de anos*. Então era isso que ele queria dizer. A antiga história era a lenda dos *lamad vav*, os 36 homens justos. O desfecho temido por tanto tempo era nada menos que o fim do mundo.

Quem enviava aquelas mensagens de texto sabia de tudo isso, percebia agora Will. Enquanto o rabino Mandelbaum se esticava para pegar outro livro, ele deu uma rápida olhada para o telefone celular, para ver a última mensagem que recebera. Um poema de quatro versos, um quarteto.

Somos apenas homens justos, em pequeno número
Expressos em dois dígitos
Ficaremos pela metade se eles se multiplicarem
Se nós poucos perecermos, todos têm de morrer.

Apenas homens... expressos em dois dígitos. Os dois dígitos eram três e seis. *Se eles se multiplicarem*. Três vezes seis são 18, metade de 36: *Ficaremos pela metade*. E o autor do texto entendia o que estava em risco. *Se nós poucos perecermos, todos têm de morrer*.

Will tentou com esforço recompor-se. Queria desesperadamente pegar o livrinho de anotações, começar a ordenar toda essa informação. Mas ainda tinha algumas perguntas a fazer.

— Esses 36? São todos judeus?

— Em geral, no folclore hassídico os *tzaddikim* são judeus. Isso, porém, é mais sociologia que teologia: quem mais conhecia esses *yidden*?

Conheciam apenas judeus. Era todo o mundo deles. Nos primeiros textos rabínicos, há diferentes opiniões sobre a identidade dos *tzaddikim* Alguns acreditavam que viviam na terra de Israel, alguns diziam que uma parte vivia fora dela; outros que os justos surgiam entre os *goyim*, os não-judeus. Não existe nenhum entendimento quanto a isso. Podiam ser todos judeus, todos não-judeus, bem como uma mistura.

— Mas são sempre homens?

— Sempre. Nisso as fontes concordam. Não há a menor dúvida a respeito. Os *lamadvavniks* são todos homens.

TC lia a mente de Will. *Então por que mantêm minha Beth presa?*

A verdade era que Will ficou decepcionado. Desde que o rabino começara a falar, vinha tentando reconstituir o caminho de volta à mulher e seu seqüestro. Mesmo antes de chegar ali, aceitara que Macrae e Baxter tinham uma ligação entre si, mas não conseguia compreender sua ligação com Beth. Para ele, essa teoria dos 36 parecia bizarra e forçada, senão inteiramente louca, mas pelo menos talvez explicasse o que os hassídicos tinham em mente. Talvez, por algum motivo enganoso, houvessem decidido que ela era um dos justos. Agora sabia que isso não podia ser verdade: ela era mulher. Continuava tão estupefato como sempre.

Uma nova pergunta veio-lhe à mente. Ele a formulou de imediato.

— Quem ia querer fazer uma coisa dessas? Quem ia querer causar o fim do mundo?

— Só aquele que estivesse escravizado pelo *Sitra Achra*.

Will franziu a testa.

O rabino Mandelbaum percebeu que precisava dizer mais.

— Lamento, ando esquecido. *Sitra Achra* significa literalmente "o outro lado". Na cabala, é a expressão usada para se referir às forças do mal. Infelizmente, elas estão presentes em toda a nossa volta, todo dia e em tudo.

— Assim como o diabo, como Satanás?

— Não, na verdade, não. Porque o *Sitra Achra* não é uma força externa a que podemos culpar por tudo que dá errado. O poder do *Sitra Achra* deriva das ações dos seres humanos. Não é Lúcifer que introduz o mal no mundo. Receio, Sr. Monroe, que sejamos nós.

— Por que pessoas religiosas, homens de Deus, iriam querer fazer uma coisa dessas... matar os homens justos?

— Não posso imaginar por quê. Você sabe, nós, judeus, dizemos que quando salvamos uma vida, é como se houvéssemos salvado o mundo todo. Portanto, matar qualquer ser humano é um grande crime. O crime último. Matar um *tzaddik*? Seria outra profanação do nome do Todo-Poderoso. Matar mais de um? Querer matar todos? Eu não consigo nem contemplar tanta perversidade.

— Nenhuma motivação que possamos imaginar?

— Acho que é concebível alguém muito mal orientado querer testar essa crença até os limites. Para ver se é realmente verdade, que os *lamad vav* sustentam o mundo. Se todos os *lamad vav* desaparecerem, se todos não estiverem mais aqui, bem, saberemos, não?

— Ou talvez esse alguém já acredite — disse Will. — Acredita tanto que quer provocar o fim do mundo.

No silêncio que se seguiu, Will se deu conta de algo que chegara a passar-lhe pela cabeça, mas que só agora ele pensava com a devida atenção. Para alguém que acabara de ser confrontado com tais notícias, o rabino Mandelbaum parecia admiravelmente calmo. Continuava sentado em sua cadeira, folheando livros. Como se fosse apenas um problema teórico.

Então foi a vez de o rabino ler a mente de Will.

— De qualquer modo, ninguém poderia fazer isso — disse o velho, suspirando ao se acomodar na cadeira. — Porque ninguém jamais sabe onde estão os *lamadvavniks*. Este é o poder deles.

Will ficou envergonhado ao perceber que essa era a única coisa em que nunca pensara. Trinta e seis pessoas, vivendo em humilde obscuridade em todo o mundo: como poderia alguém saber quem eram? Como os assassinos de Macrae e Baxter os haviam encontrado?

— O *tzaddik* está escondido, às vezes até dele mesmo; pode não ter a menor idéia de sua própria natureza. Se um homem não conhece a si mesmo, quem mais pode conhecê-lo?

— Então ninguém tem a menor idéia de quem são os 36? Não existe uma lista secreta?

O rabino piscou os olhos.

— Não, Sr. Monroe, não existe nenhuma lista. Tova Chaya, atrás de você, pode me passar o livro do rabino Yosef Yitzhok?

Will sobressaltou-se. Ouvira tão poucas palavras conhecidas desde que chegara àquela sala, mas aquele era um nome que conhecia. TC captou sua expressão e sussurrou um esclarecimento.

— É o nome de um rabino já falecido. YY recebeu o nome em sua homenagem. Morreu há 50 anos.

— Muito bem — disse o rabino, mais uma vez acomodado na cadeira. — Isto é uma espécie de autobiografia do rabino. Aqui ele descreve os *tzaddikim* como se fossem uma sociedade secreta. Não se refere a eles explicitamente como *lamadvavniks*, mas é sobre eles que fala. Sugere que essas pessoas, cada uma habitando uma cidade diferente, foram de algum modo as fundadoras do hassidismo. — Afastou-se do livro, os olhos fechados, como a ler um texto escrito dentro das pálpebras. Will percebeu que ele buscava algo na memória. — Também há o grande rabino Leib Sorrer. Do século XVIII. Dizia-se que mantinha contato secreto com os justos escondidos, que cuidava até para que fossem alimentados e vestidos. Dizem o mesmo sobre o Baal Shem Tov, o reconhecido fundador do hassidismo. — Abriu os olhos. — Mas essas são as exceções. Em geral, subentende-se que os *tzaddikim* permanecem ocultos. Há histórias de desencontros por um triz, *tzaddikim* prestes a conhecer outro de seu tipo, mas sem conseguirem. E acredita-se que um justo teria a sabedoria de reconhecer outro. Você sabe, ele de algum modo "sentiria o brilho, a irradiação." — O rabino abriu o sorriso que Will vira antes, o que pertencia ao jovem brincalhão e travesso que ele parecia ter sido outrora. — Mas em geral esses homens não são reconhecidos, por si mesmos, uns pelos outros, pelo resto de nós.

— Como alguém conseguiria encontrá-los?

— Ora, esse é o tipo de pergunta que Tova Chaya fazia, uma pergunta que o rabino Mandelbaum não sabe responder! — Os dois trocaram sorrisos afetuosos, como um avô e a neta preferida. — Eu gostaria de saber, Sr. Monroe, mas não sei. Para isso, precisaria conversar com outros. Aqueles que penetraram nos mais profundos segredos da cabala.

Will viu que o rabino começava a ficar cansado. E, no entanto, não quis deixar a conversa terminar. Na última meia hora, tivera mais respostas que nas 48 horas anteriores. Afinal, não apenas entendera as pistas que haviam chegado por mensagem de texto, mas vira a imagem maior, a história antiga se desenrolando. Com certeza aquele velho sábio tinha a chave do motivo de Beth ser prisioneira. Se ao menos conseguisse pensar na pergunta certa a fazer.

Ouviu-se um zumbido, a baixa vibração de um telefone celular. TC, tão habituada a usar calça cargo com múltiplos bolsos, parecia confusa com a percepção de que agora vestia uma saia longa, sem bolsos: não sabia onde procurar. Por fim lembrou-se. Pegara emprestada uma elegante bolsa que pertencia a Beth — algo que ela própria não possuía. O telefone estava lá. Pediu desculpas, saiu da sala para atender.

Will esforçava-se para absorver tudo que acabara de ouvir. Teorias loucas sobre o fim do mundo, terríveis avisos de um profetizado cataclismo. Pôs a cabeça nas mãos. No que havia se metido?

De repente, sentiu uma mão no ombro.

— É uma coisa terrível um homem ficar sem sua mulher. A Sra. Mandelbaum morreu há três anos e eu sigo adiante com minha vida. Ainda estudo, ainda oro. Mas se de vez em quando sonho com ela à noite... ah, isso é que é *shabbos*.

Will sentiu os olhos se encharcarem. Para quebrar o clima, pigarreou e recompôs-se para fazer uma pergunta. Não sabia se ia ajudá-lo a encontrar Beth, mas queria saber tudo o que pudesse.

— O que se conta como bom? O que conta como tão boa ação que destaca o homem como justo?

— Não sei se é tão simples assim. Temos de pensar na alma do *tzaddik*. É uma alma de tanta pureza, de tanta bondade, que não pode deixar de manifestar-se para fazer o bem. As ações são apenas a manifestação externa de uma bondade interior. — O rabino começou a arrastar-se para fora da cadeira, como em busca de um livro. — O texto-chave hassídico é conhecido como o *Tanya*. Nesse livro há uma definição de *tzaddik*. Explica que em cada pessoa há duas almas: uma divina e outra animal. A alma divina é onde temos nossa consciência, nossa grande vontade de fazer o bem, nosso desejo de aprender e estudar. A alma animal é onde temos nossos apetites por comida, por bebida: sensualidade. Tudo isso vem da alma animal.

"Ora, essas duas almas vivem constantemente em conflito. Uma boa pessoa esforça-se muito para controlar a alma animal. Para reprimir os desejos, não se entregar a todo desejo irresistível. Isso é ser uma pessoa boa, normal: lutar!

Ele esboçou um sorriso, como em reconhecimento à fragilidade do homem.

— Mas o *tzaddik* é diferente. O *tzaddik* não domestica sua alma animal. Ele a *transforma*. Muda a alma animal para uma outra coisa, transformando-a numa força para o bem. Passa a funcionar com dois cilindros, por assim dizer! É como se tivesse duas almas divinas. Isso lhe dá um poder especial. Dá a ele as condições para salvar o mundo.

— E um ato seria suficiente?

— Como assim?

— Se um homem fizesse um ato de extraordinária bondade, isso bastaria para dizer que era um *tzaddik*?

— Talvez você tenha algum exemplo em mente, não é? Minha resposta é que pode nos parecer que o *tzaddik* realizou apenas um ato santo. Mas se lembre de que esses homens escondem sua bondade. A verdade talvez seja que esse é o único ato de que tenhamos *conhecimento*.

— E como seria um ato desses?

— Ah, essa é uma boa pergunta. Na história sobre o rabino Abbahu e o homem do prostíbulo...

— A do século III?

— Sim. Naquela história, o *tzaddik* fez uma coisa bem pequena. Esqueço os detalhes, mas ele fez um pequeno sacrifício para preservar a dignidade de uma mulher.

Will ouviu-se engolir em seco. *Assim como Macrae.*

— E isso parece ser o fio comum. Às vezes é um ato em escala muito grande — Will pensou no ministro Curtis em Londres, desviando preciosos milhões para os pobres —, talvez um *tzaddik* salve toda uma cidade da destruição. Às vezes é um minúsculo gesto para um único indivíduo: uma refeição para quem sente fome, um cobertor para quem sente frio. Em cada caso, o *tzaddik* tratou um ser humano com justiça e generosidade.

— E, assim, mesmo um pequeno gesto poderia salvar toda uma vida?

— Sim, Sr. Monroe. O *tzaddik* pode ter vivido encharcado de pecados. Pense no Chaim, o carregador de água, embriagando-se para esquecer. Mas esses atos de virtude mudam o mundo.

— Então a bondade não tem a ver com regras. Nem na maneira de se penitenciar. Nem orar muito. Nem conhecer cada palavra da Bíblia. Mas sim como tratamos uns aos outros.

— *Bein adan v'adam*. Entre homem e homem. É aí que reside a bondade, até mesmo a divindade. Não no Céu, mas bem aqui na Terra. Em nossas relações uns com os outros. Também significa que temos de ser cuidadosos. Temos de tratar todos que conhecemos com grande respeito, porque, pelo que sabemos, o homem que dirige um táxi, varre as ruas ou pede esmolas numa esquina de rua, poderia ser um dos justos.

— Isso é muito igualitário, não é?

O rabino sorriu.

— Toda vida humana tem o mesmo valor. Essa é a preocupação da Torá. Era isso que Tova Chaya estudava todo dia no seminário. E o que ela estudou aqui comigo, antes de...

O rabino pareceu muito melancólico e, de repente, muito velho. Não terminou a frase.

Will sentiu-se culpado. Não pessoalmente — sabia que não era culpado pela partida de TC todos aqueles anos atrás. Mas sentia-se culpado como — lutava para explicar-se —, como um representante do mundo moderno. Era isso. Era a modernidade, os Estados Unidos, que haviam atraído a jovem Tova Chaya, levando-a para longe das rotinas e ritmos que haviam modelado as vidas dos judeus durante séculos, fosse na Rússia rural ou em Crown Heights. Era Manhattan, os reluzentes prédios de vidro, as rádios, os jeans colados no corpo, Domino's Pizza, blockbusters no Cineplex, roupas de marca, HBO, revista *Glamour*, Andy Warhol no Museu de Arte Moderna, patinação no Central Park, American Express, compras online, Universidade de Columbia, sexo fora do casamento — tudo isso a levara embora. Como poderia a conformidade medieval da vida hassídica competir? As roupas sem graça, o calendário padronizado, todos os *limites* — sobre o que se podia comer, estudar, ler ou desenhar, sobre quem se podia amar. Não admirava que TC tivesse escapado.

Ainda assim, Will sentia que TC tinha perdido algo partindo. Ouvia isso na voz do rabino Mandelbaum e vira isso nos olhos dela. Sentira isso em pessoa naquelas poucas horas, antes de ser agarrado e submetido a interrogatório na noite de sexta-feira. Aquele lugar tinha alguma coisa que ele mal conhecera, sendo criado na Inglaterra ou vivendo como adulto nos Estados Unidos. A palavra branda para isso era "comunidade". As pessoas fantasiavam com demasiada freqüência a respeito. Em sua terra natal, o mito da aldeia inglesa, onde todos se conhecem, ainda exercia um poderoso fascínio, embora ele jamais reconhecesse isso de fato. Nos Estados Unidos, os bairros residenciais cercados por grades gostavam de se imaginar como comunidades — com seus transportes solidários e festas em casa —, mas não tinham o que Will vira em Crown Heights.

Ali, as pessoas envolviam-se tanto umas com as outras quanto uma única e grande família. Um elaborado sistema de bem-estar em que cada um era provedor do outro, como se sacassem de um fundo comum. Crianças entravam e saíam das casas umas das outras. Ninguém parecia estranho. TC havia explicado que a claustrofobia às vezes era sufocante: tinha de sair para respirar. Mas também descreveu uma vida calorosa e partilhada que jamais tornaria a ter.

O rabino Mandelbaum, cabisbaixo, virava as páginas de outro livro.

— Há mais uma coisa. Não sei se será útil ou não. Segundo várias lendas, um desses 36 homens é ainda mais especial que os outros.

— É mesmo? Especial como?

— Um deles é o Messias.

Will curvou-se para a frente.

— O Messias?

— "Se a era fosse digna disso, ele se revelaria como tal." É o que dizem os estudiosos.

— O candidato — disse Will, baixinho.

— Alguém já lhe explicou isso?

— TC me disse que em toda geração há um candidato a Messias. Se fosse o tempo messiânico, esse homem seria ele. Não sendo o tempo certo, nada acontece.

— Temos de ser merecedores. Do contrário, perde-se a oportunidade.

Quase involuntariamente, Will olhou as fotografias do rabino, que os encarava de toda parede e todo ângulo. Morto havia mais de dois anos, os olhos ainda brilhavam.

— Exatamente — disse o rabino Mandelbaum, acompanhando o olhar de Will.

E os dois homens se entreolharam.

A porta abriu-se. TC ficou ali parada, agarrada ao celular, sem cor alguma no rosto; tinha os olhos vidrados, como um animal aturdido para o abate.

Ela se abaixou e sussurrou no ouvido de Will.

— A polícia está atrás de mim. Sou procurada por assassinato.

QUARENTA E SEIS

SEGUNDA-FEIRA, 2H20, DARWIN, NORTE DA AUSTRÁLIA

A música tinha parado, e por isso ele entrara. Mantinha essa rotina durante todo o seu turno, fosse dia ou noite — entrando na sala nas pontas dos pés para retirar o CD terminado e substituí-lo por um novo. O armário lateral estava cheio deles, principalmente Schubert, ali deixados pela filha do velho. A família não pedira a Djalu que fizesse isso, mas ele sabia que era o que queriam.

Pôs o disco. Ouviu gemidos vindos do quarto ao lado; estaria lá num segundo. Mas quis ficar um pouco com seu paciente, o Sr. Clark, o homem que amava música. Djalu só o via acordado durante uma ou duas horas por dia; os sedativos faziam-no dormir o resto do tempo. Mas naqueles minutos consciente, o Sr. Clark parecia curado pelos sons dos violinos e violoncelos que saíam como em espiral do CD e transportavam-se para o quarto como tecidos de fino fio. Os lábios idosos abriam-se como que para saborear as melodias; a boca às vezes fazia o mesmo pequeno movimento, inclusive quando caía em sono profundo.

Djalu aproveitava esses momentos para pegar a pequena esponja, presa numa vareta, mergulhá-la no copo d'água sobre a mesa-de-cabeceira e roçá-la na boca do Sr. Clark. O homem idoso, de quase 85 anos, não podia mais comer nem beber sem vomitar. Portanto, essa era a única forma de alimentá-lo. Ele agonizava, como tantas pessoas naquele lugar, não da doença que o atacara havia meses, mas de fome e eventual desidratação. Assim que ficasse claro que o paciente jamais seria curado, seus órgãos parariam, um por um, até a morte enfim chegar.

Parecia uma cruel maneira de deixar uma pessoa morrer. O pai de Djalu denunciou-a como típica da medicina do "branco", só ciência e nenhum espírito. Às vezes Djalu achava que ele tinha razão; afinal, vira coisas terríveis naquele lugar. Senhoras idosas morrendo em poças da própria urina; homens chorando durante horas para ser ajudados no banheiro. Algumas das enfermeiras logo perdiam a paciência, gritavam com os pacientes, mandavam-nos calar a boca. Ou os tratavam pelo primeiro nome, como se fossem bebês.

Nos primeiros meses, Djalu nada fizera. Não queria chamar a atenção para si, um dos dois assistentes de enfermagem aborígines na casa geriátrica. O cargo não era garantido, com um currículo que incluía duas passagens pela prisão — uma por arrombamento, outra por furto. Por isso nada dizia quando a chefe de pessoal ouvia gemidos ou gritos vindos do corredor — e aumentava a TV para abafar o barulho.

Mesmo agora, nada dizia. Não fazia queixas à enfermeira-chefe nem ao gerente; não queria confusão nem discussão. Às vezes até se juntava às gozações sobre "os velhos carcomidos". Mas fazia o que podia.

Assim, quando ouvia um paciente gritar, corria. Fazia parte do que a casa de repouso chamava de Equipe Vermelha, responsável por cerca de 20 leitos. Mas se via uma luz piscando para um paciente das equipes Azul ou Verde, ia até o local — sempre na surdina, esperando que ninguém da equipe o visse. Certificava-se de que o Sr. Martyn tomasse um pouco d'água ou que a Srta. Anderson fosse virada na cama. E se eles houvessem se sujado, limpava-os, enxugando-os delicadamente, depois acariciava-lhes os cabelos, tentando acalmá-los para que não sentissem vergonha.

Ouviu alguns dos pacientes referirem-se a ele.

— Enfermeira, não quero que esse gorila me toque — disse um deles quando Djalu apareceu pela primeira vez ao lado da cama. — Está errado.

Mas ele relevava as ofensas por conta da idade. Não conheciam nada melhor.

O Sr. Clark também não fora muito mais amistoso.

— Qual deles é você? — perguntara.

— Qual deles, Sr. Clark?

— Sim, tinha aquele outro aborígine, como se chamava? Qual deles é você?

Mas Djalu não podia se zangar com um homem que estava nos últimos dias de sua vida. Assim, trazia chá e biscoitos quando a Sra. Clark visitava o marido; trazia-lhe um lenço de papel quando a encontrava chorando baixinho; e quando ela adormecia na cadeira ao lado da cama, cobria-a com uma manta.

Talvez o pai tivesse razão quanto à medicina ocidental ser fria, metálica. Portanto, ele, Djalu, queria dar-lhe uma face afetuosa, humana — embora essa face parecesse assustar tanto aqueles conterrâneos brancos agonizantes.

Aquele era seu horário preferido para trabalhar, tarde da noite, quando tinha todo o corredor para si mesmo. Não precisava explicar sua presença nos quartos, nem inventar desculpas por estar lendo o jornal em voz alta para uma mulher no segundo andar, que não fazia parte da lista da Equipe Vermelha, ou simplesmente segurando a mão de um homem que ansiava pelo toque de outro ser humano.

Assim, ele deu um salto na cadeira quando ouviu um rangido e a porta do quarto do Sr. Clark abriu-se. A mulher que entrou tinha um dedo nos lábios, mandando Djalu fazer silêncio. Sorria com os olhos, como se planejasse fazer uma surpresa ao Sr. Clark e não quisesse que Djalu a estragasse.

— Boa noite, Djalu.

— Você me deu um susto. Não sabia que estava trabalhando hoje à noite.

— Bem, você conhece a morte. Ela nunca dorme.

Djalu levantou-se assustado.

— Morreu alguém esta noite?

— Ainda não. Mas espero a qualquer hora.

— Quem? Talvez eu deva...

— Djalu, não fique nervoso, certo?

Calmamente, a mulher curvou-se e puxou vários dos CDs no armário que ficava à cabeceira da cama, deixando-os cair no chão.

— Ei, moça. É a música do Sr. Clark. Eu cuido disso...

— Aqui está.

Enfiara a mão atrás dos discos e pegara o que parecia uma atadura. Agora a punha na cama, no quadrado do colchão junto ao peito do Sr. Clark, que subia e descia, dormindo profundamente.

Ela abriu a atadura, afastando uma aba de material para a esquerda, a outra para a direita, e expondo uma agulha hipodérmica ao lado de um frasco de soro.

— O médico vem? Ninguém me avisou.

— Não, o médico não vem.

Ela enfiou nas mãos um par de luvas de látex.

— Você vai dar uma injeção no Sr. Clark? O que está fazendo?

— Eu lhe mostro, se quiser. Chegue mais perto.

— Não o machuque.

— Relaxe, Djalu. Agora venha até aqui para poder ver. Um pouco mais perto. — A mulher ergueu a agulha, que formou uma silhueta contra o luar. — Agora, Djalu, se puder pôr as mãos nos ombros do Sr. Clark. Isso mesmo, apenas se curve um pouco mais.

Com perícia, a mulher espetou a agulha no pescoço de Djalu, o polegar empurrando o êmbolo com força e fazendo a droga penetrar suas veias num instante. Djalu teve um segundo para dar meia-volta, o rosto imóvel de estupefação. Um segundo depois, caiu para a frente, tombando pesadamente sobre o peito do Sr. Clark.

Sua assassina teve de usar toda a força para içá-lo e deitá-lo suavemente no chão. Cobriu-o com um cobertor, parando apenas para fechar-lhe os olhos com a palma da mão.

— Perdão, Djalu Banggalla, pelo que fiz. Mas fiz isso em nome do Senhor Deus Todo-Poderoso. Amém.

Tornou a embalar a agulha e o frasco vazio na atadura, enfiou-a no bolso e encaminhou-se para a saída, sem fazer barulho. O Sr. Clark não se mexeu. Se ouviu alguma coisa, foi apenas a música — as insistentes cordas de uma das mais famosas obras de Schubert. "A morte e a donzela."

QUARENTA E SETE

DOMINGO, 22H10, CROWN HEIGHTS, BROOKLYN

TC seguia na frente, rápida e determinada. Sabia o caminho. Tinha percorrido aquelas ruas pela última vez uma década atrás, mas não se esquecera onde morava o rabino Freilich.

Apressando-se para alcançá-la, Will não parava de fazer perguntas. Mas ela continuava olhando direto em frente.

— Encontraram o corpo duas horas atrás. No chão do meu apartamento. — Sua voz oscilou pela primeira vez.

Will pensou no rosto do zelador: o Garry Kasparov do porão. Se fora assassinado na noite anterior, só podia ter sido poucos minutos depois que tinha ajudado Will e TC a escapar. Com certeza havia sido assassinado por causa disso. Uma imagem veio-lhe à mente. *O homem do boné de beisebol.*

Primeiro Yosef Yitzhok, agora Pugachov. Duas pessoas que tinham vindo em ajuda de Will pagaram com a vida. Quem seria o seguinte? O rabino Mandelbaum? Tom Fontaine?

Desde a manhã de sexta-feira, Will vinha sentindo-se como que caindo no poço de uma mina escura, cada vez mais longe da luz. Não via nada claramente. O rabino explicara o que com certeza estava acontecendo, mas como isso o envolvia, a ele e a Beth? O que tinham a ver com aquela profecia mística, uma lenda cabalística que agora parecia transformada numa farra assassina internacional? Ele caía e caía.

E assim que achou que havia atingido o fundo do poço — ao saber do assassinato em Bancoc e da morte de YY — afundara um pouco mais. Agora Pugachov estava morto e TC, em terríveis apuros.

— Janey disse que a polícia foi de porta em porta, perguntando pelo morador do apartamento 7. Graças a Deus ela estava em casa. Deu meu nome e disse que não tinha me visto desde a tarde de ontem, o que é bom. Por sorte, foi bastante esperta para dizer que não sabia o número do meu celular. Assim que eles saíram, ela me ligou, para me alertar.

— E eles definitivamente acham que você é suspeita?

— Janey disse que teve essa impressão. Por que mais o corpo estaria no meu apartamento? Parece que chegou lá vivo e agora está morto. E eu desapareço. O que mais eles podem pensar? — TC continuava avançando a passos largos, a respiração formando nuvens de vapor. Seu rosto começava a arder. — Parece que fizeram muitas perguntas bizarras.

— Que tipo de perguntas bizarras?

— Sobre Pugachov e eu. Se tínhamos relações sexuais. Se ele era obcecado por mim. Se era um perseguidor.

Agora Will entendia o que a polícia pensava. Pugachov, o zelador psicótico, entra no apartamento de TC após a meia-noite. Tenta estuprá-la. TC pega a arma, mata-o e foge do local do crime.

— Não vão levar muito tempo para conseguir o número do seu celular. A polícia deve ter acesso a tudo isso.

— E é por isso que fiz isto.

Ela ergueu o telefone celular: havia tirado a bateria. Assim que a polícia tivesse o número, sem dúvida iria conseguir rastreá-lo. Will cobrira duas investigações nas quais os detetives reconstruíam os movimentos da pessoa usando registros telefônicos. Estes não apenas revelavam os números para os quais o suspeito ligara, mas toda vez que haviam entrado na área de cobertura de uma antena. A polícia sabia desenhar um mapa mostrando onde a pessoa estivera e quando. A não ser que o telefone estivesse sem bateria: sem sinal, nenhum rastreamento.

— Quando foi a última vez que o aparelho esteve ligado?

— Na casa de Mandelbaum.

— Não vão levar muito tempo para chegar lá. Será que ele vai falar alguma coisa?

TC diminuiu o passo e virou-se para olhar Will nos olhos.

— Não sei.

Haviam chegado à casa do rabino Freilich, não era muito diferente de qualquer das outras na Crown Street. A pintura estava descascada na porta da frente, mas não foi isso que Will notou. O que lhe chamou mais a atenção foi o adesivo colado pouco acima do nível dos olhos: *Moshiach vem aí.*

Se fossem aposentos de estudante, não teria parecido incongruente. Mas aquela era a casa de um adulto de prestígio. A visão do adesivo disparou um tremor que percorreu o corpo de Will de cima a baixo. Dizia uma coisa: fanático.

TC já batera à porta e agora ele ouvia movimento. Pelo vidro opaco, viu o contorno da cabeça e os ombros de um homem.

— *Ver is? Vi haistu?*

Iídiche, imaginou Will.

— *S'is Tova Chaya Lieberman, Reb Freilich.* Vim por causa da grande *sakono.*

— *Vos heyst?* O que quer dizer?

— *Reb Freilich, a sakono fur die gantseh breeye.*

O mesmo aviso que dera ao rabino Mandelbaum: *uma ameaça a toda criação.*

A porta se abriu e revelou o homem com quem Will conversara durante um demorado tempo, mas jamais vira. Não era alto nem tinha um físico imponente, mas era dono de um rosto severo e feições firmes, que, percebia Will, transmitia uma tranqüila autoridade. A barba era mais castanha que branca ou grisalha, curta e bem cuidada. Usava óculos simples, sem aros. Num contexto diferente, Will o veria como o diretor executivo de uma empresa americana de médio porte. Ao vê-lo e reconhecê-lo, o rabino hesitou, depois abaixou a cabeça, gesto que Will preferiu interpretar como de arrependimento.

— É melhor entrarem.

Foram conduzidos mais uma vez para uma mesa de jantar — toalha branca coberta de plástico — numa sala cheia de livros sagrados. Esta, contudo, era grande, arejada e arrumada. Num canto, Will pôde ver uma pilha de edições do *New York Times*. Também viu um porta-revistas cheio de *Atlantic Monthly, New Republic* e diversos jornais hebraicos. Fazendo a instantânea avaliação que era parte de seu ofício, escreveu um título de três palavras na cabeça para descrever o rabino Freilich: *Cidadão do Mundo*.

— Rabino, conhece Will Monroe.

— Já nos encontramos.

— Sei como isso deve parecer estranho, rabino Freilich, eu aparecer aqui assim depois de todos esses anos. Garanto-lhe que nunca pensei que voltaria, verdadeiramente não. Mas Will é um velho amigo meu. E me pediu ajuda quando sua mulher desapareceu. Ele não sabia sobre... minha criação. — Ela fez uma pausa para se recompor. — Mas agora sabemos o que está acontecendo. Juntamos os pedaços. Isso levou algum tempo e não foi nada fácil, mas temos certeza.

O rabino Freilich olhou para TC e nada disse.

— Homens bons estão morrendo. Primeiro foi Howard Macrae em Brownsville, depois Pat Baxter em Montana. Em seguida, Samak Sangsuk em Bancoc. E agora esse político britânico. Alguém vem matando os *lamadvavniks*, não vem, rabino? Alguém está matando os justos da Terra.

— Sim, Tova Chaya. Receio que sim.

Will ficou surpreso. Havia esperado uma batalha com Freilich, uma rodada de jogadas com o rabino no papel de mudo, obrigando TC e ele a apresentarem todas as provas. Mas o sujeito não negou nada. Um terrível pensamento aflorou. E se o rabino entendesse que os dois já haviam de fato denunciado seu complô assassino e por isso decidira que não havia outra alternativa senão silenciá-los? E eles se dirigiram direto para as mãos de Freilich! Não fora necessário recorrer ao homem do boné de beisebol, o assassino de Pugachov: Will e TC haviam feito o trabalho para eles. Como puderam ser tão idiotas? Nem sequer haviam planejado uma estratégia para esse encontro. TC simplesmente aparecera ali...

— De fato, um complô encontra-se bem encaminhado para matar os 36 homens justos. Por algum motivo, está ocorrendo agora, durante os Dez Dias de Penitência... a mais sagrada época do ano. A matança começou no Rosh Hashaná e não parou. Quem quer que esteja por trás deve ter decidido que estes são os dias do Juízo Final, pois um homem justo assassinado neste período não será instantaneamente substituído pelo nascimento de outro. Talvez tenham lido algo em nossos textos que nunca tenhamos percebido, talvez a existência de uma espécie de período de limbo entre o ano-novo, quando as pessoas são inscritas no Livro da Vida, e o Dia do Arrependimento, quando o Livro da Vida é lacrado. Durante estes dez dias talvez o mundo fique especialmente vulnerável. Qualquer que seja o plano deles, parecem dispostos a matar os *lamad vav* e determinados a fazê-lo antes do pôr-do-sol de amanhã, final do Yom Kippur. — Hesitou. — Não achei que alguém mais descobriria. — Virou-se para Will, embora não o encarando nos olhos. — Tova Chaya sempre foi uma discípula excepcional. E você, você tem revelado admirável persistência.

Obrigado por coisa nenhuma, pensou Will.

— Soubemos do que vem ocorrendo apenas há alguns dias. Mas temo pelo mundo à simples idéia disso. Alguns dirão que não passa de uma lenda, apenas um conto de fadas. Mas esta tem raízes profundas, que remontam a *Avraham Avinu*, a Abraão nosso pai. Subsiste há milênios. Quem está cometendo esses assassinatos anda apostando que a lenda é apenas uma lenda. Que não é uma verdadeira afirmação sobre a forma como o mundo tem funcionado desde os primórdios do tempo. Mas e se estiverem errados? Estão testando essa idéia até o limite da destruição. Será a destruição de tudo.

O rabino tamborilava os dedos na mesa. Se fingia ansiedade, pensou Will, fazia um excelente trabalho.

— Você não pára de dizer "eles" — Will falou de repente, a segurança em sua voz surpreendendo-o também. — Mas não tenho certeza de que há "eles". Acredito que haja "vocês".

— Não estou entendendo.

— Ah, acho que está sim, rabino Freilich. Até o momento não há suspeitos em nenhum desses casos, com exceção de você e seus, seus... seguidores. — Sabia que era a palavra errada. O único líder que aquela gente seguia era o homem cuja fotografia se via pendurada em toda parede. E estava morto. — De certa forma, você admitiu ter assassinado Samak Sangsuk para mim. — O músculo em volta do olho esquerdo do rabino estremeceu ligeiramente. — E sei que mantém minha mulher presa, embora o que ela tenha a ver com tudo isso ninguém ainda tenha me explicado. — Nestas últimas palavras, elevara a voz, traindo uma raiva que não podia ocultar. Parou, precisava recuperar o controle. — As únicas pessoas que *sabemos* que estão envolvidas em atividades criminosas são você e as pessoas que trabalham com você.

— Eu entendo o que isso parece.

— Eu também. E tenho certeza de que a polícia, que já tem você na mira, sacaria tudo o que está acontecendo bem rápido se soubesse metade do que sabemos. Acho que não preciso mencionar o Sr. Pugachov, o zelador do prédio de TC, desculpe, Tova Chaya, preciso? Morto ontem à noite por aquele gorila de boné de beisebol que você pôs atrás de nós.

— Lamento, não sei do que está falando.

— Ah, deixa disso. Realmente, não podemos continuar com esse joguinho por muito mais tempo, rabino. Será que não vê? Todos sabemos o que está acontecendo.

— Will, chega.

Era TC, falando com seu sotaque normal.

— Não tenho a menor idéia de quem é esse Sr. Pugachov. E não sei nada sobre qualquer homem com boné de beisebol.

— Eu não acredito. Isso é ridículo! Você mandou um homem me seguir ontem. Nós o vimos, o despistamos e o homem que nos ajudou agora está morto no apartamento dela.

Dificilmente conseguiria convencer-se a usar mais uma vez o nome Tova Chaya. Parecera estranho demais a primeira vez.

— Will, por favor — implorava TC para que parasse.

Mas ele não pôde evitar. A pressão dos últimos dias ficara acumulada por tempo demais.

O rosto do rabino começava a ficar tenso.

— Dou-lhe minha palavra, nada sei de homem algum com boné de beisebol. Não mandei ninguém seguir vocês. Não menti para você. Sequer uma vez. Quando me confrontou sobre o homem em Bancoc, não o neguei. Disse-lhe que tinha ocorrido um terrível engano. Quando — fez uma pausa em busca da palavra certa — nos encontramos na *erev shabbos*, perdoe-me, quando nos encontramos na noite de sexta-feira, cheguei a admitir que de fato mantínhamos sua mulher presa. Não menti. E estou lhe dizendo a verdade agora: o que você me diz que aconteceu no apartamento de Tova Chaya nada tem a ver comigo.

— Então quem você acha que fez isso? Hein? Se não matou aquele homem, quem foi?

— Eu não sei. Isso é o que deve preocupá-los infinitamente mais. Sugere que quem está por trás desse terrível esquema agora sabe de vocês.

— Rabino Freilich, acho que tem de nos contar o que está acontecendo. — TC falava mais uma vez como Tova Chaya. — Você sabe, nós sabemos. Todos sabemos que o tempo está se esgotando. Já é o dia do Juízo Final. Quem está fazendo isso quer concluir o trabalho antes do término dos Dez Dias de Penitência. Não temos tempo para brigar entre nós. Até agora, cuidando disso sozinho, o que foi que fez? Deteve a matança?

O rabino baixara a cabeça, levara a palma da mão direita à testa, em direção ao couro cabeludo, enfiando-a sob o solidéu e baixara-a mais uma vez. O que TC dizia tocava-lhe fundo. O homem curvou os ombros de preocupação. Resmungou um som quase inaudível:

— Não.

TC curvou-se para a frente, tentando fechar um acordo.

— A matança continua. Em 24 horas, talvez tenham assassinado os últimos *lamadvavniks*. E ninguém sabe o que acontecerá então. Não pode fazer isso sozinho. Podemos ajudá-lo e o senhor tem de nos ajudar. Precisa fazer isso. Por HaShem.

Pelo Nome, pelo próprio Deus. Era o argumento maior, aquele que nenhum fiel podia recusar. Estava usando-o porque sabia quais botões apertar? Ou Tova Chaya falava sinceramente, temendo de verdade pelo mundo caso eles não agissem? Will não podia ter certeza. Mas se tivesse de adivinhar qual das duas opções era a mais provável, para sua grande surpresa, se declararia a favor da última. Apesar de todo o ceticismo dela, dos dez anos longe de Crown Heights, de todas as refeições com bacon e dos piercings no corpo, não agia apenas para encontrar a mulher dele, nem pelos homens justos restantes. Naquele momento, Will percebeu que TC era motivada por nada menos que medo pelo destino do mundo.

— Tova Chaya, temos muito pouco tempo. — O rabino Freilich ergueu a cabeça. Havia tirado os óculos, revelando um rosto marcado pela angústia. — Tentamos tudo. Não sei o que mais podem fazer. Mas contarei a vocês o que sabemos.

Inesperadamente, levantou-se e encaminhou-se para a porta da frente. Pôs o chapéu de feltro e o paletó e, sem outra palavra, fez um gesto para que TC e Will o seguissem.

Do lado de fora uma quietude que Will jamais sentira numa cidade. As ruas estavam desoladas. Os carros não transitavam porque as restrições do Yom Kippur proibiam a todos dirigir. Uns poucos grupos de rapazes caminhavam juntos, usando xales de prece. Embora a noite fosse quente e as pessoas saíssem às ruas, a atmosfera não era festiva. Ao contrário, Crown Heights parecia estar sob um manto de contemplação e pensamento silencioso; era como se toda a comunidade fosse uma única sinagoga sem teto. Will sentiu-se grato por sua indumentária, pois podia andar por aquela extraordinária atmosfera sem quebrar a magia.

Dirigiam-se, agora percebia, para a sinagoga. Mais uma vez perguntou-se se ele e TC se encaminhavam voluntariamente para o covil do lobo — tendo o lobo como guia.

Mas não entraram pela porta principal. Em vez disso, entraram num prédio contíguo, que parecia inteiramente deslocado naquele bairro. Parecia o anexo de tijolo vermelho de uma faculdade de Oxford, antigo pelos padrões de Nova York. Diante dele, vários grupos de jovens afluíam do saguão. Os três não tiveram de abrir caminho pela multidão: as pessoas afastavam-se assim que reconheciam o rabino. Will notou algumas sobrancelhas erguidas. Imaginou que eram para ele, um rosto desconhecido. Mas quando percebeu TC cabisbaixa, entendeu: eles se chocavam ao ver uma mulher naquele terreno de exclusividade masculina.

Ela conseguiu sussurrar uma explicação. Entravam na casa do rabino. A casa em que morara o falecido líder, e que ele também fizera de seu escritório.

Will arregalou os olhos. Havia estado ali antes, 48 horas atrás.

Logo chegaram a uma escada. A multidão agora rareava. Subiram outro lance e saíram num corredor vazio. *Direto para a armadilha*, pensou Will.

O rabino Freilich conduziu-os por uma porta, que revelou outra. Mas o homem não entrou. Virou-se, em vez disso, para oferecer a TC uma explicação.

— Quero que saiba que está prestes a ver um sinal de nosso desespero. É uma violação do Yom Kippur que nunca ocorreu antes neste prédio e, queira Deus, nunca tornará a acontecer. Fazemos isso para...

— *Pikuach nefesh* — interrompeu-o TC. — Eu sei. Trata-se de salvar vidas.

O rabino Freilich assentiu com a cabeça, grato por estar sendo compreendido. Depois deu meia-volta, respirando forte pelas narinas, como a preparar-se para o segredo que ia revelar. Só então ousou abrir a porta.

QUARENTA E OITO

DOMINGO, 23H01, CROWN HEIGHTS, BROOKLYN

Aquele lugar, percebeu Will, normalmente estaria sossegado numa noite tão sagrada: sem luzes acesas, máquinas ligadas, telefones atendidos, comida ou bebida. Até ele via que a cena diante de si era um ato de sacrilégio em massa.

Parecia a sala de controle de uma delegacia de polícia. Talvez uma dezena de pessoas em computadores, cercadas por bandejas transbordando de papéis e, numa parede aos fundos, um grande quadro branco com nomes, números de telefone, endereços. Embaixo, num dos lados, ele viu uma lista de nomes. Numa leitura superficial, localizou Howard Macrae e Gavin Curtis — uma linha riscada sobre cada um deles.

— Ninguém sabe desta sala além dos homens que trabalham aqui, e agora vocês. Temos trabalhado dia e noite faz uma semana. E hoje perdemos o homem que melhor a conhecia, o homem que a criou.

— Yosef Yitzhok — disse Will, notando uma pilha de mapas, um deles de Montana, e uma pilha de guias turísticos, de Londres, Copenhague, Argel.

— Tudo isso foi obra dele. E hoje ele foi assassinado.

— Rabino Freilich? — Era TC. — Você poderia começar do início?

O rabino levou-os para a sala da frente, onde se colocara uma mesa como para um professor vigiar os alunos durante uma prova. Os três sentaram-se em volta.

— Como você sabe, o rabino nos últimos anos de vida falava muitas vezes sobre *Moshiach*, sobre o Messias. Fazia longas palestras em nossa *farbrengen* semanal abordando esse tema. Tova Chaya também saberá como preservamos essas palestras para a posteridade.

Aproveitando a deixa, TC continuou:

— Como o rabino falava no Shabat, ele não podia ser gravado nem filmado. O que não é permitido. Então contávamos com um antigo sistema. Na sinagoga, escolhiam-se três ou quatro pessoas dotadas de memórias prodigiosas. Elas ficavam em pé a alguns metros do rabino, em geral com os olhos fechados, escutando cada palavra, decorando o que ele dizia. Assim, depois que terminava o Shabath, reuniam-se e regurgitavam suas lembranças, enquanto um deles as anotava. Tiravam-nas da cabeça o mais rápido possível. Enquanto faziam isso, conferiam o que lembravam em relação um ao outro, acrescentando uma palavra aqui, corrigindo outra ali. Ainda vejo a cena: eles eram incríveis. Ouviam um discurso de três horas feito pelo rabino e o recitavam de cor. Eram chamados de *choyzers*, literalmente "devolvedores". O rabino dizia, eles devolviam. Pareciam verdadeiros gravadores humanos.

— E, Tova Chaya, lembra-se quem era o mais brilhante *choyzer* de todos?

TC de repente arregalou os olhos, uma lembrança há muito esquecida voltou à sua mente.

— Mas ele era apenas um menino.

— É verdade. Mas se tornou *choyzer* logo depois de alcançar a idade do bar mitzvah. Tinha 13 anos quando começou a transmitir as palavras do rabino. Tinha um dom especial. — Freilich encarou Will. — Estamos falando de Yosef Yitzhok.

— Ele podia decorar discursos inteiros sem qualquer esforço?

— Ele sempre disse que não podia decorar discursos inteiros. Apenas as palavras do rabino. Quando este falava, Yitzhok fazia com que seus pensamentos desaparecessem. Tentava inserir-se na mente do rabino, tornando-se uma extensão dele. Essa era sua técnica. Ninguém mais sabia fazer do jeito que ele fazia. O rabino tinha uma afeição especial por Yitzhok.

O rabino Freilich recostou-se na cadeira, os olhos fechados. Will só podia conjecturar, mas seu pesar parecia verdadeiro.

— Como eu disse, nos últimos anos de sua vida, ele começou a falar cada vez mais sobre o *Moshiach*. Dizendo-nos que nos preparássemos para a chegada do Messias e lembrando-nos que o Messias era uma crença central no judaísmo. Que não se tratava de um ponto abstrato e remoto de teologia, mas era real. Queria que acreditássemos nisto, que o *Moshiach* podia estar entre nós.

"Ninguém conhecia mais a doutrina do rabino que Yosef Yitzhok. Ouvia-o uma semana após outra. Era mais, porém, que ouvir. Ele a *absorvia*. Vinha ingerindo esse material, recebendo-o em si mesmo. E depois, nos últimos dias do rabino, Yosef Yitzhok, que era um brilhante estudioso independente, notou uma coisa.

"Ele reexaminou todas as palestras que o rabino fizera sobre o tema da era messiânica e identificou um padrão. Com muita freqüência, o rabino citava um *pasuk*...

— Um versículo.

— Obrigado, Tova Chaya. Sim, o rabino citava um versículo do Deuteronômio. *Tzedek, tzedek tirdof.*

— A justiça, somente a justiça seguirás — murmurou TC.

— A tradução na bíblia cristã é: "Deves procurar unicamente a justiça para que vivas e possuas a terra que te dá o Senhor, teu Deus." Mas foi aquela palavra, *tzedek*, que chamou a atenção de Yosef Yitzhok. O seu uso tantas vezes e sempre no mesmo contexto. Era como se o rabino nos lembrasse de alguma coisa.

— Ele queria que se lembrassem dos *tzaddikim*. Os homens justos.

— Foi isso que Yosef Yitzhok achou. Então retornou aos textos e examinou-os intensamente. E foi assim que observou mais alguma coisa, uma coisa ainda mais intrigante.

Will curvou-se para a frente, os olhos fixos nos do rabino.

— Junto à citação, *tzedek, tzedek tirdof*, ele oferecia outra. Não a mesma todas as vezes, mas das mesmas duas fontes. Citava o Livro dos Provérbios...

— Capítulo 10?

— Sim, Sr. Monroe. Capítulo 10. Correto. Já sabia disso?

— Digamos que eu tenha uma cola. Não deixe que eu o interrompa; por favor, continue.

— Bem, como disse, o rabino citava um versículo dos Provérbios, Capítulo 10, ou citava os livros dos profetas. Especificamente, Isaías, Capítulo 30. Ora, isso deixou Yosef Yitzhok muito empolgado. Porque os cabalistas sabem uma coisa importante sobre Isaías, Capítulo 30, Versículo 18. Uma das palavras finais é *lo*, que em hebraico quer dizer "por ele". A frase completa é: "Bem-aventurados todos os que por Ele esperam." Mas o verdadeiro significado da palavra...

— ... é a forma como ela é escrita.

— Tova Chaya já me superou. A palavra *lo* é formada por dois caracteres, Sr. Monroe. *Lamad* e *vav*. Soletra-se 36. Pois bem, o rabino era um orador cuidadoso. Não dizia coisas sem sentido. Não extraía citações por acaso. E Yosef Yitzhok estava convencido de que havia uma intenção deliberada.

"Então ele reexaminou cada transcrição. E com toda a certeza o rabino falava de *tzedek*, seguida imediatamente por um versículo de um dos dois capítulos, 35 vezes. Por esse método, nos deixava com 35 versos diferentes.

— Mas...

— Sei o que está pensando, Sr. Monroe, e tem razão. São 36 os justos. Chegaremos lá. Por enquanto, Yosef Yitzhok tem 35 versículos sobressaindo no texto. Perguntou-se o que poderiam significar. E então se lembrou das lendas com as quais crianças como ele e você, Tova Chaya, foram educadas. Lendas do fundador do hassidismo, Baal Shem Tov; histórias do rabino Leib Sorres.

— Como homens de tamanha grandeza, eles tinham o privilégio de conhecer os paradeiros daqueles homens justos — disse TC.

Will olhou para ela quando ela falou: tinha certeza de que ela elaborara tudo aquilo.

— Exatamente. Poucos homens conheciam tão intimamente a mente do rabino quanto Yosef Yitzhok... e ele também sabia do valor do rabino. Sabia que era um dos grandes homens da história hassídica. Alguns dos maiores haviam tido acesso a esse segredo divino. Não era absurdo imaginar que o rabino fosse um deles.

— Assim Yosef Yitzhok reconheceu que o rabino sabia quem eram os 36 homens. E vai mais além: acha que os 35 versículos que ele citava são pistas para a identidade deles?

— Exatamente, Will. Yosef Yitzhok teve esse pensamento nos últimos dias da vida do rabino, quando ele já estava doente demais para responder a quaisquer perguntas. Mal podia falar.

— Então que faz ele?

— Fica estudando os 35 versículos durante dias a fio. Tem certeza de que o rabino quer que sejam entendidos, que ele transmitiu essa informação por algum motivo. Desse modo, decide decifrá-los, por assim dizer, para encontrar o que eles contêm. Examina-os de todos os ângulos. Traduz as letras em valores numéricos; soma; multiplica. E os reproduz como anagramas. Mas claro que há um problema lógico.

"Como *poderiam* estar as identidades dos homens considerados justos naqueles versículos? As identidades mudam a cada geração. Mas os versículos permanecem obstinadamente os mesmos. Mesmo que, digamos, o versículo 20 incluísse o nome do *tzaddik* número 20 para este ano, onde ele encontraria o nome do *tzaddik* número 20 para o ano 2020 ou 2050 ou, no passado, 1950 e 1850? Como poderiam os nomes de homens vivos hoje estar ocultos num texto que permanece estático?

"Foi quando os admiráveis poderes de Yosef Yitzhok verdadeiramente brilharam. Ele se lembrou da resposta.

— Quer dizer, o rabino já lhe dissera?

— Não diretamente, claro. Mas o rabino já lhe dera a resposta. Yosef Yitzhok a ouvira. Só precisava lembrar-se dela. E sabe qual era? A última frase da última palestra na última *farbrengen* que o rabino fez. "O espaço depende do tempo. O tempo revela o espaço." Estas foram suas últimas palavras em público.

Houve uma pausa.

— Incrível — disse TC.

— Não estou entendendo, receio — disse Will, de repente sentindo-se o bobo da sala.

— Não se preocupe. Yosef Yitzhok também ficou perplexo. Eram belas frases. Mas também um enigma. *O espaço depende do tempo. O tempo revela o espaço.* O que significam? Foi aí que ele me procurou e me pôs a par de sua teoria. O rabino muitas vezes falava por enigmas, em frases elípticas, que podiam exigir horas, até vários anos, para estudar e interpretar. Yosef Yitzhok passou uma longa noite tentando decifrá-las. E então teve o que vocês chamariam de um estalo e o que eu chamaria de uma grande ajuda de HaShem.

"Vocês talvez saibam que o rabino acompanhava de perto as novidades da ciência e da tecnologia. Lia *Scientific American*, *Nature* e toda uma variedade de publicações. Vivia atualizado em relação às últimas descobertas da neurociência e da bioquímica. Mas tinha um interesse especial por tecnologia. Adorava essas novidades, esses produtos eletrônicos! Nunca os possuiu: era o homem menos materialista que se possa imaginar. Mas gostava de saber tudo sobre tecnologia.

"Yosef Yitzhok sabia dessa característica do rabino. E foi isso que lhe deu a idéia. Aqui, vou mostrar para vocês.

O rabino Freilich pegou um livro encadernado em couro e folheou rapidamente as páginas. Encontrou a que queria e o versículo que procurava.

— Muito bem, em que ano estamos?

Will ia responder quando TC respondeu primeiro.

— Cinco mil setecentos e sessenta e oito.

Will franziu o cenho.

— Como?

— É o calendário hebraico — explicou TC. — Remonta à criação. Os judeus acreditam que o mundo existe há menos de seis mil anos.

— Certo — disse o rabino. — O ano é 5768. E aqui está um versículo do Capítulo 30 do Livro de Isaías. Na verdade, é o versículo crucial. Versículo 18. Foi este que Yosef Yitzhok testou. Contamos ao longo da frase em hebraico e marcamos a quinta letra. — Parou e apontou o caractere selecionado. — Depois a sétima a partir daqui. — Parou mais uma vez. — Depois a sexta a partir daqui. E depois a oitava. Veja: 5-7-6-8. E continuamos a fazer isto até chegarmos ao fim da frase. Portanto, neste caso, a quinta letra é *yud*. A sétima depois desta, *hay*. A sexta *mem*. E a oitava também *mem*. Ficamos nisso até obter uma seqüência de letras.

— Que depois se convertem em números — chutou Will.

— Exatamente. Cada seqüência de quatro números é somada para se chegar a um único número. Nesse caso, o valor numérico de *yud-hay-mem-mem* é 10-5-30-30, que soma 75. A seqüência das quatro letras seguintes soma 65. E assim por diante, até que tenhamos uma seqüência completa. Venha, vou lhes mostrar uma das mais recentes que Yosef Yitzhok encontrou.

O rabino levantou-se e levou-os até um segundo quadro branco. Ali, claramente escrita com um marcador preto, via-se uma longa seqüência de dígitos: 699331, 570918, 30.

— Não me diga que é um número de telefone.

— Não, não é. Também nos perguntamos isso. Chegamos até a tentar alguns. Não, aqui é onde o olho do rabino para os últimos avanços em tecnologia foi tão importante.

TC fitava o números, como se apenas seu olhar o pudesse desvendar.

— É... — e a isso o rabino não pôde se negar um sorrisinho de divertido orgulho, como se ainda não houvesse superado o brilhantismo de tudo aquilo — ... um número de GPS. Ou melhor, contidas neste número estão as coordenadas de longitude e latitude que nos dão um número de GPS, coordenadas para o Sistema de Posicionamento Global.

— Não acredito — disse Will. — Quer dizer, toda aquela coisa de navegação por satélite?

Aquilo parecia impossível.

— Isso mesmo. Um sistema que mapeia todo o globo e que, visto do espaço, nos dá coordenadas precisas para qualquer lugar na Terra. O rabino deve ter lido sobre isso. Ou talvez apenas soubesse.

— Está me dizendo que, contidas nesses 35 versículos bíblicos, estão as coordenadas para 35 homens justos?

— Também não acreditamos nisso a princípio, Sr. Monroe. Um versículo nos deu um número de uma remota encosta montanhosa no estado de Montana: segundo o mapa, ninguém morava lá. Mas enviamos o homem que dirige nosso centro em Seattle para dar uma olhada, e ele viu uma cabana de madeira. E lá um homem morava sozinho. Como em nossas lendas, Tova Chaya: um simples homem na floresta.

Pat Baxter, pensou Will. A mesma cabana que ele contemplara apenas alguns dias atrás.

— Outro número era um espaço vazio no meio do Sudão. Mais uma vez, ninguém devia morar ali. Mas depois vimos por imagens transmitidas de satélite que havia surgido um campo de refugiados naquele local durante os últimos meses, protegendo pessoas que queriam salvar suas vidas. Era mantido por um único homem: as agências internacionais nem tinham certeza de quem ele era. Então começamos a perceber que estávamos certos. Que o rabino estava certo.

— E esse número aí no quadro? — perguntou Will apontando-o. — O que resultou dele?

— Eu mostro a vocês.

O rabino percorreu os poucos passos até o lugar onde um rapaz trabalhava num computador. TC e Will o acompanharam, observando por sobre os ombros do técnico. O rabino apontou o número escrito no quadro e murmurou uma instrução.

O rapaz teclou os dígitos, esperou alguns segundos e depois observou o computador voltar com uma resposta: *Downing Street, 11, Londres, SWI 2AB, Reino Unido.*

— Então este é o versículo para Gavin Curtis?

O rabino assentiu com a cabeça.

Will precisava sentar-se e, de preferência, beber algo. Embora nada houvesse em volta. Aqueles homens usavam computadores e trabalhavam duro, ainda que fosse Yom Kippur, porque vidas corriam riscos. *Pikuach nefesh.* Mas não violariam nenhuma regra se não precisassem.

Agora TC falava.

— Então era isso o que o rabino tentava dizer. *O espaço depende do tempo. O tempo revela o espaço.* A localização depende do tempo. Se soubermos o tempo, o ano... se usarmos o número 5678... saberemos o espaço. Encontraremos a localização. — Balançava a cabeça, maravilhada com a engenhosidade da coisa. — E imagino que se tentarmos os mesmos versículos com diferentes anos, vamos obter lugares diferentes. Diferentes pessoas.

— Bem, nossos textos são bons em guardar seus segredos, Tova Chaya. Yosef Yitzhok queria que fizéssemos como você diz. Trabalhava com essas pessoas aqui para desenvolver um programa de computador, para fazer o que tínhamos acabado de fazer com aquele versículo: parando em cada quinto ou sétimo caractere. Ele o fez para anos diferentes. Depois introduziu os dados no GPS e, com certeza, começou a obter nomes de lugares. Mas de que adianta o nome de um lugar, Cabul ou Mainz, para 1735? Como vamos saber quem vivia lá então? Além disso, Yosef Yitzhok sempre se perguntou se isso não era fácil demais.

— Se era fácil demais o quê?

— Ele não tinha certeza se seriam os mesmos versículos para todos os tempos. Aqueles eram os versículos que o rabino mencionara para a geração *dele*. Mas talvez os outros grandes sábios que de algum modo haviam tido acesso ao segredo no passado, Baal Shem Tov ou o rabino Leib Sorrer, soubessem dos homens justos de sua época de uma forma diferente. Não tinham GPS, tinham? Esse método não teria feito muito sentido para eles, teria? Deviam ter seus próprios meios; outros versículos ou talvez um método inteiramente diferente.

"Isso, compreendo agora, era o que estava por trás do interesse do rabino por tecnologia. Acho que ele entendia que as verdades mais antigas e duradouras podiam mudar muito rápido externamente, que elas encontrariam novas formas. Os hassídicos tinham de conhecer o mundo moderno, porque também é criação de HaShem. Ele também é encontrado aqui.

Will e TC ficaram calados. Até assombrados: não eram apenas as vidas de 36 que mantinham o rabino Freilich trabalhando 24 horas por dia, mesmo agora na noite mais solene do ano judaico, quando todo trabalho era proibido. Esse homem, que falava com erudição e calma, parágrafos racionais, acreditava claramente que tinha menos de 24 horas para salvar o mundo. Will tentou desfazer essa idéia, concentrar-se em sua própria e imediata necessidade: Beth.

— Tudo bem — disse, como um comandante. — Então é assim que funciona o sistema. A pergunta crucial é, quem mais sabe disso? Quem mais poderia saber a identidade dos justos?

A essa altura, eles haviam se instalado de volta à mesa, onde o rabino simplesmente desabou em sua cadeira. Will via a exaustão em seu rosto.

— Você era nossa melhor esperança.

— Como?

— Quando chegou aqui no *shabbos*. Na noite de sexta-feira. Achamos que fosse algum tipo de espião. Das pessoas que estão fazendo isso, quero dizer. Fazia perguntas e era um estranho. Talvez estivesse tentando descobrir sobre os *lamad vav*. Foi por isso que nós, quero dizer, foi por isso que eu o ameacei tão duramente. Então descobrimos que você... — Will percebeu que o rabino não quis se referir a ele como o marido da refém deles — ... era outra pessoa.

Sentiu a raiva mais uma vez intensificar-se dentro de si. Por que simplesmente não sacudia aquele homem obrigando-o a revelar onde estava Beth? Por que tolerava aquilo? Porque, disse uma voz dentro dele, se aquelas pessoas eram fanáticas o bastante para seqüestrar sua mulher sem qualquer motivo aparente, também eram fanáticas o bastante para mantê-la. O rabino Freilich talvez parecesse fraco e exausto, mas uns 12 homens ali eram bem mais fortes. Se Will o atacasse, logo o imobilizariam.

— Tudo bem, então não sou eu. Quem mais sabe?

O rabino afundou mais na cadeira.

— É simplesmente isso. Ninguém sabe. Ninguém fora desta comunidade. E nem esta comunidade tem qualquer idéia do que está acontecendo: haveria pânico em massa se tivessem. Se soubessem que os *lamad vavniks* estão sendo assassinados, a cada dia mais deles estão sendo mortos, seria o caos aqui. Acreditariam que o fim do mundo se aproxima.

— O senhor acredita nisso, não? — disse Tova Chaya em uma voz gentilíssima.

O rabino ergueu para ela os olhos marejados.

— Receio que o que o rabino falou vai acontecer. *Di velt shokelt zich und treiselt zich.* Era o que ele dizia, Tova Chaya. *O mundo está tremendo e sacudindo.* Temo pelo que o julgamento desse dia vai trazer sobre nós.

Will andava de um lado para o outro.

— Então ninguém fora desse pequeno grupo tem qualquer idéia do que está acontecendo. Só você, Yosef Yitzhok e alguns dos seus melhores discípulos.

— E agora vocês.

— Tem certeza de que ninguém soprou uma palavra?

— A quem? Quem sequer sabe de todo esse assunto? Por que alguém perguntaria? Mas quando Yosef Yitzhok foi encontrado morto. Bem, então...

— Então o quê?

— Confirmou-se que alguém sabe o que sabemos e queria saber mais. Até então, eu achava que talvez fosse uma estranha coincidência o fato de os *tzaddikim* estarem morrendo. Talvez fosse a vontade de HaShem, por motivos além do nosso entendimento. Mas Yosef Yitzhok ser assassinado, isso não é um plano de HaShem.

— Acha que alguém vinha pressionando ele para obter informação?

— Pouco antes de vocês chegarem esta noite, recebi uma visita. A polícia. Acham que Yosef Yitzhok foi torturado antes de ser morto.

Will e TC recuaram.

— O que queriam dele que ainda não soubessem?

— Ah, isso você tentou me perguntar antes. Lembra que eu lhe falei dos versos que o rabino citava em suas palestras? Os que Yosef Yitzhok tinha decorado? Bem, ficou faltando alguma coisa.

— Só havia 35.

— Isso mesmo. Apenas 35. Você pode usar o método que acabei de lhe mostrar, convertendo as letras em números e transformando os números em coordenadas, mas ainda assim continuará tendo apenas 35 homens justos. Não é óbvio o que queriam saber os homens que mataram Yosef Yitzhok? Queriam a identidade do número 36.

QUARENTA E NOVE

DOMINGO, 23H18, CROWN HEIGHTS, BROOKLYN

O primeiro impulso de Will foi perguntar ao rabino Freilich o nome desse trigésimo sexto homem. Era crucial. Se ele e TC soubessem, poderiam descobrir o lugar para o qual os assassinos iriam em seguida: quem quer que fossem, iriam em seu encalço.

Mas o rabino não se mexia. Primeiro, disse, a morte de Yosef Yitzhok sugeria que os assassinos ainda não tinham a posse desse fato vital. Teria YY sucumbido sob tortura? O rabino tinha plena convicção de que não.

— Conheço esse homem. Seu intelecto, sua alma. Ele não trairia a palavra do rabino.

Tinha certeza de que o segredo estava a salvo. Se o partilhasse com TC e Will, só poderia lhes trazer mal. Era melhor que não soubessem. (Will era cético: se os torturadores viessem atrás dele, dificilmente seriam educados ao interrogá-lo em busca de alguma informação útil, e ao se assegurarem de que não sabia nada, se retirariam educadamente.)

Will tentou outra abordagem.

— Este trigésimo sexto justo? Ainda está vivo?

— Achamos que sim. Mas eu realmente não direi mais nada, Sr. Monroe. Não posso dizer mais nada.

— É ele o único vivo?

— Não temos certeza. Nossas fontes de informação são muito desencontradas. Tivemos de levar pessoas aos mais extremos cantos do mundo para descobrir esses *tzaddikim*. Todas as vezes acabamos chegando tarde demais.

— Quer dizer, só descobriu esses nomes esta semana?

— Não, Yosef Yitzhok fez essa descoberta alguns meses atrás. E, como eu lhe disse, enviamos pessoas para dar uma olhada, apenas para ver quem eram esses *tzaddikim*. Planejávamos mantê-los sob vigilância, mais nada. Talvez lhes dar comida ou dinheiro, se eles estivessem em dificuldades. Mas, respondendo à sua pergunta, só soubemos que eles estavam morrendo essa semana. Não temos certeza, mas parece haver começado apenas alguns dias atrás.

— No Rosh Hashaná — disse TC, a mente trabalhando visivelmente. — Foi quando assassinaram Howard Macrae.

— Receio que só tenhamos tomado conhecimento disso dias depois de haver acontecido. Quando as notícias sobre os outros começaram a chegar. Chegou a sair nos jornais?

— Sim — disse Will, suspirando em forçada resignação. — Saiu nos jornais.

Esse era o problema da página B3 de "Cidade"; as pessoas costumavam passar direto, sem sequer passar os olhos.

— De qualquer modo, eram os grandes dias santos. Não líamos os jornais. Vivíamos nossas vidas. Não tínhamos a mínima idéia do que vinha acontecendo. Mas então alguns integrantes da nossa comunidade começaram a ouvir coisas. Nosso emissário em Seattle viu a cabana que visitara nos noticiários da televisão. O homem que dirige nosso centro em Chennai lia o jornal local quando viu que o *tzaddik* naquela cidade, um dos mais jovens, tinha sido encontrado morto. Uma notícia atrás da outra.

— Quantos se foram?

— Não sabemos. Lembre-se, Yosef Yitzhok mal havia começado a trabalhar nisso alguns meses atrás. Nossa lista nem estava completa; não havíamos conseguido confirmar todos eles. Esse homem, por exemplo — o rabino indicou o quadro branco com o número do ex-ministro —, levamos um longo tempo para encontrá-lo. Verificou-se que o GPS é ligeiramente diferente na Inglaterra; exige uma chave diferente. Ao que parece, os dados WGS84. Não sabíamos disso na época, e por isso, quando Yosef Yitzhok digitou pela primeira vez os números, eles indicaram, logo o que, uma prisão. Uma cadeia de Belmarsh. Parecia improvável. Mas não descartamos tal possibilidade. Conhecemos o prazer dos *tzaddikim* em esconder sua verdadeira natureza.

"Mas quando reajustamos os números, o resultado foi instantâneo. Downing Street! E não o famoso número 10, residência do primeiro-ministro. Mas a vizinha. O mapa era bem claro. Na época, esse homem, Curtis, se envolvera em algum problema. Um escândalo, acho. Outro disfarce.

Will começava a ficar impaciente. Bastava de palestras, pensou. Queria fatos simples, crus — despidos de tons místicos.

— Sendo assim, desculpe, eu quero apenas esclarecer o seguinte. Vocês têm a lista completa ou não?

— Achamos que sim.

— E desses, quantos estão mortos?

— Achamos que pelo menos 33.

— Meu Deus!

— Quer dizer que talvez tenham de assassinar apenas mais *três* pessoas? Já é quase meia-noite. O Yom Kippur termina em cerca de 19 horas!

TC, em geral tão calma, parecia em verdadeiro pânico.

— Rabino, não diria que quem está fazendo isso parece bem informado sobre os costumes religiosos judaicos? — começou Will. — Quer dizer, quem mais, além dos judeus religiosos, sabe de todos esses assuntos, dos homens justos, os Dias de Reverência? Estão seguindo-os ao pé da letra. E o senhor me diz que ninguém fora desse pequeno grupo sequer sabia da descoberta de Yosef Yitzhok?

— O que está dizendo, Sr. Monroe?

— Estou dizendo que talvez não esteja por trás disso, apesar do fato de eu saber que é um seqüestrador comprovado. Mas alguém dentro desta... organização, ou comunidade, ou seja lá o que for, certamente está. Acho que isso é o que a polícia chamaria de um trabalho de informante. Se eu fosse o senhor, começaria a examinar as pessoas aqui muito de perto.

— Sr. Monroe, é tarde e o tempo se esgota. Não tenho tempo nem força para começar a discutir com você. O que Tova Chaya disse antes está certo: precisamos trabalhar juntos. Portanto, vou confiar no senhor, mesmo que não possa confiar em mim. Vou deixar que faça algo que provará que não estamos por trás dessa terrível perversidade.

— Continue.

— Vou enviá-lo à próxima vítima.

CINQÜENTA

SEGUNDA-FEIRA, 0H10, MANHATTAN

Will fora algumas vezes ao Lower East Side de Manhattan visitar amigos chiques e com economias suficientes para comprar e reformar propriedades agora mais refinadas ao norte de East Broadway. Tinha visto as delicatessens antigas, tomara café nos bares retrô-chique na Orchard Street. Mas não havia perambulado além das áreas seguras da moda. Passara pelos velhos prédios de aposentos da classe baixa, vendo-os como cenário cinematográfico. Jamais os examinara com atenção.

Agora se achava entre eles, tremendo de frio e exaustão no ar noturno. Amassado na mão, guardado em segurança dentro do bolso interno, estava o pedaço de papel com o endereço que tinha sido designado para encontrar.

O rabino Freilich levara TC e Will de volta ao mago dos computadores que lhes fizera a primeira demonstração. Conversara com eles durante o processo. Primeiro, alimente o computador com a frase em hebraico: Isaías 30, versículo 18. Em seguida, peça que pare a intervalos certos, e a máquina chegará a um número. Alimente esse número nos sites de GPS que obtêm as coordenadas para um lugar: um endereço ou uma rua específicos no Lower East Side de Manhattan.

— Espere um minuto — dissera Will. — Isso não é meio improvável? Você obteve os 36 homens justos entre seis bilhões de pessoas no planeta, e duas estão em Nova York? Howard Macrae e agora esse cara? Parece meio conveniente demais para mim.

Embora ainda não houvesse chegado a uma conclusão, seu ceticismo vinha se transformando em suspeita.

O rabino explicara que eles também haviam se perguntado sobre tanta coincidência. Mas depois estudaram mais a fundo o folclore hassídico. Verificou-se que um *tzaddik* verdadeiramente grande irradiava um "brilho" — a mesma palavra que tinha empregado o rabino Mandelbaum — que talvez atraísse outros. Eles calculavam que a bondade do rabino fora tão poderosa que dois dos *tzaddikim* haviam sido atraídos para perto.

— Pense neles como satélites — dissera o rabino.

Mas havia um problema. O endereço que Will segurava era o de um prédio de apartamentos, lar de dezenas de pessoas. *Qual delas era o tzaddik*? Os hassídicos haviam ido lá uma vez para conferir, assim que Yosef Yitzhok desvendara o primeiro código, mas não conseguiram identificá-lo. O homem naquele prédio continuava sendo um dos mais ocultos dos homens justos.

— Você terá uma chance melhor de encontrá-lo do que nós — dissera Freilich.

— Por quê?

— Olhe para nós, Sr. Monroe. Não podemos ir aonde você vai, nem perguntar o que você pode perguntar. Seria algo muito óbvio. Você é um repórter do *New York Times*. Pode ir aonde quiser e falar com todo mundo. Encontrou o Sr. Macrae, *zechuso yogen aleinu*, e o Sr. Baxter, *zechuso yogen aleinu*. Que essa justiça nos proteja. Encontre esse homem. Vá procurar nosso *tzaddik*.

Assim, pouco antes da meia-noite, Will retirou o solidéu e retornou ao mundo. Quando partiu, TC decidiu fazer o mesmo.

— Eu vou chamar a polícia. Não posso me esconder deles para sempre. Fizemos o que precisávamos fazer.

— O que vai dizer?

— Que meu telefone ficou descarregado o dia inteiro e eu só soube há pouco do que aconteceu. Deseje-me sorte. Ou ao menos me visite na cadeia.

— Isso não é uma brincadeira.

— Eu sei. Mas dá para ver o que parece: um homem morto no meu apartamento e eu desparecida. Talvez seja acusada de assassinato pela manhã.

— É tudo culpa minha. Eu envolvi você nessa confusão insana.

— Não, não é verdade. Você me pediu ajuda. Eu poderia ter negado. Sabia no que ia me meter.

— Sabia?

— Na verdade, não.

E com isso Will curvou-se para dar um beijo no rosto de TC — e ela recuou no momento em que ele se aproximou. Emanava de seu rosto um campo de resistência magnética. *Claro*. Não lhe era permitido tocar um homem, muito menos ser beijada por um no centro de Crown Heights. Will substituiu o beijo por um simples adeus.

Agora vendo sua respiração formar nuvens de vapor diante de si, ele dobrou a esquina chegando na Montgomery com a Henry. Atrás, havia um pequeno parque. Defronte, o prédio que procurava. Ele recuou, querendo examiná-lo por algum tempo. Via uma, duas, três luzes ainda acesas.

E agora? Mal refletira no que ia fazer quando chegasse lá. Não podia exatamente começar a bater em portas, dizendo que fazia uma pesquisa de opinião pública para o *New York Times* após a meia-noite. O que poderia fazer?

Teria de entrar no prédio. Seria um ponto de partida. Depois, examinar as caixas de correspondência, pegar alguns nomes; buscou alguns deles no Google através do seu BlackBerry. Pensaria em alguma coisa.

Oh, que bom. Alguém saindo. Perfeito: isso lhe daria a chance de se esgueirar para dentro. Só que a pessoa se movia muito rápido, quase corria. Difícil distinguir se era homem ou mulher; escuro demais, e a luz acima da entrada fraca demais. Mas quando ele avançou, olhando nervosamente à esquerda e à direita, viu o suficiente.

O mais impressionante era a penetrante claridade dos olhos dele, um azul frio, vítreo. Mas foi a postura que Will reconheceu. Uma certa confiança, como se aquele homem houvesse se habituado a usar o corpo. Alguma coisa na sua roupa estava diferente, mas não havia como se enganar — com ou sem o boné de beisebol.

CINQÜENTA E UM

SEGUNDA-FEIRA, 0H13, MANHATTAN

O primeiro instinto de Will foi observar. Acostumara-se a olhar, ver como as coisas se desenrolavam. Portanto, levou um ou dois minutos até que percebesse que não poderia apenas observar. Teria de seguir o perseguidor.

E ser cauteloso. Não havia quase ninguém em volta; ele seria notado. Então se manteve bem atrás, andando o mais silenciosamente possível. Amaldiçoava os sapatos de couro preto que usava: faziam barulho demais. Tentava impedir que os saltos batessem na calçada, para abafar o ruído.

Mas o homem que seguia à frente parecia com pressa quando entrou na Henry Street. Não estava correndo, mas num andar veloz que não lhe dava tempo algum de olhar para trás. Isso fortaleceu Will; pôs-se a andar mais rápido, esforçando-se para manter menos de uma quadra de distância entre os dois.

O perseguidor levava uma sacola de couro preto, a alça pendurada como uma faixa atravessada no ombro oposto. Bem-arrumado e autoconfiante, movia-se com agilidade. Will não era nenhum especialista, mas se surpreenderia se o cara à frente não fosse algum tipo de militar.

A essa altura, já atravessara a Clinton com a Jefferson. Aonde ia? Ao encontro de um carro de fuga? Se assim fosse, por que não o pegara antes? Talvez se encaminhasse para uma estação do metrô. Will amaldiçoou seu limitado conhecimento de Nova York: não tinha a menor idéia se havia uma estação do metrô perto dali.

Sem aviso, o homem de repente olhou para trás. Will viu o movimento da cabeça e, sem sequer pensar, saiu da calçada em direção aos degraus do bloco de apartamentos por que passava. Ao mesmo tempo, enfiou a mão no bolso e pegou as chaves. O que o perseguidor teria visto era um homem entrando em seu prédio. Ele seguiu em frente; Will suspirou profundamente. Prendera a respiração.

Agora o homem à frente fazia uma fechada curva à direita. Will tentou se posicionar de maneira a não ficar no campo visual dele.

— Ei, sou Ashley! Você tem meu telefone?

Ele não as tinha visto se aproximarem, mas estavam bem ali diante dele. Três adolescentes negras, tomando toda a calçada. Will tentou desviar-se ao passar, mas as meninas estavam dispostas a divertir-se um pouco.

— Por que a pressa, bonitão? Não gosta da gente? Não acha a gente legal?

E as duas outras caíram na gargalhada. Ele olhou acima de suas cabeças e viu o perseguidor dirigindo-se para uma rua lateral rumo a East Broadway. Não conseguia se desvencilhar das meninas.

— Ei, estou aqui, gatão!

Era a líder do bando, agora acenando a mão na cara de Will. Se ele houvesse nascido em Nova York, tinha certeza de que as empurraria para o lado com um curto e grosso: "Se mandem, porra." Mas mesmo ali, em missão para impedir um assassinato na calada da noite, continuava sendo inglês.

— Com licença, eu preciso passar. Por favor.

Com isso, contornou Ashley e companhia, enquanto ouvia mais zombarias e gritaria às suas costas.

— Minha amiga quer te dar o número dela!

Will agora tinha começado a correr, desesperado para alcançar o homem. Chegou à esquina e virou à direita, examinando a rua acima e abaixo em busca da presa. Um casal se beijava num alpendre. Mas nenhum sinal do perseguidor.

Ele via apenas dois prédios não residenciais; o homem poderia ter fugido para um dos dois. Sem dúvida ainda não havia chegado a East Broadway; caso contrário, ele o teria avistado. Diminuiu o passo, olhando para atrás, consciente de que aquilo era exatamente como caminhar para uma emboscada. Após 15 passos, desistiu: claramente perdera o homem que precisava seguir. Ele devia ter escapado para dentro de um daqueles dois prédios, em lados opostos da rua. Will agora se achava perto o suficiente para ver o que eram. Um, a Igreja do Cristo Renascido; o outro, uma sinagoga — afiliada aos hassídicos de Crown Heights.

CINQÜENTA E DOIS

SEGUNDA-FEIRA, 0H28, MANHATTAN

Devia tentar invadir um daqueles dois lugares para encontrar o homem que seguira? Um verdadeiro homem de ação faria exatamente isso. Mas enquanto calculava as dimensões do primeiro prédio, uma radiopatrulha passou a toda, as luzes piscando. Ele recuou. Era só o que lhe faltava: ser preso por invadir uma sinagoga nas primeiras horas da manhã de segunda-feira. E logo no dia do Yom Kippur. Que motivos verossímeis tinha para seguir aquele homem? Vira-o sair de um prédio de apartamentos no Lower East Side. E vira-o da janela do apartamento de TC na véspera. Não o vira cometer nenhum crime. Como diria Harden: "Você tem um livrinho de anotações cheio de coisa nenhuma." Nada exceto uma sinistra suspeita que se tornava mais forte a cada minuto.

Ele refez os passos em direção ao cortiço da Montgomery Street. Combinara com o rabino Freilich o que devia fazer apenas em termos muitíssimo vagos.

— Simplesmente me ligue — dissera o rabino. — Mesmo que não tenha certeza de que seja ele, ligue.

— E depois?

— Vamos aparecer e ajudar.

Will não sabia ao certo o que isso significava.

Atravessou a rua e deu alguns passos furtivos em direção à entrada do prédio. Um vislumbre de luz atraiu seu olhar para a fechadura da porta: não havia sido totalmente trancada! O perseguidor devia tê-la deixado aberta, talvez para evitar fazer o mínimo ruído. Will abriu-a e entrou.

Perez, La Pinez, Abdulla, Bitensky, Wilkins, Gonzales, Yoelson, Alberto. As caixas de correspondência não ofereciam pista alguma.

Havia um elevador caindo aos pedaços, que de nada servia. Ele precisava checar cada andar, cada apartamento. Subiu correndo em silêncio a escada e parou em cada patamar: mas só via portas fechadas, capachos surrados, o ocasional guarda-chuva deixado do lado de fora. Percebeu a inutilidade dessa expedição. O que procurava, afinal? Uma plaqueta anunciando: "O Sr. Justo Tzaddik mora aqui. Disponível para casamentos, aniversários e bar mitzvahs?"

Ao chegar ao terceiro patamar, preparou-se para chamar Freilich pelo celular e pressioná-lo pedindo mais informação. Qualquer outra coisa que pudesse limitar a busca. Mas o último apartamento no terceiro andar o deteve de imediato.

A porta estava aberta.

Ele avançou de mansinho, batendo de leve com os nós dos dedos ao transpô-la e entrar.

— Olá — chamou, quase num sussurro.

Com as luzes apagadas, apenas o luar entrava pela janela que dava para a rua. Olhou à esquerda. Uma quitinete, pequena e com eletrodomésticos da década de 1950. Não se tratava de uma afirmação retrô da moda, mas a coisa verdadeira: uma geladeira volumosa curva; um fogão com botões imensos. Era o lar, concluiu Will, de uma pessoa idosa.

Então olhou à direita. Viu um grande rádio numa mesa; duas cadeiras de madeira, com assentos forrados com uma imitação de couro já gasta; um com estofamento saindo. Depois um sofá...

Will recuou de um salto. Um homem estava deitado ali, de costas. Em silhueta na luz, viam-se os pêlos do queixo. Tinha um rosto pequeno, semelhante a um esquilo, emoldurado por óculos desajeitados e pesadões. O restante do corpo encolhera com a idade, num cardigã grande demais. Parecia dormir.

Will avançou um passo, depois outro, até ficar agachado sobre o velho. Pôs a mão na frente de sua boca e esperou sentir-lhe a respiração.

Nada.

Tocou-o então, pondo a mão na testa. Fria. Encostou um dedo no pescoço, à procura de pulsação. Sabia que não haveria nenhuma.

Will recuou, como para compreender melhor a enormidade do que via. Ao fazer isso, sentiu que esmagava um vidro sob seus pés. Baixou os olhos para o chão e viu que acabara de pisar numa seringa.

Curvava-se para dar uma olhada mais de perto quando o cômodo se encheu de luz.

— Ponha as mãos para cima e vire-se. JÁ!

Will obedeceu. Mal conseguia ver; foi ofuscado por fachos de luz de três ou quatro lanternas apontados diretamente para seus olhos.

— Afaste-se do corpo. Bom. Agora ande em minha direção. DEVAGAR!

Ainda não tinha ajustado os olhos, mas conseguiu distinguir o pequeno círculo que dançava diante de si, bem ao lado do facho de luz. Era o cano de uma arma — apontada para ele.

CINQÜENTA E TRÊS

SEGUNDA-FEIRA, 0H51, MANHATTAN

Num certo sentido, o fato de achar-se tão exausto ajudou. Em circunstâncias normais, seu coração teria batido alto o bastante para acordar o bairro. Em vez disso, a fadiga agiu como uma espécie de escudo defensivo, retardando suas reações e até mesmo as emoções.

Achava-se agora algemado no banco de trás de uma radiopatrulha, apertado junto a um policial do Departamento de Polícia de Nova York. Na frente, as mensagens no rádio eram constantes — e tudo sobre ele. Era, ficou claro, suspeito de assassinato.

Os homens no carro exalavam um odor que Will lembrava da adolescência: testosterona e adrenalina, o cheiro de um vestiário após uma grande vitória. Sentiam o máximo de empolgação com o recente sucesso, e ele era o prêmio. Haviam-no pegado quase em flagrante delito, ameaçador sobre a vítima, as impressões digitais no pescoço. Os policiais daquela unidade já se imaginavam com as medalhas do departamento que haveriam de receber.

— Eu não matei aquele homem — Will ouviu-se dizendo.

A cena era tão absurda, tão fora da realidade, que a voz pareceu vir de muito longe. Era como ouvir o rádio, uma das radionovelas da BBC que a mãe adorava.

— Sei que é o que parece, mas garanto a vocês que não foi o que aconteceu. — De repente, um raio de inspiração. — Mas eu poderia levá-los ao homem que fez isso! Segui-o quando saiu do prédio menos de uma hora atrás. Sei onde ele está escondido! Posso lhes dar até uma descrição.

O policial no banco do carona virou-se para dar-lhe um sorriso irônico. *Claro que pode, filho. E eu vou arremessar pelos Yankees na próxima terça-feira.*

Na 7ª Delegacia de Polícia, Will manteve seu desafio.

— Eu só encontrei o corpo! — disse, quando o levaram para o andar de cima. — Vi um homem deixar o prédio, segui-o e depois voltei. Achei que ele tinha assassinado alguém... e tinha razão!

Mesmo enquanto as palavras lhe saíam da boca, sabia que soavam ridículas. O policial que o vinha guardando desde o início encarou-o com desprezo.

— Quer calar a porra da boca?

Pela primeira vez desde que a polícia o detivera, Will começava a entrar em pânico. Que diabo fazia ali? Precisava chegar a Beth. Precisava estar nas ruas, em Crown Heights ou qualquer outro lugar, em busca de sua mulher — não algemado como prisioneiro do Departamento de Polícia de Nova York. Nem sequer pensava na perspectiva de ser incriminado por assassinato; apenas perder horas vitais batalhando na burocracia do sistema judicial criminal de Nova York já era pesadelo suficiente. Cada minuto ali era mais um minuto sem encontrar Beth. Além disso, o hassídico fora enfático: não havia tempo a perder; o destino do mundo ia ser decidido nas próximas horas e minutos. E, no entanto, ali estava ele, sem poder fazer nada; de mãos literalmente atadas.

Levaram-no até a mesa do sargento, onde alguém o esperava: o detetive que ele vira no prédio de apartamentos. Inspecionara o local do crime enquanto ele estava no carro.

— Tenho um prisioneiro para ser registrado — disse o sargento, dirigindo-se à escriturária e ignorando-o.

Cara de filhote de cachorro, 30 e tantos anos, a estrela ascendente do departamento de homicídios, imaginou Will.

— Muito bem, vamos esvaziar os bolsos.

O policial que fizera o papel de guarda-costas adiantou-se. Já tinha revistado Will no apartamento: depois que a polícia vira a seringa, não queria correr risco algum. Também lhe haviam retirado o celular e o BlackBerry: nada de telefonemas para cúmplices. Agora pegavam o resto: moedas, chaves, livrinho de anotações.

— Vamos pôr todas essas coisas no cofre — disse o detetive.

Cada item foi posto num saco plástico transparente e lacrado. O detetive fez uma anotação, testemunhada pelo sargento da mesa.

Quando abriram sua carteira, Will foi levado a cometer um dos maiores erros da noite. Entre os cartões, estava sua identidade de imprensa: *Will Monroe, New York Times.*

— Tudo bem, eu confesso. O verdadeiro motivo de eu estar naquele prédio era que fazia uma tarefa para o *Times*. Em segredo. Tenho escrito uma série de reportagens sobre crimes na cidade e era isso que fazia.

O detetive olhou-o pela primeira vez.

— Você trabalha no *New York Times*?

— Sim, sim, trabalho — respondeu ele, feliz apenas por ter tido uma resposta.

O detetive olhou para o outro lado e a escriturária voltou ao trabalho.

Levaram-no até outra mesa, onde lhe pediram que pusesse o dedo indicador direito no mecanismo eletrônico, ficasse imóvel e depois fizesse o mesmo com o esquerdo. E depois com os dedos restantes. O mecanismo emitia um bip como se ele fosse uma embalagem num caixa de supermercado.

Em seguida, levaram-no para uma sala com a placa "sala de interrogatório" na porta. No caminho, o detetive entregou uma cópia da ficha de Will a uma colega:

— Jeannie, pode fazer uma busca de nome para mim?

Na sala, havia apenas uma mesa com uma cadeira de cada lado e um telefone no canto. Nada nas paredes, além de um calendário: Nova York, prédio Empire State.

— Muito bem, meu nome é Larry Fitzwalter e vou ser seu detetive essa noite. Vamos começar assim. — Apresentou outro formulário. — Você tem o direito de permanecer calado. Está entendendo?

— Eu entendo, mas gostaria de explicar...

— Muito bem, você entende. Pode pôr sua inicial aqui, por favor?

— Escute, eu estava lá porque segui um homem até lá...

— Pode pôr sua inicial aqui, por favor? Isso significa que você entende que tem o direito de permanecer calado. Muito bem. Qualquer coisa que disser pode e será usada contra você num tribunal. Entende?

— Trata-se de um simples engano...

— Entende? É só o que estou perguntando agora. Entende as palavras que eu digo? Se entende, ponha sua inicial na porra do formulário.

Will nada mais disse enquanto Fitzwalter acabava de preencher o formulário, comunicando-lhe seus direitos. Assim que foi rubricado, o detetive afastou-o para um lado.

— Muito bem, agora que sabe seus direitos, quer conversar conosco?

— Não tenho o direito de dar um telefonema?

— É de madrugada. Para quem vai ligar?

— Tenho de lhe dizer?

— Não — respondeu o detetive, pegando o telefone da mesa atrás e esticando o fio para colocá-lo na mesa entre os dois.

— Basta me dizer o número que quer que eu ligue.

Will sabia que havia apenas uma pessoa para quem poderia ligar, mas a idéia era apavorante. Como reagiria àquela notícia? Olhou as horas no relógio: 2h15. Fitzwalter começava a ficar impaciente.

Ditou o número. O detetive ligou e depois estendeu-lhe o aparelho, permanecendo firme na cadeira. Era claro que ia ouvir cada palavra. Por fim, Will ouviu a voz que queria e temia escutar.

— Alô? Pai?

CINQÜENTA E QUATRO

SEGUNDA-FEIRA, 3H06, MANHATTAN

— Tenho uma boa e uma má notícia, Sr. Monroe. — Era Fitzwalter. — Qual gostaria de receber primeiro?

Will ergueu os olhos devagar. Ele tinha passado apenas quarenta minutos naquela cela, mas pareciam quarenta noites. O pai mandara-o recorrer ao primeiro dos direitos que lhe haviam lido e não dizer nada. Assim que Fitzwalter teve certeza de que ele não ia abrir o bico sob pressão, e a entrevista terminou, mandou trancafiá-lo.

— A boa notícia é que Sua Excelência o juiz William Monroe telefonou e disse que já saiu de Sag Harbor para cá.

A voz do pai retornava-lhe agora, flutuando na cabeça, tão audível quanto durante o telefonema que dera. Sonolenta, depois chocada, depois severa, depois decepcionada e depois decidida. Como havia passado a juventude a milhares de quilômetros dele, jamais atravessara aquele rito de passagem da adolescência: anunciar ao pai que de algum modo traíra sua confiança. *Pai, bati com o carro. Pai, fui pego fumando maconha.* Eram frases que nunca tivera de proferir. Jamais tinha ouvido o pai dizer, como haviam feito todos os seus contemporâneos: "Filho, você me decepcionou." Portanto, ouvir agora — não as palavras, mas aquele tom — era uma provação a mais, a se juntar às outras.

— Sr. Monroe, está me ouvindo?

— Como?

— Já lhe dei a boa notícia. Não quer saber qual é a má notícia?

— Na verdade, não.

— A má notícia é que acabei de sair do telefone com o advogado de plantão no *Times*. Ele deu alguns telefonemas e sabe o que ficou sabendo? Eles acham que você não está em nenhuma tarefa para o jornal. Na verdade, dizem que você está tirando alguns dias de "descanso". Por ordem do próprio editor. Parece que se meteu numa grande enrascada, meu velho.

Will levou as mãos aos olhos. Que erro básico: dizer uma mentira que poderia ser tão facilmente desmascarada. Sua defesa legal já estava comprometida. Cometera o erro capital de todos os culpados: tinha mudado de história. Quanto à carreira, com certeza terminara. Seria suspenso "para defender-se dessas graves acusações" e depois silenciosamente demitido.

A porta bateu, fechando-se. De algum estranho modo, ele quase se sentiu grato por estar naquela cela. Desde a manhã de sexta-feira, não parara de se mover, correndo febrilmente de um lugar para outro, de um novo plano para o seguinte. Atravessara a cidade em todas as direções, de um lado para o outro, de Brooklyn a Long Island, ou refazendo o caminho inverso, tentando pensar, concentrar-se, agir. Mesmo quando estava sentado, queria que o trem ou o táxi andasse mais rápido, que chegasse *já* ao lugar, ou rezava para que tocasse o telefone ou chegasse um e-mail.

Agora não tinha para onde ir ou o que fazer. O planejamento, o pensamento e o cálculo frenético chegavam ao fim. Os carcereiros não haviam consentido nem que ficasse com um lápis e papel.

A pausa levou-o à compreensão a que vinha resistindo havia dias. Toda vez que rompera a superfície nas últimas quase 72 horas, ele afundara de volta. Mas agora não tinha mais forças.

Estava tudo desmoronando. Essa era a conclusão que se recusara a enfrentar, mas agora era forte demais para resistir. A mulher continuava desaparecida, prisioneira de homens extremamente fanáticos. Ia ser acusado de assassinato, diante de provas circunstanciais difíceis de refutar. Ainda pior, caíra numa armação clássica.

Afinal, quem o enviara àquele prédio no meio da noite? Fora realmente levado a acreditar que era apenas uma coincidência o fato de um brutal assassinato estar em andamento assim que aparecera no local do crime? E era muito estranho o fato de o assassino, com quase toda certeza, se haver refugiado logo numa sinagoga hassídica.

Todo aquele absurdo de que temiam o fim do mundo. Eles próprios o vinham provocando! Will e TC tinham desvendado sua trama, por isso Freilich fora obrigado a vir com um papo furado sobre "quem quer que esteja por trás desse" blablablá. Seu primeiro instinto estava correto. Não havia "eles". Os hassídicos haviam encontrado as identidades dos homens justos e agora, por algum motivo pervertido independente, os queriam mortos. Will tinha entrado no caminho deles. Que solução melhor teriam para tirá-lo de circulação do que vê-lo preso pela polícia? Ele tinha de tirar o chapéu para eles: foi um golpe magistral.

Estranho pensar que poucos dias antes o foco de sua vida fosse a sua carreira. Sua carreira! Agora se achava em farrapos: ele fora flagrado em conduta imprópria pelo próprio editor. E também perdera todo o prestígio aos olhos do único homem cuja opinião realmente importava: o pai. Agora via isso com grande clareza. Claro que teria de afetá-lo o fato de ter sido criado todos aqueles anos sem pai. Sentia isso todo dia. Nos jogos de críquete, quando outros meninos eram aplaudidos de perto. Nos dias de atletismo, quando ele não tinha ninguém para aplaudir na corrida dos pais. As pessoas às vezes perguntavam se seu pai tinha morrido.

Will havia atravessado todas aquelas fases difíceis. Enfurecera-se com o pai; ressentira-se dele; numa ocasião, juntara forças com a mãe no ódio a ele. Mas sobretudo sentira falta dele. Havia sentido falta daquilo que via outros meninos terem todos os dia dos pais: a mão no ombro, uma despenteada dos cabelos, um gesto que constituía aprovação masculina. Agora, ali naquela cela de prisão, sem sombra da ambigüidade e confusão, via mais claramente do que nunca por que cruzara o Atlântico e mudara sua vida. Viera buscar a aprovação do pai. Não ia encontrá-la estabelecido em Londres; teria de vir para os Estados Unidos e consegui-la por si mesmo.

Também tivera um plano. Seria o brilhante jovem sem tempo a perder, Will Monroe, astro de Oxford, que viera causar furor na cidade de Nova York. Imaginara o dia, talvez dali a dez anos, em que ia usar smoking, inclinar-se para um microfone posicionado alguns centímetros baixo demais para um homem de sua altura e agradecer aos juízes do Pulitzer pela fé em seu trabalho. Nessa mesma semana — na primeira página, duas vezes — isso chegara até a parecer próximo de realizar-se. Mas agora não passava de um destroço exausto. A mulher a quem amava e o futuro com que sonhara haviam desaparecido.

Mesmo enquanto se empenhava nessa auditoria mental, sentia algo a chateá-lo — mais um pensamento exigindo atenção. Will andara desviando o pensamento o máximo que podia. Esperava ficar livre dele.

Mas não conseguiu. *E se os hassídicos estiverem certos?* E se, assim que os 36 homens justos forem mortos, o mundo não mais se sustentar? Tudo sobre essa louca teoria se encaixara até então. O ministro realizara de fato um ato de surpreendente bondade. Assim como Baxter também. E haviam feito isso disfarçados exatamente como dissera o rabino Mandelbaum. Poderiam todos os detalhes estar certos, e a própria idéia errada?

Nessa noite ele tinha testemunhado, ou perdera por pouco, o assassinato de um homem que bem poderia haver sido um *tzaddik*, um dos 36. E se assim fosse, seria mais uma confirmação de que os hassídicos diziam a verdade — ou ao menos parte da verdade. Também significaria que os assassinos dos *lamad vav* estariam chegando bem perto de sua meta. Ele conferiu as horas no relógio: pelo que dissera TC, o Yom Kippur terminaria em cerca de 16 horas. Tinham muito pouco tempo.

Era indispensável saber se o homem naquele prédio era um *tzaddik*, como os hassídicos haviam previsto. Pela primeira vez em horas, Will teve uma idéia.

Algum tempo depois, a porta da cela abriu-se mais uma vez. Ele se preparou para ver o pai. Mas era Fitzwalter.

— Venha comigo.

— Aonde?

— Você verá.

Foi levado ao andar térreo, a uma sala iluminada por brilhantes lâmpadas fluorescentes, com sete ou oito homens dentro. Pelo menos três pareciam drogados; ele imaginou que vários eram sem-teto. Fecharam a porta.

— Muito bem, senhores — disse uma voz por um alto-falante. — Queiram ocupar seus lugares na parede dos fundos.

Dois dos homens no grupo pareciam saber exatamente o que fazer e encaminharam-se despreocupadamente para os fundos, depois se encostaram na parede e ficaram olhando o vazio em frente. Foi quando Will viu as marcas na parede, indicando a altura. Era uma fila para reconhecimento.

No outro lado do vidro espelhado, a Sra. Tina Perez, do prédio de apartamentos Greenstret Mansions, fitou os homens dispostos à sua frente.

— Sei que foi uma noite longa, Sra. Perez — dizia Fitzwalter. — Portanto, não tenha pressa. Quando estiver pronta, vou lhe fazer duas perguntas.

— Estou pronta.

— Quero que olhe com muita atenção e me diga se viu algum desses homens antes e, se viu, onde foi exatamente. Certo? Está claro?

— A resposta é não. Não vi nenhum desses aí antes. O homem que eu vi tinha olhos que a gente não poderia esquecer.

— Tem absoluta certeza, Sra. Perez?

— Tenho. Ele tinha as mãos em volta do pescoço do coitado do Sr. Bitensky e me olhava com aqueles olhos. Aqueles terríveis olhos...

— Muito bem, Sra. Perez. Por favor, não se aflija. Jeannie, pode levar a Sra. Perez para casa agora. Obrigado.

— Certo, façam entrar a Sra. Abdulla.

Will foi poupado do encontro que temia com o pai. Vinte minutos após a fila de identificação, Fitzwalter entrara na cela.

— Mais uma boa e uma má notícia, Sr. Monroe. A má notícia para mim é que as duas testemunhas dizem que você não era o homem que viram no apartamento do Sr. Bitensky. Uma delas de fato o reconheceu na identificação. Viu você no prédio, parado do lado de fora, na hora do assassinato. Assim, a boa notícia é que terei de deixá-lo ir embora. Por ora.

Havia formulários a preencher, para a liberação de suas coisas. Primeiro ele apertou um botão no celular, ligando-o. Instantaneamente, o aparelho começou a vibrar: uma mensagem de voz. TC.

— Oi, imagine só. Como previsto, estou detida pela polícia. Eles me interrogaram sobre o assassinato do Sr. Pugachov. Parece que ele foi baleado à queima-roupa. Acredita nisso? No meu apartamento? Aquela gracinha de homem, tão amável. E não posso imaginar que tudo isso foi porque... Como? Oh, meu Deus. Perdão. Eu lamento, Will, é Joel Brookstein. Você se lembra dele? Estudou em Columbia. De qualquer modo, Joel concordou em ser meu advogado. Me mandou não abrir a boca. Me ligue para dizer onde você está e como vão as coisas. Não sei se vão me deixar falar ao telefone por muito tempo. — A voz sumiu, como se ela tivesse se virado para falar com alguém atrás. — Está bem, já vou. Um minuto! Will, vou ter de ir. Ligue para mim assim que puder. Não temos muito tempo.

Enquanto escutava a voz dela — que agora parecia oscilar entre TC e Tova Chaya — ele ouviu um bip duplo. Um mensagem de texto. Apertou as teclas.

Paulo, distribua as letras de sino ao Cristo! (1, 7, 29)

No bombardeio das últimas horas, ele quase esquecera o mensageiro fantasma. Ainda associava na mente essas mensagens a Yosef Yitzhok, embora soubesse, racionalmente, que era impossível. O último texto era a prova definitiva: alguém mais vinha dando-lhe essas pistas codificadas o tempo todo. Mas quem?

O sentido da última mensagem parecia quase ao alcance. Quarenta e oito horas de comunicação com aquele homem lhe tinha dado alguma idéia de como sua mente funcionava. Deve ser como fazem os viciados em palavras cruzadas, pensou: após algum tempo, enfiavam-se na cabeça do criador dos quebra-cabeças.

E essa parecia ser de fato uma definição de palavras cruzadas. Sem dúvida, o sentido literal era irrelevante. Sabia como essas pistas funcionavam, com instruções numa parte relacionadas ao resto. Mas quem era Paulo? E por que a solução incluía uma palavra de 29 letras?

Começaria com a parte mais óbvia, seguindo a instrução "distribua as letras", rearrumar as palavras "sino ao Cristo". Com a inconsciência de um homem recém-libertado, pegou uma caneta da mesa da escriturária e escreveu nas costas do recibo que ela acabara de entregar.

Trinos ociosa. Não funcionou. *O sino cristão.* Não era muito melhor.

E então viu, dando o primeiro sorriso em horas. Que maravilha essa mensagem chegar logo agora, quando se achava sozinho, sem TC. A única área em que com certeza teria mais conhecimento do que ela.

Pegou o telefone a fim de ligar para o pai. Para dar-lhe a boa notícia de que fora solto sem acusação e pedir-lhe que parasse no caminho, talvez num hotel, e pegasse a única coisa que, compreendeu de repente, ia precisar: uma Bíblia.

CINQÜENTA E CINCO

SEGUNDA-FEIRA, 4H40, MANHATTAN

Por um minuto, pensou em pedir à policial da mesa. Depois reconsiderou. Não causaria nenhuma boa impressão, um suspeito de assassinato despenteado, alternando entre vociferar sobre a identidade do verdadeiro assassino — "Ele tem olhos azuis penetrantes!" — e pedir para ler a Bíblia. Tudo bem que fosse culpado e insistisse numa defesa à base de "diminuição de responsabilidade"; não tão esplêndido para um homem que queria sair da 7ª Delegacia após convencer a polícia de que era inocente e são.

Em vez disso, ficou à espera do pai andando de um lado para o outro na calçada, desesperado para ir embora. Por fim, o Sr. William Monroe, usando uma surrada jaqueta de velejar, surgiu. Parecia exausto, com olheiras. Will perguntou-se se andara chorando.

— Graças a Deus, William — ele disse, abraçando o filho. — Fiquei me perguntando que diabos você tinha feito?

— Obrigado pelo voto de confiança — disse Will, soltando-se. — Não tenho tempo para conversar. Trouxe o que pedi?

O pai assentiu com a cabeça, um gesto de triste rendição, como a fazer a vontade de um filho que balbuciava sobre as vozes em sua cabeça ou pedia cem dólares para mais algumas pedras de crack.

— Tome.

Will atirou-se à Bíblia.

— Valeu, pai. Sabe aquelas mensagens de texto que tenho recebido? Bem, veja a última — disse, estendendo-lhe o celular.

Paulo, distribua as letras de sino ao Cristo! (1, 7, 29)

— O que isso poderia significar?

Will apressou-se a explicar-lhe.

— As palavras *sino ao Cristo* são um anagrama para Aos Coríntios. O número 1 refere-se à primeira carta de Paulo aos Coríntios, e deve ser o Capítulo 7, Versículo 29. Era por isso que eu queria uma Bíblia. E aqui está.

Mas eis o que vos digo, irmãos: o tempo é breve.

— Ele está ficando desesperado.

— Will...

— Espere, pai. Eu só quero provar uma coisa a você. Muito bem, sei como isso vai parecer estranho, mas no centro de todo esse negócio parece haver uma teoria religiosa judaica. Centrada em homens de excepcional bondade.

Viu a expressão do pai mudar de pena para impaciência.

— Will, de que diabos você está falando? A polícia o trouxe para cá esta noite sob suspeita de *assassinato*. Tem alguma idéia do apuro em que se encontra?

— Oh, sim, pai, acredite em mim. Sei que estou na maior enrascada imaginável. Maior do que poderia imaginar. Mas, por favor, escute o que tenho a dizer. Os hassídicos que seqüestraram Beth dizem que alguém, e pode ser um deles pelo que sei, está matando pessoas boas. Pessoas extraordinariamente boas. Não apenas aqui, mas em todo o mundo. O que aconteceu esta noite foi que cheguei bem perto de testemunhar um desses assassinatos. Se a teoria hassídica estiver certa, o homem assassinado esta noite era um dos tais justos. Por isso eu queria que você visse isto.

Retirou o BlackBerry do saco de plástico lacrado, clicou no browser de internet e selecionou Google. Depois teclou as palavras "Bitensky e Lower East Side".

O Google buscava, não muito rápido naquele aparelho portátil. Por fim, surgiu uma página com os resultados da busca. Um site de biomedicina, alguma coisa sobre um pianista clássico. E depois um link para *Downtown Express*, "o jornal semanal de Lower Manhattan". Clicou ali, esperou uma eternidade para a página ser carregada e pesquisou então. Era um trecho de um arquivo de alguns anos atrás. Rezou para ser uma coisa importante, uma coisa que pudesse provar ao Sr. Monroe que o filho não estava completamente desequilibrado.

Moradores da área da Greenstreet tiveram um assustador início da Pessach — a Páscoa judaica — esta semana, quando um prédio de apartamentos foi evacuado em razão de um alarme de incêndio na terça-feira.

Passava da meia-noite quando inúmeros moradores se reuniram no parque, enquanto equipes do corpo de bombeiros examinavam o prédio, antes de declará-lo seguro novamente.

Enquanto a maioria das pessoas vestia pijama e robe, um grupo estava completamente vestido — pois participavam da seder, *a refeição cerimonial realizada na primeira noite da Pessach, que muitas vezes se estende até as primeiras horas da manhã.*

Eram convidados de Judah Bitensky, um dos últimos moradores judeus de um prédio que no passado foi um núcleo da comunidade judia de East Broadway. Ao que parece, o Sr. Bitensky, faxineiro de uma das sinagogas restantes na área, oferece todos os anos uma seder *em sua casa — convidando todos os que não têm outro lugar para ir.*

"É uma espécie de tradição", disse Irving Tannenbaum, 66 anos e freqüentador assíduo. "Todo ano, Judah abre as portas para pessoas como

nós. Alguns dos participantes são idosos e moram sozinhos. Alguns são moradores de rua."

Rivvy Gold, 51 anos e sem-teto, acrescentou: "É a melhor refeição que como durante o ano todo. É a única noite em que sinto como se tivesse uma família."

O Downtown Express *contabilizou 26 pessoas que voltavam para o pequeno apartamento do Sr. Bitensky — entre elas três em cadeira de rodas e duas de muletas. Relutante em dar entrevista a um repórter, o Sr. Bitensky foi perguntado como conseguia alimentar tanta gente, apesar de ele próprio viver com parcos recursos. "De algum jeito eu consigo", ele respondeu. "Não sei bem como."*

CINQÜENTA E SEIS

SEGUNDA-FEIRA, 14H25, BROOKLYN

Will se mantinha junto à janela, o tempo todo puxando a cortina para olhar a rua. Sabia que era uma tolice. Se alguém o estivesse seguindo, dificilmente haveria uma forma melhor de chamar a atenção. Abria e fechava a cortina com tanta freqüência que parecia enviar uma mensagem por códigos.

Despedira-se do pai apenas minutos depois de terem se encontrado. O Sr. Monroe olhara-o sem expressão quando ele baixara a matéria sobre Bitensky no BlackBerry, como se todo aquele negócio fosse demasiado louco para ser levado a sério. Fizera um gesto com o rosto e as mãos — *vamos pôr de lado toda essa maluquice* — e pedira-lhe que voltasse para casa com ele. Lá, poderia tomar um banho, dormir e acalmar-se. Linda cuidaria dele. De sua parte, tinha um importante caso para preparar aquela manhã, mas estaria de volta à noite. Então pai e filho poderiam pôr a cabeça para trabalhar juntos e decidir como iriam trazer Beth de volta. Era uma proposta tentadora, mas Will recusou-a. Já tinha desperdiçado tempo demais. Agradecido, levou o pai de volta ao carro — e mandou uma mensagem de texto para TC.

Para seu grande alívio, ela ligou de volta. Fora solta às nove horas daquela manhã. A polícia tinha acabado de ver as fitas do circuito interno de TV do seu prédio. A gravação de sábado à noite incluía uma seqüência filmada pela câmera acima da entrada dos fundos: mostrava Pugachov ajudando TC e um homem não identificado a entrar numa grande lata de lixo e empurrando-os para fora do alcance da câmera. Em seguida, mostrava-o tornando a entrar no prédio alguns minutos depois. Não apenas confirmava a história reconhecidamente estranha que ela contara aos detetives, mas também mostrava que quando deixara o Sr. Pugachov ele estava vivo e bem.

Também haviam encontrado algo na calça do morto que acabou ajudando. No bolso direito, estava a chave sobressalente do apartamento de TC. Com certeza, o zelador só precisaria usá-la se a moradora não estivesse em casa e a porta estivesse trancada. Com esse segundo álibi, a polícia soltou-a. Chegaram a agradecer-lhe o tempo que ficou lá — sem dúvida, pensou Will, segundo as normas do manual de tratamento ao cidadão do Departamento de Polícia de Nova York.

Tinha sido idéia dele encontrarem-se no apartamento de Tom, uma idéia calculada. Tanto seu apartamento quanto o de TC estavam sendo vigiados; ali, teriam ao menos uma chance de se encontrar sem ser detectados.

Além disso, TC tinha um plano — apenas um palpite, disse — que exigia grande ajuda do computador. Agora, olhava por cima do ombro de Tom, enquanto ele teclava.

— Então tem certeza do nome do domínio? — perguntou ele.

— Tudo o que sei é o que está escrito no cartão que peguei. Rabino.Freilich@Moshiachvive.com.

— Certo, certo, é o que vou tentar. Soletre Mosh... mais uma vez para mim?

— Pela terceira vez: M-O-S-H-I-A-C-H.

Will olhou de novo pela janela. Tom adorava Beth na mesma proporção em que não suportava TC. Em Columbia, Will sempre atribuíra isso ao ciúme, às dificuldades de serem um trio. Agora reconhecia que era mais como combustão orgânica: Tom e TC eram fósforo e enxofre. Não podiam se encontrar sem soltar faíscas.

Numa estratégia para lidar com ela, Tom optou por nem sequer falar com TC. Falava, em vez disso, consigo mesmo.

— Muito bem, então o que precisamos fazer é saber quem é o dono dessa conta no servidor.

Colocou as últimas palavras no "prompt", a janela vazia na tela. Alguns segundos depois, surgiu uma série de números. 192.0.2.233

— Muito bem, Whois 192.0.2.233?

Disse as palavras em voz alta enquanto as digitava.

A seguir uma resposta. No meio de diversas informações sobre "contatos administrativos", estava o endereço da sede dos hassídicos em Crown Heights. O mesmo prédio em que Will e TC haviam estado na noite anterior.

— Ótimo, agora vamos falar com Arin.

— Arin? Quem diabo é Arin?

— ARIN é o American Registry for Internet Numbers, a organização responsável pela distribuição de endereços de IP, você sabe, a série de números a que chegamos antes.

— Mas achei que você já tinha o número desse, como você disse, domínio.

— Eu cheguei a *um* dos números. ARIN vai nos dar *todos* os números que pertencem aos hassídicos. Obteremos o número para cada máquina que eles tenham. Assim que obtivermos isso, podemos começar a trabalhar.

Logo a tela se encheu de números, dezenas deles. Aquilo, percebeu TC, era toda a rede de computadores hassídica, expressa em forma numérica.

— Muito bem, são esses números que iremos varrer.

— O que quer dizer com "varrer"?

— Achei que você não queria que eu fosse técnico demais. "Poupe o papo técnico, Tom." Lembra?

— Então que fazemos agora?

— Esperamos.

Ela foi para o sofá e, deitando-se de imediato, usou o sobretudo dele como manta, antes de adormecer exausta. Tom trabalhava afastado num outro computador, martelando as teclas. Will alternava-se entre olhar a rua pela janela e uma fotografia na parede; um retrato dele, Tom e Beth, agasalhados até o pescoço usando grossas luvas de inverno, cachecóis e casacos, no que parecia uma estação de esqui. De fato era o centro de Manhattan, cedo numa manhã de domingo, após uma nevasca que durara toda a noite. O sorriso no rosto de Beth parecia mostrar mais alguma coisa além do próprio sorriso: qual era a palavra... *apreciação*, pelo fato de que a vida, apesar de tudo, podia ser maravilhosa.

Uma hora e meia depois, o computador emitiu um bip: não o sinal de um novo e-mail, mas um ruído mais simples. Will deu meia-volta e viu Tom correndo de volta para a máquina que deixara funcionando.

— Entramos.

Agora se reuniam em volta da mesa, os três fitando uma tela que só fazia sentido para um deles.

— O que é isso, Tom?

Era Will, decidindo fazer a pergunta primeiro e pronunciá-la com delicadeza, antes que TC tivesse qualquer chance de perguntar.

— Esses são os *logs* do sistema da máquina que acabamos de invadir. Assim conseguiremos saber quem a tem acessado.

TC roía as unhas, desejando que tudo acontecesse mais rápido. Will examinava não a tela, mas o rosto de Tom, à procura de algum sinal de progresso. Não gostou do que viu: Tom parecia desnorteado. Comprimia os lábios; quando estava à beira de uma descoberta, eles se separavam, prontos para um sorriso.

— Nada. Droga.

— Olhe de novo — disse TC. — Talvez tenha perdido alguma coisa. Olhe de novo.

Mas Tom não precisava que lhe dissessem isso. Aproximou-se mais da tela, agora passando os olhos linha por linha que aparecia diante dele.

— Espere — disse. — Isso pode ser alguma coisa.

— O quê? O quê?

— Veja, aquela linha no *log*. Ali. *O relógio do sistema caiu* à 1h58 desta manhã. Talvez não seja nada de mais. Os programas muitas vezes caem e reiniciam automaticamente. Nada de tão importante.

— Mas?

— Poderia indicar outra coisa também.

— O quê?

Tom não estava se saindo bem sob o interrogatório de TC. Will intrometeu-se.

— Desculpe, Tom. Para um ignorante total como eu: o que é um relógio do sistema?

— É simplesmente uma parte da configuração da rede que as pessoas esquecem. Elas não desligam, então isso fica apenas ali, registrando a hora.

— E?

— O importante é que as pessoas esquecem que está ali. Assim não dão a devida atenção que dão ao resto do sistema. Velhos problemas de segurança que talvez tenham sido contornados em outros lugares no sistema às vezes são deixados na parte do relógio.

— Quer dizer, é como um buraco na cerca do jardim, na parte de trás, onde ninguém nota?

— Exatamente. O que quero saber é se esse relógio parou de causas naturais ou se alguém o estourou para invadir. Se você sabe o que está fazendo, pode enviar um *buffer overflow*, um imenso banco de dados numa seqüência específica, que ferra totalmente o serviço. Se você *realmente* sabe o que está fazendo, pode não apenas pará-lo, como também controlá-lo.

— Como assim? — perguntou Will.

— Pode fazê-lo executar seus comandos, o que efetivamente lhe dá acesso ao servidor.

— Foi isso que aconteceu aí?

— Eu não sei. Preciso ver o *log* de acesso do próprio relógio. É o que estou esperando agora... opa, espere. Isso é bom. Vê aquilo, bem ali?

Apontava uma série de números, à 1h58.

— Olá, estranho.

Era um novo endereço de IP, uma série de números diferente de todas as atribuídas aos hassídicos e sua rede. Era a assinatura de alguém estranho.

— Você consegue ver quem é?

— É o que estou perguntando agora mesmo. — Digitou: *Whois 89.23.325.09?* — E eis a nossa resposta.

Tom apontava a linha na tela. Will levou um segundo para concentrar-se nas palavras. Mas ali estavam elas, palavras que mudavam tudo. Nem ele nem TC conseguiram emitir um único som. Os três ficaram mudos olhando o endereço diante deles.

A organização que invadira o computador dos hassídicos — lendo tudo que eles liam, olhando por cima dos ombros virtuais deles para ver cada um de seus cálculos, inclusive os que revelavam a localização exata dos homens justos — estava sediada em Richmond, Virgínia, e ali, na tela, via-se seu nome completo.

A Igreja do Cristo Renascido.

CINQÜENTA E SETE

SEGUNDA-FEIRA, 17H13, DARFUR, SUDÃO

A noite do trigésimo quinto assassinato estava praticamente silenciosa. Naquele calor, e com tão pouca comida, as pessoas achavam-se letárgicas demais para fazer muito barulho. O chamado às preces era o único som que se ouvira o dia todo; o resto eram gemidos e sussurros.

Mohammed Omar viu a onda de calor tremeluzir no horizonte e percebeu que o pôr-do-sol seria dali a apenas alguns minutos. Em Darfur era assim: o sol aparecia sem aviso ao amanhecer e desaparecia igualmente rápido à noite. Talvez fosse assim em todo lugar no Sudão, em todo lugar na África. Mohammed não sabia, nunca viajara além daquele deserto rochoso.

Era a hora de sua visita noturna pelo campo de refugiados. Ia visitar primeiro Hawa, a menina de 13 anos que, mesmo tão jovem, se tornara uma mãe para as seis irmãs. Haviam fugido para o acampamento duas semanas atrás, depois que os milicianos de Janjaweed incendiaram toda a sua aldeia. As meninas mais moças estavam muito assustadas para falar, mas Hawa contou a Mohammed o que acontecera. No meio da noite, homens apavorantes haviam chegado montados a cavalo, brandindo tochas, e ateando fogo em toda a aldeia. Hawa pegara as irmãs e pusera-se a correr. Só quando se haviam afastado, perceberam que os pais tinham sido deixados para trás e estavam mortos.

Agora, no canto de uma choupana feita de palha e ripas de madeira, ela segurava a irmã de três anos nos braços. Perto do vão da porta, no chão, havia uma panela velha. Dentro, uma magra ração de mingau.

Mohammed entrou, depois seguiu para a parada seguinte na ronda: a "clínica", na verdade outra frágil choupana. A enfermeira Kosar estava lá, e seu rosto lhe disse o que ele não queria ouvir.

— Quantas? — perguntou.

— Três. E talvez mais uma esta noite.

Vinham perdendo três crianças por dia fazia semanas. Sem medicamento nem comida, ele não sabia como poderia impedir a mortandade.

Olhou em volta. Um canto de deserto vazio, abrigado por algumas árvores ressequidas. Não pretendera abrir um campo de refugiados ali. O que entendia dessas coisas? Era alfaiate. Não era médico nem autoridade pública, mas via o que estava acontecendo. Hordas de pessoas desesperadas, muitas vezes crianças, atravessavam o deserto em busca de comida e abrigo. Falavam de uma aldeia após a outra destruídas pelos Janjaweed, os homens que ateavam fogo, matavam e estupravam, enquanto os aviões do governo sobrevoavam em círculos. Alguém tinha de fazer alguma coisa — e, sem pensar verdadeiramente a fundo, esse alguém tinha sido ele.

Mohammed começara com algumas tendas, duas delas costuradas em sua velha máquina Singer. Havia conseguido alguns machados e os dera aos homens para pegarem lenha. Eles tentaram. Um deles, Abdul, embora desesperado por ajudar, tinha queimaduras tão sérias nas mãos que não podia segurar o machado. Mohammed presenciou a cena, o homem tinha as mãos tão debilitadas que não podia nem enxugar as próprias lágrimas.

Ainda assim, serraram madeira suficiente para armar uma fogueira que, uma vez acesa, passou a funcionar como um farol. Mais refugiados chegaram.

Agora eram milhares de pessoas; não havia tempo para contá-las com precisão. Elas juntavam os parcos recursos que tinham. A maioria era de camponeses; o pouco que se podia tirar da terra, eles de algum modo tiravam. Mas não era o bastante.

Mohammed sabia que precisava de ajuda externa. Nas poucas horas de sono que tirava toda noite, sonhava com um comboio de veículos brancos chegando numa luminosa manhã, cada um carregado de caixotes de grãos e caixas de medicamentos. Mesmo com apenas cinco veículos — ou apenas um — poderia salvar muitas vidas.

Foi então que ele viu os faróis brilhando no crepúsculo. Fortes e amarelos, vinham em sua direção, a luz oscilando na quente cerração. Não pôde evitar. Pôs-se a pular, acenando os braços como um louco.

— Aqui! — gritava. — Aqui! Estamos aqui!

O caminhão reduziu a velocidade até Mohammed ter uma visão melhor. Não era uma equipe de socorro, mas apenas dois homens.

— Venho em nome do Nosso Senhor Jesus Cristo — começou o primeiro homem em inglês, logo traduzido pelo segundo.

— Bem-vindos, bem-vindos — disse Mohammed, agarrando os visitantes, agradecido. — Bem-vindos, bem-vindos.

— Trouxemos alguma comida e medicamentos. Você tem pessoal para descarregar?

Uma multidão já se formara em volta. Depois que o intérprete falou, Mohammed designou os dois adolescentes mais fortes, um rapaz e uma moça, para retirarem as caixas do caminhão. Então convocou dois homens de sua confiança para montar guarda: a última coisa que queria era um distúrbio causado por comida, pois a fome e o desespero desencadeariam uma corrida desenfreada.

— Acha que poderíamos conversar? — perguntou o visitante.

Mohammed respondeu com um gesto e conduziu os convidados até um barraco vazio. O homem seguiu-o, levando uma maleta escura.

— Levei muito tempo para encontrar o senhor. Com certeza é o responsável, não é? Este é o campo de refugiados que o senhor começou?

— Sim — respondeu Mohammed, sem saber se olhava para o tradutor ou seu chefe.

— E fez tudo isso sozinho? Ninguém lhe paga para fazer esse trabalho? O senhor não trabalha para nenhuma organização? Fez isso apenas pela bondade de seu coração?

— Sim, mas isso não é importante — respondeu Mohammed por meio do tradutor. — Eu não sou importante.

A isso, o visitante sorriu e disse:

— Bom.

— As pessoas estão morrendo aqui — continuou Mohammed. — Que ajuda pode dar a elas? Com a maior urgência!

O visitante sorriu mais uma vez.

— Oh, prometo-lhes a maior ajuda de todas. E não será necessário esperar muito tempo. Não vai demorar nada mesmo.

Então clicou os dois fechos laterais da maleta e retirou uma seringa.

— Primeiro, quero lhe dizer que é uma honra conhecê-lo. É uma honra saber que um homem verdadeiramente justo vive entre nós.

— Obrigado, mas não estou entendendo.

— Receio que preciso aplicar isto. É importante que um homem como o senhor não sinta dor nem sofrimento. Nenhuma dor nem sofrimento mesmo.

De repente, o intérprete agarrou o braço de Mohammed, forçando-o a deitar-se no chão. Ele tentou escapar, mas estava fraco demais e a mão do homem era demasiado forte. Agora, assomando ameaçador acima dele, surgia o visitante, com a seringa erguida para a luz. Falava em inglês, abaixando-se mais para perto de Mohammed. Ao fazê-lo, o intérprete sussurrava-lhe diretamente no ouvido.

— *O Senhor ama os justos e não desampara os seus santos. Eles serão preservados para sempre, mas a descendência dos ímpios será exterminada.*

Mohammed se contorcia, lutando para se libertar. E ainda assim a voz falava, podia sentir o hálito quente.

— *Os ímpios se põem em emboscadas contra os justos, e as suas próprias vidas espreitam; o Senhor deu-se a conhecer, executou o juízo; enlaçado ficou o ímpio nos seus próprios feitos. Mas a salvação dos justos vem do Senhor; ele é a sua fortaleza no tempo da angústia.*

Por fim, Mohammed sentiu a agulha romper a pele do braço e, enquanto o céu escurecia, ouviu uma prece, até a voz ficar distante e tudo silenciar.

CINQÜENTA E OITO

SEGUNDA-FEIRA, 14H50, BROOKLYN

Agora era a vez de Will assumir o computador. Quase derrubou Tom da cadeira e na mesma hora retornou ao "acampamento-base" do jornalismo do século XXI: o Google.

"Igreja do Cristo Renascido" apresentou uma página com links, mas eram poucos. Para sua surpresa, o grupo não tinha uma página própria.

Clicou no primeiro resultado da pesquisa, um link para um trabalho apresentado numa conferência na Universidade de Nebrasca.

> *Embora não tenha muitos fiéis, a Igreja do Cristo Renascido conquistou grande influência em seu apogeu há 25 anos, sobretudo entre jovens intelectuais cristãos. Fundamental para seu ensinamento foi um tipo radical de teologia da substituição, a crença em que os cristãos haviam substituído os judeus como o povo escolhido por Deus...*

De uma forma irritante, o artigo nada mais dizia, divagando numa discussão mais ampla do cristianismo nos *campi* universitários na década de 1970. Mas Will ficou agitadíssimo. Viu que TC o entendera, embora os dois soubessem, intuitivamente, que não havia tempo a perder em discussão. Foi direto para a Wikipedia, a enciclopédia on-line, e digitou "teologia da substituição".

A busca levou alguns segundos, durante os quais Will sentiu o pé direito latejando — em parte por ansiedade, em parte por excitação. Uma vaga lembrança o atormentava. *A Igreja do Cristo Renascido: tinha visto esse nome antes, em algum lugar na redação...*

Então apareceu uma página, com o título Supersessionismo. Definido como "a crença tradicional cristã na qual o cristianismo é a realização do judaísmo bíblico e, portanto, que os judeus que negam ser Jesus o Messias não cumprem seu chamado como o povo escolhido de Deus".

Will foi para o parágrafo seguinte. "Argumenta que Israel foi substituído... no sentido de que se confiou à Igreja a realização das promessas das quais o Israel judeu é o fiduciário."

A página observava que, embora vários grupos protestantes liberais houvessem renunciado ao supersessionismo, decretando que os judeus e "talvez" outros não-cristãos poderiam encontrar Deus através de sua própria fé, "outros grupos cristãos conservadores e fundamentalistas defendem o supersessionismo como válido... o debate continua."

E aposto que sei onde continua, pensou Will. Retornou ao Google, agora estreitando a busca para "Igreja do Cristo Renascido e teologia da substituição". Três referências, a primeira um artigo da *The Christian Review*.

> *... a teologia da substituição caiu cada vez mais em desuso nesse período, desacreditada pelo grupo politicamente correto, diziam seus defensores. Alguns anos antes, desfrutara de vigorosa revivificação através de um grupo de intelectuais conhecido como a Igreja do Cristo Renascido. Segundo esse grupo, os cristãos haviam não apenas herdado o status dos judeus como os escolhidos, mas herdado o próprio judaísmo. Os judeus haviam, afirma o movimento do Cristo Renascido, ignorado os desejos*

diretos de Deus e, portanto, desistido de tudo que haviam aprendido Dele. Deserdaram-se do papel de povo eleito, mas — e isto é o que distingue a Igreja do Cristo Renascido — os judeus também abandonaram suas próprias tradições, seus costumes e até mesmo seu folclore. De agora em diante, esses devem ser considerados posses de cristãos praticantes.

— Pare. — Era TC, o rosto pálido. — Eis o ponto-chave, bem ali. *Suas próprias tradições, seus costumes e até mesmo seu folclore.* Esse grupo acredita que o judaísmo contém a verdade não apenas para os judeus, mas para os cristãos. *Até mesmo o folclore.* Não está vendo? Eles pegaram tudo. O misticismo, a cabala, tudo.

— A história dos justos — concordou Will.

— Sim. Não acham que se trata de uma tradição hassídica bizarra. Acham que pertence a eles. Acreditam que é verdade.

Ele clicou no resultado seguinte do Google. Era um link para um grupo de discussão evangélica. Pessoas que se autodenominavam NovoAmanhecer21 haviam escrito um longo texto em resposta a uma pergunta sobre as origens da Igreja do Cristo Renascido.

Em sua época teve grande impacto — tendo se originado nos aficionados movimentos que louvavam Jesus, em que as pessoas usavam sandálias. Liderados por um pregador carismático que era então capelão em Yale, reverendo Jim Johnson.

Will ergueu os olhos para TC.

— Eu conheço esse nome — disse. — Ele fundou um movimento evangélico na década de 1970. Morreu há poucos anos.

Mas TC continuou lendo.

Aparentemente, o Rev. Johnson influenciou toda uma geração de cristãos da elite, que o chamavam de Flautista de Hamelin no campus, porque atraiu um grupo de seguidores muito dedicado.

A entrada a seguir dizia:

Posso testemunhar. Eu estava em Yale naquele período e Johnson era um fenômeno. Só se interessava pelos melhores, os alunos mais destacados — editores da Law Review, *presidentes de classe, esse tipo de gente. Nós os chamávamos de Apóstolos, que gravitavam em torno de Johnson como se ele fosse o Messias ou coisa assim. Para quem estiver interessado, escaneei aqui uma foto do* Yale Daily News *que mostra Johnson e seus seguidores. Clique aqui.*

Will clicou e esperou a foto carregar. Era granulada, na típica cor desbotada da década de 1970, e levou algum tempo para encher a tela. Aos poucos foi se tornando visível. No centro, exibindo um sorriso radiante, como o capitão de um time de futebol americano da faculdade, via-se um homem de 30 e tantos anos, vestindo uma camisa de gola aberta, óculos grandes com armação retangular, à época considerados supermodernos. Não usava colarinho próprio dos cléricos nem terno escuro. Era, ele concluiu, o que os vitorianos teriam chamado de um cristão muito convincente.

À sua volta, viam-se jovens de aparência séria, transmitindo aquela confiança de quem nasceu para governar que emanava dos anuários de Yale ou Harvard. Os cabelos eram longos ou volumosos, os colarinhos das camisas e as lapelas dos paletós, largos. Os rostos pareciam brilhar de potencial. Aqueles jovens não iam apenas governar o mundo. Mas estava claro que eles acreditavam que iam fazê-lo com a bênção de Jesus.

— Acho que você precisa se apressar — disse Tom, agora ocupando a posição anterior de Will junto à cortina. — Tem um carro lá fora. Dois sujeitos acabaram de saltar e estão entrando no prédio.

Mas Will mal ouvia. Em vez disso, recostou-se rápido na cadeira, surpreso: reconhecera um dos rostos na fotografia. Só conseguiu fazê-lo porque vira recentemente outra foto diferente do mesmo homem quando jovem. O jornal a publicara quando ele foi nomeado. Ali, ao lado de Jim Johnson, estava ninguém menos que Townsend McDougal — o futuro editor do *New York Times*.

— Eu não acredito — disse Will.

— É ele, não é?

Will ficou confuso. Como TC poderia reconhecer McDougal?

— Eu não quis dizer porque não tinha certeza. Mas realmente não podia ser ninguém mais.

Will ergueu os olhos para ela, franzindo as sobrancelhas para registrar seu espanto.

— De quem está falando?

— Will! — insistiu Tom. — Eles estão subindo. Vocês têm de se mandar!

— Veja — disse TC, mostrando, à extrema esquerda da fila de trás na fotografia, uma área que ele mal examinara. Ela apontou um jovem bonito, magro, com uma vasta cabeleira. Posava sem sorrir.

— Talvez eu esteja enganada, Will, mas acho que esse aí é o seu pai.

CINQÜENTA E NOVE

SEGUNDA-FEIRA, 14H56, BROOKLYN

Tom praticamente arrancara Will da cadeira e o pusera para fora pela janela, obrigando-o a descer pela saída de incêndio. Fez com que TC o acompanhasse e estava prestes a segui-los quando olhou para trás. A tela do computador continuava iluminada, as informações à mostra. Seria terrível, pensou Tom, que sua máquina, sempre uma aliada fiel, fosse acabar denunciando a todos eles.

Apressou TC a sair, depois se transferiu para a mesa e começou a encerrar os programas freneticamente. Enquanto fechava o browser, a porta se escancarou com força.

Ouvira o barulho antes de poder ver qualquer coisa: uma pancada estraçalhou a porta e dois grandalhões entraram em seu apartamento. Tom ergueu os olhos e viu um deles: alto, armado e com os olhos azuis mais claros e penetrantes que ele já vira. Num instante, decidiu fazer a única coisa contra a qual seu instinto se rebelava. Estendeu o braço e puxou o fio da tomada na parede, desligando o computador e tudo a ele conectado.

Mas o movimento foi repentino demais para seus indesejáveis visitantes. Eles interpretaram o movimento como sendo o de um homem estendendo o braço para pegar uma arma, conforme haviam sido treinados. Ao puxar o fio branco, a bala perfurou seu peito. Ele se encolheu e tombou ao chão. As telas escureceram.

Will precipitou-se escada abaixo, descendo dois, três degraus de cada vez. Sua cabeça latejava. Quem estava atrás dele? O que tinha acontecido com TC e Tom? Para onde devia ir?

Mas mesmo ao voar para baixo, andar por andar, sua mente disparava com o que ele acabara de ver. O rosto era inconfundível; TC vira-o de imediato. Que impulso freudiano desviara seu olhar? Os olhos, o queixo, o nariz firme: seu pai.

E, no entanto, a única coisa que sabia com certeza sobre William Monroe, seu pai, era que se tratava de um confesso racionalista, um homem friamente secular, cujo ceticismo em relação à religião bem poderia ter frustrado sua mais alta ambição, a de trabalhar como juiz da Suprema Corte dos Estados Unidos. Poderia realmente haver sido um leitor de Bíblia, e dos mais sérios?

Faltavam três andares, e agora podia sentir o corrimão de ferro vibrando. Olhou para cima e viu as solas de sapatos descendo tão rápido quanto as dele. Mais um andar. Ele quase o saltou.

Saiu disparado como um raio pela Smith Street, desviando-se das pessoas que saíam do restaurante Salonike. Olhou para trás: havia um tumulto causado por um homem que cruzava um grupo de pessoas.

— Ei, tome cuidado, seu babaca!

Will deu uma guinada com o corpo ao contornar a esquina, apoiando-se numa carrocinha de pretzel para se equilibrar. À sua frente, estendia-se a Quarta Avenida, com seis pistas de tráfego, todas com grande movimento. Na primeira oportunidade, ele atravessou.

Parou na faixa branca que separava duas pistas de tráfego pesado. Os motoristas começaram a buzinar; acharam que Will fosse algum tipo de psicótico. Olhou para trás. Ali, logo na outra pista, o perseguidor, o homem que ele quase havia flagrado no ato de matar menos de 24 horas antes. Protegido pelo tráfego, Will encarou-o. O olhar que recebeu de volta parecia um raio laser a perfurá-lo.

Olhou em volta e localizou outra abertura no tráfego — apenas um segundo e a perderia. Atravessou, virando-se para ver se o perseguidor fizera o mesmo movimento. Os dois continuavam separados apenas pela largura de um único carro. Via uma saliência na coxa do homem, que julgou ser um coldre.

Olhou à frente: o sinal ainda estava verde. Porém, por quanto tempo mais? Logo ficaria vermelho: o tráfego diminuiria de velocidade e ele conseguiria atravessar para o outro lado, mas o mesmo ocorreria com o sujeito armado. Ficaria ao alcance de um tiro à queima-roupa. Mas não aparecia uma única brecha. Os carros moviam-se rápido demais.

Will só tinha uma opção. Em vez de atravessar a rua, deu uma guinada e precipitou-se pela esquerda, como se tentasse alcançar a velocidade do tráfego. Apertou o passo, sem nunca desgrudar o olho dos sinais. Agiria no segundo em que visse um vislumbre de vermelho. *Rápido, rápido.* Olhou em volta. O homem continuava a apenas uma pista de distância, mas mal se mexera da posição anterior. Era agora o momento.

Quando o sinal verde mudou para vermelho e o tráfego diminuiu de velocidade, os carros pararam uns atrás dos outros: Will teve apenas de ziguezaguear feito um raio entre eles, mantendo-se abaixado. Três, quatro, cinco pistas e quase alcançara o lado oposto.

Assim que atravessou, teve de dispersar uma família à espera no cruzamento; soltou o balão da mão de uma criança. Olhou para trás e viu-o voar alto — e percebeu que o Olhos-de-Laser agora se achava bem próximo dele.

Por fim, a estação do metrô da Atlantic Avenue. Will lançou-se escada abaixo, amaldiçoando a mulher gorda que lhe bloqueava o caminho. Descendo sempre, saltou sobre a catraca, com a esperança de que seus ouvidos não o enganassem. Anos de viagem no metrô de Londres haviam lhe dado um sexto sentido quanto à mistura de ruídos provocada pelo vento, luz e zumbidos que indicava a chegada de um trem. Tinha certeza de que a ouvira na plataforma do outro lado. Precisaria subir a escada e atravessar a passarela em apenas pouquíssimos segundos. Ouvia a batida surda das passadas; o perseguidor estava logo atrás.

Uma pequena distância os separava, mas ao cruzar a passarela, Will viu que o trem acabara de parar. Um instante depois, ele deslizava escada abaixo, afastando as pessoas do caminho. Ouviu o sinal e o apito que anunciavam a iminente partida do trem. Só mais um segundo...

Will mergulhou do degrau de baixo para o extremo da plataforma no que pareceu ser um único salto. A porta quase se fechou atrás de Will assim que ele aterrissou dentro do vagão — mas ela era puxada para trás por quatro dedos de uma mão. Pelo vidro, ele viu o rosto do sujeito: os olhos quase translúcidos, fixos num olhar que gelou suas vísceras. A porta recuava devagar.

— O que é que você está fazendo? Vai ter de esperar pelo outro trem como todo mundo!

Era uma passageira, de não menos que 70 anos, usando a bengala para bater nos nós dos dedos que entravam pela porta. Quando o trem começou a se deslocar, ela bateu com mais força — até que um por um, os dedos foram se soltando. O homem dos olhos de vidro foi deixado na plataforma, ficando cada vez menor.

— Obrigado de todo o coração — desabafou Will, ofegante, desabando no assento mais próximo.

— As pessoas precisam ter mais respeito — ela disse.

— Sim, tem razão — respondeu, respirando ruidosamente. — Respeito. Concordo em número e grau.

Quando recuperou o fôlego e o oxigênio retornou ao cérebro, Will só via uma imagem. Ao fechar os olhos, estava ali, impressa sob as pálpebras. O pai, aos 21 anos — um camarada no exército de Jesus. E não apenas no exército, mas na vanguarda. Uma elite escolhida a dedo, que julgava conhecer os segredos da verdadeira fé.

Quem eram exatamente aqueles sujeitos? Cristãos, com certeza. Mas com um estranho ar de arrogância. Eram eles, e não os judeus, o povo escolhido. Eram eles, não os judeus, que podiam encarar o judaísmo como seu direito de nascença. Eles, não os judeus, que citavam o Antigo Testamento e todas as sua profecias, que viam as promessas feitas a Abraão como promessas feitas a eles.

Will olhou para fora da janela. A estação da avenida DeKalb. Saltou e pegou outro trem.

TC entendera tudo no mesmo instante. De acordo com o severo rótulo da teologia da substituição, se o judaísmo era deles, significava o fim. A história da barganha de Abraão com Sodoma seria parte da herança *deles* — assim como o fruto da história, a crença mística judaica de que o mundo era mantido por 36 homens que se revelaram justos. Por algum motivo, haviam assumido a crença como sua, e agora, parecia, tinham acrescentado algum novo dado. Estavam decididos a matar aqueles homens bons um por um. Mas se era essa bizarra seita cristã que se achava por trás dos assassinatos, por que diabos haviam os hassídicos seqüestrado Beth?

Era demais. Ele precisava ensar com muita calma. Conferiu as horas no relógio, 15h45. Tão ouco tempo. Digitou o número de TC, rezando para que ela de alg um modo tivesse se livrado.

— Will! Você está vivo!

— Você está bem? Onde está?

— No hospital. Com Tom. Ele foi baleado.

— Ah, meu Deus.

— Eu estava no telhado. Ouvi um disparo, desci correndo e o encontrei deitado no chão, sangrando. Oh, Will...

— Ele está vivo?

— Está sendo operado. Meu Deus, quem fez isso, Will? Por que alguém faria isso?

— Eu não sei, mas vou descobrir, prometo. Vou encontrar as pessoas por trás de toda essa confusão. E sei que estou perto.

SESSENTA

SEGUNDA-FEIRA, 15H47, MANHATTAN

— TC, sei que eles estão aqui. Na cidade de Nova York!

— Como pode ter tanta certeza? Andam matando os justos em toda parte do mundo... por que estariam aqui?

— Primeiro, tudo que sabem eles conseguiram dos hassídicos. Conseguiram toda informação que puderam invadindo os computadores deles. Agora precisam concluir o processo pessoalmente. Por isso é que mataram Yosef Yitzhok. Estão desesperados para encontrar o número 36. E se convenceram de que os hassídicos sabem quem ele é. E têm razão. Além disso, admito que *precisam* estar aqui.

— O que quer dizer?

— Você não percebeu? Esta noite é o clímax. O momento em que tudo se junta. Vão querer estar no lugar onde toda essa profecia se torna real. Porque aqui é o lugar em que tudo termina, TC. A Sodoma do século XXI. A Cidade de Nova York! É aqui que o mundo finalmente perde sua barganha com Deus. Apenas 36 homens justos; desde que continuem vivendo, o mundo segue em frente. Sem eles, acaba tudo. Essas pessoas querem estar aqui para ver isso acontecer. O fim do mundo.

— Will, você está me apavorando.

— E tem mais uma coisa. — Interrompeu-se. — Escute, não dá mais tempo. Preciso ir.

Ele desligou e teclou um número do *New York Times*.

— Amy Woodstein.

— Amy, é Will. Preciso que faça uma coisa para mim.

— *Will!* — sussurrou ela. — Eu não devia nem estar falando com você. Você procurou alguma ajuda especializada?

— Neste momento eu preciso da *sua* ajuda, Amy. Tem um prospecto em minha mesa, para uma convenção da Igreja do Cristo Renascido. Poderia apenas lê-lo para mim?

Amy deu um suspiro de alívio muito baixo. Segundos depois voltou ao telefone.

— Vamos lá: "A Igreja do Cristo Renascido, valorizando famílias por meio de valores de família. Reunião Espiritual. Centro de Convenção Javits, na rua 34 Oeste..." oh, espere, é hoje.

— Isso!

Disse isso como desse um soco no ar.

— Oh, Will, que bom saber que você está encontrando algum conforto em sua fé. Conheço várias pessoas que quando enfrentam desafios...

— Amy, o papo está ótimo, mas tenho de desligar.

Meia hora depois, chegava em seu destino. No Centro de Convenção Javits. Viu um balcão de delegados, assessorados por voluntários de olhos brilhantes. Isso não ia funcionar. *Ah, uma mesa de imprensa.*

— Com licença, sou do *Guardian*, um jornal de Londres, e creio que ainda não esteja na lista de vocês Haveria talvez algum meio de me incluir?

— Senhor, acho que a autorização tenha de ser feita por intermédio de nosso escritório de Richmond. O senhor foi pré-autorizado?

Pré-autorizado. Logo quando achava que já ouvira todas as palavras que os Estados Unidos corporativos poderiam apresentar.

— Não, lamento, não consegui completar a ligação. Mas meus editores ficariam muito decepcionados se eu não pudesse cobrir essa esplêndida celebração de valores familiares. Não temos nada semelhante a isso na Grã-Bretanha, entenda. E sei que há um grande desejo em meu país por esse tipo de exemplo espiritual. Há alguma forma de permitir que eu participe, nem que seja por uma meia hora, para poder dizer a meus chefes que vi com meus próprios olhos?

Ele usara todas as cartas. Nos anos desde que tinha chegado aos Estados Unidos, esse tipo de insistência gentil o pusera na Nasa para um lançamento espacial, em Graceland para uma noite de tributo ao rei Elvis e num debate de candidatos presidenciais em Trenton, Nova Jersey. Esperava que seus olhos estivessem brilhando de entusiasmo.

Mas a mulher à mesa, identificada pelo crachá como Carrie-Anne, Facilitadora, não parecia a fim de ceder.

— Vou precisar que fale com Richmond.

Maldição.

— Claro, que número devo ligar?

Will anotou-o cuidadosamente — depois, usando o celular, ligou para o número de sua casa.

— Alô. Aqui é Tom Mitchell, do *Guardian* de Londres. É sobre a convenção de hoje. Eu só gostaria de saber se há alguma chance... Certo. — Na outra ponta, ouvia a própria voz, anunciando que ele e Beth não podiam atender no momento. Will tentava bloquear o ruído ambiente e levar a conversa adiante. — Então, preciso examinar o kit de imprensa. Certo... — Pôs a mão no receptor e depois articulou sem som para Carrie-Anne: — Ela diz que preciso ver o kit de imprensa.

Sem hesitação, a facilitadora passou-lhe um.

— Certo, então devo lê-lo agora e ver o que me interessa... está bem, é uma ajuda muito grande. Muito obrigado.

Enquanto falava com a própria secretária eletrônica, Will correu os olhos pela lista de sessões.

Suíte Dourada: *Recuperando a condição de união. A paternidade após o divórcio com o Rev. Thompson.*

Sala Macmillan: *Como Jesus faria isso? Procurando o conselho do Salvador.*

Will não conseguia encontrar o que queria. Ergueu os olhos; Carrie-Anne sorria e entregava credenciais de imprensa a uma repórter de TV e seu operador de câmera. Furtivamente, Will dirigiu-se para as salas de conferência — segurando o kit de imprensa no alto como uma credencial substituta.

Tornou a olhar a lista. Intervalos para almoço, serviço de baby-sitters, workshops. Então deteve o olhar.

Capela: *Entrando na era Messiânica. Orador a ser confirmado. SESSÃO FECHADA.*

Will conferiu as horas no relógio; já havia começado. Mas onde, naquele imenso complexo de salas, corredores e escadarias, ficava a Capela? Folheou o kit de imprensa até encontrar um mapa interno. *Terceiro andar.*

Embora houvesse tantas portas, ele acabou vendo uma com uma plaqueta, o desenho de um homem ajoelhado, em prece. Will encostou a orelha na porta:

— ... quantos séculos esperamos? Mais de vinte. E às vezes nossa paciência quase se esgotou. Nossa fé vacilou.

Will ouviu a leve campainha de um elevador. Saíram três homens, na mesma faixa etária dele, usando ternos escuros bem cuidados — como o que ele continuava usando desde sua ida tarde da noite a Crown Heights. Todos traziam uma Bíblia e se encaminhavam decididos para ele.

Ao chegarem mais perto, ele viu que pelo menos um ofegava. *Haviam se atrasado.* Era a sua chance.

— Não se preocupe — disse, quando o alcançaram. — Acho que ainda dá para entrarmos por trás sem sermos notados.

Com muita segurança, um dos homens abriu a porta, deixando todo o grupo entrar — o constrangimento compartilhado. Will era apenas mais um do grupo; até levava sua Bíblia.

Espremido no fundo da sala, Will observava tudo. Para sua surpresa, o espaço era grande; do tamanho de um salão de banquete. Devia haver mais de duas mil pessoas ali dentro. Era difícil identificá-las, todos tinham a cabeça baixa em preces. Ele não ousou erguer os olhos.

Por fim, uma voz amplificada quebrou o silêncio.

— Nós nos arrependemos, Ó Senhor, pelos nossos momentos de dúvida. Nós nos arrependemos pela dor e sofrimento que causamos uns aos outros, ao planeta que seu Pai nos confiou e em nosso nome. Nós nos arrependemos, Ó Senhor, pelos séculos de pecado que o mantiveram afastado de nós.

Em uníssono, a congregação respondeu:

— Neste Dia do Arrependimento, nós nos arrependemos.

Will ergueu os olhos, tentando distinguir quem falava. Embora houvesse um homem em pé na frente, ele estava de costas para a sala. Era impossível ver se era jovem ou velho: tinha quase toda a cabeça coberta por um solidéu branco.

— Mas agora, oh, Senhor, o Dia do Juízo Final chegou. Enfim o Homem será declarado responsável pelos seus atos. O grande Livro da Vida está prestes a ser fechado. Finalmente estamos para ser julgados.

Em uníssono:

— Amém.

O homem virou-se de frente: mais ou menos da idade de Will, tinha a aparência de um estudioso. Will surpreendeu-se. Parecia jovem demais para ser um líder, e a voz era forte demais para ser a dele.

— Seu primeiro povo, Israel, desviou-se de seu ensinamento, Ó Senhor.

A voz continuava, embora o homem que ele identificara como o líder não estivesse falando. Só então Will percebeu a imensa tela na parte da frente da sala. Exibia apenas duas palavras, em preto-e-branco: O Apóstolo. Afinal, Will percebeu que a voz que enchia a sala não era de nenhum dos presentes. Talvez viesse de uma fita; talvez fosse transmitida de fora. Tinha um tom estranho, metálico. De qualquer forma, não se via o Apóstolo.

— O primeiro povo de Israel teve medo de sua palavra. Coube a outros honrar seu pacto. Como está escrito: "E, se sois de Cristo, sois descendência de Abraão e herdeiros conforme a promessa."

A congregação respondeu:

— Somos de Cristo e somos de Abraão. Somos herdeiros conforme a promessa.

Will sentiu-se estremecer. Então aquela era a Igreja do Cristo Renascido, atualizada para o século XXI. E essa era a doutrina que outrora conquistara seu pai, Townsend McDougal e quem sabe quantos outros. Os homens naquela sala — e, Will percebia agora, eram todos homens — também acreditavam nisso. Eram os herdeiros tomando o lugar dos judeus no esquema divino. Haviam tomado para si a doutrina dos judeus como se fosse deles.

— Mas agora, senhor, precisamos de sua ajuda. Oramos pela sua orientação. Estamos tão próximos, mas o conhecimento final nos escapa.

Número 36, pensou Will.

— Por favor, auxilia-nos na nossa missão final, para finalmente podermos deixar o julgamento de Deus cair sobre esta Terra mergulhada em trevas.

Will inspecionava a sala quando um homem na primeira fileira se virou para fazer o mesmo. Viu-o, tornou a olhá-lo, depois olhou para o outro lado da sala, fez contato com outra pessoa e indicou Will com um gesto de cabeça.

Will não percebeu a mão que se estendeu e agarrou-lhe o pescoço. Nem notou a perna que o chutou abaixo do joelho e o fez dobrar-se. Mas quando caiu ao chão, captou um vislumbre do homem parado acima dele. Tinha os olhos tão azuis que quase brilhavam.

SESSENTA E UM

SEGUNDA-FEIRA, 17H46, MANHATTAN

Acordara, sabia disso, mas continuava escuro. Tentou tocar os olhos — uma dor dilacerante e aguda disparou pelo ombro. Tinha as mãos amarradas. Os braços, as pernas, a barriga, tudo parecia ter uma camada de tecido removida: imaginou-os em carne viva, vermelha.

Contraiu os olhos; sentiu algo que não era pele. Os olhos haviam sido tapados por uma venda. Tentou falar, mas estava amordaçado; começou a tossir.

— Tire isso.

A voz era firme, autoritária. Will começou a ter ânsia de vômito; apenas pensar na mordaça já o fazia sufocar. Por fim, articulou algumas palavras.

— Onde estou?

— Você vai ver.

— Onde diabos estou?

— Não se atreva a gritar conosco, Sr. Monroe. Eu disse que vai ver. — Will ouviu duas, talvez três outras pessoas por perto. — Podem levá-lo agora.

— Para onde vou?

— Vai pegar o que veio pegar aqui. Toda aquela mentira parece ter compensado, Sr. Tom Mitchell do *Guardian*: vai ter sua grande entrevista, afinal.

Na escuridão, sentiu uma mão grossa e achatada nas costas: estava sendo empurrado para a frente. Caminhou alguns passos, depois mais duas mãos o agarraram pelos ombros e o rodopiaram à direita. Pisava em um tapete. Continuava no centro de convenções? Quanto tempo tinha durado o espancamento? Por quanto tempo ficara inconsciente? E se já fosse de noite? Seria tarde demais! O Yom Kippur haveria terminado. Por trás da escuridão da venda, imaginou os portões do Céu, fechando-se.

— Senhor, ele está aqui.

— Obrigado, cavalheiros. Soltemos essas amarras. — Mesmo na fala normal, o homem parecia citar a escritura. — Vamos dar uma boa olhada em você.

Will sentiu mãos trabalhando em seus pulsos até soltá-los. Então, afinal, a venda caiu — inundando-o de luz. Deu uma rápida olhada no relógio. Ainda havia algum tempo. *Graças a Deus*, pensou.

— Senhores, queiram nos deixar a sós, por favor.

Diante de Will, atrás de uma mesa simples de quarto de hotel, sentava-se o homem que vira antes na capela. Sua tez se assemelhava à de um vigário de cidade do interior, o tipo de fazedor de boas ações, bem-intencionado, que ele se lembrava dirigindo a União Cristã em Oxford.

— O senhor é o Apóstolo? — Will estremeceu.

O esforço de falar irradiou uma dor que disparou pela espinha.

— Eu esperava que seu sofrimento fosse aliviado. Tivemos grande cuidado em cobrir suas feridas.

Will de repente notou as ataduras que lhe cobriam os braços e as pernas, até mesmo o peito.

— Por favor, queira aceitar minhas desculpas pelo tratamento meio rude que procurou para si mesmo. "Ao aflito livra por meio da sua aflição, e por meio da opressão lhe abre os ouvidos." Livro de Jó.

— Não respondeu à minha pergunta. O senhor é o Apóstolo?

Um sorriso modesto.

— Não, não sou o Apóstolo. Apenas o sirvo.

— Eu quero falar com ele.

— E por que eu o deixaria fazer isso?

— Porque sei no que ele, no que todos vocês, estão envolvidos. E irei à polícia.

— Creio que isso não seja possível. O Apóstolo não recebe ninguém.

— Bem, nesse caso, tenho certeza de que a polícia ficará muito interessada em saber o que eu sei.

— E o que sabe exatamente, Sr. Monroe?

A calma do homem de lábios finos enfureceu Will. Ele avançou, as pernas doendo-lhe a cada movimento.

— Vou lhe dizer o que sei. Sei que os judeus acreditam que existam sempre 36 homens justos no mundo. E enquanto essas pessoas viverem, o mundo seguirá em frente. Também sei que nos últimos dias esses homens começaram a morrer de formas muito misteriosas. Assassinados, para ser exato. Um em Montana, talvez dois em Nova York. Um em Londres e Deus sabe onde mais. E desconfio fortemente que este grupo está por trás dos assassinatos. É isso o que sei.

— Não creio que "desconfio fortemente" adiantará de muita coisa, Sr. Monroe. Sobretudo vindo de um homem que estava numa cela de prisão apenas algumas horas atrás.

Como diabos sabia ele disso? Will de repente se lembrou da escriturária na 7ª Delegacia de Polícia e o crucifixo no pescoço. *Talvez esse culto tenha pessoas em toda parte.*

Pior, o vigário tinha razão. Will não possuía nada consistente, apenas uma louca especulação. Não tinha nenhum poder sobre esse sujeito nem sobre o chamado Apóstolo a quem ele servia. Sentiu os ombros curvarem-se em sinal de fracasso.

— Mas digamos que essa sua teoria esteja certa. Em termos puramente hipotéticos, claro. — O homem girava um lápis entre os dedos, passando-o de uma das mãos para a outra. Will perguntou-se se era por nervosismo. — Digamos que houve um grande esforço para identificar os 36 e para... levá-los ao seu descanso final. E digamos que um grupo santo estivesse envolvido nisso. Eu desconfio fortemente, para usar sua própria expressão, que você teria obrigação divina de não se interpor no caminho, não é mesmo? Acho que entenderia as feridas em sua carne como uma espécie de aviso. Uma advertência, se preferir.

— Está ameaçando me matar?

— Não, claro que não. Nada tão brutal. Estou ameaçando-o com algo muito pior.

Will sentia uma frieza naquele homem que o apavorava.

— Pior?

— Eu o estou ameaçando com a realidade dos mais sagrados ensinamentos já conferidos à humanidade. A hora da redenção paira sobre nós, Sr. Monroe. A salvação virá para aqueles que apressaram a chegada da hora. Mas as almas daqueles que tentaram atrasá-la, a fim de frustrar a promessa divina, serão atormentadas por toda a eternidade. Mil anos serão como a passagem de apenas um dia, e transcorrerão mais mil e mais mil depois. Portanto, pense cuidadosamente, Sr. Monroe. Não se interponha no caminho do Senhor. Tente, em vez disso, iluminar esse caminho.

Will tentava absorver tudo o que aquele homem dizia, quando se deu conta de que a reunião terminara. Por detrás, sentiu mais uma vez mãos agarrando-lhe os braços e repondo a venda. Foi retirado dali e levado para o que parecia, pelo ruído, um elevador de serviço. A máquina sacudiu quando desceu pelo que Will calculou fossem cinco andares. As portas abriram-se e empurraram-no para fora. Quando conseguiu retirar a venda, percebeu que tinha sido deixado num estacionamento subterrâneo e que estava sozinho.

No andar de cima, o homem que conversara com ele alguns minutos antes assegurou que a transmissão ocorresse alta e clara no alto-falante do telefone.

— Acho que já lhe demos o bastante — disse ao mais velho no outro lado da linha.

— Sim, vocês fizeram muito bem. Agora só nos resta esperar.

Se houvesse ouvido aquela voz, Will a teria reconhecido. Pois era a voz do Apóstolo.

SESSENTA E DOIS

SEGUNDA-FEIRA, 19H12, CROWN HEIGHTS, BROOKLYN

Tudo antes fora preto; essa noite era branco. A sinagoga parecia brilhar de brancura, o luar refletido na neve. Havia ali tantos homens quanto Will vira na noite de sexta-feira, só que agora não estavam vestidos de ternos pretos, mas quase todos cobertos de branco.

Usavam o que pareciam roupões de banho brancos sobre os ternos escuros, cobrindo-os dos tornozelos aos ombros. Em vez dos sapatos pretos, tinham os pés agora em tênis brancos. Vários do xales de prece eram todos brancos, assim como os solidéus dos que não usavam chapéu. E amontoavam-se bem juntos, uma massa de branco ondulante, em preces.

Isso, dissera-lhe TC, num brevíssimo telefonema do hospital, era *ne'eilah*, o fim do que teria sido uma maratona, uma cerimônia que se estendera por um dia inteiro. A tradição exigia que a congregação — à qual se negara comida e água durante as 24 horas anteriores — permanecesse pelo tempo que durasse, em reconhecimento da gravidade do momento. Pois era a hora final do Yom Kippur, o Dia do Perdão, o dia da prestação de contas. Nessa hora, os portões do Céu fechavam-se. O arrependimento era urgente. Como descreveu TC, Will imaginava-o: o penitente de última hora esgueirando-se pela fresta aberta da porta, que logo se fechava com um estrondo. Aqueles que não se haviam arrependido — ou haviam deixado para fazê-lo tarde demais — eram deixados do lado de fora.

O dia todo esse imenso espaço ecoara com antigas fórmulas mágicas, enquanto vários milhares de vozes cantavam juntas:

B'Rosh Hashaná yichatayvun...

No primeiro dia do ano é inscrito e no Dia do Perdão é lacrado. Quantos haverão de morrer e quantos haverão de nascer; quem viverá e quem morrerá, quem na medida dos dias do homem, e quem antes...

Will reconheceu a gravidade da hora assim que entrou. Os rostos tinham a seriedade de um enterro; reconhecendo-se uns aos outros, mas sem sorrir. A maioria dos homens tinha olhos apenas para os livros de oração que seguravam enquanto se balançavam para frente e para trás em súplica.

Sha'arei shamayin petach...
Abri os portões do Céu... Salvai-nos, Ó Deus

— Com licença — disse Will, tentando passar espremido pela multidão igual à de torcedores num estádio de futebol americano.

Como estava cheio demais, seu avanço era lento. Precisava chegar ao rabino Freilich o mais rápido possível, se quisesse ter alguma chance de fazer um acordo. Revelaria os verdadeiros perseguidores dos justos e, em troca, eles soltariam Beth. Conferiu as horas no relógio. Talvez tivesse no máximo meia hora para agir. Calculara que tinha de agir logo, enquanto a ameaça permanecesse no ponto mais alto. Se esperasse até depois do Yom Kippur, e se o trigésimo sexto homem continuasse escondido, são e salvo, os hassídicos poderiam concluir que o perigo terminara. O Poder de Will desapareceria.

— Com licença, sabe onde o rabino Freilich está? — Ele começou a perguntar. — Viu o rabino Freilich?

A maioria das pessoas o ignorou. Às vezes percebia um aceno em direção à esquerda ou à direita, mas então via que os olhos de quem acenava estavam fixos num texto ou, com freqüência, bem fechados.

Era como patinhar na água. Todos aqueles rostos desconhecidos. Ele olhou para o relógio: 23 minutos.

Então sentiu uma mão no ombro, que lhe disparou um raio de dor pelas costas. Virou-se, a mão fechada num punho, pronta a atacar.

— Will!

— Sandy! Você quase me matou de susto. Minha nossa. Desculpe.

— O que faz aqui?

— Não tenho tempo para explicar. Escute, preciso falar com o rabino Freilich. Já.

Sandy não respondeu, mas tomou Will pelo pulso e arrastou-o primeiro para a direita, depois para o fundo e por fim contornou as mesas onde Will vira os homens estudando com tanto afinco três dias antes. Ali, balançando-se para a frente e para trás, os olhos fechados e voltados para o céu, estava o rabino Freilich.

— Rabino? É Will Monroe.

O rabino abaixou a cabeça e em seguida abriu os olhos, como se despertasse do sono. Seu rosto traía imensa exaustão. Então, vendo os hematomas no rosto de Will, demonstrou choque.

— Rabino, sei quem está matando os justos. E também sei por que andam fazendo isso.

O rabino arregalou os olhos.

— Eu lhe direi e direi já, sem demora, enquanto ainda tem tempo para detê-los. Mas primeiro precisa fazer uma coisa por mim. Precisa me levar até minha mulher. Neste instante.

Freilich franziu a testa, tenso. Retirou os óculos e esfregou o osso do nariz. Conferiu as horas no relógio: restavam vinte minutos. Will viu que ele pesava o curso certo de ação.

— Está bem — acabou dizendo, embora parecesse angustiado. — Venha comigo.

Foi mais fácil sair da *shul* do que fora atravessá-la; a multidão se separava em deferência ao rabino Freilich, embora alguns olhares curiosos se dirigissem ao companheiro cheio de hematomas a seu lado.

Saíram no crepúsculo, o ruído da oração que vinha do interior do prédio enchia o ar. O rabino caminhou depressa, virando à esquerda na primeira esquina. Will conferiu mais uma vez as horas no relógio: faltavam apenas 14 minutos. Cada passo fazia doer-lhe as barrigas das pernas e as coxas, mas ele quase corria.

De repente, o rabino Freilich parou, virou-se e ficou de frente para uma pequena casa de pedra.

— Chegamos?

— Chegamos.

Will mal podia acreditar. Ficava apenas a uma quadra da sinagoga; devia ter passado por aquela casa várias vezes. Estivera muito perto de Beth sem nem saber.

Seu coração começou a martelar no peito. Tanta coisa acontecera que parecia haver transcorrido um enorme tempo desde que vira a mulher pela última vez. A necessidade de abraçá-la era tão intensa que ele mal podia contê-la.

O rabino bateu à porta. A voz de uma mulher respondeu, numa língua que Will não entendeu. O rabino respondeu com outra palavra que Will imaginou ser uma senha, em iídiche.

Por fim, a porta se abriu e revelou uma mulher de 30 e poucos anos, usando um conjunto de casaco e suéter que a mãe dele teria usado vinte anos antes. Tinha os cabelos penteados no estilo de todas as mulheres de Crown Heights — o que significava que não eram dela, mas uma peruca. Will suspirou; percebeu que esperara ver Beth de imediato.

— *Dos is ihr man. Bring zie ahehr, biteh.* — *Este é o marido dela. Traga-a aqui, por favor.*

A mulher desapareceu escada acima. Will ouviu portas se abrindo, em seguida passos e depois o ruído de duas pessoas descendo.

Ele olhou em volta e viu uma longa saia preta que descia a escada. Outra decepção. Mas quando a mulher desceu mais alguns degraus, reconheceu os quadris e a postura. E então viu o rosto.

Não teve nenhum controle sobre os olhos. Encheram-se de lágrimas assim que a viu. Só nesse momento compreendeu de fato em que profundidade sentira falta dela, como seu corpo doera por ela. Galgou de um salto os dois degraus restantes e grudou-se nela ali mesmo, na escada. Tinha a visão demasiado turva para ver-lhe o rosto claramente, embora ao abraçá-la com força sentisse seu tremor e soubesse que ela também tremia até as lágrimas. Nenhum dos dois conseguiu dizer nada. Ele a apertava com toda a força, mas não era o bastante. Queria que não houvesse espaço algum entre eles.

Por fim, afastou-se para vê-la melhor pela primeira vez. Os olhos dela encontraram-se com os dele com uma timidez que ele jamais tinha visto antes. Não era recato, mas outra coisa; assombro, assombro pela enormidade do amor que sentiam um pelo outro.

Ela acabou por falar, por entre lágrimas.

— Está vendo, eu te disse. Disse que acreditava em você. Lembra-se da música, Will? Eu sabia que você chegaria e me encontraria. Eu sabia. E veja. Aí está você.

Ele encostou a cabeça dela em seu peito, os dois abraçando-se, colados um no outro, alheios à mulher que abrira a porta, alheios ao rabino Freilich parado no pé da escada, alheios a que os dois haviam derramado suas próprias lágrimas à visão do casal de volta, afinal, aos braços um do outro.

— Sr. Monroe, lamento — começou o rabino, como se pigarreasse. — Sr. Monroe.

— Sim — disse Will, usando as costas da manga da camisa para enxugar as lágrimas das faces. — Sim, claro. — Virou-se para Beth. — Eles lhe contaram tudo sobre...

— Ela não sabe de nada — interrompeu o rabino. — E não há mais tempo. Agora, por favor.

Will mal sabia por onde começar. Uma minúscula seita cristã acreditara que tinha herdado o ensinamento judaico todo, até a doutrina dos *lamad vav*. Eles haviam adotado o fervor messiânico de Crown Heights e começado a invadir e hackear sua rede de computadores, acabando por descobrir as identidades dos homens julgados justos. Haviam usado sua gente em todo o mundo para matá-los, um por um — marcando os assassinatos para os Dez Dias de Arrependimento.

— Os quais — acrescentou — vão terminar dentro de 12 minutos.

— Mas por quê?

— Não tenho certeza. No serviço religioso, a voz, o Apóstolo, estava explicando por que, mas foi quando eles começaram a me espancar. Ele e o outro homem, o mais jovem, falavam em redenção, julgamento e salvação, mas não entendi nada. Sinto muito.

Ele olhou para Beth e tomou-lhe a mão: ela parecia inteiramente confusa.

— Alguém pode me dizer que diabos está acontecendo aqui?

Ninguém disse nada. Will balançou a cabeça. *Não há tempo. Mais tarde.*

A essa altura, o rabino Freilich já se sentara, coçando a barba, absorto em pensamento.

— E você viu esse grupo com seus próprios olhos?

— Eu estava com eles uma hora atrás. Estão aqui em Nova York. Estou convencido de que são eles. Tenho certeza de que se reuniram aqui para concluir a missão. O Apóstolo disse "o conhecimento final nos escapa". Acho que ainda não sabem o nome do trigésimo sexto justo. Mas estão decididos a encontrá-lo... e matá-lo. Vocês têm de protegê-lo. Onde está ele? Em segurança?

— No lugar mais seguro do mundo.

— Precisa me dizer. Do contrário, não podemos ter certeza de que eles não vão encontrá-lo.

O rabino Freilich conferiu mais uma vez as horas no relógio e permitiu-se um pequeno sorriso.

— Ele está bem aqui.

SESSENTA E TRÊS

SEGUNDA-FEIRA, 19H28, CROWN HEIGHTS, BROOKLYN

Os sons de *ne'eilah* eram trazidos pelo ar não apenas da sinagoga, mas das casas ao longo da rua — uma intensa prece naquela grandiosa e mais importante hora do dia mais santo do ano.

— Aqui? — perguntou Will. — Você quer dizer... — encarou o próprio rabino Freilich.

— Não, Will, não sou eu.

Will olhou em volta. Não havia outros homens na sala; nem na casa. Sentiu o estômago começar a embrulhar-se. Seria mesmo possível? Não, não pode ser. Não pode querer dizer...

— Não, Will — disse o rabino, alargando o sorriso. — Não é você.

E então, com uma mínima inclinação da cabeça, apontou em direção a Beth.

— Beth? Mas eu achei que os 36 eram todos homens. Você me disse que eram todos *homens*!

— E são. E sua mulher traz dentro de si o trigésimo sexto justo. Ela está grávida, Will, de um menino.

— Você cometeu um engano. Nós temos tentado... — Will se interrompeu quando viu o rosto de Beth.

Ela sorria e chorava ao mesmo tempo.

— É verdade, Will. Eu acabei usando aquele teste de gravidez que levava na bolsa durante tanto tempo. É verdade. Vamos ter um bebê.

— Entenda — disse o rabino Freilich. — Sua mulher não sabia que estava grávida. Mas a Torá sabia. A Torá nos disse. Foi a última mensagem do rabino, transmitida a Yosef Yitzhok em suas horas agonizantes. Ninguém percebeu isso na época, mas as últimas palavras dele nos levaram ao trigésimo sexto versículo, do Livro do Gênesis, o livro dos novos começos. Esse versículo, o décimo do capítulo 18, foi mantido separado de todos os outros; não foi anotado em nenhum dos documentos ou discursos do rabino. Ninguém poderia tê-lo tirado de nossos computadores. Mas contamos as letras da maneira habitual e o resultado nos trouxe uma localização: sua casa. A princípio achamos que o *tzaddik* era você. Mas depois Yosef Yitzhok examinou com mais atenção as próprias palavras do versículo que descreve o momento em que Deus fala com Abraão e conta que sua esposa, Sara, está grávida. Ela não tivera filhos por muito tempo, ainda assim estava grávida. Yosef Yitzhok entendeu o que nos dizia o rabino. Não devíamos procurar você, mas sua mulher. Encontramos o oculto dos ocultos, Will. E ele é seu filho.

Will puxou Beth para junto dele. Mas quando se abraçaram, ele sentiu uma coisa ferir seu peito através das ataduras. Ouviu as palavras do vigário, repetidas nos ouvidos. *Tivemos grande cuidado ao cobrir suas feridas. Eu esperava que seu sofrimento fosse aliviado.*

Will rasgou a camisa e arrancou as ataduras embaixo. Amaldiçoou-se. Como pudera ter sido tão imbecil! Havia seguido o roteiro exatamente como lhe mandara o vigário. *Tente, em vez disso, iluminar esse caminho* — e fora exatamente o que ele fizera. Com toda certeza, ali estava, escondido entre as ataduras: um simples fio, rematado numa ponta por um microfone e na outra por um minúsculo transmissor.

Um segundo, talvez dois, passaram-se antes de derrubarem a porta. Quando ela se despedaçou contra a parede, Will viu um borrão com apenas duas imagens distintas: um par de olhos azul brilhantes e o cano de um revólver, com um silenciador. Mais por instinto que por discernimento, ele protegeu Beth. Seus olhos se dirigiram ao relógio. Faltavam nove minutos.

O rabino Freilich e a dona da casa ficaram imóveis, petrificados. Olhos-de-Laser mal os olhara.

— Obrigado, William. Você fez o que pedimos.

A voz não era do homem com a arma, mas da figura atrás, que agora entrava na sala. O som da voz chocou Will. Compreendeu que olhava para o chefe da Igreja do Cristo Renascido, o homem por trás do assassinato de 35 das mais virtuosas pessoas da Terra, o homem que queria provocar nada menos que o fim do mundo. E, no entanto, o rosto que encarava ele conhecia desde sempre.

SESSENTA E QUATRO

SEGUNDA-FEIRA, 19H33, CROWN HEIGHTS, BROOKLYN

— Olá, William.

Will sentia a cabeça martelar. A sala parecia rodopiar. Beth, encolhendo-se de medo atrás dele, agarrou-lhe o pulso e deu um grito sufocado. O rabino Freilich, a mulher — todo mundo ficou imóvel.

— Como? O que você está... eu não entendo.

— Eu não te culpo, William. Como poderia entender? Nunca expliquei nada disso a você. Tampouco à sua mãe. De forma alguma ela poderia entender.

— Mas eu não, eu não... — Will gaguejava. Num lance de puro nonsense, disse: — Mas você é meu pai.

— Sou, Will. Mas também sou o líder desse movimento. Eu sou o Apóstolo. E você acabou de nos prestar o maior de todos os serviços possíveis, como eu sabia que faria. Trouxe-nos ao último dos justos. Só por isso, mereceu seu lugar no mundo que virá.

Will piscava os olhos, como um fugitivo ofuscado por faróis altos. Não conseguia entender o que via nem o que ouvia.

Seu pai. Como podia seu pai, um homem da lei e da justiça, ser o arquiteto de tantas mortes cruéis e desnecessárias? Rigoroso, racionalista, acreditava realmente em toda aquela teologia da substituição, toda aquela história de tornar-se o povo escolhido de Deus, do fim do mundo? Claro que devia acreditar: mas como escondera isso todos aqueles anos, convencendo o mundo de que era um homem que tinha como único Deus o código de leis e a Constituição dos Estados Unidos? Elaborara de fato um plano para estrangular e eliminar três dúzias de homens bons, a última grande esperança da humanidade?

Durante menos de um segundo, uma imagem formou-se em sua mente. Era o rosto de alguém que ele não via fazia anos. O da avó, servindo chá no jardim de sua casa na Inglaterra. O sol brilhava, mas ele só conseguia concentrar-se na boca, quando proferiu as palavras que o haviam intrigado na época e desde então. *A outra grande paixão de seu pai*. Então foi isso. A força que se interpôs entre seu pai e sua mãe, os dois tão jovens. Não fora outra mulher, nem sequer a dedicação do pai à lei. Mas sua fé. Seu fanatismo.

Will tinha muitas perguntas, mas só conseguiu fazer uma.

— Então você sempre soube, esse tempo todo, sobre Beth? — Enquanto falava, lançou os braços para trás, protegendo a mulher.

— Oh, eu não tive nada a ver com isso, William. Isso foi iniciativa de seus amigos judeus, apenas deles. — O Sr. Monroe fez um gesto em direção ao rabino Freilich. — Mas assim que você me disse que Beth havia sido seqüestrada, tive minhas suspeitas. Assim que refez os passos dos seqüestradores até Crown Heights, tive certeza. Levei algum tempo para entender. A princípio, imaginei se de algum modo se destinava a fazê-lo parar de trabalhar na matéria. Você vinha se saindo tão bem... primeiro Howard Macrae, depois Pat Baxter... parecia prestes a descobrir tudo. Mas depois compreendi que os hassídicos não levaram Beth para detê-lo. Isso não faria sentido. Eles a haviam levado para *me* deter. E isso só podia ter uma explicação. Precisavam abrigá-la porque ela *era* o abrigo... o abrigo do trigésimo sexto justo.

— Você sabia o que estava acontecendo, mas não me ajudou, não...

— Não, William. Eu queria que você *me* ajudasse. Sabia que não ia descansar enquanto não tivesse encontrado Beth e, ao fazer isso, a traria para nós. E eu tinha razão.

Will lutava para manter-se de pé. A sala começava a girar. Não conseguia respirar. Só conseguiu dizer poucas palavras.

— Isso é loucura.

— Acha que é loucura? Tem ao menos a mínima idéia do que se passa aqui?

— Acho que você tem assassinado os homens identificados como os justos da Terra.

— Bem, eu não usaria essas palavras, William, com certeza, não. Mas gostaria que você considerasse tudo mais amplamente, que visse o quadro completo.

Era um tom de voz que ele jamais ouvira antes — ou pelos menos até uma hora atrás. A voz de um rigoroso professor que esperava ser obedecido. Qualquer que tenha sido a distorção eletrônica de voz empregada na capela do centro de convenção, não escondera esse tom: a autoridade do Apóstolo.

— Veja bem, o cristianismo compreende o que o judaísmo jamais conseguiu compreender; o que os judeus obstinadamente se recusaram a compreender. Eles não viram o que se achava bem diante de seus olhos! Acreditaram que, desde que houvesse 36 almas justas no mundo, tudo ficaria bem. Consolaram-se com esta idéia. Não perceberam seu verdadeiro poder.

— E qual é o verdadeiro poder? — perguntou o rabino Freilich.

— Que se esses 36 homens sustentavam o mundo, o oposto devia ser verdade! Assim que os 36 se forem, o mundo acaba. — O Sr. Monroe virou-se para olhar o filho. — Veja bem, isso não interessava aos judeus. Achavam que se o mundo acabasse, seria apenas isso. Tudo acabaria: morte, destruição, o fim da história. O cristianismo, contudo, nos ensina mais alguma coisa, não, William? Uma coisa gloriosa e infinita!

Pois nós, cristãos, somos abençoados com um conhecimento sagrado: sabemos que o fim do mundo significa o acerto de contas final. E agora descobrimos que tudo de que precisamos fazer para isso acontecer... para ter absoluta certeza de que aconteça... é acabar com a vida de 36 pessoas.

"Se conseguirmos isso antes que se encerrem os Dez Dias de Penitência, o verdadeiro Dia do Juízo Final estará sobre nós. É muito simples e belo assim.

Will não podia acreditar que essas palavras saíam da boca de seu próprio pai. Era uma combinação disparatada, como se ele se houvesse tornado o boneco de um ventríloquo idiota, de um louco. Com pavor, compreendeu que talvez aquele fosse o verdadeiro William Monroe. Talvez o pai que conhecera fosse um simulacro. Forçou-se a falar.

— E por que você iria querer causar "o verdadeiro Dia do Juízo Final"? Por que iria querer esse acerto de contas final?

— Oh, por favor, William. Não se faça de bobo. Toda criança na escola de catecismo dominical da cristandade sabe a resposta para essa pergunta. Está no Livro do Apocalipse. O fim do mundo trará o retorno do Cristo redentor.

Will girou nos calcanhares, como se as próprias palavras fossem uma força física.

— Então está tentando trazer Cristo de volta ao mundo matando 36 pessoas inocentes? — Tinha consciência da arma apontada direto para ele. — E esses homens não são apenas inocentes. São homens de admirável bondade. Sei disto porque é um fato.

— Não me olhe como se eu fosse um assassino comum, William. Você precisa ver a genialidade desse plano. Apenas 36. Apenas 36 homens precisam morrer. Devia ler as Escrituras, meu filho. Supunha-se que milhões teriam de perder a vida na batalha de Armagedom, a conflagração final que apressaria o Segundo Advento. Mortos empilhados sobre mortos, oceanos de sangue. Todas as ilhas submersas, e os montes destruídos. Mas esse plano evita tudo isso. Encontra um novo acesso ao paraíso, por um caminho sem ossos e nem encharcado de lágrimas. — O pai fechava os olhos. — É um meio justo e pacífico de fazer descer o Céu à Terra. Pense nisso, William: sem mais sofrimento, nem mais derramamento de sangue. Os dias messiânicos com o sacrifício de apenas 36 almas. É um número inferior aos que morrem a cada minuto nas estradas; inferior aos que morrem desnecessariamente em incêndios ou desastres de trem. E são mortes que para nada servem. Mas essas... essas vidas são dadas para que outras, o resto da humanidade, possam viver para sempre. No paraíso. Não é isso que esses justos teriam querido?

"E também não são assassinatos brutais, William. Cada um foi executado com amor e respeito pela alma abençoada que possuíam. Demos a eles anestésicos para que não sentissem dor. Claro, às vezes tínhamos de disfarçar o que estávamos fazendo. Às vezes isso significou um fim mais violento do que gostaríamos.

Will pensou em Howard Macrae, apunhalado repetidas vezes, para que sua morte pudesse parecer um assassinato de gangue.

— Mas tentamos compensar transmitindo-lhes alguma dignidade.

Will lembrou-se do cobertor estendido sobre o cadáver de Macrae. A mulher que ele entrevistara milhares de anos atrás em Brownsville — Rosa — insistira em que a única pessoa que poderia ter feito aquilo era o próprio assassino, e constatava agora que ela tinha razão.

O pai continuava falando, a voz mais baixa agora.

— Imagine, William. Permita-se imaginar. Um mundo sem guerra. Um mundo de paz e tranqüilidade não apenas para hoje ou na semana que vem, mas para todo o sempre. E você poderia tornar tudo isso uma realidade não pelo sacrifício de milhões, mas pelo sacrifício de três dúzias de almas justas. Se pudesse fazer isso, William, você faria, não faria? Não *teria* de fazê-lo?

O Apóstolo parou de pregar e deixou as palavras pairando no ar por alguns momentos. Will sentia a cabeça doendo. Toda aquela conversa sobre o fim dos tempos, o segundo advento, a redenção e o Armagedom foi demais. Pareceu engoli-lo. Do nada, uma imagem do passado flutuou diante de seus olhos. Ele tinha seis anos, pulava ondas numa praia em Hampton, agarrado à mão do pai. Mas agora não tinha mão alguma para segurar.

O lado racional em Will dizia que o pai mergulhara numa forma de insanidade. Há quanto tempo achava-se nesse estado, ele não fazia a mínima idéia. Talvez desde que começara a seguir Jim Johnson em Yale. Mas insanidade era do que se tratava. Uma orgia de assassinatos internacionais para trazer Jesus de volta? Com certeza era insanidade.

Mas outra voz o puxava com força. Sem dúvida parecia loucura, mas a prova era difícil de negar. Os hassídicos de Crown Heights ansiavam pelo Messias; assim como os cristãos no mundo todo. Poderiam todas aquelas centenas de milhares de pessoas estar enganadas? Um mundo sem violência, sem doença, um mundo de paz e vida eterna. O pai era um homem sério, inteligente — tinha um intelecto mais formidável do que qualquer um que ele já conhecera. Se acreditava na veracidade dessa profecia, que traria o Céu à Terra, não era simples arrogância de Will insistir em que sabia mais?

Além disso, era tarde demais para salvar os próprios justos. Pelo menos 35 deles estavam mortos; esse dano já fora feito. E a decodificação dos textos antigos — encontrar esses homens transformando letras em números e depois números em coordenadas no mapa — tudo parecia louco, mas fora confirmado. Aqueles homens eram de fato justos. Will vira por si mesmo. Como poderia ter certeza de que ele estava certo e o pai errado?

De repente, Olhos-de-Laser gesticulou para o relógio, induzindo o Sr. Monroe a se apressar.

— Sim, sim. Meu amigo tem razão. Temos tão pouco tempo. Mas Will, é importante que você saiba uma coisa. Como descobri, como entendi que Beth é a mãe de um *tzaddik*.

Will encolheu-se. A palavra soava estranha, artificial na boca do pai.

— Porque vi a beleza da coisa. *O padrão*. Não percebe, Will? Nada disso é coincidência, nada. Nem as matérias que você escreveu para o jornal, nem isso. — Gesticulou em direção a Beth. — Nem você, nem eu. Não é de modo algum uma coincidência. O rabino aqui pode nos falar sobre isso. O senhor chamaria isso de *beshert*, não é mesmo, rabino? "O que tinha de ser." Destino.

"O tempo corre, William. E chegou a hora de você enfrentar seu destino. Foi escolhido para o mais santo de todos os papéis. Não vê como é perfeito? Como Deus quer terminar tudo da forma como tudo começou? Tudo começou com Abraão e o pedido que Deus lhe fez. Sabe o que Deus queria que Abraão fizesse, não sabe, William?

Will engoliu com força. A fria compreensão gelou suas veias. A língua parecia colada no céu da boca.

— Sacrificar o filho.

— Exatamente. Sacrificar o filho que ele e sua mulher haviam esperado por tanto tempo.

O Sr. Monroe virou-se para o homem de olhos azuis, que de repente lhe estendeu uma longa e brilhante faca. O pai pegou-a cautelosamente. Com respeito.

— Por isso é que tem de ser você, William. Abraão aceitou de bom grado matar o bem-amado filho Isaac apenas para provar sua fé. Mas peço a você que faça isso em nome de cada ser humano que já viveu, inclusive todos os que agora estão mortos há muito tempo. Deixe que eles ressuscitem, William! Deixe que o Reino do Céu reine na Terra!

O sistema nervoso de Will pareceu encher-se de raiva.

— E você faria isso, pai? Você mataria seu próprio filho? Você me mataria para causar o fim do mundo?

— Sim, eu faria, William. Faria isso num piscar de olhos.

Will precisou sentar-se, fechar os olhos. Sentiu-se tonto.

De repente, bem no limite do seu campo de visão, viu um movimento. Era a dona da casa lançando-se para Olhos-de-Laser com um pedaço de pau; percebeu que era de uma trave de madeira solta, retirada do corrimão da escada. Quase sem se virar, o homem apontou a arma diretamente no rosto da mulher. Disparou duas vezes, fazendo esguichar uma cascata de sangue e osso pela sala. O corpo desabou no chão. Houve um ou dois segundos de silêncio. E então Will ouviu e sentiu Beth atrás de si, lastimando-se. As mãos dele tremiam.

— Precisamos agir rápido, William. Não podemos tolerar mais atrasos. O Todo-Poderoso designou uma hora e até uma pessoa para dar esse último passo. A hora é esta e a pessoa é você.

Will imaginou que só poderiam restar poucos minutos. Lá de fora, vinha um coro de vozes, agora se avolumando.

Avinu Malkeinu Chatmeinu b'sefer chaim...
Nosso Pai, Nosso Rei, inscrevei-nos no Livro da Vida...

Mesmo abafada pelas paredes, a intensidade da súplica era inconfundível. Ele não entendia as palavras, mas sabia o significado. Eles oravam, no último minuto da última hora, pela salvação.

A lâmina cintilava, tão brilhante e ameaçadora quanto a chama no olhar do pai. Embora ele falasse calmamente, tinha os olhos em brasas.

— Pegue esta faca, Will, e faça o que é certo. Faça o que Deus lhe ordenou. Chegou a hora.

Will lançou um olhar ao rabino, que finalmente articulou algumas palavras, a voz pesarosa. Viu que ele tinha o rosto salpicado do sangue da mulher assassinada diante deles. Parecia ofegar.

— Seu pai tem razão, Will. Este é o momento de você agir. É o que o próprio Deus, em sua sabedoria, nos deu a todos nós: livre-arbítrio. Ele nos dá escolhas. E agora essa escolha é sua. Precisa decidir o que fazer.

Will deu uma última conferida no relógio. Se pudesse ganhar mais tempo...

Mas o segundo seguinte afastou a decisão. Olhos-de-Laser deu um grito:

— Chega de conversa! — e apontou a arma para Will, apertando o olho enquanto mirava.

Will viu que o verdadeiro alvo não era de modo algum ele: Olhos-de-Laser mirava Beth e o bebê que levava dentro dele.

Inutilmente ergueu as mãos para gritar:

— Não!

Mas a palavra mal saiu. Em vez disso, sentiu-se empurrado para o lado. Ao cair, ouviu primeiro um disparo, depois outro — e viu o vulto do rabino Freilich caindo, quase voando. O rabino saltara e empurrara-o do caminho, cobrindo Beth com o próprio corpo. Tomara sua própria decisão: proteger o filho de Will.

Will aproveitou a oportunidade do momento e atacou Olhos-de-Laser, segurando-lhe a mão que empunhava a arma. O homem apertou o gatilho, mas perdera o equilíbrio com o golpe que recebera: o tiro atravessou o vidro da janela que dava para a rua. Will tinha de tirar-lhe a arma. Mas agora via o pai, a lâmina brilhando em sua mão, avançando para o cadáver do rabino Freilich — procurando por Beth.

Encontrando uma força que jamais sentira, Will agarrava o braço do assassino, tentando puxá-lo para trás das costas: a chave de braço que aprendera na escola. O homem começou a guinchar, o punho que segurava a arma quase largando-a. Will chegou a tocar um dedo no cabo da arma, mas não foi o suficiente. Pelo canto dos olhos, viu que o pai puxara Freilich: em questão de segundos, conseguiria mergulhar a faca em Beth.

Quis soltar-se de Olhos-de-Laser e deter o pai, mas sabia que de nada adiantaria: seria baleado antes que pudesse atravessar a sala. Tinha de pegar a arma. Deu mais um puxão no braço do sujeito, numa desesperada tentativa de arrancar-lhe a pistola, mas não funcionou. A arma não se soltou da mão dele. Em vez disso, o assassino instintivamente cerrou o punho, inadvertidamente apertando o gatilho.

Will ouviu o barulho e baixou os olhos para suas mãos, esperando vê-las atingidas. Embora coberto de sangue, percebeu um segundo depois que o sangue não era o seu. Olhos-de-Laser atirara em suas próprias costas.

Agora podia ver seu pai claramente, ele se afastara por segundos de sua missão com o barulho do disparo. Por um momento, seus olhares se cruzaram. Ele se virou de costas, o rosto vermelho, quando acabou por empurrar o corpo sem vida de Freilich para o lado. Ergueu bem a faca, pronta para mergulhá-la na barriga de Beth.

Will voou para cima dele, o mesmo movimento de ataque no rúgbi que o pai lhe ensinara talvez uns vinte anos antes. Derrubou-o no chão, para longe de Beth, mas ainda com a faca na mão. Will estava em cima do pai, encarando-o direto no rosto.

— Saia de cima de mim, Will — ele disse rouco, as veias do pescoço saltadas. — Temos muito pouco tempo.

A força do pai o assustou. Exigia um esforço supremo manter-lhe os braços presos ao chão; seus próprios punhos já quase não agüentavam. O pescoço do Sr. Monroe se inchava com o esforço para empurrar Will de cima dele. E ainda assim continuava com a faca nas mãos.

De repente, Will sentiu uma nova pressão. O pai usava os joelhos para empurrá-lo, e estava funcionando; Will começava a ser empurrado para trás. Com mais um chute, o velho lançou-o para fora e levantou-se de um salto. Com a faca ainda na mão, deu três passos decididos em direção a Beth, que agora estava encostada na parede lateral.

Will viu o pai recuar a mão para esfaquear a barriga da nora. Mas Beth agarrou-lhe o pulso com as duas mãos, usando toda a força para empurrá-lo. A faca pairou no ar por um segundo — mantida em suspensão pela igual força do desejo de um verdadeiro crente de trazer o

Céu à Terra e a determinação de uma mãe a proteger o filho por nascer. As duas forças eram iguais. Will percebeu que já vira aquele fogo nos olhos da mulher uma vez antes; era a mesma determinação selvagem que vislumbrara em seu sonho. Então, também, Beth defendia uma criança de um terrível mal.

Agora a força maior do homem começava a se mostrar. Ele avançava a mão, a faca cortando furiosos arcos no ar, bem diante da barriga de Beth. A lâmina tocou-a — fazendo um profundo corte no tecido da saia.

A adrenalina tomou conta de Will, como acontece quando se está em verdadeiro desespero. Cambaleando até o corpo caído de Olhos-de-Laser, desenroscou os dedos do assassino, ainda rigidamente agarrados à arma, e arrancou-a. Pondo-se paralelo a Beth, mirou a cabeça do pai e apertou o gatilho.

EPÍLOGO

SEIS MESES DEPOIS

Will sempre havia gostado do ritual do bolo na redação. Circulava um e-mail no jornal, ou pelo menos em parte, anunciando que alguém fazia aniversário, celebrava uma data importante ou, com mais freqüência, partia.

As pequenas cerimônias — um discurso do editor, uma resposta do homenageado — sempre lhe davam prazer. Sobretudo porque ainda era novo o bastante no *Times* para curtir a sensação de ser integrante de uma grande e antiga instituição — e essas ocasiões faziam aflorar esse sentimento.

"Despedida de Terry Walton: 16h45 na editoria 'Cidade'." Quase não importava o fato de Will não ser nenhum fã de Walton; ainda assim, seria divertido. Não que o tivesse visto muito nos últimos seis meses desde que tudo acontecera; Walton raras vezes se encontrava ali. Talvez estivesse se preparando para a aposentadoria ou o emprego de dirigir um jornal local na Flórida, ou seja lá o que fosse que ia fazer em seguida.

Seis meses. Parecia mais tempo. Tudo sobre aquela semana já se encontrava bem no passado, bem remoto — como se houvesse acontecido num planeta distante ou numa era diferente.

Tivera muitas conversas difíceis, a mais difícil com Tom, ainda quando se recuperava, de cama, explicando por que exatamente ele fora baleado. Não houve nenhuma boa razão, concluíra Tom, friamente lógico na unidade de terapia intensiva. Assim como não havia nenhuma boa razão para a bala ter errado o coração dele por poucos centímetros, alojando-se, em vez disso, na omoplata.

— Se eu fosse mais baixo, estaria morto — disse ele, zonzo. — Ou será que quero dizer mais alto? Entende o que digo? Não há razão lógica alguma para qualquer uma das duas opções. Vivemos na ausência de razão.

Depois disso, adormeceu outra vez.

TC e Will o visitaram muitas vezes naqueles primeiros dias, mas nenhum dos dois tinha sido o convidado de honra. Esse lugar era reservado a Beth. Quando ela entrava, Tom conseguia dar um sorriso mais largo que pálido. Beth curvava-se dando um abraço no amigo, dizendo-lhe que ele salvara a sua vida e a vida do filho. Ao que Tom respondia:

— Disponha.

Will tivera de contar os acontecimentos daquela noite e daquela semana repetidas vezes. Primeiro a detetives e advogados, explicando que matara o pai em legítima defesa dele, de sua mulher e do filho ainda por nascer — uma explicação que logo foi confirmada pela perícia feita na casa de Crown Heights e posteriores inquéritos na Igreja do Cristo Renascido. A polícia também viu o terrível destino que se abateu sobre o rabino Freilich e Rachel Jacobson. Will e Beth também passaram horas revivendo aquela noite terrível, dando declaração após declaração, até ficarem exaustos.

Quando se viram a sós, ela disse que tinha sido bem tratada, que a Sra. Jacobson a tratara como uma mãe naquela casa — constantemente se desculpando pelo cativeiro, assegurando-lhe que logo tudo seria explicado. Beth a princípio ficara assustada, depois furiosa, e por fim desesperada para avisar a Will que estava sã e salva. Mas disse que nem uma vez duvidara de que ia sobreviver. Os hassídicos juravam que não iam fazer-lhe mal, e por um motivo que nunca entendera muito bem, acreditou neles.

Assim, foram juntos, Will e Beth, aos enterros do rabino Freilich e da Sra. Jacobson, que, segundo o costume judeu, foram realizados sem demora, logo o médico-legista liberou os corpos. Uma grande multidão havia comparecido, talvez três mil para o rabino Freilich, uma poderosa demonstração de pesar coletivo. Só então Will avaliou a posição de Freilich entre os hassídicos: fora o pai adotivo deles, orientando-os desde que haviam perdido o rabino.

Algumas pessoas no enterro se aproximaram de Beth, fazendo-lhe uma pequena mesura com a cabeça ao chegarem perto. Will entendeu que manifestavam respeito não por ela nem por ele, mas pelo filho deles que ia nascer, destinado a ser um dos *lamad vav*.

Ele viu um rosto conhecido e dirigiu-se logo em sua direção.

— Rabino Mandelbaum, preciso lhe perguntar uma coisa.

— Acho que sei o que vai perguntar, William. Talvez me permita dar-lhe um conselho. Não pense muito a fundo sobre o que conversamos naquela noite. Não seria bom para você. Nem para seu filho.

— Mas...

— Parece que de fato o rabino entendeu que seu filho terá uma responsabilidade especial, que deverá ser um dos justos. É uma grande honra. Mas é melhor que deixe em paz a outra questão sobre a qual conversamos.

— Não estou entendendo.

— Eu lhe disse que a nossa tradição sugere que um dos *lamad vav* é o candidato a Messias. Se o tempo for certo, se a humanidade se mostrar digna, essa pessoa será o Messias. Se o tempo não for certo, eles viverão e morrerão como todos os demais.

— Mas nas últimas horas do Dia do Perdão, a criança que minha mulher carrega foi a única que restava. Todos os outros justos haviam sido assassinados...

— Aquele momento já passou, e o mundo não acabou. O que significa que há de novo 36 no mundo. Um novo grupo de *tzaddikim*. Qualquer um deles poderia ser o candidato. — O rabino Mandelbaum fitou profundamente os olhos de Will. — Qualquer um.

— Entenda — disse Beth, afastando o marido para o lado —, não temos de nos alongar sobre tudo isso. Temos outras coisas em que pensar.

Exortava-o a não se concentrar no futuro distante, mas no passado imediato, especificamente em seu pai. Pois sabia que Will iria passar por um trauma triplo. Primeiro, tinha de suportar o choque do que fizera. Independente do que Freud disse sobre fantasias edipianas, matar o próprio pai era abalar a psique em seus alicerces. Beth advertiu o marido que ele ia precisar de anos para absorver tudo por que havia passado. Segundo, ele vinha sofrendo a dor de um filho. Por mais insanas que fossem as circunstâncias, perdera um pai e precisava reconhecer isso. E por último, e talvez mais difícil, tinha de sofrer a perda do pai que julgava conhecer. Aquele homem teria se perdido mesmo que o Sr. William Monroe ainda estivesse vivo.

Pois aquele homem havia sido uma ficção. Para o mundo ele apresentara uma fachada — o juiz secular, o homem racional — para que ninguém jamais desconfiasse de suas verdadeiras crenças ou intenções. Era uma mentira sustentada, uma mentira que sem dúvida fora arquitetada com anos de antecedência. Custara-lhe muito caro, com certeza, terem lhe negado a vaga na Suprema Corte que com tanta ânsia almejara. Ou, pensava agora Will, talvez essa ambição também fosse uma fraude. Provavelmente essas metas mundanas nada significavam para o pai. Parecia que ele sonhava apenas com o céu.

Nos dias que se seguiram àquela noite em Crown Heights, houve uma série de prisões em todo o mundo; missionários e ativistas eclesiásticos acusados de Darfur a Bancoc — todos suspeitos de ligações com a Igreja do Cristo Renascido. O suspeito no caso de Howard Macrae acabou se revelando um pastor local que conhecia a vítima havia anos. Em Darwin, na Austrália, o capelão de um hospício foi acusado do assassinato de um assistente de enfermagem aborígine. Na África do Sul, a polícia prendeu uma ex-modelo que se juntara à seita assim que deixou a indústria da moda: ela havia assassinado um pesquisador que procurava a cura da Aids.

Verificou-se que apenas um grupo relativamente pequeno, que gravitava em torno do homem a quem agora os jornais se referiam como o Apóstolo, sabia do complô contra os justos. A nova liderança do movimento anunciou que a doutrina da teologia da substituição seria submetida a uma "revisão" e esperava que todos os seus integrantes logo se alinhassem com a "maioria da moderna família cristã que tem apenas respeito e reverência pelo judaísmo como um caminho para Deus".

Townsend McDougal fez um pronunciamento, declarando que cortara ligação com a Igreja do Cristo Renascido 25 anos antes — e não tinha a mínima idéia de que o Sr. Monroe conservara seu envolvimento secreto. Enviou um bilhete de condolências a Will, um pedido de desculpas pela suspensão — "uma decisão apressada" — e a garantia de que sua editoria o aguardava assim que estivesse pronto.

Will olhou as pilhas de papel diante dele, ainda uma confusão. A luz piscava em seu telefone: duas mensagens.

— Oi, Will, é Tova. Não vejo a hora de chegar a noite. Me diga se quer que eu leve alguma coisa.

Ele havia se esquecido; TC ia aparecer para jantar. Beth providenciara tudo: convidara um médico deslumbrante do hospital e dois outros chamarizes igualmente solteiros. Will se opusera à jogada: era muito óbvio.

Perguntava-se como TC ia arranjar-se com tamanha armação. Sua vida mudara tanto quanto a dele naquela semana. Ela tinha sido a primeira pessoa, após a polícia, a chegar em casa nos minutos logo depois de terminado o Yom Kippur. Vinha telefonando e enviando-lhe freneticamente mensagens de texto, e como não tivera resposta, havia rumado direto para

Crown Heights. Seguira as luzes dos carros da polícia. Mais tarde ela disse a Will:

— Sei que estava decidido a fazer sua mulher me conhecer, mas devia haver uma forma mais fácil.

Ele a mandara para casa descansar um pouco, mas ela havia se recusado.

— Preciso fazer algumas coisas — explicou, quando se despediram com um abraço na esquina da rua. — Preciso ver algumas pessoas.

Cercados pela polícia e pelas luzes vermelhas que piscavam, Will desejou-lhe boa sorte.

— Oh... Will?

— Sim?

— Posso lhe pedir que faça uma coisa por mim? Andei pensando. Não sou mais Tova Chaya. E TC realmente também não combina comigo. Parece mais um disfarce. Então, Will, pode me chamar de Tova?

Seis meses antes.

— Muito bem, pessoal, escutem todos. — Era Harden, chamando a atenção da redação e tirando Will de seu devaneio. — É hora do bota-fora de um dos nossos, então vamos nos despedir de Terence Walton!

Logo umas 30 pessoas se juntavam em volta da editoria da "Cidade" enquanto Harden fazia um breve discurso falando sobre a carreira de Walton no *Times*.

— Bem, temos de tirar o chapéu para esse cara pela versatilidade. Ele trabalhou em quase todas as funções neste jornal: repórter policial, repórter na Prefeitura, editoria de economia, editor da "Nacional", correspondente de Nova Délhi... é só dizer, que Walton já fez. Vocês acreditariam que durante dois anos ele editou a seção de jogos no final da revista? Até escrevia as malditas dicas das palavras cruzadas. Bem, agora ele decidiu que já se cansou de nossa bela cidade e vai dividir seus talentos com as boas pessoas da Índia. Está de partida para treinar jornalistas lá, para que possam copiar todos seus maus hábitos. Mas somos gratos a ele e, assim, vamos todos erguer um prato cheio de bolo barato e dizer: A Terry!

— A Terry! — entoaram todos em coro, logo seguido por um pedido de discurso.

Walton atendeu ao pedido mencionando vários ex-colegas, muitos dos quais haviam partido tempos atrás e eram desconhecidos de Will, e fez algumas piadas venenosas à custa da administração. Por fim começou a se despedir.

— Bem, se a minha formação acadêmica em Yale me ensinou alguma coisa, é que é melhor um discurso curto que uma longa conferência. E, como diz o bom livro: "Irmãos, o tempo é breve." Vôo para Nova Délhi esta noite mesmo. Portanto, vou concluir. Foi um prazer e um privilégio...

A sala rompeu em caloroso aplauso; até Amy Woodstein permitiu-se algumas palmas — embora talvez apenas de alívio por vê-lo partir. Will atacou sua fatia de bolo, apertou mãos e desejou ao vizinho de mesa boa sorte.

Talvez fosse a referência a Yale que causara isso, mas cinco minutos depois um pensamento se apoderou dele. Tornou a sentar-se ao computador, ainda mordiscando a cobertura do bolo de cenoura. Digitou Igreja do Cristo Renascido, deslizou a tela e clicou até encontrar uma página com o retrato que mostrava o reverendo Jim Johnson e seus acólitos.

Desta vez seu olhar foi direto ao pai. Tão sério. Em seguida passou para Townsend McDougal do lado oposto, e então, metodicamente, começou a examinar a fila de trás. Rosto, rosto, rosto...

Deu um zoom na imagem. Ali estava ele, no meio da fila, o quarto a contar de McDougal. Cabelos longos de hippie, estava quase irreconhecível: Will com certeza passara direto por ele na primeira vez que tinha visto a imagem. Mas o sorriso desdenhosamente superior continuava inalterado: Terence Walton.

De repente, um arrepio atravessou-lhe as costas. Ouvia a voz de Walton de alguns minutos atrás: *Como diz o bom livro: "Irmãos, o tempo é breve."* Sabia que lhe era familiar: era a mensagem que o misterioso colaborador enviara quando Will estava na prisão, da carta de São Paulo aos Coríntios.

Will recostou-se na cadeira, um sorriso torto rompendo nos lábios. Que dissera Harden? Walton havia trabalhado em todas funções no jornal, incluindo um período em que editara a seção de jogos: ele chegou a escrever as dicas de palavras cruzadas.

— Que eu vá para o Inferno — disse Will em voz alta — se não foi ele.

Um dos membros fundadores da Igreja do Cristo Renascido, com jeito para enigmas: de repente, não teve mais dúvida. *Não desista*; os dez provérbios; *Somos apenas homens, pequeno o nosso número*. Walton sabia de tudo isso e queria passar adiante. Deve ter sentido medo. Medo demais para denunciar alguém diretamente. Se o Apóstolo ou seus colegas tivessem descoberto sua traição, não teriam hesitado em matá-lo. Não era de se admirar que ele recorresse ao código.

Mas por que Will? Por que o escolhera para receber todas aquelas pistas? Deve ter visto suas matérias no jornal e percebido que se aproximava do assassinato dos justos. *Não desista*. Não se referia a encontrar Beth; referia-se à história dos *lamad vav*. Não pare em Macrae e Baxter: *mais virão*. Não surpreende que tenha roubado seu livrinho de anotações: queria saber o que ele sabia. Talvez até o viesse guardando em segurança.

Logo uma dúvida veio à tona. Se Walton era o informante, um traidor dentro do círculo do pai, por que tinha zombado dele após a matéria de Macrae? Não devia tê-lo encorajado?

E então Will se lembrou da conversa que haviam tido após a publicação de sua matéria na primeira página. Walton o intimidara com a história da sorte de iniciante: *Muito difícil repetir o mesmo truque duas vezes*, dissera. E, no entanto, foi exatamente o que ele fizera, contando a vida e a morte de Pat Baxter. Walton quase desenhara um mapa — e Will o seguira.

Assim que viu a matéria sobre Baxter, Walton deve ter percebido que Will era o homem que denunciaria a Igreja do Cristo Renascido. Denunciar o próprio pai. Ou seu plano tinha sido urdido até antes; teria mesmo arquitetado a matéria de Baxter? O que lhe dissera Harden quando o despachara para a Costa Oeste? *Raspei o fundo do barril e ofereci-lhes Walton, que se esquematizara todo para ir, mas agora, na última hora, veio com uma desculpa esfarrapada e sugeriu você.* Seria isso realmente possível? Teria Walton se furtado à tarefa porque sabia que ele iria em seu lugar — e toparia direto com a história de Baxter? E aquele prospecto da Igreja do Cristo Renascido, que misteriosamente havia surgido na mesa de Will. Teria Walton posto ali?

Ia perguntar-lhe diretamente, agora mesmo. Girou a cadeira, levantou-se e viu a mesa ao lado até mais vazia que de hábito. Chamou Amy.

— Ei, cadê o Terry?

— Ele já foi. Saiu direto para o aeroporto.

Era tarde demais. Will desabou de volta na cadeira, desanimado. Gostaria de ter agradecido a Walton e ter-lhe feito uma centena de perguntas. Agora jamais teria a oportunidade.

— Que pena, eu queria me despedir decentemente.

— Walton não lhe deixou um presente? Ele me deu um livro — disse ela, erguendo-o. — "*A malabarista: Como equilibrar trabalho e família*. Muito obrigada, Terry."

Will não a vira até então: uma caixa muito bem embrulhada, equilibrada na divisória entre as duas mesas.

Pegou-a e rasgou o papel, revelando uma caixa marrom quadrada de uns 15 centímetros de altura. Abriu a tampa: plástico-bolha. Debaixo, puxou o que parecia um enfeite de mesa, talvez um giroscópio. Só quando o retirou inteiramente da caixa foi que Will entendeu o que Walton lhe dera.

Era uma miniatura de Atlas, a estátua diante do Rockefeller Center. Um homem carregando o universo nos ombros, sustentando o mundo. Havia um bilhete:

Um antigo ensinamento judeu diz que salvar uma vida é salvar o mundo todo. Eu sei que você fez um, talvez ambos. Boa sorte, T.

Will largou-a na mesa, junto ao domo de neve de Saddam Hussein que havia roubado de Walton e nunca devolvera. Ainda não era igual ao de Amy, mas vinha personalizando seu próprio canto na redação. O lugar de honra coube a uma fotografia emoldurada de Beth, agora na plenitude de sua gravidez. Ao lado, uma foto de Will e da mãe. E em seguida, um espaço vazio, pronto para o retrato do menino que ele já amava.

AGRADECIMENTOS

Qualquer livro, descobri, é um esforço de colaboração, e este não é nenhuma exceção. Devo agradecimentos a várias pessoas que me orientaram durante todo o tempo que foi um novo e complexo processo.

Os primeiros agradecimentos vão para a comunidade hassídica de Crown Heights, Brooklyn. O falecido Gershon Jacobson e sua mulher Sylvia me acolheram em sua casa durante uma reportagem em 1991 — e me deram mais uma vez as boas-vindas quase 15 anos depois. A orientação deles, bem como a simpatia e a sabedoria de seus filhos rabino Simon e o rabino Yosef Yitzhok, foi vital. Com o rabino Gershon Overlander, de Londres, me acompanharam no que era um mundo inteiramente novo, que continuo a admirar muitíssimo. Também destaco minha dívida para com o Dr. Tali Loewenthal, que agiu como meu tutor em alguns dos pontos mais sutis da doutrina judaica e hassídica. Desnecessário dizer que quaisquer erros a esse respeito são apenas meus.

Também sou grato à equipe do *New York Times,* que me mostrou algumas das atividades desse grande jornal. Warren Hoge foi especialmente generoso, ao recrutar a essencial ajuda de Bill Keller e Craig

Whitney, além dos editores das seções "Cidade" e "Internacional". Para que não haja nenhuma confusão, O *New York Times* de *O código dos justos* é uma obra da imaginação.

Sobre a vida numa favela sul-americana, a orientação específica veio de Alex Bellos e Hilary Cottam, Peter Wilson sobre a Austrália, e Stephen Bates sobre a Igreja. O iídiche é cortesia da formidável Anna Tzelniker. Lee de-Beer literalmente percorreu as ruas de Nova York por mim, refazendo alguns dos mais desajeitados passos de Will Monroe e seus perseguidores. Eleanor Yadin e sua equipe na Biblioteca Pública de Nova York não poderiam ter sido mais úteis. Sharyn Stein revelou-se uma crucial fonte sobre o procedimento policial e legal de Nova York.

Tom Cordiner e Steven Thurgood permitiram-me mergulhar em sua enorme *expertise* sobre computação e tecnologia. Monique El-Faizy merece especial agradecimento pelos conselhos sobre questões nova-iorquinas, localizando detalhes grandes e pequenos. Kate Cooper, na Curtis Brown, revelou-se uma zelosa advogada do livro — e uma leitora perspicaz. Chris Maslanka mostrou por que é o rei dos mestres de quebra-cabeças, apresentando um engenhoso enigma atrás do outro para confundir Will e TC. Reverencio sua capacidade.

Meus pais leram os rascunhos iniciais e deram sábios conselhos, além de apoio moral: pode-se localizar sua influência em vários trechos neste livro. Meus cunhados, Jo e Michael, mais uma vez me deixaram transformar sua casa de Suffolk num retiro de escritor — enquanto Michael revelou-se um leitor com olho de lince. Uma menção especial vai para minha falecida tia-avó, Yehudit Dove, cuja verdadeira justiça inspirou esta história.

Na Harper Collins, Jane Johnson revelou-se uma editora exemplar, digna de sua enorme reputação. Não apenas torceu por este livro, mas, apoiada pela imensamente capaz Sarah Hodgson, melhorou-o em cada estágio. Editora que trabalha diretamente com o autor, tive a sorte de trabalhar com ela.

Três pessoas devem ser destacadas. Jonathan Cummings fez mais que apenas pesquisa; dedicou ilimitada capacidade intelectual e energia a este projeto. É um verdadeiro camarada. Devo muito a Jonny Geller. Ele não apenas é um agente estupendo, mas um verdadeiro amigo, um homem que acreditou que uma conversa que travamos tarde da noite pudesse tornar-se um romance — e cuja crença, apoio e perspicácia nunca esmorecem. Não é exagero algum dizer que este livro não teria existido sem ele.

Por fim, minha mulher Sarah, que partilhou do entusiasmo em relação a este projeto desde o início. Conseguiu não apenas ser uma maravilhosa mãe para nossos filhos, Jacob e Sam, mas oferecer perspicaz conselho, um olho excelente e constante amor. O casamento é um dos temas deste livro — e amo cada dia do nosso.

NOTA DO AUTOR

O código dos justos é uma obra de ficção — mas enraizada em vários fatos-chave. Primeiro, a lenda dos *lamad vav*, dos 36 excepcionais indivíduos cuja virtude sustenta o mundo, é um fio que atravessa a tradição judaica. Os livros e ensaios citados pelo rabino Mandelbaum em sua conversa com Will são reais — e, para aqueles cujo interesse se aguçou, vale consultar. O ponto de partida óbvio é *The Messianic Idea in Judaism*, de Gershom Scholem (Schocken, Nova York, 1971), sobretudo o capítulo: "A Tradição dos 36 Justos Ocultos".

Scholem conta a história narrada por Mandelbaum, que aparece no Talmude palestino e remonta ao século III. Fala do rabino que nota que, quando um certo homem está na congregação, as preces da comunidade pedindo chuva são atendidas. Esse homem chama-se Pentakaka, nome derivado do grego, cujo significado literal é cinco pecados: ele aluga prostitutas, até dança e toca tambor diante delas. Mas quando uma mulher se oferece para se prostituir a fim de levantar o dinheiro para a fiança do marido preso, Pentakaka prefere vender sua própria cama e cobertor do que vê-la sofrer essa indignidade. Em outras palavras, Howard Macrae não é inteiramente uma invenção: seu ato de justiça acha-se documentado — e há pelo menos 1.700 anos.

A boa ação de Jean-Claude no Haiti — criar uma câmara secreta que preserva o anonimato tanto dos doadores quanto dos que recebem caridade — tem raízes até mais profundas. A "câmara de segredos", como é conhecida, existiu no Templo de Salomão, que se destacou como o mais sagrado sítio do judaísmo, em Jerusalém, de 953 a.C. até sua destruição em 586 a.C. Era a materialização física de um princípio essencial: que o ato de dar não deve acarretar glória nem humilhação para os envolvidos, mas em vez disso ser um simples ato de justiça.

Também é fato que existe uma grande comunidade hassídica em Crown Heights, que ainda deplora a perda do rabino alguns anos atrás e continua seus esforços para alcançar todo o globo. O rabino do movimento Lubavitch ou Chabad foi uma admirável figura, a quem alguns de seus seguidores saudavam como o Messias. Alguns ainda o fazem.

Por fim, a teologia da substituição e o supersessionismo não são invenções. Muitos cristãos defendem, na verdade, que os judeus perderam seu papel como o povo eleito, status que passou para aqueles que seguem Jesus Cristo. O verbete da Wikipedia que Will lê sobre o tópico não é criado, mas citado diretamente.

Até aí é fato. Quanto ao resto, quem pode ter certeza?

Este livro foi composto na tipologia Palatino,
em corpo 10,5/17, e impresso em papel
off-white 80g/m² no Sistema Cameron da
Divisão Gráfica da Distribuidora Record.